W9-BWC-250

LAS
HONRADAS

LAS HONRADAS

Miguel de Carrión

Ediciones Cubanas

ARTEX

Primera edición: 1978
Segunda edición: 1981
Tercera edición: 1996
Cuarta edición: 2001
Quinta edición: 2004

Edición y corrección: Mónica Olivera Guerra
Diseño de cubierta: José Quesada Pantoja
Foto de cubierta: Cortesía de Mónica Olivera
Diagramación: José Javier Avila Muñiz

Todos los derechos reservados
© Sobre la presente edición:
   Ediciones Cubanas, 2014

ISBN 978-959-7209-97-3

Ediciones Cubanas
Obispo 507, esquina a Bernaza
La Habana Vieja, Cuba

E-mail: editorialec@edicuba.artex.cu

Al patricio sin tacha y al publicista ilustre,
padre intelectual de una generación de cubanos;

A Enrique José Varona,

ofrece este libro —fruto amargo de un árbol
que tiene ya por lo menos tantas espinas como flores—
con la devoción sincerísima y el profundo afecto
que siempre le profesó

EL AUTOR

Lo que voy a realizar me ha hecho vacilar algunas veces, antes de ahora, y soltar la pluma, ya mojada en tinta, decidida a abandonar la empresa. El que una mujer, que sólo ha escrito algunas cartas en su vida —más o menos celebradas por sus parientes y amigos— se resuelva a escribir un libro, que no habrá de publicarse jamás, puede ser considerado por más de una persona sensata como una verdadera majadería. Pero nadie ha de saber que lo hago, ¡oh, de eso estoy segura!, y bien puede quedar mi inocente capricho entre el número extraordinario de cosas que se piensan, se proyectan o se hacen, sin que podamos decírselas a los demás.

Desde que mis desgracias me enseñaron a conocer la vida, no siento un gran entusiasmo por las novelas. He leído muchas, y no he hallado una sola en que se coloque a la mujer en el lugar que realmente tiene en la sociedad. Las mismas escritoras apenas se atreven a diseñar tipos de mujeres, tales como son, con sus grandezas, sus fealdades y sus miserias íntimas, y sometidas siempre a humillante subordinación, cualesquiera que sean su rango y su suerte. No sé si es porque las autoras no se han atrevido a arrostrar el escándalo de fotografiarse interiormente con demasiada exactitud, lo que equivaldría, en cierto modo, a desnudarse delante del público... De todas maneras, pienso que la novela de la mujer no está escrita todavía, y que para hacerla es menester que su autor sea médico, cura o mujer, y aun mejor, unir estas tres actividades en una extraña colaboración.

La sociedad ha querido dividir a las mujeres civilizadas en dos grandes grupos: las honradas y las impuras. Qué misterioso tabique del corazón femenino divide los dos órdenes de sentimientos que nos obliga a figurar en uno u otro bando, es cosa que la más minuciosa anatomía no ha logrado precisar aún. Balzac sólo descubre que una mujer honrada tiene «una fibra de más o de menos en el corazón». Quiere esto decir que o tiene una voluntad superior a todas las tentaciones (fibras de más), o que su manera de sentir el amor es en extremo defectuosa (fibra de menos). De todas maneras, es algo que sale del marco de la normalidad. Claro está que el gran humanista se refería a la honradez real. Sin embargo, en sociedad, se hace necesario agrupar la honradez real y la aparente en una misma categoría. ¿De qué rincón del alma humana brotan los impulsos que mantienen a una mujer dentro de este estado, las más de las veces opuesto a todas las leyes del instinto? He pensado muchas veces en esto, para llegar a la conclusión de que una honrada, real o aparente, lo es por religión, por ignorancia, por hipocresía (léase cálculo, si se quiere) o por un complejo y no bien definido sentimiento en que las ideas de lo vergonzoso, de lo sucio y de lo que debe esconderse, se asocian de mil diversas maneras. Claro está que no hablo de la honradez por amor verdadero, traducida en fidelidad, que es, de todas, la única racional. Al pensar así, no pretendo ser el abogado de mi propia causa. Jamás, lo repito, este libro habrá de publicarse.

Tengo la desgracia de pensar mucho, y a fuerza de hacerlo y de padecer y sentir, mis ideas acerca del bien y del mal se han embrollado de un modo extraordinario. Mi vida entera, ahora que la abarco con una sola mirada, se me antoja como el resultado de una terrible contradicción exterior, de la cual he sido mísero juguete. He realizado el mal, en el sentido corriente de la palabra, y no me considero mala. ¡Oh, lo juro en este instante en que hablo ante mí misma como lo haría ante el tribunal de Dios! Y lo único que siento, hoy, que me propongo reunir, en unas cuantas páginas, hasta los menores incidentes de esa vida, buena o mala, es no tener la libertad de un hombre, para estampar, como Daudet, al frente de este manuscrito, sobre el cual no se posarán otras miradas que las mías, esta dedicatoria, humilde y altiva al mismo tiempo, que parece querer escapárseme del alma: «Para mi hija, cuando cumpla veinte años».

Pero, ¿llegaré realmente a terminar la obra que ahora empiezo? ¿No será el mío un antojo de mujer, fugaz como todas nuestras determinaciones? ¿Tendré fuerzas para terminar un trabajo que requiere tiempo, constancia, minuciosidad y facultades literarias que no todos poseen? Lo ignoro. Pero sí sé que mi memoria, de una lucidez extrema cuando se trata de acontecimientos de mi propia vida, me ofrece lo pasado como un cuadro en plena luz, donde no se pierde ni el más insignificante detalle. En cuanto al tiempo, no me falta, mientras mi marido, empeñado en perseguir la fortuna, pase lejos de mí la mayor parte del día, desarrollando sus proyectos de gran industria azucarera o entretenido en otras ocupaciones menos ingratas —¿quién puede saber lo que hacen los hombres en la calle?— de las cuales, como es natural, nada me dice.

No me detengo más, y suelto la barca. Lo único que haré es dividir mi viaje en tres jornadas, que pudieran llamarse: «El reinado de las ilusiones», «La muerte de las ilusiones» y «El renacimiento de la ilusión». Mi libro, si llega a su fin, tendrá tres partes.

Primera Parte

I

Tomo mi vida en el punto más lejano adonde alcanzan mis recuerdos. Mi niñez, en Santa Clara, la ciudad provinciana, triste y silenciosa, fue la de casi todas las muchachas de nuestra clase ligeramente acomodada. Un poco más severa la educación, tal vez, y en eso consistía la única diferencia. Mis padres, mi tía Antonia, mi hermana Alicia, mi hermano Gastón y yo vivíamos en una antigua casa, con arboleda en el patio y grandes habitaciones embaldosadas a cuadros amarillos y rojos. La tía Antonia era solterona, hermana de mi abuela paterna, y ocupaba dos cuartos separados del resto de la casa, dedicándose por completo a cuidar dos gatos, y una cotorra que casi nunca se separaban de su lado. Me parece verla aún, gruesa y arisca, gozando de una actividad y una salud, raras a sus sesenta y cinco años, y dispuesta siempre a esgrimir su malévola lengua, como una lanza, contra todo el género humano.

Mi padre, en cambio, tenía un carácter dulce y por lo general poco comunicativo. Era procurador de la Audiencia y, además, poseía en arrendamiento una finca, a poca distancia de la población, que dedicaba desde hacía algunos años al cultivo de la caña. A pesar de esta doble actividad, no consiguió nunca reunir una fortuna. Por las madrugadas salía siempre a caballo, acompañado del negro Patricio, antiguo esclavo de mi abuelo. Iba a la finca, de donde regresaba a las once, para cambiar de traje, almorzar apresuradamente y dirigirse a la Audiencia. Algunas veces, antes de bajar del caballo, me tomaba en sus brazos, a mí que era la más pequeña, y sentándome sobre el arzón de su silla, me hacía dar un paseo de dos cuadras, mientras Gastón rabiaba en la puerta, gritando que era a él a quien debían llevar, porque era hombre. Por la tarde llegaba papá antes de ponerse el sol; tomaba su baño templado, se calzaba las zapatillas, y no salía más a la calle hasta el día siguiente. Mi madre, en la mesa y en la sala, se sentaba siempre a su lado, aun cuando estuvieran horas enteras sin cruzar una palabra; ella cosiendo o tejiendo y él leyendo los periódicos.

Mi madre, mi tía, mis dos hermanos y yo, vivíamos durante el día recluidos en la casa, sin que los niños de la vecindad vinieran a ella ni nos permitieran salir a jugar con ellos. Mamá quería tenernos siempre al alcance de su vista. Era dulce, y nos colmaba de caricias cuando nos portábamos bien; pero su fisonomía cambiaba, de pronto, si tenía que reprendernos, y su voz, breve y seca, no admitía réplica. Ocupada siempre en algún quehacer de la casa, no nos olvidaba un instante, observando lo que hacíamos cuando menos lo esperábamos. Así llenaba todas las horas del día. Recuerdo sus batas siempre blancas, de anchas mangas, y el ademán peculiar con que las echaba hacia atrás mostrando los blancos brazos, cuando impaciente, para enseñar a las criadas, tomaba la escoba o removía cacerolas en la cocina. Los sábados parecía gozar extraordinariamente, entre los cubos del baldeo y los largos escobillones que perseguían las telarañas en el techo. Toda la casa se ponía en movimiento, en aquellos días, recorrida por los ojos vivos y movibles de mamá, que no perdía un solo detalle de la limpieza, mientras las dos criadas, sudorosas, se multiplicaban. Mis hermanos y yo íbamos entonces a refugiarnos en la arboleda, a la sombra de los viejos mangos y de los enormes mamoncillos, temerosos de su cólera, que estallaba con más frecuencia en esos días de febril trabajo.

Mi hermana Alicia ayudaba a mamá, cuidándonos a Gastón y a mí, con la seriedad de una mujer ya hecha. Era cuatro años mayor que yo y contaba dos más que Gastón. Alta y rubia, tenía, al cumplir los doce, la misma gravedad dulce que la caracteriza ahora, la misma hermosura un poco imponente y casi majestuosa, la misma sonrisa bondadosa y discreta. Yo, en cambio, era menos bonita y tenía un carácter más audaz, un pelo más oscuro y los ojos más vivos, aunque también algo soñadores. Conservo dos retratos que me representan a los ocho años con el vestido corto, el pelo sobre los hombros y dos hoyuelos un tanto maliciosos en las mejillas. Estos retratos han servido para avivar mis recuerdos, haciéndome evocar una multitud de detalles perdidos en los rincones de la memoria.

En los ojos de esas viejas fotografías chispea la curiosidad, que ha sido el rasgo más saliente de mi temperamento. He tenido, en efecto, la manía de saberlo todo, de querer explicarme el por qué y el cómo de

13

cada cosa, de no aceptar como verdad nada que no me pareciera explicable. Mi madre se impacientaba, a veces, con mis preguntas, y mi padre solía burlarse cariñosamente de mí llamándome marisabidilla y materialista. Otras veces me miraba con orgullo y se le escapaba decir que yo era muy inteligente; lo que le atraía siempre una reconvención de mamá, que no quería que se nos elogiase de esa manera, para que «no nos envaneciéramos demasiado». Por lo que toca a Alicia, me contemplaba alguna vez con sus grandes ojos candorosos, asombrándose de que pudiera existir tanta indocilidad en una chiquilla como yo.

No recuerdo con exactitud en qué fecha, pero sí que fue desde muy temprano en mi niñez, aquel espíritu indócil empezó a entrever la injusticia con que están distribuidos los derechos de los sexos. Gastón gozaba de ciertas prerrogativas que me irritaban y me hacían lamentar el no haber nacido varón, en vez de hembra. Podía correr y saltar a su antojo y trepar a los árboles, sin que mamá pareciese advertirlo. En cambio, cuando yo quería imitarlo oía el terrible «¡Niña!, ¡niña!», que me dejaba paralizada. Esto hacía crecer en él la pedantería propia de los muchachos de su edad. Se mofaba de nuestros juegos, nos escondía las cintas y las costuras para hacernos rabiar o ahorcaba nuestras muñecas en los árboles del jardín, aprovechando los momentos en que nos veía distraídas en otro lado. Alicia, menos impetuosa que yo, reparaba pacientemente el daño causado, y sonreía o lloraba en silencio. Yo, por el contrario, lo increpaba con energía y algunas veces saltaba sobre él como una fierecilla para pellizcarle. Mamá inter-

14

venía casi siempre, antes de que la contienda se empeñase, y se me antojaba que era, por lo general, más tolerante con Gastón, como si a él le estuviesen permitidas en la vida muchas más cosas que a nosotras. Algunas veces su severidad se concretaba a llamar a Gastón «mariquita» y a reprocharle que se mezclara en las cosas de las niñas. Él se alejaba desdeñoso, y volvía a mortificarnos con sus bromas al poco tiempo. El pobre muchacho, a quien le prohibían juntarse con sus iguales de la misma edad, se aburría a menudo y tenía que entretenerse en algo.

Hasta en los juegos que realizábamos juntos y en la mayor armonía resaltaba aquella diferencia. Había en la arboleda un columpio, pendiente de la rama horizontal de un viejo laurel. La rama era alta, y, por consiguiente, las cuerdas muy largas permitían dar al movimiento del columpio una gran extensión. Aquel juguete nos encantaba. Gastón efectuaba vuelos fantásticos, perdiéndose a veces entre la fronda de los árboles vecinos. Mi hermana y yo tratábamos de imitarlo, y Alicia, como era mucho mayor, solía conseguirlo, ayudada por Gastón que jadeaba impulsándola furiosamente, con el propósito de llegar a asustarla. Pero, de improviso, en lo más animado de la escena, una blanca figura aparecía en el umbral de una puerta, y oíamos el peculiar silbido con que mamá nos llamaba al orden en los momentos de gran algazara.

—¡Niña! ¡Niña! ¡Alicia! Bájate esa falda y no te impulses tan fuerte —ordenaba la voz breve y seca.

—Pero, mamá, Gastón lo hace lo mismo... —se atrevía a replicar tímidamente mi hermana, deteniéndose, sin embargo, en el acto, y ordenando el vestido con un ligero rubor en el rostro.

—Gastón es hombre y puede hacerlo —insistía mamá en tono severo—, pero ustedes son unas niñas y deben darse su lugar siempre.

En el sistema de educación que empleaban mis padres, este lugar se encontraba siempre definido del modo más claro. Las niñas tenían que ser modestas, recatadas y dulces. La alegría excesiva les sentaba tan mal como el encogimiento demasiado visible. Debían saber agradar, sin caer en el dictado de petulantes. Mi madre tenía ideas acerca del cuidado y la delicadeza con que ha de dirigirse a las jovencitas, parecidas a las de un coleccionista de objetos frágiles que tuviera que remover a diario las más valiosas filigranas de cristal. A menudo nos sermoneaba dulcemente, tratando de infiltrarnos la humildad y la moderación: «Las niñas no se entretienen con ciertos juegos, ni ríen muy fuerte, ni saltan como los varones. Ustedes deben procurar que el que las vea diga para sí: ¡Qué niña tan modesta y tan dulce es ésa!» Cuando éramos pequeñitas, Alicia y yo cantábamos, sin duda para conservarnos en «nuestro lugar», esta amarga coplilla:

Papeles son papeles,
cartas son cartas;
palabras de los hombres
todas son falsas.

Ni Alicia ni Gastón ni yo fuimos a la escuela. Mi madre nos fue enseñando uno a uno lo más indispensable; y cuando todos supimos leer nos daba clases a los tres reunidos, diariamente y durante tres horas consecutivas, exactamente lo mismo que si estuviéramos en un colegio. No era una mujer vulgar. De soltera se había preparado para el magisterio, de cuya esclavitud la redimió su matrimonio con papá, cuando se disponía a hacer oposición a una plaza vacante en las escuelas públicas. Entonces tenía más de veinticinco años y había padecido mucho para conservarse honrada, pues su familia era muy pobre. No tuvo, por consiguiente, más que recordar sus antiguas aficiones, para convertirse en nuestra institutriz. Mi padre tal vez deseaba ahorrarle este trabajo, enviándonos a una escuela cercana; pero tenía la costumbre de respetar la voluntad de mamá en todo lo que se refería a nuestra dirección, y no insistió mucho en su propósito. Mi tía, por su parte, era también enemiga de los colegios, donde, según ella, se corrompía la juventud. Quedó acordado que mamá nos enseñaría la gramática, la aritmética, la geografía y algo de historia; y ella el catecismo, la historia sagrada y el bordado. A pesar de su edad, tenía manos de hada para las labores de aguja, y una vista excelente. Pero nosotros aborrecíamos sus lecciones, que eran de memoria y sin perdonarnos la omisión de una coma, a causa de su humor atrabiliario y de los castigos que nos imponía. Después de una hora de clase con la tía Antonia, era raro que uno de los tres no llevara en el brazo la huella de sus pellizcos.

Dábamos nuestras clases en un gran salón, próximo a la cocina, donde los cuadros amarillos y rojos del piso lucían gastados por los pies de tres o cuatro generaciones de habitantes, hasta el extremo de dejar que el agua se depositara en el centro de las losas después del baldeo. Allí se había improvisado nuestra escuela. Había una gran mesa de pino en el centro, y en las paredes, mapas y pequeños estantes de libros. Después del mediodía el sol trazaba en el suelo un gran cuadro de luz, en el que se dibujaba, como un encaje movedizo, la sombra de los árboles. No había reloj en la habitación, y nosotros nos guiábamos por la extensión de aquella mancha luminosa para saber casi exactamente, en cada estación, la hora en que terminábamos nuestro trabajo.

Algunos domingos, si habíamos sido estudiosos y buenos, nos llevaba mamá a pasear a la fea plazuela que hay frente al palacio del Gobernador o de visita a casa de algunas amigas. Eran nuestros días de gran expansión, porque gozábamos de un poco más de libertad y solíamos reunirnos con unos cuantos niños como nosotros. Algunos días había retreta o baile en el Liceo, y la música nos producía una alegría tal, que la recordábamos a veces durante toda una semana. Mi madre salía siempre vestida de oscuro, como convenía a una señora respetable, y no nos dejaba separarnos mucho tiempo de su lado. No obstante esta rigidez, deseábamos que llegasen los domingos, y estudiábamos con ahínco los seis días de trabajo para que no nos privaran de aquella diversión.

Un sistema de educación fundado en el aislamiento más escrupuloso no podía dejar de dar sus frutos. A los nueve años mis oídos no habían sido heridos por una sola palabra que turbara la serenidad de mi inocencia. En casa no había parejas de animales, los criados eran antiguos y de absoluta confianza, y mis padres no se hubieran atrevido a tocarse la punta de los dedos delante de nosotros. Estoy por afirmar que a Alicia, a pesar de sus treces años, le sucedía lo mismo, y que Gastón no estaba más enterado que nosotras de ciertas picardías. Mamá se deleitaba contemplándonos, satisfecha de su obra, y nos vigilaba siempre, impulsada por su innata desconfianza hacia todo lo que venía de afuera.

Cierta noche, en un descuido de aquellos recelosos ojos, sucedió algo que ha quedado profundamente grabado en mi memoria, y que me ha hecho después sonreír muchas veces. Una hermosa niña de doce años, hija de un antiguo compañero de mi padre, muerto hacía mucho tiempo, charlaba con Alicia y conmigo, refugiadas las tres en uno de los más oscuros rincones del portal, mientras Gastón, como un zángano, rondaba cerca de nosotras, sin atreverse a incorporarse al grupo. Nuestra amiguita, mujer precoz, de grandes y maliciosos ojos negros y una cara redonda llena de lunares y de hoyuelos, hablaba mucho, voluble y locuaz, de cosas que ni mi hermana ni yo entendíamos. Y de pronto, después de una necia pregunta de Alicia, soltó la risa y dio detalles. «¡Claro, bobas! ¡El matrimonio es para eso! Si no, ¿cómo habría niños?» Un rayo de luz en pleno cerebro, algo como un choque brusco, y luego una súbita reacción de protesta fue lo que experimenté —lo recuerdo como si hubiera acaecido ayer—; y repliqué indignada, sin poder contenerme:

—Eso lo harán los matrimonios indecentes. Mi padre y mi madre te aseguro que no.

Mamá, desde el otro extremo del portal, donde hablaba con la madre de aquella niña, vio el gesto de

19

mi cólera, oyó la carcajada, sonora y burlesca, con que respondió la muy loca, y vino hacia nosotras, desconfiada, con el pliegue de una aguda sospecha marcada en la severa frente.

—¡Vamos a ver! ¿De qué hablaban ustedes?

Por toda contestación, Alicia y yo bajamos los ojos, confusas; pero nuestra amiguita, con su imperturbable aplomo, nos sacó del apuro.

—De nada, señora Conchita. ¡Boberías...! Esta niña Victoria, que dice que los ministros protestantes no son curas, porque se casan...

—¡Bah! Jueguen a lo que quieran; pero no se metan en las cosas de la religión —replicó mamá. Y en el resto de la noche procuró no alejarse mucho de nuestro lado.

Aunque lo que nos había dicho Graciela —que así se llamaba aquella niña— me parecía horrible y absurdo, no por eso dejé de pensar en ello muchas veces. Por la noche, a la hora de acostarnos, cuando me encontré a solas con mi hermana, quise hablarle de este asunto y saber su opinión; pero ella lo tomó en otro sentido.

—Viste qué descarada —me dijo—. Estoy segura de que mamá sospechó algo...

—Pero, ¿crees tú que, cuando una se casa... es así como ella dice?

Alicia se encogió de hombros, con mal humor, cortando la conversación.

—¡Bah, hija! Somos muy chiquillas ahora para pensar en esas cosas. Cuando seamos mayores lo sabremos.

Con su sano equilibrio de alma, mi hermana apartaba siempre de sí los problemas que no podía resolver

20

de momento. Conocía su carácter, y me fue imposible sacarle una palabra más. Yo, en cambio, medité mucho en la revelación que acababan de hacerme, buscando la confirmación o la negativa en las personas y las cosas que había a mi alrededor. ¿A qué hora podían realizarse aquellos hechos? Graciela nos había dicho que los casados dormían juntos. Y recordaba que, muchas mañanas, me había sorprendido el encontrar intacta la estrecha cama de hierro que había en el cuarto de papá. ¿Sería verdad...? ¡Qué asco! No sé por qué, al pensarlo, el concepto en que tenía a mamá se rebajó considerablemente en mi espíritu. Mis ideas acerca de ciertas interioridades del cuerpo eran confusas y estaban relacionadas con sentimientos de repugnancia y de vergüenza, de los cuales eran inseparables. No concebía que se pudiese ni siquiera hablar de eso a otras personas, y menos que alguien, que no fuese uno mismo, consiguiera llegar hasta allí. Cuando Gastón hablaba de porquerías, con esa complacencia que los muchachos sienten en provocarle a una asco, para vernos escupir con náuseas, le tapaba la boca con la mano, rabiosa por su desfachatez. «¡Cochino! ¡Puerco! ¿No se te ensucia la boca con esas indecencias?» No hacía distinción entre unas cosas y otras de las clasificadas en aquella ambigua categoría de «cochinadas». Por eso, muchas veces, las conversaciones de Graciela, que era muy libre en su manera de hablar, me mortificaban, a pesar de lo mucho que la quería; aunque no me molestaban tanto como las suciedades de Gastón, porque, al fin y al cabo, era mujer como yo. Pero la crudeza con que se expresó aquella noche y lo que dijo, me habían hecho una impresión mucho más honda que todo lo que había oído

21

hasta entonces. ¿Sería verdad que era yo una boba al negar que *aquello* existiese y al mostrarme escandalizada como si acabara de ver al diablo?

Mi curiosidad adquirió formas enfermizas, tanto más atormentadoras cuanto que no tenía a quien comunicarle mis observaciones. Adivinaba la existencia del misterio en torno mío, y hubiera dado la mitad de la vida nada más que por penetrarlo.Afortunadamente no pensaba en eso de una manera continua, atraída por el estudio y por el juego que empujaban mi pensamiento en otras direcciones. Sólo que algo vigilaba en mí, espiando constantemente a los demás y a cuanto podía encerrar la clave del enigma, aun en los momentos en que más distraída parecía. La indiferencia de Alicia me irritaba. Puestas las dos a investigar, nuestra tarea hubiese sido mucho más fácil. Pero mi hermana, además de su natural poco curioso y hasta algo apático, empezaba a languidecer y a mostrarse huraña y perezosa, deslizándose de sillón en sillón y quejándose de frecuentes dolores en la cabeza y los riñones. Acabé por dejarla entregada a sus achaques, y proseguí mis pesquisas, cada día más aburrida de tener que jugar sola o en compañía de Gastón.

Poco a poco mis observaciones fueron inclinándose hacia éste, que era hombre, y, por consiguiente, tenía que parecerse a todos los demás hombres del mundo. Acechaba sus descuidos, con astucia de gata, para ver «como estaba hecho»; pero lo que pude averiguar no aclaraba gran cosa mis dudas. Era como todos los niños pequeñitos que se muestran desnudos en sus cunas. Él sabía poco más o menos lo mismo que nosotras acerca de lo que yo quería aprender, puesto que mamá tampoco lo dejaba solo mucho tiempo y no se reunía sino en su presencia con los otros muchachos. A veces lo interrogaba con disimulo, o le daba bromas con una niña de la vecindad con quien solía hablar por los agujeros de la cerca. Gastón se hacía el misterioso, con su petulancia de varón, hablando con evasivas, o soltaba alguna de sus porquerías, nombrando lo que les restregaría por la cara o todas las chiquillas. Me impacientaba, comprendiendo que aquel grandullón lo ignoraba todo y quería también averiguar lo que no sabía, lo mismo que yo, y concluía dándole un empujón, para enviarlo lejos de mí.

—¡Anda, estúpido! No sabes decir más que suciedades... Hacen bien en burlarse de ti los otros muchachos...

Los achaques de Alicia atrajeron por fin mi atención, fatigada ya de espiar infructuosamente al mequetrefe de mi hermano. En pocas semanas adelgazó, perdió el apetito y adquirió un verdadero aspecto de enferma. Pero no era, sin duda, muy grave su mal, porque mamá sonreía con cierta malicia al verla extendida en las mecedoras, y papá permanecía muy tranquilo en sus ocupaciones, como si nada sucediese. Recordaba que cuando, dos años antes, tuvimos los tres el sarampión, una especie de locura se apoderó de mis padres, que no se separaron un instante de nuestras camas. Esto me confirmaba en la creencia de que lo de Alicia no era una enfermedad, sino alguna otra cosa, y despertó mis sospechas, que empezaron entonces a encaminarse por este nuevo rumbo.

Mi hermana y yo dormíamos, como dije antes, en el mismo cuarto; pero Alicia se alejaba de mí, rehuía mis preguntas y se mostraba mucho más reservada que de costumbre. Por esta reserva conocí que había hablado con mamá sobre sus padecimientos. Aparenté que no me fijaba en eso, y procuré no perderla de vista. Una noche, por fin, advertí que se escondía para arreglar algo, antes de apagar la luz, y, sin darle tiempo para preparar una disculpa, caí sobre ella y la acosé a preguntas. Después quise ver; y ella, rechazándome dulcemente, me lo contó todo. Hacía dos días que la crisis se había presentado. Desde que se anunció, mamá la previno y le dio consejos; de otra manera aquello la hubiera asustado mucho... Y hablaba con expresión tranquila y seria, recomendándome el silencio delante de mi madre, e indudablemente satisfecha de la superioridad que le daba su nueva situación sobre mí.

Fue un nuevo trastorno en mis ideas el de aquella noche. Recordé que Graciela nos había hablado también de aquel fenómeno preguntándole a Alicia que si no lo había experimentado aún, y afirmando con mucha seriedad que ya ella «era mujer». Empezaba a entrever que aquella loca tenía en todo razón, y esto me desagradaba, obligándome a confesarme que era una tonta, al lado de la sabiduría de mi amiguita. Mi amor propio sufría a causa de mi ignorancia, y tenía que convenir en que muy escasa luz me habían traído todas mis investigaciones. Sin embargo, pocos velos hay que resistan a una curiosidad femenina que acecha pacientemente. La previsión de mamá había escogido a los criados, proscrito las parejas de animales que pudieran ilustrarnos acerca de la gran inmoralidad de la naturaleza y alejado las compañías peligrosas; pero no pudo despoblar el aire de gorriones, ni la arboleda de mariposas y lagartijas, ni el comedor de moscas, ni logró impedir que una de las gatas de mi tía Antonia pariera cinco gatitos, el último en presencia nuestra. Las pruebas se acumulaban, gracias a la idea central que me había dado Graciela, y ciertamente que yo no las dejaba pasar inadvertidas. Y lo extraordinario era que, al caer uno a uno los pétalos de la inocencia, se iba abriendo más lozana la rosa del pudor. Gastón, que había visto como yo el parto de la gata, trataba de molestarme recordando los detalles cuando mamá no podía oírle, y ahora era yo la que le impedía hablar, roja de vergüenza:

—¡Indecente! ¡Te callas o se lo digo todo a mamá! No quiero oír eso...

Empezaba a ser mujer, sin que nadie me lo hubiera enseñado. Quería saber siempre más, pero aprendía a disimular mis impresiones. De ahí que ni mi madre ni mi tía, a pesar de la suspicacia con que nos examinaban continuamente, llegaran a sospechar el más insignificante de mis descubrimientos. Nunca, en efecto, delante de ellas, y mientras estudiaba uno por uno todos sus ademanes y espiaba sus palabras para unirlas a mi colección, mis ojos brillaban con más serena expresión de candor, ni se abatieron con mayor modestia sobre las baldosas del piso.

Así viví algunos meses.

II

El 28 de febrero de 1895 iba a cumplir once años. El año anterior me llevé todos los premios de nuestra clase, en el resumen final que hacía mi madre, el 31 de diciembre, de los trabajos hechos en los doce meses. Papá me entregó, con verdadera solemnidad, un volumen, lujosamente empastado, del *Almacén de las señoritas*, que era la principal recompensa y, además, me prometieron llevarme a La Habana, después de mi cumpleaños, y permitirme concurrir a un baile infantil de carnaval. En mes y medio no hablé sino del baile, y hasta olvidé por completo mis observaciones de la naturaleza.

En realidad, aquellas observaciones me fatigaban. Lo más que podía comprobar era que los animales resultaban tales como Graciela describía a los seres humanos, y esto no satisfacía, ni a medias siquiera, la natural ambición de mi espíritu. Mi conciencia, al abandonar las inocentes playas donde hubiera vivido todavía algún tiempo a no ser por Graciela, necesitaba un rumbo y una brújula, y los tuvo. Le debía a mi madre las ideas que llenaron aquel vacío moral, sin que ella supiese, naturalmente, que el tal vacío existiera. Algunas veces nos hablaba del alma y de la materia, y a la teoría de esta dualidad se amoldó mi mente, encontrando en ella la explicación de muchas cosas al parecer incomprensibles. Me complacía, por ejemplo, el achacarle a la materia todas las fcaldades y las podredumbres de la vida y al alma todo lo que había en el mundo de bello, de armónico y de agradable. Los animales no tenían alma: eran toda materia, y esta circunstancia justificaba muchas de sus costumbres. Un paso más y llegaba a esta conclusión: el alma es de Dios; la materia, del diablo. Mamá era profundamente religiosa, aunque no practicaba con mucha frecuencia, y me infiltraba la sencillez de su fe. Mi pensamiento, no muy seguro de sí mismo, reposaba en estas ideas, que encerraban la clave para interpretarlo todo, sin ir demasiado lejos a buscar el significado de ciertos enigmas. Y como tenía la volubilidad propia de mis años, y no era más que simplemente curiosa, con satisfacer de cualquier manera esa curiosidad quedaba tranquila por completo.

El baile me tenía casi trastornada. No había visto sino desde la calle y durante algunos minutos las salas llenas de luz y de flores, donde daban vueltas, al compás de la música, muchas parejas enlazadas. En mi imaginación exaltada, el que iba a presenciar adquiría proporciones fantásticas. Alicia sonreía, casi maternalmente, al oírme hablar de lo que íbamos a divertirnos, y Gastón se burlaba llamándome «guajira» y cursi, que no sabría qué hacer cuando estuviera en el salón. Desgraciadamente aquel apasionado anhelo, el primero de mi vida, no habría de verse satisfecho. Cuatro días antes de mi cumpleaños empezó la guerra. Mi padre frunció las cejas al leer la noticia en los periódicos. Recordaba las privaciones y las angustias que había sufrido en aquella otra del 68, que duró diez años y que había consumado la ruina de su familia y la muerte de sus padres y de tres hermanos. Delante de él era imposible hablar de revoluciones sin verlo palidecer y cubrirse su semblante con un velo sombrío. No era posible, pues, pensar en bailes ante aquella nerviosa angustia que se traducía en largos silencios y agitados paseos por la casa, con las manos en los bolsillos del pantalón. Lloré, sin que me vieran, la muerte de mis ilusiones, y durante muchos días estuve triste, aunque no me atrevía a quejarme, más afectada por el dolor de papá que por mi propia pena. Mamá se dirigía a mi razón:

—Tú ves cómo está tu pobre padre, hijita. Ya tú eres casi una mujer y puedes darte cuenta de las cosas. Que no te vea llorosa ni de mal humor. Cuando la guerra se acabe, que se acabará pronto, iremos, no a uno sino a varios bailes. ¡Yo te lo prometo!

Aquella frase, «yo te lo prometo», encerraba un poema en labios de mi madre. Cuando ella decía: «Yo te lo prometo» daba a las palabras el énfasis de un compromiso formal, de una seguridad solemne y definitiva, que debía dar por terminadas todas las controversias. Podía confiarse ciegamente en la promesa así empeñada, y la esperanza me reanimaba. Además, la guerra había traído una ligera relajación de la disciplina a que vivíamos sujetos. Estudiábamos menos y jugábamos más. Papá no iba todas las mañanas a su finca, como antes, y desatendía un poco sus negocios de la Audiencia. Prefería quedarse en casa, abstraído en sus meditaciones o leyendo los periódicos, que devoraba con verdadera avidez. En esos días mamá se quedaba junto a él; no había clase, y nos pasábamos a veces horas enteras sin que viniese a ver lo que estábamos haciendo. La tía Antonia, más hosca y gruñona que nunca, se encerraba en su cuarto, donde sostenía conversaciones con sus gatos y su cotorra, como si fuesen personas, y nos abandonaba en la arboleda, que nos parecía más nuestra y más agradable al pensar que nadie nos vigilaba. Era aquella libertad como una especie de compensación a la pérdida del carnaval y del baile. Gastón subía a los árboles a coger nidos o uncía grandes lagartijas a un carrito que había hecho. Cuando se mostraban indóciles sus cabalgaduras o él se aburría del juego, las separaba del carrito y las perseguía, destripándolas a pedradas, a pesar de mis protestas y de las de Alicia. Nos faltaba el columpio, que se había roto, pero lo sustituíamos con nuevas invenciones cada día. Mi hermana no tomaba parte en todas nuestras travesuras. Había crecido mucho, y tenía una formalidad de mujercita que la obligaba a intervenir muchas veces para reprendernos. Sin embargo, creo que también experimentaba como Gastón y yo, el goce de no tener quien observase lo que hacíamos.

Un día estuvimos a punto de provocar una grave perturbación doméstica. Se le ocurrió a Gastón amarrar una lata al rabo de una de las gatas de mi tía, y el pobre animal, que no estaba habituado a que lo trataran de ese modo, huyó hacia el cuarto de su dueña arrastrando su carga entre saltos y bufidos. La anciana cayó en medio de nosotros, furiosa como si lo que acababa de suceder fuera el mayor ultraje que podía recibir su gruesa persona, llena de carnosidades y de arrugas. Ordinariamente no era dulce en su trato; pero aquella vez, perdida por completo la serenidad, intentó pegarle a Gastón, con un palo que cogió del suelo, y nos dijo tales cosas que Alicia y yo nos echamos a llorar desoladamente. Mi madre intervino, riñendo a Gastón; mas la tía Antonia, sin darse por satisfecha, continuó colmándonos de improperios, convulsa y con los ojos saltándosele de sus órbitas. Entonces mamá, un poco molesta, se encaró con ella.

—Vamos, Antonia; ésa no es manera de dirigirse a unos niños. Parece mentira que por un gato armes ese escándalo...

La solterona envolvió a mi madre en una mirada terrible, y en el paroxismo de la cólera dejó ver todo el fondo de su alma saturada de hiel.

—¡No quiero que se toque a mis animales, lo oyes! Si es necesario me iré de aquí, pero no permito siquiera que los miren... ¡Esa gata es mejor que ellos! ¡Vale más que los tres juntos! ¡Para que lo sepas de una vez! Quiero a mis animales, porque ellos son mi única familia, y no consiento salvajadas con ellos. ¡Mi única familia! ¿Me entiendes bien? De ellos no he recibido ni recibiré nunca desengaños... Si no lo sabías, ahora lo saben tú y tus hijos... Enseguida arreglaré mis cosas y me iré de esta casa...

Su furia se deshizo en una crisis nerviosa, con gemidos y grandes estremecimientos. Fue necesario desabrocharla, hacerle aspirar sales y darle mucho tiempo aire con un abanico. Alicia, Gastón y yo estábamos consternados. En tres días no jugamos en la arboleda. La tía no habló más de marcharse, pero estuvo una semana sin dirigirle a nadie la palabra y encerrada a cal y canto en su habitación, adonde le llevaban la comida por orden de mamá, que sabía que aquellos arrebatos le duraban siempre un número determinado de días.

La vi aquel día tal como era: dura, egoísta y amargada por la cruel soledad de su vida, privada de verdaderos afectos. Ni mis hermanos ni yo le profesábamos mucho cariño; pero lo que no sabía y adiviné en las pocas palabras que se cruzaron entre mi madre y ella fue la tirantez oculta que las separaba y que dio a las palabras de una y otra una singular acritud. Tengo la seguridad de que, si mamá se contentó con dirigirle un ligero reproche, fue por consideración a mi padre, de cuya familia era mi tía, y por evitar un escándalo. Pero a menudo, antes y después de la escena que he descrito, se miraban con fugaces destellos de rencor en los ojos, y se dirigían indirectamente agrias alusiones, en medio de la dulzura aparente de la conversación.

Desde aquel día nuestros juegos en la arboleda fueron menos tumultuosos: Gastón estuvo una semana castigado, sin reunirse con nosotras, y el recuerdo de sus horas de cautiverio, lo hizo más prudente en lo sucesivo. Graciela venía algunas veces a casa, y como la vigilancia no era tan severa, tuve oportunidad de aprender con ella muchas cosas; pero lejos de aprovecharlas como hubiera hecho antes, evadía sus confidencias, hostil a todo lo que pudiera llegarme de los vergonzosos misterios de la vida. Tenía ahora un pudor íntimo y salvaje, una predisposición de la conciencia contra todo lo que pareciese sospechoso de suciedad, que me hacía enrojecer frecuentemente delante de las cosas más nimias; algo parecido a aquel arrebato que me acometía cuando Gastón intentaba hablarme del parto de la gata. Mi sed de saber, mis curiosidades malsanas habían culminado en pocos meses, en este obstinado anhelo de «no saber». Lo que no era diáfano y claro, lo que no podía decirse a voces delante de todo el mundo pertenecía a los dominios del pecado.

Entonces saboreé por primera vez el acre placer de ser mejor que las otras, que sostiene a tantas mujeres en la virtud: me creía mejor que Graciela, y me sentía interiormente orgullosa de esta superioridad. Algunas veces mi orgullo se transformaba en un poco de rencor contra la alegre chiquilla que había desflorado los más albos sentimientos de mi alma, y no podía prescindir de hacer partícipe a mamá de mis confidencias.

—Mamá, Graciela es un poco loca, ¿verdad? A veces me aburre hablar mucho rato con ella.

Pero mi madre, que quería entrañablemente a aquella muchacha, aunque desconfiaba bastante de la bondad de sus ejemplos, me replicaba:

—No, hija mía. Graciela es muy buena. Te parece un poco atolondrada, porque su madre la ha dejado siempre en una libertad que en nada la favorece; pero tiene un fondo excelente.

Después de una de estas bondadosas explicaciones me sentía siempre un poco avergonzada de mi pueril deseo de emulación que acababa por empujarme a cometer una especie de deslealtad con mi amiguita.

Unos tres meses después del penoso incidente provocado por la broma de mi hermano con la gata de la tía Antonia, escuché de labios de ésta una afirmación que prueba hasta qué punto es fuerte en el corazón de la mujer este espíritu de emulación que por sí solo basta para explicar la virtud, como explica el heroísmo y la santidad en los hombres. Precisamente estaba ese día Graciela en casa, y su mamá, la mía, otra señora y mi tía, hablaban en la saleta de comer, mientras la criada preparaba una limonada, pues hacía un horrible calor. Entré en la saleta a tomar agua, y me detuve en la puerta, sorprendida por las palabras que escuché. Sin duda se refería a alguna mujer, cuyo nombre no había oído, porque, en el momento de entrar yo, la mamá de Graciela decía, con su expresión bonachona y tolerante de siempre:

—Yo, hija, disculpo muchas cosas y no hablo mal de ella, porque he visto tanto en la vida...

Mi tía, que bordaba en silencio en frente de ella, suspendió el trabajo, como impulsada por un resorte; puso su labor sobre el regazo, la miró un momento fijamente y dijo con acento vibrante y agresivo:

—¡Pues yo sí hablo! No admito que otras puedan ser iguales a mí, que nunca besé a un hombre, ni siquiera con el pensamiento, y he llegado a los sesenta y cinco años sin que nadie pueda vanagloriarse de haberme tocado la punta de los dedos. En eso...

Se interrumpió ante un vivo ademán de mamá, indicándole que yo escuchaba, y volvió a su labor, murmurando entre dientes:

—¡En eso sí que no transijo!

Escapé hacia el patio, sin tomar el agua, y oí que Graciela, que me seguía y había escuchado, como yo, las últimas palabras, exclamaba, riendo burlonamente:

—¡Tiene gracia! No sé quién iba a tener el mal gusto de besar a semejante hipopótamo.

En el mes de julio empezó a hablarse en casa de la conveniencia de abandonar el país. Mi padre, más taciturno que nunca, empezaba a dar muestras frecuentes de una intensa inquietud. El negro Patricio huyó una noche al monte para reunirse con los insurrectos, y a los pocos días desapareció el único hermano de Graciela, con tan mala suerte que lo prendieron al salir, muriendo de fiebre en una fortaleza algunos meses después. Vivíamos en constante zozobra. La ciudad, tranquila hasta entonces, empezaba a animarse con las escenas de una actividad militar incipiente. Llegaban y salían trenes con soldados y se veían oficiales en las calles a todas horas. Entre tanto, Alicia crecía, se redondeaba, adquiría aire y modales de señorita, con la falda a media pierna y el seno que empezaba a abultarse. Las desgracias de nuestra familia, la preocupación de papá y la posibilidad de tener que emigrar, maduraban su alma antes de tiempo, tornándola más formal y más reflexiva que de costumbre. A veces, al acostarnos, veía sus formas al través de la transparencia de la camisa, y la envidiaba ligeramente. Quería crecer, convertirme en una persona mayor y que me escucharan en las conversaciones, como comenzaban a hacer con mi hermana. Aquélla fue la nueva pasión que se apoderó de mi alma. Me miraba al espejo y estiraba mi vestido para contemplar mi seno, liso como una tabla todavía, con la rabia de no verlo hincharse y crecer como el suyo. Y al salir Alicia del cuarto, me probaba sus corsés rellenándolos con trapos, para calcular, poco más o menos, cómo luciría cuando la naturaleza me otorgara los mismos dones...

El principal obstáculo para nuestro viaje, si llegábamos a decidirlo, era mi tía Antonia. Se negó obstinadamente a acompañarnos, y era difícil encontrar dónde alojarla porque nadie la quería en su casa, de tal modo se le temía a su carácter y a los animales que no dejaría por nada del mundo. Ella tenía una pequeña renta que le permitía vivir modestamente, sin ser gravosa;

pero nuestras amistades la conocían demasiado para aceptar la peligrosa carga de su compañía.

Mi tía no era mala, y su trato resultaba casi agradable cuando estaba de buen humor; más esto acaecía pocas veces, teniendo, en cambio, la variabilidad de carácter de todos los maniáticos en quienes las fluctuaciones de la conciencia no dependen de causas externas, sino interiores. Inesperadamente, una tarde quedó resuelto el conflicto: la tía Antonia iría a casa de la madre de Graciela, que estaba en una situación difícil después de la prisión de su hijo y a quien la ayuda pecuniaria de la solterona no vendría mal en aquellos momentos. Era quizás la única persona en el mundo capaz de hacerse cargo de una misión semejante.

En mi seminconciencia de chiquilla, donde la imaginación imperaba subordinándolo todo al capricho de sus vuelos fantásticos, aquel viaje por el mar, a países desconocidos, me encantaba. Estaba triste cuando veía el pesar y la duda reflejados en el semblante de papá, y saltaba enseguida de júbilo pensando en que dentro de poco tiempo nos embarcaríamos. Hubiera deseado hablar mucho con Graciela de vapores, de hoteles y de trajes de invierno, porque Alicia no mostraba mucho entusiasmo por el viaje y apenas me atendía cuando le trataba de estos asuntos. Pero la pobre Graciela había cambiado mucho después de la desgracia de su hermano. Estaba desconocida la traviesa muchacha. También ella crecía y se redondeaba, adquiriendo tentadores contornos, y aun su belleza asumía un nuevo encanto con la expresión de melancolía que velaba el brillo de sus ardientes ojos oscuros; mas lo que ganaba su exterior, siempre interesante, lo perdía la gracia de su charla. Gastón rondaba en torno de ella, como de costumbre, enamorado hasta dejar caer la baba y tímido ante sus bromas como un mentecato. Pero la niña no se burlaba ya de él como otras veces, llamándole idiota, pollo zancudo y otras lindezas, y sacándole desde lejos la lengua con el despectivo mohín de su linda boca. Ahora tenía ella otro aire y otras maneras. Y es que su coquetería inagotable se plegaba fácilmente al grave papel que las circunstancias le imponían, y sacaba partido de la seriedad y la tristeza, como antes lo sacaba del aturdimiento y la alegría.

—¡Qué feliz eres, chica, al poder embarcarte! —me decía con lánguida expresión de ensueño—. Seguramente hay cosas muy lindas en el mundo... Pero ya sabes: mamá y yo no podemos pensar en eso... Nos quedaremos aquí, y suceda lo que Dios quiera...

Ponía cara de mártir al resumir de este modo su resignación ante el mandato del destino. ¡Era inimitable aquella chiquilla!

Aunque todavía no se hablaba de lugares ni de fecha, nuestra partida estaba resuelta en principio. Mi padre tenía, sin embargo, poderosos motivos para aplazarla. La guerra había estallado cuando una zafra tocaba a su término. Todavía podría efectuarse la otra, la que iba a dar comienzo en diciembre. La caña valía algunos miles de pesos, si llegaba a molerse, pero abandonada se perdería totalmente. Para un viaje inmediato, no había, pues, más que los pequeños ahorros de mi padre y el valor de algunas prendas de mi madre, estando toda nuestra modesta fortuna representada en aquella caña. Por un momento pensó papá que nos embarcásemos nosotros, mientras él se quedaba el tiempo necesario para liquidar los negocios; pero mi madre se opuso con tan enérgica resolución, que no volvió a hablar de este proyecto. En aquellos instantes de prueba fue cuando la calma valerosa de mamá llegó a los límites de lo sublime. Había adquirido su rostro hasta un aire de resolución que no le conocíamos. ¿Que no había dinero? ¡Bueno! Con dos brazos y dos manos nadie se moría de hambre en ninguna parte del mundo. Lo esencial era estar saludables y todos reunidos. De este modo, si la casa había de derrumbarse, nos aplastaría a todos juntos. Al lado de aquella compañera animosa, el espíritu del pobre papá se reanimaba algunas veces y llegaba a sonreír. A veces, avergonzado de su debilidad, solía decirle, a manera de elogio:

—¡Soy un badulaque! No sé qué hubiera sido de mí si no llego a casarme contigo.

Para mí lo esencial era que nos iríamos al fin. Pensaba en eso constantemente y con el mismo apasionamiento con que antes había acariciado la idea del baile aun cuando casi nunca hablase a nadie de mis sueños. En casa se trataba algunas veces de trajes y de modas de invierno, que serían indispensables para el viaje. Yo también cogía las revistas de moda de mamá y las devoraba en un rincón, cuando nadie me veía. Así me pasaba largas horas, entretenida y silenciosa. Las cintas y los trapos me habían atraído siempre con una seducción irresistible; pero en aquellos días de fiebre mi pasión se convertía en una verdadera voluptuosidad ante los modelos pintados, que de antemano sabía que no iban a confeccionarme nunca. Viendo un vestido que me gustaba sentía como la impresión de caricia en la piel que me hubiera producido al ponérmelo. Y, cerrando los ojos, me imaginaba vestida con él, experimentando una satisfacción ideal muy parecida a la realidad. De este modo renovaba a mi gusto y sin costo alguno las emociones. Era evidente que mis nervios empezaban a sufrir una singular alteración que acaso venía preparándose desde algún tiempo antes. Lo que más caracterizaba este desorden era una irritabilidad exagerada. Los perfumes y los colores me trastornaban algunas veces, y en algunos momentos la presencia de una persona, aunque fuera de mi familia, se me hacía intolerable. Por eso prefería la soledad a la compañía de mis hermanos, y buscaba los rincones para entregarme a mis largos soliloquios frente a los figurines.

—¡Ah! Ya está la loca con sus modisturas —solía decir Alicia riendo, al pasar por mi lado y verme esconder de prisa el cuaderno de modas.

La loca se ruborizaba al verse sorprendida, y durante unos minutos guardaba rencor a su hermana por la sorpresa. Eran efectos de la «edad de la punzada», como llamaba mi madre al conjunto de rarezas que constituían mi carácter de entonces.

Mientras la guerra iba acercándose cada vez más a nosotros, más retraída era la vida que hacíamos, encerrados en nuestro viejo caserón como un grupo de moluscos en una concha. Pasaban los trenes militares, y algunos vaciaban en la ciudad su contenido de carne joven cubierta con uniformes azules de campaña. La animación oficial crecía con aquel flujo y reflujo de soldados. Menudeaban las retretas, ofrecidas de noche al pueblo por las bandas militares, y la oficialidad, numerosa y turbulenta, procuraba divertirse alternando con el elemento civil. Con cualquier motivo se improvisaban bailes y asaltos, cuya música llegaba con mucha frecuencia a nuestros oídos. Pero desde que había soldados en las calles y paseos, mi familia no salía de casa sino a lo más indispensable. Mis padres declinaban con dignidad y cortesía las invitaciones que les hacían y nos obligaban a vivir en perpetuo encierro. Ya no íbamos los domingos por la noche a la plaza a jugar con los otros niños, ni nos parábamos frente al Liceo las noches de baile a ver cómo daban vueltas las parejas en el salón. La guerra había abierto una honda sima entre españoles y cubanos, y los niños, como nosotros, no podíamos explicarnos la razón de aquel antagonismo.

De improviso se me presentó algo con qué entretenerme, haciéndome olvidar un poco mis folletos de modas. Un oficial, joven y apuesto, empezó a rondar nuestra casa. Venía por Alicia, no me cabía duda alguna, y se recataba tras las esquinas cuando veía aparecer a mamá o a las criadas. En cambio, en Gastón y en mí ni siquiera parecía fijarse. Tenía el talle fino y erguido, bajo su guerrera ajustada, de elegante corte, y usaba lentes y un junquillo. ¿Había advertido mi hermana sus movimientos? No podría decirlo, aunque la espiaba, porque la vi siempre impasible. Cuando, por la tarde, el oficial aparecía, a la hora en que ella estaba siempre sola en el portal, iba a esconderme detrás de las persianas del cuarto de mamá, desde donde podía observarlo todo sin ser vista. Alicia, con indiferencia real o fingida, permanecía de codos en la baranda y volvía la cabeza a un lado y a otro, mostrando una perfecta naturalidad.

En el pecho de cada mujer, aunque no haya cumplido todavía los doce años, latirá siempre algo del alma de Julieta, mientras haya Romeos en el mundo.

Yo no podía sustraerme a esta ley y me dejé subyugar por la aventura, esperando con impaciencia, todos los días, el momento en que el galán aparecería en la escena.

Desde que daban las cuatro, empezaba, pues, a observar el campo de mis pesquisas. Iba varias veces a la puerta, con disimulo, para comprobar si el oficial había llegado y estaba en su puesto. No; todavía no. Y volvía. De pronto asomaban el kepis, los lentes, el junquillo y el talle de avispa. Entonces sentía una violenta palpitación en el corazón, como si fuese yo y no mi hermana la cortejada, e iba a ocupar mi puesto en el observatorio. Alicia llegaba al poco rato, arrastrando indolentemente los pies y con el semblante tranquilo. Sus cabellos de bronce, sueltos sobre la espalda, y apenas recogidos con un lazo de seda por debajo de la nuca y su vestido a media pierna hacían parecer su estatura menos alta y su cuerpo menos desarrollado que lo que era en realidad. Sin duda por este aspecto un poco infantil, el oficial no se aventuraba, o demasiado cauteloso o quizás un poco tímido. ¿Se miraban? ¿Estaban de acuerdo? Esto es lo que no podía comprobar bien desde mi escondite. Lo que sí sabía es que, al aproximarse la hora en que mi padre salía en zapatillas a leer los periódicos, el gentil guerrero desaparecía como si lo hubiera tragado la tierra.

Una mañana, al cabo de muchos días empleados en aquel juego, cuando menos pensaba en el enamorado, entretenida en seguir desde el portal el trabajo de unos obreros que componían la calle, vi al oficial, de repente, delante de mí. Sonreía, y me pareció ver una carta entre sus dedos. Me pareció también que los lentes y el kepis eran gigantescos, vistos de cerca.

—Niña, una palabra...—creí oírle, en el estupor de mi sorpresa.

No quise oírle. Huí hacia adentro, a todo correr, sin esperar más, y no habiendo prorrumpido en gritos por milagro; mientras él, a su vez, se alejaba más que de prisa.

No sé si mi madre se dio cuenta de esta rápida escena o si sospechó algo por pura intuición; pero al día siguiente y en los sucesivos salió al portal a la misma hora que Alicia, con lo cual el bello hijo de Marte se desvaneció como el humo. Por su parte mi hermana no pareció advertir nada de esto, continuaba su vida de siempre con absoluta indiferencia.

Dos o tres semanas después, la ya casi olvidada aventura tuvo un epílogo que nos heló a todos de espanto. Mi padre estaba leyendo los diarios, poco antes de la hora de comer, frente al gran espejo de la sala y de espaldas a la calle. Yo, a su lado, recortaba figuras de periódicos ilustrados, molestada continuamente por Gastón, que se empeñaba en arrebatármelas cuando las iba concluyendo. Alicia estaba sola en el portal, pues mamá acababa de pasar, en dirección a la cocina, llamada por una de las criadas. En aquel momento vi por el espejo claramente la figura del oficial que atravesaba resueltamente la calle y se dirigía a mi hermana. Sin duda no había visto a papá o lo creyó distraído. Mi mirada atrajo seguramente la de mi padre, que siguió su dirección y se fijó en el espejo. El efecto fue rápido, fulminante como el de una bomba. El oficial levantaba con una mano la visera del kepis y con la otra le alargaba algo a Alicia; seguramente la carta que yo no había querido recibir. Mi padre lo vio todo como yo, y saltó en la silla como un tigre.

—¡Alicia! ¡Niña! —le gritó a mi hermana, con una voz que nunca le había oído— ¡Entra enseguida! ¡Y cuidado con salir más a ese portal! ¿Lo oyes?

Mamá entraba en ese instante, y lo contuvo cuando se disponía a salir, lívido y fuera de sí. El oficial se había detenido en medio de la calle, con las cejas fruncidas y en silenciosa actitud de espera; mientras la pobre Alicia corría al interior de la casa deshecha en llanto.

Nada más ocurrió, afortunadamente; pero mi madre, mi hermana y yo, que no tuvimos ánimo para comer ese día, nos pasamos temblando y rezando casi toda la noche.

Dos días después, un mueblista llamado con urgencia, adquiría en conjunto los muebles y enseres de nuestra pobre casa. Se había resuelto el viaje en una hora. La tía Antonia se había ido la víspera, con sus animales y los objetos de su uso, demasiado sensible, decía, para soportar la emoción de nuestra despedida. Mis hermanos y yo llorábamos cada vez que veíamos salir alguna pieza de nuestro ajuar que nos recordaba algún episodio o un momento feliz de nuestra vida, y mi padre, cruzado de brazos en mitad del comedor vacío, parecía de piedra. Por mi parte, me arrepentía sinceramente de haber deseado con tanto ardor aquel viaje. Sólo mamá conservaba su serenidad de espíritu, dispuesta y animosa como nunca, y en la apariencia indiferente ante el desastre de su hogar. Más de una vez he pensado, muchos años más tarde, en aquella entereza de alma demostrada por ella entonces y en los meses de prueba que siguieron, y me he sentido admirada del poder que puede desarrollar la conciencia humana cuando cree de buena fe que la voluntad de Dios está con ella. ¡Cuantas veces he envidiado en mi vida la posesión de esa ingenua creencia que hace aliado y acompañante nuestro, en los trances difíciles, nada menos que al Señor de los Cielos y Creador poderosísimo de cuanto existe! Cuando se lo hubieron llevado todo de la casa y salimos, a nuestra vez, nosotros, fue mamá quien cerró la puerta con dos vueltas de llave y se encaminó la primera hacía la calle, para darnos el ejemplo.

La víspera de la salida del vapor donde habíamos tomado pasaje, nos sorprendió, en La Habana, una dolorosa noticia. La «invasión» acababa de emprender su marcha victoriosa hacia Occidente, destruyendo cuanto hallaba a su paso. Nuestras míseras cañas sirvieron también para alimentar la enorme hoguera de la libertad. Salíamos, pues, pobres y casi desnudos, quizás para no volver, y ninguna mano amiga se tendería hacia nosotros en la tierra lcjana.

Cuatro días después llegamos a New York.

III

A los dos años de nuestra salida de La Habana, y después de veintidós meses de estancia en un colegio de
religiosas norteamericanas, mi alma había acabado
de moldearse por completo. Ya no había curiosidades
enfermizas ni terrores exagerados en mi conciencia.
Lo sabía teóricamente todo, pues no es posible que se
mantenga una absoluta inocencia de espíritu en una
jovencita educada entre trescientas condiscípulas de
más y de menos edad que ella; pero los conocimientos, los instintos y las ideas morales se habían ordenado metódicamente en mi interior, dejándome en un
estado, casi continuo, de equilibrio, de calma placen-
tera y silenciosa en lo interno, que rara vez venían a
turbar y siempre momentáneamente, las impresiones
demasiado vivas que me llegaban de afuera. Más tarde trataré de explicar esta organización íntima de mi
personalidad moral, que tan importante papel desem-
peña en mi historia, como en la de todo el mundo.

Llegamos a New York en pleno invierno, en la
época en que la inmensa capital mercantil del Norte
se abre a todas las alegrías y expansiones de la vida.
Cielo brumoso, aire frío, árboles pelados, abigarrada
multitud de hombres y mujeres cubiertos de lana o de
pieles que casi corren con febril actividad sobre aceras anchas como nuestras calles y a la sombra de edificios altísimos: he ahí mi impresión durante los primeros días de nuestra instalación, pasados casi todos
entre compras y largas horas de aburrimiento en la
habitación caliente donde se experimentaba una dulce
sensación de bienestar y de pereza. Y fue casi lo único

44

que pude entrever de aquella Babilonia moderna en unos cuantos meses, porque, por razones de economía, mis padres se alojaron en modesta casa de huéspedes, en tanto que mi hermano Gastón iba a un colegio militar de la cercanía y Alicia y yo a una pensión de religiosas católicas, situada en pleno campo y mucho más lejos.

El colegio no era triste, a pesar de los negros hábitos, las blancas tocas y la rígida disciplina de las horas de trabajo. Si no hubiera sido aquélla la primera vez que me separaba de mi familia, lo hubiera encontrado alegre, desde el día de mi llegada a él. Un grupo de edificios modernos, entre bosques y jardines, a unas cuantas millas de la población más cercana, constituía el plantel donde las monjas venían educando, desde hacía cuarenta años, a una multitud siempre creciente de niñas. El recreo y el estudio estaban allí sabiamente distribuidos, y la naturaleza era bella en todas las estaciones. En el invierno, la nieve colgaba festones caprichosos en los árboles secos, en los aleros y en las molduras de las casas. Las niñas jugábamos a lanzarnos puñados de aquel fino polvo que se deshacía como blanca espuma al chocar contra nuestros cuerpos. En la primavera, bajo el sol riente, los gorriones se abatían en bandadas sobre nosotras, y bajaban las ardillas de los árboles a comer en la mano. Nos envolvía el aire seco de las montañas y el perfume acre de los pinos. A lo lejos, las cimas azulosas parecían más limpias y más brillantes, como lavadas por el buen tiempo. Pero el otoño, sobre todo, era magnífico en aquella mansión, mitad paraíso y mitad convento. Los árboles teñidos de amarillo, de rojo, de anaranjado, de los infinitos tonos del verde, erguían sus copas polícromas bajo un ambiente tibio y un cielo pálido donde el azul parecía desvanecerse tras el velo de un polvillo luminoso disuelto en el aire. Era el festín de la luz y de los colores, entretenidos en un juego inacabable de gentilezas. En los alrededores del colegio sangraban los pinares para extraer la resina, y el olor de la savia que se escapaba por las heridas de los árboles, saturaba completamente el aire. Aquel olor era más intenso en las noches profundas, de cielo inmóvil, en que se me antojaba que la bóveda era más alta y el brillo de las estrellas más vivo que en las otras estaciones. Algunas veces aquel aroma selvático me perseguía hasta el dormitorio, turbándome con extraño vértigo, y no me dejaba dormir.

Desde que ingresamos en el colegio formamos nuestro grupito como hacían casi todas. Pero Alicia y yo, además de las razones de simpatía o de afinidad que crean esas agrupaciones pequeñas en el seno de toda colectividad, teníamos otra mucho más poderosa: cuando llegamos no sabíamos una palabra de inglés. En el colegio había cuatro o cinco compatriotas nuestras, entre ellas dos niñas de mi pueblo, las hermanas Guzmán, hijas de un comerciante español, rico y retirado de los negocios. Mi hermana y yo ingresamos, naturalmente, en la pequeña sociedad que éstas habían formado. El idioma nos unía estrechamente, a pesar de la diferencia de caracteres que, en otro lugar, quizás nos hubiera separado. Pero no constituíamos una agrupación exclusivamente nacional: con nosotras se reunían dos jovencitas norteamericanas, Jinny y Dolly, nombres abreviados de Juana y Dorotea, que habían optado por levantar tienda aparte con nosotras. Ambas tenían más edad que yo y menos que Alicia. Eran rubias, alegres, pulcras y atildadas, con algo de ingenuo y de altivo en sus hermosos ojos color de acero. Las envidiábamos, porque tenían sus familias cerca e iban a su casa todos los viernes por la tarde, para regresar el lunes por la mañana; mientras que Alicia y yo, en veintidós meses, no pudimos ir a nuestra casa sino tres veces. Nuestro grupo se reunía siempre a las horas de recreo y procurábamos estar lo más cerca posible unas de otras en las clases, en el comedor y en el dormitorio. Claro está que no siempre era esto posible, pero hacíamos prodigios de ingenio para conseguirlo. Las Guzmán llevaban dos o tres años en el colegio, y conocían sus costumbres. Eran delgadas, feas, inteligentes y maliciosas como diablos, y sus rostros morenos y huesudos contrastaban con la blancura de leche y las frescas mejillas de Jinny y Dolly, que no eran ni parientes, aunque parecían hermanas. Compartíamos nuestras golosinas y nuestros recursos y nos prestábamos un infinito número de pequeños servicios. En el colegio usábamos todas un horrible uniforme, que recordaré siempre con desagrado, y estaban prohibidos los polvos de arroz y los perfumes. Sin embargo, encontrábamos la manera de burlar en parte estas prescripciones del reglamento, y en esto, como en otras muchas circunstancias, nuestra «hermandad» ponía en juego todos sus medios y desempeñaba un papel muy importante.

Puede decirse que, en el instante en que entramos a formar parte de este mundo en miniatura, empezó nuestra iniciación en los misterios que, con tanto celo, había procurado mamá mantener lejos del alcance de nosotras. No sé si entre los hombres sucederá lo mismo; pero sí aseguro que en cuanto se reúnen más de dos mujeres, cualquiera que sea su edad, el tema principal de su conversación es el hombre. Las Guzmán eran muy expertas, teóricamente, en esta escabrosa materia. Por su parte, Jinny y Dolly, que tenían novio, o, mejor dicho, «amigos preferidos», hablaban de besos recibidos y devueltos en plácida confraternidad, como de la cosa más natural del mundo. Cuando, los lunes, llegaban al colegio, venían como impregnadas de aquel ambiente, a la vez ingenuo y perverso, que parecía reflejarse en sus candidos semblantes. Mis primeras impresiones fueron de desagrado; tenía que rectificar muchas de las ideas que me había forjado acerca de la animalidad, del alma, de los hombres y las mujeres y del nacimiento de los niños. Me asombró, sobre todo, que una criatura pudiera pasar por ciertos sitios, y el hecho me inspiró una vaga repugnancia. La mujer se manifestaba allí tal como es, en su doble aspecto de caza perseguida y de ser indefenso y necesitado del apoyo del hombre. A éste se le consideraba como el perpetuo enemigo y el eterno deseado. Se le temía y se soñaba con él a todas horas. Si mamá hubiese oído las palabras de aquellas niñas, la mayor de las cuales no había cumplido aún dieciocho años, hubiera temblado por nosotras. Pero la verdadera inocencia de Alicia, lo mismo que la mía, no corrían peligro. Sé, por triste experiencia, la enorme distancia que hay siempre entre la teoría y la práctica en esta clase de asuntos. La mayor parte de aquellas cabecitas de vírgenes tendían a dar al amor, aun en sus más descarnados aspectos, un tinte de idealidad que rara vez tiene en la vida real. Me acostumbré pronto a sus conversaciones y sus teorías; pero tuve mis ideas propias acerca del pudor, que en nada se modificaban por la mayor o menor suma de conocimientos que adquiriera acerca de la unión de los sexos. Estas ideas, adquiridas allí, en contacto diario con centenares de niñas de diversa procedencia moral, fueron, poco más o menos, las mismas que dirigieron mi vida ulterior durante todo el tiempo en que permanecí soltera.

Todas mis compañeras, sin excepción, aspiraban a casarse, en su día. Era ésta la única manera de llegar al amor completo y seguir siendo «buenas». Las otras mujeres, las que aman sin casarse, eran «malas» y formaban una legión de entes despreciables, de los cuales ni debía de hablarse siquiera. En esto concordaba el sentir de todas con lo que había oído y visto siempre en mi casa, y nada nuevo podía enseñarme. Pero en otros aspectos del problema, mis sentimientos iban más lejos. Cuando yo supe, sin género de dudas, lo que los hombres buscaban y perseguían en nosotras, sentí asco por ellos y por mí. Hasta que no tuve, muchos años después, un conocimiento amplio y completo de la vida, me fue imposible separar la idea del amor físico de la de cierta suciedad orgánica. Era la evolución persistente del sentimiento primitivo de aversión a lo vergonzoso, lo feo y lo mal oliente, adaptado a un grado más alto de desenvolvimiento mental. El propio idealismo de las menos escrupulosas de mis compañeras, de las Guzmán, por ejemplo, me alejaba con repugnancia de ciertos pensamientos demasiado descarnados que la curiosidad natural solía llevar a mi espíritu. La religión me hablaba en alta voz del alma, siempre pura, y la carne inmunda y pecadora, y aquella otra voz interior me repetía al oído que lo noble residía siempre lejos de los órganos despreciables del cuerpo. Así empezó a formarse, en medio del bullicio ardiente de los deseos y las confidencias, mi conciencia de mujer honesta y los sentimientos que habían de regir definitivamente mi conducta de virgen juiciosa.

Me complacía, para fortalecerme en mi fe, el evocar y enumerar las interioridades poco gratas de la naturaleza humana.

¡Las mujeres tenemos tantas, por desgracia! En las aulas, cerradas durante el invierno, el vaho de treinta o cuarenta niñas aglomeradas engendraba en mí una repugnancia sin límites. Pensaba, con cruel insistencia, en el contraste entre aquella interioridad de los cuerpos y las caritas frescas y sonrosadas que sonreían como ángeles hablando de sus enamorados. Supe por una de las Guzmán, que lo sabía todo, que mi amiguita Graciela padecía, desde muy pequeña, de un mal horrible y repulsivo: una leucorrea abundantísima que los médicos no le habían podido curar. En el colegio había muchas así, cuyos secretos se divulgaban gracias a la malevolencia de sus amiguitas. Pero el recuerdo de Graciela, tan linda y tan alegre, ¡con aquello!, no se apartaba de mí. Me ensañaba evocándolo para colocarlo al lado de todas las cosas feas que había en el colegio... y en mí misma. Mis nervios, en pleno desequilibrio por la proximidad de mi transformación en mujer, se habían aferrado a esta manía, como antes a la de los trapos y las modas.

Pero, a pesar de mis reflexiones acerca de lo más feo de la vida, no tenía un concepto pesimista de ésta. Creía sencillamente que las personas hacían bien en ocultar con vergüenza aquellas cosas, y no podía explicarme cómo hubiera quien tuviese complacencia en hablar de ellas. Jamás fui ni hipócrita, ni gazmoña. Trabajaba a las horas de trabajo, jugaba a las de juego, si había que reír reía, y no hice nunca gesto de desagrado ante las expresiones de mis amigas, si eran demasiado atrevidas. Creo que a Alicia le sucedía poco más o menos lo mismo que a mí, aunque, mucho menos apasionada que yo, debía de pensar pocas veces en lo que aún no le afectaba de un modo directo. Mi hermana era optimista; yo, acabo de decirlo, no era pesimista: en esto consistía una de las diferencias de nuestros caracteres respectivos. Por mi parte, hasta me hacía gracia algunas veces oír los desplantes de Luisa Guzmán, que hablaba de los hombres como si los conociera íntimamente, lo cual no era cierto. También me complacía el flirt de Jinny, de Dolly y de tantas otras cuyo pudor tenía en el fondo algo de semejante al mío, y que señalaban siempre de antemano un límite para las audacias de sus «preferidos». Lo que hacía era no compartir enteramente sus ideas, creyéndolas todavía demasiado materialistas. Besos, manoseos y coqueterías, ¿para qué? Ellas alzaban altivamente la barrera que no debía pasarse: «bueno era divertirse; mas si se propasaban, ¡pobres

51

de ellos!», y los ojos color de acero brillaban con fiereza en los duros semblantes. Mi idealismo fue, desde que empecé a sentir como mujer, menos utilitario y más puro, sin que se escandalizara ante las ideas ajenas. Así seguí siendo durante toda mi primera juventud.

En la biblioteca del convento había novelas en que la pasión ennoblecida se elevaba como algo esencialmente distinto de aquellas feas realidades. Walter Scott me encantaba. Dickens me entretenía, aburriéndome muchas veces, y Shakespeare me asustaba. Aquella literatura fue como el pulimento de mi alma recién formada. Ivanhoe y Guido Mannering me hicieron soñar más de una vez con el amor, y recordar al lindo oficialito que perseguía a Alicia. Tengo la seguridad de que mi madre no me hubiera permitido leer a los trece años aquellos libros; y, sin embargo, contribuyeron a formar mi naturaleza moral mucho más eficazmente que las áridas meditaciones de los autores religiosos. No era inclinada al misticismo, y por eso la educación religiosa no se infiltró profundamente en mi espíritu. Al acercarme a la pubertad era una chiquilla ni bulliciosa ni retraída, un poco precoz y aficionada a observarme a mí misma. Como casi todos los niños que han pasado sus primeros años lejos del trato de los demás muchachos, tenía un alma un tanto contemplativa. La naturaleza me parecía bella, y a ratos me extasiaba admirándola o me entusiasmaba ante la poesía de uno de sus aspectos. Era como una especie de desquite que tomaba de las cosas de la vida humana que me disgustaban o me herían. Los libros, en que el heroísmo o el amor dignificado imperaban y las cosas brillantes y hermosas que la tierra contenía, me transportaban a un mundo mejor, en el que deseaba vivir siempre. Las monjas me querían, y escribían a mis padres enviándoles excelentes informes de mí. Era estudiosa, obediente y aprendía con facilidad lo que me enseñaban. Una buena nota obtenida en la clase de fisiología motivó una larga carta de mamá, más alarmada que satisfecha de aquellos progresos.

Fuera de mi ligera exaltación nerviosa y de las exageraciones pudibundas que me asaltaban, mi naturaleza se acercó en un estado de casi perfecta calma al momento de la «gran crisis». Los mismos desarreglos nerviosos se apaciguaron al aproximarse el brote de la pubertad. Recuerdo bien que hubo como una pausa en mi interior: hasta me atrevería a decir que una pausa solemne. Y bruscamente estalló lo que desde hacía mucho tiempo esperaba y no podía, de ningún modo, sorprenderme como cuando le sucedió lo mismo a Alicia. Sólo que un dolor horrible fue el heraldo que me anunciara «la visita», como le decía, entre política e irónica, Luisa Guzmán; un fiero dolor, de muchas horas de duración, que no ha dejado de atormentarme después y que me hace temblar con silencioso terror cada vez que leo su proximidad en el calendario.

Fui mujer con un sentimiento a la vez de vanidad y desagrado. Como todas queremos crecer cuando somos pequeñas y vestir de largo cuando llevamos la falda corta, el hecho no podía dejar de darme importancia a mis propios ojos y a los de las demás. Pero es tan repugnante eso; tan repugnante, que se pregunta una con enojo por qué pesa sobre la delicadeza de

53

la mujer una carga que tanta semejanza tiene con un castigo... Mi dolor tremendo hizo que el hecho no pudiera permanecer oculto a las madres ni al grupo de mis íntimas, pues fue menester que me trasladaran a la enfermería.

Cuando aquel odioso martirio me arrancaba gritos desesperados, rodeábanme solícitas mis amiguitas, mostrándose como invadidas de respeto ante la majestad de la función que allí se cumplía.

—Toma cerveza, mucha cerveza —me recomendaba sentenciosamente Dolly—. Es lo único que lo calma.

El médico me mandó antipirina; pero después he comprobado cien veces que aquella linda muñeca tenía razón y que, sin duda, había experimentado en sí misma el remedio. La cerveza es lo único que me calma un poco. Y sin embargo, no sé qué es peor: si el dolor o lo otro... Si estas páginas, desahogo de mi alma atormentada, hubieran de publicarse, me dirigiría ahora a las mujeres que poseen un alma sutil y una percepción delicada, para que respondieran por mí, después de recordar, una por una, todas las fases de este tormento...

El primer año de mi estancia en el colegio fue para mí mucho más penoso que el segundo. Sin llegar a olvidar a mi familia, de la cual recibía cartas dos veces a la semana, me fui acostumbrando a mi nueva vida y a aquellos encantadores lugares, mucho más fácilmente que lo que había imaginado al principio. Al principio había llorado algunas veces, al acordarme de mis padres y de mi pobre patria tan lejana; más tarde me resigné y últimamente me hallaba tan bien allí, que si mamá, papá y Gastón hubieran vivido a pocas millas de distancia, no hubiese deseado jamás abandonar a las buenas monjas. Aquellas excelentes mujeres eran religiosas, sin fanatismo, y hacían el bien sin aspirar a la santidad. Nos preparaban para la vida, no para el claustro. De ahí que su educación, mundana y práctica, abarcaba una multitud de materias que no estamos acostumbrados a ver aparejadas con la religión en los países latinos. Esta particularidad me chocó tanto como las costumbres de las jóvenes, que enseñaban las piernas sin el menor escrúpulo, flirteaban y hablaban de tres o cuatro amigos, casi novios, escandalizándose, en cambio, ante nimiedades increíbles. Yo soñaba despierta, algunas veces, que me hacía monja y seguía viviendo toda la vida en aquel dulce retiro, leyendo mucho y enseñando a las niñas que irían entrando todos los años. Lo más alto que mi imaginación alcanzaba entonces era el tipo de una de aquellas admirables mujeres, toda severidad y dulzura. Un día se lo dije a una de ellas, por quien sentía un gran afecto. Sonrió.

—No, hija mía, usted no tiene vocación. Usted se irá a su país, se casará y formará una familia: es para lo que usted está hecha.

Y añadió con otra sonrisa llena de indulgencia:

—No se sirve a Dios de una sola manera.

Aquel día noté que era «una mujercita», que mi seno empezaba a formarse y mis caderas se redondeaban como las de Alicia, aunque no sería nunca tan corpulenta ni tan hermosa como ésta. Como no había grandes espejos en nuestro dormitorio, ni libertad suficiente en el baño para entregarme a un minucioso examen de mí misma, había perdido la costumbre de contemplarme cuando estaba sola, y me sorprendí de los progresos que había hecho en unos cuantos meses. Desde entonces, a la multitud de sentimientos que se agitaban en mi alma, se unió el anhelo de crecer, de «ser grande» pronto, que con tanta intensidad impera en la mente de todas las niñas. Algunas veces recordaba las palabras de la religiosa, «usted se casará y formará una familia». ¿Por qué no? Se había casado mi madre, y la mamá de Graciela y todas las señoras que conocíamos. Antes, cuando mamá nos oía hablar de matrimonio, nos reñía severamente. «Están ustedes muy chiquillas todavía para esas conversaciones», nos decía. Pero ahora todas hablaban de eso a mi alrededor, y hasta la misma monja me lo había dicho sin ruborizarse: «Usted se casará». Me imaginaba novia de un lindo mancebo, como el oficial de Alicia, o un poco más joven, como el que aparecía en el grabado de una novela de Walter Scott, con trusa, daga y larga malla ceñida hasta los escarpines de seda. ¡Qué desgracia no haber nacido en aquel tiempo, en que los enamorados decían y hacían cosas tan hermosas! Y mi sueño era puro, sin los feos detalles que Luisa le agregaba a sus proyectos de casamiento, cuando, de vuelta en su casa, la fortuna de su padre la pusiera en situación de tener sólo que alargar la mano para encontrar a un novio de su gusto. Si aquellos detalles venían importunamente a mi memoria, los apartaba con repugnancia y energía, con una impresión parecida a la que produciría el ver caer una mancha de grasa sobre un bello bordado...

Los últimos meses que pasé allí estuve entregada a estos juegos contradictorios de la fantasía.

Las cartas de mamá eran siempre largas y melancólicas, con frases tiernas y alusiones numerosas a la voluntad de Dios, que nos mantenía aún en el destierro. Siempre concluían, poco más o menos: «Gastón muy adelantado en sus estudios y hecho todo un hombre. Tu pobre padre bien, pero echándolas a ustedes de menos cada día más.» ¡Pobre mamá! Me emocionaba la lectura de sus líneas, hasta arrancarme lágrimas; sobre todo de las que llegaron durante el invierno de 1897, en que, detrás de las palabras, se traslucían angustias de dinero, que no se atrevía a expresar claramente. Alicia y yo las leíamos solas en un rincón del aula o en el jardín, y nos quedábamos después contemplándonos largo rato, con los ojos húmedos. No podíamos saber qué clase de oscuras penalidades sufrirían los dos infelices viejos, en su triste hospedaje de Harlem, al extremo de la inmensa ciudad tumultuosa e indiferente. Un momento después, la sangre juvenil recobraba sus fueros, y volvíamos a nuestros estudios y nuestros juegos, sin llevar más que una especie de espinita clavada en el alma. Pero, de pronto, las cartas de mamá empezaron a reflejar menos pesimismo, dejando entrever la posibilidad de retornar pronto a Cuba. Esto coincidía con cierta sorda agitación en el pueblo norteamericano, que franqueaba las tapias del convento y llegaba hasta nosotras convertida en un susurro de esperanza. Las niñas hablaban por primera vez de la guerra que sostenían mis compatriotas con el gobierno de España, y nos contemplaban, a las cubanitas, con simpatía. Un día Jenny nos dijo, envolviéndonos en una mirada casi protectora de sus hermosos ojos de acero:

—Pronto serán ustedes libres.

—¿Por qué? —preguntó Alicia, sin comprender bien el sentido de aquellas palabras.

—Porque el pueblo americano lo quiere así —respondió la varonil jovencita sentenciosamente, sin abandonar su aire de superioridad.

Se esperaba la reunión del Congreso de los Estados Unidos, concediéndose a este acto una inmensa trascendencia para el porvenir de los dos países, y las niñas traían al colegio las conversaciones que oían en sus casas.

A los pocos días, en lugar de las cartas de mi madre, recibimos una de papá, lo cual era siempre indicio de la solemnidad de los acontecimientos, y en ella nos anunciaba que pronto se realizaría nuestro viaje de regreso y que íbamos a dejar el colegio. En aquellos momentos sólo se hablaba de la guerra alrededor nuestro. El presidente de la República había solicitado de las cámaras el permiso de usar las fuerzas de mar y tierra de la Unión; y una resolución conjunta de aquellos cuerpos declaraba que Cuba «era y por derecho debía de ser libre e independiente». El conflicto internacional no iba a hacerse esperar mucho tiempo. Saltamos de alegría. Un ambiente de exaltación y de entusiasmo bélico nos circundaba. Las pacíficas caras del capellán, el médico y los jardineros, que eran los únicos hombres que veíamos, aparecieron, de la noche a la mañana, animadas por rasgos de una cómica fiereza. Se hablaba de enormes cañones enviados a toda prisa para defender las costas del Sur, y se discutía sobre el calibre de la artillería y el espesor de las corazas de los buques.

El invierno había huido, con sus nubes plomizas y las blancas alfombras de nieve tendidas por los jardines desiertos. Hacía algunas semanas que el buen tiempo reía en los aires, en la tierra y en los corazones. Les dijimos adiós a las blancas avenidas de asfalto, trazadas entre macizos de verdura, y a los árboles del parque donde los gorriones y las ardillas, albergados en diminutas casitas de madera durante el tiempo frío, no abatirían más el vuelo sobre nuestros hombros ni bajarían cautelosamente a comer pedazos de manzana en nuestras manos. Alicia y yo estábamos emocionadas al despedirnos de aquellos lugares.

Partimos solas, pues los recursos empezaban a agotarse en mi casa y se quería ahorrar el importe del pasaje de mi padre, si venía a buscarnos, y llegamos a Nueva York un sábado a las cuatro de la tarde. Gastón, instalado ya en nuestra casa, nos esperaba. En veintidós meses no lo habíamos visto ni una sola vez, y nos asombramos de encontrarlo convertido en un hombre con el pecho y los hombros desarrollados por la vida atlética de su colegio, y la suave pelusa rubia que sombreaba su labio superior. Él reía satisfecho, y nos examinaba a su vez con mucha atención.

—Pero estás desconocido, muchacho —le dije al separarme de sus brazos, que por poco me ahogan—. ¡Pareces un yankee! Si te veo en la calle, sigo de largo...

—¿Y tú? ¿No te has visto? ¡Una mujer ya! —Y mirando a mis pies, mientras reía maliciosamente, agregó:

—¡Qué piernas! Será menester que mamá te alargue un poco el vestido.

Bajé los ojos, confusa, y le tiré un pellizco, como en nuestros buenos tiempos de la arboleda.

—¡Malcriado!

Él también había cambiado mucho con el trato de sus compañeros de colegio. Sus ojos no parecían velados por esa indefinible opacidad de la inocencia que encubría antes con su aire petulante de chiquillo. Tenía el aplomo y el descaro del hombre que ha vivido en sociedad con muchachas y sabe cómo tratarlas.

Mamá lloraba de alegría al vernos a los tres juntos. Ella y papá habían envejecido mucho en aquellos dos años; pero sobre todo la infeliz se había transformado, perdiendo mucho de su antigua energía y dejando que el fondo de ternura innata que había en su alma subiera todo a la superficie. Se secaba las lágrimas con el pañuelo, y hacía esfuerzos por mostrarse jovial.

Interpeló a Gastón, mirando a Alicia con una expresión de orgullo en su rostro marchito y apoderándose también de una de mis manos, como para indicar que las dos ocupábamos el mismo lugar en su corazón.

—Y de tu otra hermana, ¿qué dices? Fíjate bien y di si es la misma que dejaste aquí.

Gastón se inclinó, haciendo una cómica reverencia.

—A ésta no le digo nada, porque siempre fue muy seria, y ahora que es toda una dama me inspira mucho respeto.

Alta y magnífica, con su hermosura efectista de diosa y el aire indulgente y maternal de sus dieciocho años llenos de gravedad, Alicia sonreía y lloraba mientras mantenía, a su vez, entre las suyas, la otra mano de mamá y la besaba, a intervalos cortos, con besos muy suaves. Al oír la salida de Gastón, tuvo para él otra sonrisa cariñosa, y repuso fingiéndose enojada:

—¡Payaso! ¡Siempre eres el mismo!

Aquélla fue una de las noches más felices de nuestra vida. A pesar de las angustias que lo habían anonadado durante muchos meses, mi padre estaba locuaz y se manifestaba optimista. Nos contaba cómo mamá había hecho prodigios con el dinero, alargándolo como si fuese elástico. Con lo que quedaba nos alcanzaría para vestirnos de nuevo, pues Alicia, Gastón y yo sólo teníamos los uniformes del colegio, y la ropa antigua ya no nos servía. Hasta podríamos pasear un poco e ir algunas veces al teatro mientras llegara la hora de volver a Cuba. Una vez en nuestra tierra nada nos faltaría...

Lo escuchábamos como embobadas, con la boca abierta. Nos parecía otro hombre, con su alta estatura, un poco encorvada, y su pulcritud atildada de antiguo curial, a tal punto, las penas primero y luego la alegría, lo habían transfigurado.

IV

No olvidaré nunca la desagradable impresión que me produjo La Habana, pocos momentos después de desembarcar: las casas bajas, las calles estrechas, las aceras casi ilusorias y las caras demacradas de sus habitantes. Y eso que nuestro júbilo nos armaba con lentes de color de rosa. Por todas partes se veían aún las huellas de la catástrofe que había estado a punto de aniquilar la población cubana. Fuimos a un hotel, mientras alquilábamos una casa, y no salíamos si no a lo más indispensable. Pero teníamos algo de qué reír: papá se había convertido en un héroe casi novelesco. Por aquel tiempo estaba de moda el heroísmo, y la hipérbole siempre lo estuvo entre nosotros. Se contaba que habíamos sido víctimas de una abominable conjura de oficiales españoles y que mi padre, después de mantener a raya a sus perseguidores, huyó al campo revolucionario, con toda su familia, y de allí al extranjero, no sin antes dar fuego, con sus propias manos, a todas sus propiedades. No supimos nunca quién fue el autor del embuste; pero los periódicos hablaron bastante del asunto, con gran indignación de papá, y en algo se debió a la aureola patriótica que formaron sobre su cabeza el nombramiento de jefe de administración de primera clase con que el gobierno militar juzgó oportuno recompensar sus servicios. Esta última circunstancia hizo que mi padre desistiera de desmentir públicamente aquellos rumores y que dejara marchar los acontecimientos.

Héroe nominal y burócrata efectivo, con un sueldo de cuatro mil quinientos pesos anuales, no era posible que pensara volver a nuestra ciudad para reconquistar la antigua clientela y volver al cultivo de la caña. Nuestra suerte quedó, pues, determinada por obra del acaso: nos quedamos en La Habana. Alquilamos un departamento alto, con balcón al frente, en una casa de la calle de Consulado, lo amueblamos con sencillez y nos dispusimos a emprender la nueva fase de nuestra vida. Papá obtuvo para Graciela un destino en su oficina; pero cuando se trató de traer con ella a mi tía Antonia, ésta se negó en redondo a salir de su pueblo natal, amenazándonos con que iría a dejarse morir en mitad de la calle. Fue menester buscarle albergue en la casa de otros amigos, mientras Graciela y su madre preparaban su viaje a la capital; pero mamá y yo nos alegramos bastante de que hubiera rehusado la invitación de venir a vivir con nosotros. De esa manera papá no tendría nada que reprocharnos, y nos veíamos libres de la temible solterona.

Nuestra casa era pequeña y alegre: paredes blancas, pisos de mosaico, puertas de imitación de nogal y luz por todas partes. Mamá y papá ocupaban dos habitaciones. Alicia y yo una y Gastón tenía su cuartito independiente; quedaban el recibidor, un saloncito de comer, una especie de hall estrecho, el baño y un aposento para las criadas. Difícilmente hubiéramos podido encontrar algo más adecuado a nuestras necesidades. Por las tardes veíase el desfile de coches y paseantes a pie que pasaban hacia el Prado, y de noche, los jueves y los domingos, se oía la banda de la retreta. Alicia y yo salíamos pocas veces, a causa de las calles llenas de barro, de las aceras estrechas y de los atrevimientos de los transeúntes. Cuando Graciela y su madre llegaron, como no había sitio para ellas en la casa, se hospedaron en la casa de una señora que les suministraba habitación y comida por una módica cuota mensual. Mamá se alegró de la pequeñez de nuestra vivienda, pues aunque quería mucho a Graciela, no le agradaba que viviese demasiado cerca de nosotras. Nuestra vida tomó de nuevo el curso tranquilo que tenía antes de la guerra. Papá llegaba de su oficina, tomaba su baño templado, cambiaba su levita de paño por una americana de dril, y se calzaba las zapatillas. Gastón se iba a la calle en cuanto terminaba de almorzar o de comer, y no volvía hasta las diez de la noche, hora en que, inflexiblemente, mamá exigía que todos estuviesen en casa. Algunas noches recibíamos visitas o íbamos al Prado a aspirar un poco de aire, mientras la música militar ejecutaba piezas escogidas. Al teatro íbamos poco. A mamá le repugnaban las crudezas de la zarzuela moderna, que hacía de la inmoralidad un campo explotable y fecundo en beneficios para empresarios y actores; y aunque no hacía alardes de indignación, porque todas las «personas decentes» iban a oír aquellas obscenidades, procuraba disuadirnos suavemente, y tomaba informes, con anterioridad, del carácter de las obras que íbamos a ver. Cuando no salíamos, Alicia cosía o bordaba, pues le aburría la lectura, yo me entretenía con mis novelas, muchas de las cuales había leído tres o cuatro veces.

Recibimos carta de mi tía Antonia, donde nos refería horrores de Graciela y de su madre. Ahora que estaban lejos y que no podían serle útiles, la inquieta solterona vaciaba su bilis sobre ellas, sin contemplaciones de ninguna clase. Decía con todas sus letras que la muchacha era una perdida y la madre una «aguantona» de primera clase, tan indolente y «vividora», si no era otra cosa peor, que hubiera sido capaz de «sostenerle la vela» a los amantes de su hija. Ésta, según afirmaba, había llevado amores durante la guerra, con dos o tres oficiales españoles, y uno de ellos saltaba las tapias a media noche y estaba en el cuarto de la joven hasta la madrugada. Mamá no quiso que yo viera la carta, pero se la enseñó a Alicia, diciéndole que todo era una infame calumnia de aquella vieja loca. Por la noche me apoderé de la carta y la leí oculta en el baño. Mi tía contaba que se había pasado noches enteras sin

64

dormir, deslizándose por las habitaciones como una sombra para sorprender el secreto de Graciela, y que sólo se quedó en aquella casa, después de averiguarlo, obligada por la necesidad. Y acababa advirtiéndole a mi madre que si le decía todo aquello era para que supiera con qué clase de pájara iban a reunirse «las niñas». Como mamá, rechacé enseguida la imputación, que me parecía calumniosa. Sin embargo, la tía Antonia, cuya malicia era muy agradable y la impulsaba a hablar mal de todo el mundo, era religiosa y nunca se atrevía a mentir. Cuando ella decía: «he visto», no era como cuando daba suelta a su cortante lengua, anteponiendo las palabras: «se dice...» A pesar de ser una niña, yo sabía esto mejor que mi madre, con toda su experiencia. Y me quedó la sospecha, que me hizo ver siempre a Graciela como una criatura envuelta por cierta sombra de misterio, que en nada disminuyó mi cariño hacia ella.

Si el colegio no hubiera abierto mis ojos a las realidades impuras de la existencia, los periódicos, los libros y los teatros hubieran tardado en destruir mi inocencia mucho menos tiempo que el que invirtieron mis amiguitas en «ilustrarme» sobre todos los aspectos de lo prohibido. No conozco nada más pueril que ese juego de escondite, en que las familias se empeñan en ocultarnos lo que la sociedad entera se complace en poner de manifiesto delante de nosotras a todas horas. Es como un secreto que unos a otros se repitieran a gritos en los oídos. ¿Por qué me ocultó mamá la carta de la tía Antonia? Casi tuve ganas de decirle: «mira, mamá: no te tomes más la molestia de decirme que los niños vienen de París en una cestita. Lo sé todo. Pero no hay peligro: ciertas cosas me repugnan en vez de atraerme». Y me repugnaban, en efecto, hasta producirme en el estómago una sensación de asco. Los hombres me miraban, en la calle, con una brutalidad que me hacía daño. Sobre todo, la expresión lasciva de los viejos me sublevaba. No concebía cómo personas como papá, que no podían inspirarme sino respeto, se atrevían a mirar así a una jovencita, con la falda a media pierna y el pelo todavía sobre la espalda. Pero lo que miraban era precisamente eso, la pierna, lo que primero había atraído la mirada de Gastón, cuando se asombró de encontrarme tan desarrollada. Empecé a comprender que los hombres eran todos unos puercos, a quienes era preciso mantener a raya. Había, sin embargo, que distinguir a los desconocidos de los amigos de mi familia. Estos eran delicados, atentos, y me decían suaves galanterías que me halagaban; los otros, con sus piropos y atrevimientos, eran simplemente soeces y repulsivos. Sirviéndome de una observación de aquel tiempo, me hacían el efecto de las fieras y los animales mansos. Mi experiencia de muchacha hermosa y codiciada me hizo ver más de una vez los colmillos de la bestia detrás de los labios bondadosos que decían ternezas. ¿Qué hubieran hecho conmigo aquellos galantes caballeros si estuviera encerrada con ellos en una habitación a oscuras? Estas ideas me llenaban de desaliento, porque hacían imposible todo abandono y toda amistad desinteresada, y me obligaban a estar siempre sobre mí. ¡Qué fastidio! Algunos me parecían agradables y los hubiera encontrado simpáticos en alto grado, si no se ofrecieran a mi imaginación ardiendo siempre en el mismo deseo pecaminoso.

He tratado de ahondar en mis recuerdos y en mi conciencia, para explicarme cómo se forma en el corazón de una joven ese todo complejo y un tanto paradójico que se llama «la honestidad», que fue en su origen, en mí, como acaso en muchas otras mujeres, evolución de la idea de lo vergonzoso, lo sucio y lo feo, con la sanción ulterior de todos los principios que establecen lo prohibido. A todo esto habría que agregar ahora un sentimiento más fuerte: el de la dignidad de la mujer que completa la obra de tal manera empezada. El instinto nos dice que en la sociedad se representan las escenas de una verdadera cacería, y nuestra dignidad nos aconseja que nos resistamos a ser piezas de caza. A los primeros pasos que damos en la vida social, ese instinto, mucho más previsor que el desvelo de las madres, nos lanza al corazón su prudente advertencia. Y la razón es obvia: ellos no arriesgan nada y nosotras lo arriesgamos todo; en ellos es mérito lo que en nosotras es delito. Caer, servir de juguete al cazador afortunado, equivale hasta a atraer sobre nuestra debilidad la propia mofa del burlador satisfecho. Esta vaga certidumbre nos da una perspicacia y una penetración tan delicadas, en el trato social, que la más inocente niña de quince años puede, en un momento dado, servir de modelo a un viejo diplomático. Cuando la sabia previsión se mezcla a cierto deseo de venganza y al afán inmoderado de agradar, agrupándose los tres en partes iguales, resulta la coquetería, que es el arma y a veces el veneno del corazón de la mujer. Yo no sentía ese afán ni aquel deseo, y por eso no fui coqueta. Me contentaba con deplorar interiormente que las conveniencias y la fatuidad de los hombres no me permitieran, a veces, ser sincera hasta donde mi alma hubiera deseado llegar en sus expansiones meramente afectivas.

Fue aquélla la época romántica de mi vida, la que buscó con más ahínco en la idealidad el desquite a las fealdades de la existencia. Mamá llevó varias veces a los bailes a mi hermana Alicia, y yo las acompañé, aunque todavía no me permitían bailar sino «piezas de cuadro». Sin embargo, puedo afirmar que yo gozaba más que mi hermana en aquellas fiestas. La luz y la música me aturdían, con una especie de ahogo de júbilo en que no entraba para nada la sexualidad. Hubiera dado vueltas, con la misma alegría, cogida del talle de una amiga que entre los brazos de un hombre. Más tarde, cuando vestida ya de largo y peinada como las demás mujeres, pude entregarme sin reservas al placer de la danza, no experimenté nunca el goce que hicieron nacer en mi alma aquellas primeras expansiones de la juventud. Me gustaban los trajes muy claros y los adornos sencillos, y, en mi casa, me pasaba largas horas soñando, con el libro que estaba leyendo abierto sobre el regazo. Quería ser linda y llamar la atención, sin necesidad de galas artificiales, y me imaginaba amada por todas las grandes figuras novelescas de mi repertorio. Leí varias veces *Los tres mosqueteros*. Athos y Aramís fueron otros tantos novios míos, sin que me produzca rubor el confesarlo. Eran delicados y nobles, como yo los deseaba, e incapaces de la más insignificante grosería. Los quería también desgraciados, a quienes pudiera llevar el consuelo de mi amor como una recompensa excelsa, que ellos aceptarían deslumbrados, dándome las gracias de rodillas.

—Hija mía, ¡qué pesada estás! —me decía Alicia al pasar por mi lado—. Cose. Haz algo de provecho, porque la ociosidad es madre de todos los vicios.

Mamá suspiraba y sonreía.

—¡Ah! ¡No le digas nada! Está en su punto... ¡Es la edad de la punzada con todos sus síntomas!

Me encogía de hombros, porque no se me podía acusar de perezosa. Cosía, pero no a todas horas, y no me gustaban, como a ellas, las labores de aguja. Los días de trabajo eran monótonos. Esperaba los domingos, en que íbamos a misa por la mañana y Graciela venía a comer con nosotras. En esos días nos levantábamos a las siete, para estar en la iglesia de Monserrate a las ocho. Íbamos a pie, por la calle de Virtudes hasta Galiano. Alicia y yo delante y mamá detrás, vestida de negro, con su devocionario de tapas de nácar y el crujir de sedas de su falda que olía a la naftalina con que ahuyentábamos las polillas del armario. En el atrio había grupos que miraban con descaro a las mujeres, al entrar. Mamá contraía el entrecejo, adoptando un aire severo, y nos obligaba a pasar rápidamente. La misa era corta. A la salida, algunos amigos se acercaban a saludarnos, y permanecíamos un momento en pie, charlando con ellos, entre los espectadores curiosos.

A las cuatro venía Graciela con su madre. Era la misma de siempre, a pesar de los años, que la habían convertido en una linda mujer, no muy alta, pero bien formada. El pecado, si lo había cometido, no dejó huellas visibles en su interesante persona. A veces la examinaba a hurtadillas, con el fin de sorprender en ella algún gesto revelador dcl cstado de su conciencia, porque, si había querido a su novio, debió de padecer mucho al verse abandonada, y si pecó seguramente sentiría remordimientos. Jamás vi en ella nada que me pusiera sobre la pista de aquel pecado. Muy alegre, siempre, Graciela hacía ostentación, con mucha coquetería, de sus dientes, que eran muy lindos, y de su carita redonda, donde los hoyuelos y los lunares exageraban la natural malicia de su expresión. Mi madre la trataba con más mimo desde que la creía calumniada. Ella había pronunciado su fallo: «Coqueta sí, ¡bastante coqueta! Pero nada más, lo juraría». En mi candor llegué a pensar lo mismo, después de haberla observado muchas veces, no comprendiendo que ciertas cosas pudieran dejar de imprimir una marca imborrable en la fisonomía.

Lo que sí aseguro es que, cuando Graciela venía a casa, entraba con ella un rayo de alegría, una ráfaga de bulliciosa locura que nos animaba a todos. Hasta papá se mostraba locuaz y bromeaba con ella, riendo mucho de sus salidas, que eran ocurrentes la mayoría de las veces. La mesa de casa, tan silenciosa de ordinario, se alegraba con su presencia. Gastón hablaba más que de costumbre; aunque, en verdad, no parecía acordarse ya de su antiguo amor de chiquillo, dominado por completo por su pasión por el football y las regatas a remo, que no le dejaban abrigar ningún otro sentimiento. La sobremesa era larga. Después papá y Gastón tomaban sus sombreros y salían; la madre de Graciela y la mía charlaban en el recibidor o dormitaban en sus sillones, y nosotras tres nos íbamos al balcón a entretenernos con el movimiento de la calle.

Graciela tenía novio, desde el segundo mes de su estancia en La Habana. Era un muchacho, compañero suyo de oficina, casi tan joven como ella, que, según decía papá, la adoraba. Pero ella, muy caprichosa, no le permitía que la acompañara en sus visitas, afirmando que no había nada más ridículo que el novio «pegado a una a todas horas». A las diez, cuando se retiraban de casa, lo encontraban en la esquina, dispuesto a acompañar a las dos mujeres hasta su hospedaje.

—¡Qué rara eres, chica! —le decía Alicia— Pero di la verdad, ¿lo quieres?

Graciela reflexionaba un instante.

—Sí; o mejor dicho: creo que sí. Me gusta. Es el hombre que más me ha gustado, entre todos los que he tratado. Es un bohemio, como mamá y como yo, y en el fondo tiene talento y un gran sentido práctico. Lo observo, y si me sigue gustando me casaré con él; porque no iré nunca al matrimonio, sin tener antes la seguridad de que voy a ser feliz siempre con mi marido.

—Entonces, ¿cómo es que no te gusta estar siempre a su lado?

Ella se echaba a reír.

—¿Y quién te ha dicho que no me gusta? Todo el día estamos frente a frente, cada uno en su mesa, a dos varas de distancia... Es que él es un desengañado y yo otra, y tenemos nuestra manera de ser... Con calma se hacen mejor las cosas.

—¿Desengañado? —decía yo con sorpresa— ¿Qué edad tiene tu novio?

—Veinticuatro años, pero yo tengo veinte y me creo casi una vieja...

Y volvía a reír, con su risa argentina y fresca, que se burlaba de todo.

En el balcón nos entretenía con sus bromas, de las cuales hacía blanco a casi todos los que pasaban. Tenía un maravilloso golpe de vista para apreciar en un instante el lado ridículo de cada persona y ponerlo de manifiesto con un solo rasgo. Los domingos paseaban en coche los dependientes del comercio, muy tiesos en sus trajes nuevos y con el pelo recién cortado. Graciela los distinguía a larga distancia y se divertía adivinando el giro de sus respectivos almacenes. Algunos muy presuntuosos, al vernos en el balcón, adoptaban aires de conquistadores, tan cómicos que la traviesa joven soltaba una brusca carcajada y Alicia y yo no podíamos dejar de hacerle coro. Cuando esto sucedía dos o tres veces seguidas, la silueta de mamá no tardaba en dibujarse en el marco de la puerta, detrás de nosotras. No decía una palabra, pero las risas cesaban como por arte mágico.

Graciela no parecía tener en mucha estima al sexo fuerte. Se mofaba casi siempre de los hombres, y solía dejar escapar frases como ésta:

—¡Qué bobos y qué estúpidos! Todos son lo mismo...

La azuzábamos para oírla.

—¿Quiénes, chica!

—¿Quiénes? Los hombres... Fíjense: cada uno que pasa se cree un Adonis, y piensa que nos vamos a tirar del balcón para verlo de cerca. ¡Los pobres...!

Y hacía un mohín de lástima que ponía en relieve todas las gracias de su boca.

Yo la acosaba a preguntas, deseosa de saber cómo procedía en presencia de ciertas costumbres que a mí me molestaban mucho.

—Óyeme, Graciela, ¿qué haces tú cuando te piropean en la calle?

—Me divierto con ellos. Me gusta hacerlos rabiar, cuando miran lo que no pueden coger... Y me río mucho, interiormente, desde luego... ¿Te preocupan esas cosas?

Alicia intervenía.

—No, hija: nos lastiman. En los Estados Unidos los hombres son más respetuosos...

—¡Y aquí más bobos! —replicaba ella prontamente— Según me han contado, allá no hablan, sino ejecutan... Aquí, ya se sabe, los piropeadores son los comedores de bolas... Miren, una vez me reí de veras. Me seguían dos o tres molestándome constantemente: «¡Qué cosa más mona!» «¡Qué cinturita más elegante!» «¡Vuelva la cara un momento, hijita, para que la veamos!» ¡Unos verdaderos moscones! Me volví de pronto, parándome en seco. Uno de ellos, que no se esperaba esta salida, al detenerse, estuvo a punto de caer e hizo una cabriola ridícula. Les miré a la cara con lástima. «Bueno, ya me han visto la cara, ¿y qué...?» Balbuceaban excusas sin saber qué decir, y acabé por volverles la espalda recomendándoles que fueran a cuidar a sus hermanitas. No volví a verlos más.

—¡Ay, chica! ¿Hiciste eso? —exclamó Alicia asombrada— ¡Y si te hubieran faltado!

—¡Les sobro...! Y después llamo a un policía, que casualmente no estaba lejos... Pero no hay cuidado: esos atrevidos de la calle son los más tímidos.

Así eran muchas de nuestras conversaciones, en las cuales yo admiraba siempre la serenidad y la experiencia de aquella mujercita, ligera y altiva al mismo tiempo, con quien hubiera sido peligroso medirse en una lucha de palabras.

—No pareces cubana, hija —solía decirle—. En muchas de tus cosas eres sajona.

Una noche nos indicó con el gesto un coche que pasaba por debajo del balcón.

—¿Lo conocen? — preguntó.

Movimos la cabeza negativamente.

—¡Dios mío! Ustedes no se fijan en nada... Éste es el cuarto domingo que pasa ese prójimo por aquí, y ésta la quinta vez que nos muestra su bella figura esta noche.

Entonces nos fijamos. Un hombre algo grueso, de rostro completamente afeitado, con un terno oscuro y el panamá abollado sobre la cabeza, se reclinaba en los almohadones del coche, cuyo caballo, refrenado de intento, marchaba al trote corto. Estaba sentado con un aire de negligencia un poco afectado, y al alejarse, volvió disimuladamente el rostro, contemplándonos con mirada furtiva.

—¡Ah! ¡Viene «con buen fin»! —exclamó Graciela triunfalmente al advertir este movimiento.

Y casi palmoteó de alegría, encantada con la finura de su observación.

Durante otros tres domingos consecutivos, el desconocido paseante siguió exhibiéndose ante nuestras miradas, siempre vestido de diferentes maneras. Lo conocíamos ya desde lejos, a pesar del cambio de ropa de un domingo a otro. Al divisarlo, tosíamos para avisarnos las tres. Nos divertía el juego, y sentíamos excitada la curiosidad. ¿Quién sería? Graciela no había vacilado en calificarlo de «hombre serio», desde el principio. Después precisó más: dijo que pasaba por ver a Alicia.

—¿Y cómo tú lo sabes? —preguntamos las dos al mismo tiempo.

—Es muy sencillo —respondió ella con calma—. En primer lugar, porque ese caballero, cuando me encuentra por la calle ni siquiera se digna a mirarme... sin duda para no establecer confusiones... En segundo lugar, porque me ha encontrado con mi novio, y no le he visto hacer ni la más insignificante mueca de disgusto. En tercer lugar, y es el último, porque hemos quedado en que es «una persona seria», y no es creíble que le pasee la calle a Victoria, que todavía no se viste de largo ni se ha recogido el pelo de la espalda... De las tres queda una, ¿quién es?

No sé por qué me mortificó el oír que no podía un enamorado pasear nuestra calle por mí, porque era todavía una chiquilla. E instintivamente sentí aversión por el misterioso personaje.

A la luz del foco eléctrico de la calle, que nos iluminaba de lleno, vi a mi hermana, muy encendida, que trataba de evadirse de la sospecha que caía sobre ella.

—¡Ah, hipocritona! —prorrumpió Graciela notando su confusión— ¡Lo habías adivinado antes que yo!

Alicia sonrió, sin responder.

El viernes siguiente, día de moda, tuve, en Albisu, una sorpresa. Papá nos había invitado a un palco, sin consultarle a mi madre, que, al llegar al teatro y enterarse del programa, empezó a ponerse nerviosa:

Al agua patos, Ki-ki-ri-ki, ¡un horror! Miró a mi pobre padre, que no se fijaba mucho en ciertas cosas, como preguntándole dónde tenía la cabeza. El teatro estaba lleno, y no de gentes de baja estofa, sino de lo más selecto de la sociedad, como todos los viernes. La vista de los palcos, ocupados por lindas jóvenes, muy conocidas, devolvió un poco la tranquilidad a mi madre. Graciela estaba con nosotros, mientras su mamá la esperaba en casa; el novio, en una butaca de orquesta, no venía a verla sino en los entreactos. Era un muchacho alto, feo, lampiño, delgado, muy moreno y de una viveza de movimientos que aturdía muchas veces; tenía el pelo muy negro y los hombros un poco huesudos, pero los ojos eran hermosos y expresivos y el conjunto inspiraba simpatía desde el primer instante. La representación había transcurrido sin incidente alguno de importancia, a no ser las murmuraciones casi ininteligibles de mamá a cada obscenidad de la escena. Empezaba el segundo entreacto. Papá estaba fuera del palco, y Pedro Arturo, el novio de Graciela, acababa de entrar y de sentarse a su lado. De pronto los ojos de ésta, que no perdían un solo detalle de lo que sucedía en la sala, se fijaron en el pasillo del lado opuesto, y la joven dejó escapar una exclamación.

—¡Mira! —dijo, dando con el codo a Alicia.

—¿Qué?

—¡El del coche!

Y añadió enseguida, muy divertida con lo que veía:

76

—¡Atención! La cosa promete... Viene con Menéndez, el jefe de negociado de nuestra oficina, al encuentro de tu padre, que está hablando con otro señor. ¡Míralos...! ¡Bravo! ¡Una presentación en regla! No me había equivocado al decirte que venía «con buen fin»... a pesar de los paseos en coche. Pasa por todas las formalidades de rúbrica.

Los cuatro hombres se quedaron unos minutos hablando, bajo uno de los ventiladores del pasillo, mientras Graciela, que me había quitado los gemelos, los enfocaba sobre «el del coche» y hacía comentarios, entre serios y jocosos, acerca de su figura.

—Es una lástima que se haya colocado tan cerca del ventilador porque se le va a descomponer el peinado. Estoy segura de que ha estado lo menos una hora para hacer la raya y distribuir el pelo, con tanta simetría, que si las cuentan no hay una hebra más de un lado que del otro... Pero no me gusta, chica —le decía a Alicia—. Me parece un poco presuntuoso, y además, le crecerá mucho el vientre dentro de poco. Lo demás está bien: estatura, elegancia, modales... Para un marido, lo del vientre no es un gran defecto, ¿verdad?

Soltó los gemelos, y se volvió de pronto hacia mi hermana.

—Tú no te resientas por la franqueza de mis opiniones, chica. Te advierto que, por mi parte, no me ofendo si me dices que éste —e indicaba a su novio— parece un grillo negro, con las patas muy largas..., porque es la verdad.

Miró a Pedro Arturo con toda su alma, ofreciéndole el piropo. Se amaban así, y se amaban de veras.

Él sonreía embelesado, contemplándola. Alicia, muy apurada, protestó diciendo:

—Pero si yo no tengo nada que ver con ese joven...

En ese momento el desconocido y mi padre se despidieron de los otros dos hombres y echaron a andar lentamente hacia nuestro palco, sin dejar de hablar. Creo que los vi acercarse con más emoción que mi propia hermana, que había recobrado su actitud impasible y miraba a otro lado.

Entraron. Mi padre hizo las presentaciones.

—El señor José Ignacio Trebijo, amigo de mi compañero Menéndez. Mi esposa. Mis hijas Alicia y Victoria. La señorita Graciela Cortés, amiguita de mis hijas, y el señor Pedro Arturo Lagos, su prometido.

Trebijo saludaba con mucho aplomo. Era hombre de más de treinta años, ancho y fornido, con cara de actor o de torero distinguido, completamente rasurada y azulosa. Graciela lo había observado bien: su vientre comenzaba a redondearse y la extraordinaria simetría del peinado, partido en dos bandos sobre la frente, un poco estrecha, llamaba la atención. Desde su llegada inició la conversación dirigiéndose preferentemente a Alicia, tanto como lo permitían las conveniencias. Mi hermana lo escuchaba indiferente y cortés. Parecía habituada ya a la vida ligera y galante de los salones, o haber olvidado que aquel caballero tan atento venía directamente a enamorarla.

El telón empezó a subir lentamente. Pedro Arturo y Trebijo se pusieron en pie, y mamá le ofreció a éste nuestra casa. El primer paso se había dado.

Cuando, después de terminada la función, regresábamos a pie por el Prado, invadido por la ola de espectadores que salían de los teatros, papá nos contó lo que sabía de Trebijo. Era el hijo único de un comerciante rico, que había muerto algunos años antes. Vivía solo en la casa que había sido de su familia y que no había querido dejar cuando se quedó huérfano, y una hermana que tenía desapareció de una manera misteriosa. Mi padre nos enseñó, al pasar, la casa, que estaba situada en la propia avenida del Prado por donde íbamos, y que aparecía iluminada sólo en el ala izquierda del segundo piso. Aunque desplegaba cierto lujo, era ordenado y gastaba sus rentas con método, evitando que los amigos lo explotaran, y prefiriendo usar sólo sus carruajes y su quinta de recreo en Arroyo Naranjo. Por eso se le calificaba de egoísta y de un poco avaro. Era, en fin —y esto no lo decía mi padre, incapaz de hacer tales cálculos en voz alta—, un hombre maduro ya para el matrimonio, aunque sólo contaba treinta y dos años.

De todo este relato yo sólo retuve lo que se refería a aquella hermana misteriosa; y no pude dominar mi deseo de saber lo que había sido de ella.

—Y la hermana, papá, ¿está viva o murió?

—Dicen que nunca habla de ella —repuso mi padre con mucha tranquilidad—. Parece que no salió de buena cabeza... En fin, Menéndez, que es quien me dio esos informes, asegura que está en Santiago de Cuba.

—¿Casada? —dije, afectando una perfecta ingenuidad, con el fin de saber más.

—Soltera —se concretó a responder mi padre, que sin duda, creía haber dicho bastante.

Aquella noche, ya en mi cama, tardé mucho en conciliar el sueño, mientras oía la respiración acompasada de Alicia, que dormía como una bienaventurada. El grave suceso que iba a realizarse en mi casa, y a cuya iniciación había asistido en el palco, trastornaba completamente mis ideas. Sin poderlo evitar, me llenaba de ira el pensamiento de que mi hermana llegara a casarse con aquel hombre. Sentía celos, no por él, sino por ella. Me figuraba que mi hermana era algo mío y que solicitar su amor era como arrebatarme a mí algo que me pertenecía. Y nada de envidia, lo juro. Mi sueño de amor no se había hecho hombre todavía. Desde que conocía sus secretos, el amor personalizado en una criatura de carne y huesos, me producía una inquietud muy cercana al horror. A veces recordaba las palabras de la monja «usted se casará, etcétera». Y trataba de penetrar audazmente con la imaginación en la oscuridad de lo futuro, intentando adivinar cómo serían mis impresiones en aquel trance. Pero una especie de cobardía del espíritu me obligaba a retroceder. Allí estaba lo intangible, lo prohibido, lo que me producía una extraña y profunda aversión nunca bien razonada, y que, sin embargo, me atraía con la vaga solicitación del abismo. Entonces procuraba muchas veces afrontar abiertamente el caos de contradicciones de mi vida interna y del mundo exterior, preguntándome, por ejemplo, por qué todos se unían para reprobar en público una cosa que nadie dejaba de practicar en privado, y detrás de la cual corrían desaforadamente hombres y mujeres sin confesarlo. Afortunadamente no me dejé deslizar por esta pendiente peligrosa de la lógica. Me detenía en seco, al iniciar la carrera, repitiéndome a mí misma que en estas materias, como en las doctrinas de la religión, no convenía discutir el dogma, porque la duda era el camino de la maldad y el pecado. Sin embargo, el diablo tomaba aquella noche un sendero desusado para penetrar en mi conciencia. No se trataba de mí sino de mi hermana, y esta circunstancia quebrantaba mi vigilancia interior, dejando abiertas muchas puertas.

La hermana del señor Trebijo, éste y Alicia pasaban, volvían a pasar y se mezclaban en mi pobre cabeza desvelada, como en una danza fantástica. No me atrevía a encender la luz, por temor a despertar a Alicia, y la oscuridad aumentaba la excitación de mis nervios. Me aconteció lo que nunca me había ocurrido y que procuraría no volviera a sucederme jamás en lo venidero: imaginé escenas de una obscenidad repugnante en que mi hermana y la de su pretendiente caían juntas, víctimas de la misma furia de dos hombres. Pensé que Trebijo la quería para algo idéntico a lo que había sido causa de que arrojara de su lado a la hermana. Un movimiento de vergüenza, de repulsión, de agudo reproche de mí misma, me hizo sentar en la cama y buscar a tientas el botón de la luz, que hice girar, aun a riesgo de que Alicia se despertara. La claridad brusca que llenó la estancia me calmó como por encanto, sobre todo después que me froté fuertemente los ojos. Alicia se movió, como si luchara por abrir los ojos un instante, y dando media vuelta en la cama, volvió a quedarse profundamente dormida.

Entonces la contemplé mucho rato, envidiando su serenidad, y pensando con tristeza en el día en que un hombre se la llevara dejándome para siempre sola en aquel cuartito. Mis ideas tomaban un rumbo sentimental que poco a poco fue perdiéndose en una suave crisis de lágrimas. Lloré silenciosamente mucho tiempo, sin querer apagar la luz, temerosa de que las horribles visiones de impurezas vinieran nuevamente a tentarme en la sombra, y me dormí sin sobresaltos, cual si las lágrimas me hubiesen lavado el alma.

Cuando abrí los ojos, ya bien entrado el día, la lámpara estaba encendida aún. La apagué con un vivo sentimiento de vergüenza en el corazón y tal vez en el rostro. Alicia seguía durmiendo en la misma postura en que la vi seis horas antes.

V

En cuatro meses habían ocurrido dos sucesos de importancia. Graciela nos anunció inesperadamente que se casaba, y a los treinta días lo hizo, sin darnos tiempo para escoger con calma su regalo de boda. Todas las cosas de aquella atolondrada eran lo mismo, y su marido, según parece, pensaba de la misma manera. En cuanto a su madre no tenía opinión propia: hacía siempre lo que deseaba la hija. Se casaron un sábado al mediodía, en la sala del juzgado, pues juzgaron molesta e innecesaria la ceremonia religiosa. No hubo, por lo tanto, invitados ni fiesta. Mi padre y aquel Menéndez de la oficina firmaron el acta como testigos, y del juzgado se fueron los novios a una casita muy bien arreglada que alquilaron y donde ya estaba instalada la madre. Pedro Arturo tenía ahorros; era hombre ordenado, y acariciaba la ambición de hacer fortuna. Y desde el principio, los tres habían arreglado muy bien su vida conservando los jóvenes sus empleos, mientras la anciana tomaba a su cargo los cuidados de la casa.

El segundo acontecimiento de importancia fue el noviazgo de Alicia, anunciado oficialmente la misma noche del matrimonio de Graciela. Hasta entonces sólo había habido asiduidades y ternezas por parte de Trebijo: cartuchos de bombones especiales, recibidos directamente dc Italia, y flores cortadas para ella en la casa de recreo de Arroyo Naranjo. Alicia dejó de salir mucho antes de aceptar formalmente la solicitud de su enamorado: no iba al teatro sino cuando él iba, ni hizo visitas, ni pensó más en bailes, encontrando pretextos para excusarse, con el beneplácito de mamá y sin mencionar todavía a su pretendiente. Las cosas se llevaban, por consiguiente, con todo el ceremonial de costumbre. Pero yo sufría, de rechazo, las consecuencias del encierro, lo cual hacía crecer mi mal humor y mi sordo rencor hacia «el intruso», sobre todo en aquellos días, en que empezaba a vestirme de largo y me peinaba lo mismo que mi hermana.

Desde la noche en que mi hermana fue novia de Trebijo, los dos sillones, invertidos y juntos, se colocaban todas las tardes en un ángulo de la sala, en frente del otro donde mamá tenía la costumbre de sentarse a tejer sus interminables obras de lencería. Mi pobre madre estaba tan contenta como yo aburrida. Parecía querer más y tenerle otras consideraciones a mi hermana desde que estaba en camino de convertirse en una señora formal. Sin embargo, sus ojos no se descuidaban un instante, sorprendiendo el menor indicio que pudiera parecer inconveniente, y llamándole enseguida la atención a Alicia, con mucha dulzura.

—Mira, hija mía —le dijo una noche, después que se hubo retirado Trebijo—: cuando despidas mañana a tu novio, no pases de la línea que marca en el suelo la luz del recibidor.

Mi hermana quiso protestar.

—Pero, mamá, ¿qué tiene de malo...?

—Nada, hija. Sólo que no está bien. Haz lo que te digo.

Alicia, un poco malhumorada, obedecía siempre.

Ahora se peinaba, por las tardes, con más cuidado que si se preparase para un baile, y no pensaba más que en el novio ni sabía hablar de otra cosa. Fue un curioso cambio operado en veinticuatro horas. La víspera del matrimonio de Graciela, Trebijo era el amigo predilecto, por el cual se sacrificaban gustosamente las diversiones: al día siguiente era el novio con todos sus derechos, hasta el de exigir de ella que fuera coqueta por agradarle. En la mente de Alicia, como en la de mamá, las ideas debían de estar trazadas a cordel, como las calles de una ciudad nueva. En la mía también intentaban alinearse en la misma forma, a pesar «de mi defecto de pensar demasiado», como decía mi madre; porque hasta muchos años después, cuando la experiencia me ha hecho rectificar muchas de mis opiniones, no he estado en aptitud de fijarme en la curiosidad de ciertos detalles.

Por entonces no sentía sino fastidio. Como no podíamos salir, ansiaba más que nunca las diversiones y los paseos. Y ni siquiera la lectura me distraía, como otras veces, porque las falsedades de los libros me irritaban, acabando por aumentar mi tedio. Afectaba una gran seriedad, un desencanto de mujer madura que desprecia los sueños y el romanticismo, y hablaba de las ilusiones como de algo infantil, con una convicción que a mí misma me hacía reír interiormente muchas veces.

—Vamos. ¡Gracias a Dios que vas sentando la cabeza! —me decía mamá satisfecha de lo juicioso de mi conducta.

Yo me sonreía melancólicamente por toda contestación, porque por aquel tiempo me divertía imaginando que tenía desgarrada el alma, que era casi una muerta y que mi familia tenía la incomprensible ceguedad de ignorarlo.

—Vamos a ver cuándo te toca casarte —me decía la madre de Graciela—, lo que no será difícil, porque estás muy linda.

Con voz muy dulce, muy musical, que procuraba arrancar de lo más hondo de mis desengaños, le respondía:

—Yo estoy muy bien así, Juanita. Me quedaré para vestir santos.

Y me entretenía en deshojar modestamente alguna flor, símbolo de mis ideales, mientras la buena mujer se echaba a reír con la mejor gana.

Dejé de pensar en la hermana de mi futuro cuñado, que ya sabía que se llamaba Teresa y que era muy linda, no pudiendo explicarme cómo había podido interesarme por aquella perdida. Empezaba a participar de los principios inflexibles de mi madre, que no era dura sino para condenar las faltas de las mujeres, y a comprender el sentido de aquellas palabras de mi tía Antonia: «¿Cómo pueden ser otras iguales a mí que no he besado a un hombre en mi vida?» En esta nueva situación de mi espíritu renacían a veces mis antiguos y pasajeros rencores contra Graciela, como si fuese ella el ejemplo más cercano de impureza que contemplaron mis ojos. Me preguntaba, un poco escandalizada, a mí misma, cómo habría podido casarse sin que el marido sospechara... lo del otro. Y acababa enredándome un poco en aquellos misterios que no comprendía bien, porque mis conocimientos, por más que entonces creyera otra cosa, eran, en realidad, muy limitados en las tales materias.

Lo mismo que me sucedía cuando era pequeña, mis malos pensamientos acerca de nuestra amiga más íntima me dejaban al corto rato un remordimiento en la conciencia. Pero no disminuía por eso aquel orgullo interior que experimentaba de ser mejor que ella y mejor que todas las que no pensaban como yo. Mi tía tenía razón: no podían ser iguales unas y otras. Me lo decía claramente la sociedad entera, los hombres mismos, que, aunque me miraban disimuladamente con ojos de codicia, tenían por lo menos el trabajo de disimular. En cambio, con otras muchachas menos serias se permitían bromas, que yo no permitiría jamás. Mis sentimientos de honestidad se afianzaban con aquella sanción pública y con el ejemplo de mamá, que ahora, lejos de recatarse para hablar de ciertas cosas delante de nosotras, procuraba hacerlo muchas veces con el fin de que la oyéramos.

Una tarde se hablaba en casa del escándalo del día: una joven muy conocida, casada con un hombre que podía ser su abuelo, se había fugado del domicilio conyugal en compañía de su médico. Mi madre, que conocía a la dama, por estar hasta emparentada de un modo lejano con nuestra familia, y que había censurado mucho su matrimonio con el anciano, reprochaba duramente su actual conducta.

—Desde el principio —decía— me figuré que ese matrimonio acabaría mal. Ella fue siempre muy coqueta; una verdadera loca. Se casó sólo para tener lujo y para brillar en sociedad... Sin embargo, es de buena familia y nunca hubiera creído que se atreviera a dar un escándalo semejante...

—La tentó el diablo, hija —dijo la madre de Graciela interrumpiéndola, con su acento siempre conciliador.

Pero mamá, que no podía permitir de ningún modo el triunfo de Lucifer sobre un alma honrada, se exaltó de pronto.

—No me digas eso, Juana. ¡El diablo, el diablo! ¡Nada de diablos! Que son peor que las perras; peor que las perras de la calle... El diablo nos tienta a todas; ése es su oficio. Pero, ¿te tentó a ti cuando te quedaste viuda, joven, bonita, con dos hijos y en la miseria? Yo recuerdo aquella época como si hubiera sido ayer, y sé bien los trabajos que pasaste, sin que nadie pudiera decir de ti lo más mínimo... El diablo, ¿eh? Pues cuando una tiene la tentación, piensa en otra cosa o reza o se da una ducha fría... El diablo aquí son los trajes y los sombreros y los pascos y toda esa corrupción que se traen las mujeres de ahora... ¿Quién la mandó a casarse con el viejo? ¿No lo hizo por su voluntad? Pues que se hubiera conformado con su suerte, que no era tan mala por cierto... ¿Quién ha visto que una mujer honrada ande fijándose en si su marido es joven o viejo, bonito o feo? Es su marido y basta: el que le dio Dios y el que eligió ella misma...

Lo demás es lujuria y porquería, y no necesita el diablo mezclarse en ella para que dé sus frutos... como el que estamos viendo.

Doña Juana acabó por asentir, convencida por aquella elocuencia exaltada que se desbordaba como un torrente. Sin embargo, no pudiendo prescindir de su natural indulgencia, encontró una frase ambigua.

—Tienes razón, Carmen —dijo—. Yo también pienso como tú en muchos casos. Pero a nosotras nos criaron de distinta manera que a las muchachas del día...

Mamá movía la cabeza negativamente, y la interrumpió de nuevo.

—Tampoco eso es así. Es cierto que antes había más severidad y más respeto; pero ahí tienes a mis dos hijas... ¿Son de ahora, verdad? Victoria no ha cumplido aún diecisiete años... Pues yo apuesto la cabeza a que, casadas con viejos o con jóvenes, no son capaces de olvidar un instante sus deberes... Vaya, ¡ahí tienes otro caso! Y como ése, millares...

Desde el fondo de mi alma aprobaba con todas mis fuerzas las ideas de mamá, aunque no me atrevía a mezclarme en la conversación. Graciela no oyó una palabra de la misma, entretenida con su marido en el balcón, donde ambos se arrullaban como dos tórtolas.

Me explico el mal humor de mi tía que, obligada a vivir sola al lado de la dicha de los demás, acabó por hacerse perenne y producir en ella aquel genio bilioso y malévolo que la hacía enemiga de la humanidad. Mi aislamiento en la casa, desde que Alicia sólo se ocupaba en el novio, me hubiera conducido a los mismos extremos si en lugar de ser una situación transitoria hubiera sido definitiva. Por eso «el intruso», causa única de todo aquel trastorno en mi familia y en mí misma, me inspiraba cada día una aversión más honda. Me molestaba su aire de superioridad, su pedantería; que lo impulsaba a considerar sus opiniones más acertadas que las de nadie. Tenía una manera peculiar de decirle a mamá: «¡Oh! No crea usted eso, señora», y una sonrisita de suficiencia que me mortificaba extraordinariamente. Alicia lo creía un genio. Mamá lo respetaba y lo quería, como quería y respetaba a todo lo que era autoritario y dogmático, por secreto espíritu de sumisión. Era muy atento con Alicia, de la cual estaba profundamente enamorado, pero le imponía siempre su capricho y la tiranizaba con dulzura. Le dictaba las modas, los colores de los vestidos y las formas del peinado, y la obligaba a salir de la sala y encerrarse en el interior de la casa cuando llegaban hombres de visita, siempre que no estuviese él presente. Mi hermana resultaba muchas veces grosera delante de los extraños con estas salidas inexplicables, pero cumplía escrupulosamente los deseos del novio, sin permitirse la más ligera variante. A mí también intentó, con cariñosas indicaciones, imponerme sus gustos; pero me rebelé desde el principio, y acabó por dejarme tranquila, aunque simulando no haberse dado cuenta de mi indocilidad. Le aborrecía también por estas tentativas de dominación y le achacaba todas las tristezas de mi soledad.

Eran tan complejas las palpitaciones de mi vida interna en aquellos días de ociosidad y de tedio, que me sería difícil reconstruir hoy el estado completo de mi ánimo de entonces. Desde niña, ciertos movimientos íntimos de mi naturaleza, que se producían espontáneamente en los órganos, sin causa externa aparente, me produjeron siempre un sentimiento de alarma y de vergüenza casi imposible de explicar. Ahora pasaba una parte de la vida previéndolos y evitándolos. Un roce o una emoción agradable los despertaban, llenándome de ira contra mí misma. Era como si una mano extraña e invisible se posara en mi cuerpo, mancillándolo. No creía gran cosa en el diablo, porque mi fe religiosa fue siempre un poco tibia, pero le atribuía con gusto aquellos malos ratos que pasaba. Mi cuerpo, completamente desarrollado ya, me inspiraba análogas repulsiones. Lo tocaba sólo para las más indispensables operaciones de limpieza, y procuraba verlo desnudo lo menos posible. Para conseguirlo me ingenié para cambiar la posición de un espejo del baño, sin participarle a nadie el motivo de la mudanza. Y sin embargo, vestida, me contemplaba con gusto en la gran luna de nuestro cuarto y cuidaba mi cutis con tal esmero y con tales precauciones en la elección de cremas y de polvos, que Alicia se reía de mí, llamándome maniática y presumida.

Esta obsesión y aquellos estremecimientos de una materia llena de juventud y de vida se mezclaban a los otros sentimientos de celos, de angustias desconocidas y de miedo ante lo porvenir que creaban el todo de mi personalidad en aquel tiempo. Una nueva «punzada», como hubiera dicho mi madre, si hubiese podido contemplarme por dentro. ¿Qué quería? ¿Qué anhelaba? ¿Qué hubiera podido satisfacerme por completo? Si me hubieran preguntado esto, en concreto, hubiese contestado con cualquier tontería: «que las gentes fuesen más perfectas», «que el mundo fuera mejor», «que yo fuese más feliz». ¿Acaso era desgraciada? No lo sabía, pero creía que no...

Afortunadamente las compras y el trabajo de la canastilla de Alicia vinieron a arrancarme pronto de aquel peligroso estado de conciencia creado por la inacción. A los cuatro meses de noviazgo cayó en mi casa como una bomba la declaración que hizo mi hermana una noche, después de la partida de Trebijo, de que éste quería casarse lo más pronto posible. Mamá y yo salimos al día siguiente a visitar almacenes de novedades y a contratar dos costureras para que trabajasen en nuestra casa. Desde entonces ésta se convirtió en un centro de actividad febril. Mamá escogía telas, consultaba diseños, elegía bordados y vigilaba el trabajo de las dos mujeres que habían convertido en taller el comedor. La transformación que produjo el trabajo en mi espíritu fue la confirmación más elocuente de la teoría que proclama la necesidad de una ocupación constante que distraiga a las mujeres, cualquiera que sea su edad. Tomé a mi cargo una buena parte de los bordados de sábanas y fundas, y me pasaba los días enteros inclinada sobre el bastidor, que me destrozaba la espalda y me consumía la vista. Mamá estaba radiante de satisfacción, y, a pesar de su naciente obesidad, que la molestaba un poco, se movía activamente de un lado al otro, pareciéndole siempre que andábamos muy despacio. Mi padre y Gastón, aturdidos por la ola de trapos y encajes que ocupaban todas las sillas y por las conversaciones sobre las labores y modisturas en que nos enfrascábamos, almorzaban y comían de prisa y huían a la calle abandonándonos el campo.

Me quedé tranquila, con los nervios en calma y sólo predispuesta siempre contra mi futuro cuñado, a quien no podría querer aunque me lo propusiese con toda la fuerza de mi voluntad. No hubiera sido novia de un hombre semejante por todos los tesoros de la tierra. Una vez, sólo por sostener una opinión contraria a la suya, tomé la defensa de una pobre mujer, de quien hablaban los periódicos, muerta por su esposo al salir de la cárcel, donde había estado recluido varios años. La conversación se había generalizado, por una broma de Gastón, que no había salido todavía, y Trebijo se mostró inexorable, declarando que aquella mujer no podía disponer de sí misma, aunque hubiera tenido que morirse de hambre, mientras viviera su esposo, en presidio o en cualquier parte. Mamá aprobaba con toda su alma las ideas de su futuro yerno, que eran las suyas. Gastón, escéptico, sonreía, divertido con la discusión. Yo fui quien se colocó sola contra todos, tomando con calor la defensa de la desgraciada víctima. Y lo hice tan bien que mi madre tuvo que llamarme al orden, preguntándome qué entendía yo de aquellas cosas. Desde entonces se acrecentó mi rencor contra el «intruso» que se atrevió a reírse al oír la reprimenda.

¿Lo amaba realmente mi hermana? He ahí algo difícil de discernir. No creo que Alicia se entregara a cálculos aritméticos sobre la fortuna de Trebijo, antes de aceptar su amor; era demasiado joven e indolente para eso. Mamá sí calculó, de seguro, y hasta es posible que el clásico: «te conviene» influyera con la fuerza de un mandato en la inclinación amorosa de la joven; pero en Alicia no hubo más —me atrevería a jurarlo— que esa pasiva necesidad de ser amada, esa certidumbre de que están hechas para ser algún día esposas y madres que lleva dócilmente al matrimonio a las nueve décimas partes de las mujeres. Mi hermana hacía lo que hacen todas las novias. Comíamos a las siete. A las siete y media iba a nuestro cuarto a terminar de vestirse, a empolvarse y a dar la última corrección a su tocado de la tarde. Y a las ocho menos cuarto, exactamente, ya estaba en el balcón sondeando con la mirada fija la penumbra de la calle y molestada por el foco eléctrico que había delante de la casa, que no la dejaba ver a mucha distancia el carruaje en que él venía. Después, mientras subía el novio la escalera, corría hacia la puerta del hall donde terminaba ésta, y allí esperaba unos segundos, sonriente, palpitante, apoyada en el marco... Un apretón de manos efusivo, y media vuelta de los dos hacia los sillones, donde habían de permanecer en continua charla a media voz hasta las diez de la noche, hora en que se repetía, a la inversa, la escena de la llegada. Si en esto consistía el amor, amor era. Pero tengo para mí que no era a Trebijo sino «al novio» a quien se dirigían estas solicitudes; es decir, que cualquier otro hombre hubiera gozado de los mismos privilegios, si ese *otro* hubiese llamado primero a las puertas de su corazón, despertando en éste el latente propósito de consagrarse a alguien que albergaba.

Graciela tampoco quería bien a mi futuro cuñado. Cuando estaba libre de su oficina, los sábados después de las doce, y los domingos, venía a ayudarnos a coser; pero no perdía ocasión de lanzar alguna sátira contra el novio, aun en presencia de Alicia, que se la toleraba y muchas veces seguía la broma. Graciela afirmaba que ella era mejor que él y que valía mucho más. Sobre

93

esto opinábamos lo mismo; pero yo generalizaba un poco más y pensaba, aunque no lo decía, que era mejor que todos los hombres que había conocido hasta entonces.

Un sábado por la tarde la joven hizo un resumen, que pudiera llamarse «gráfico» de sus ideas, y la forma un poco naturalista que empleó, muy propia de su carácter, despertó en mí una especie de malestar o de desasosiego que no me era completamente desconocido. Estábamos en el cuarto. Alicia, menos cuidadosa de ocultarse que yo, cuando estaba entre mujeres, se ajustaba el corsé para probarse un traje, andando de un lado a otro de la habitación, como hacía siempre cuando estaba vistiéndose, y se detenía a menudo frente a la luna del espejo para contemplarse maquinalmente. Calzada ya, las medias de seda negra lucían con vivo contraste bajo la camisa blanca, que bajaba hasta las rodillas. El corsé, color salmón pálido, moldeaba delicadamente el talle y la maciza amplitud del busto, presto a desbordarse de la opresora armazón de seda y de ballenas. Así, a medio vestir, mi hermana parecía menos alta y más encantadora con la blancura de su carne y la mórbida redondez del cuello y de los brazos, donde no podría señalarse un defecto. Sus movimientos eran rítmicos, un poco inexpresivos tal vez, pero naturalmente bellos, sin sombra de ostentación ni de coquetería. Graciela y yo, a pesar de la costumbre de verla así, la contemplábamos con arrobamiento. Alicia no parecía fijarse en nosotras. Enganchando el último broche, comenzó a ajustarse las cintas con indolente lentitud delante del espejo, distribuyendo la presión gradualmente y presentándose de frente o de lado al reflejo de la luna, según iba tirando de los largos cordoncillos. Cuando anudó los dos extremos, después de dar dos vueltas al talle con el sobrante, se inclinó y fijó, una después de otra, las cuatro presillas de las ligas al borde de las medias. Y al incorporarse nuevamente quedó delante de nosotras, sonriente y cansada, como si acabara de realizar un gran esfuerzo, la seda tendida sobre la curva magnífica de las pantorrillas, el vientre recto, las caderas apenas dominadas por el corsé, y sobre las blondas de éste el seno y la garganta carnosos y frescos, teñidos por el ligero aflujo de sangre que provocaba la reciente presión del busto, único detalle que no es posible admirar en las estatuas.

Graciela la miró, sonriendo con una expresión de malicia que le retozaba por todos los hoyuelos de la cara, y dijo de pronto:

—Alicia, ¿cuánto crees tú que daría el vejancón de tu novio por verte ahora así?

Mi hermana hizo un mohín de indiferencia mientras se volvía para fijar, frente al espejo, una de las grandes horquillas de carey que se había salido un poco de su peinado.

—¡Bah! ¡Nada! Tantas habrá visto...

—¿Tú crees...? Pues yo me figuro que no. Eres un bocado demasiado fino para su boca, y eso es lo que me apena, palabra de honor. Tú eres una mujer hecha para las caricias de un príncipe, y tu novio, chica, perdóname que te lo diga, es demasiado prosaico...

—Pero a mí me gusta así...

—Además, es viejo para tu edad.

—¡Viejo! ¿De dónde has sacado eso? No tiene más que treinta y dos años.

— Para mí son viejos todos los que pasan de treinta... Pero ése es asunto tuyo. Lo que quería decirte es que a tu José Ignacio se le van los ojos cuando te ve. Lo he observado. Se le cae la baba, y si en este momento se presentara aquí tendríamos que huir tu hermana y yo... Daría cualquier cosa por estar escondida en el cuarto el día de la boda, cuando él vaya descubriendo una por una, todas las cosas buenas que tienes... ¡Vaya! ¡A que soy más capaz de hacer eso que tú de consentirlo!

Alicia se había probado, mientras tanto, la blusa nueva, y ahora, con la que iba a llevar esa tarde puesta ya, y sin abrochar, se pasaba la borla por el cuello y la nuca, levantando con la mano izquierda el pesado casco de sus cabellos de bronce. Se ruborizó un poco, y repuso, sin abandonar su ocupación:

—¡Eres una loca! Ya sé que serías capaz de eso y de mucho más; pero no verías nada: mi novio es un hombre muy juicioso.

Graciela se echó a reír. Se divertía mortificándola para provocar sus réplicas, siempre sosegadas y firmes. Sus ojos picarescos evocaban escenas, que tal vez le recordaban aquellas en que ella misma había sido actriz.

—Lo dudo —dijo con fingida ingenuidad—. Pero si no es todo lo juicioso que tú deseas, ¿qué piensas hacerle en castigo?

A pesar mío, también yo seguía con la imaginación el vuelo de aquellas ideas que parecían danzar en el brillo de los ojos de mi amiga. Alicia se casaría, y por las tardes estaría así, a medio vestir, al lado de su marido, que podría también acabarla de desnudar y... La malicia de las mujeres es contagiosa, y a pesar de mi propósito de apartar de mí ciertas ideas, me dejaba arrastrar hacia ellas esa tarde, con una especie de trepidación interior, encantadora y culpable. ¿Por qué lo más vergonzoso de la vida constituye el eje alrededor del cual giran eternamente nuestros sentimientos? La desnudez de Alicia había tenido la culpa de aquel despertar de mis viejas curiosidades que la rigidez de mi voluntad no conseguía dominar aquella vez.

Afortunadamente entró mamá indignada, llevando en la mano un lienzo cuadrado que agitaba en el aire como una bandera de ignominia.

—Mira; otra funda de almohadón perdida. ¡La marca al revés! Será menester que despidamos mañana a Justa, porque esto no puede seguir así.

Alicia, que se había puesto la falda y acababa de cerrar su blusa, guardando los alfileres entre los labios mientras iba prendiéndolos, se volvió, indulgente, y dijo con mucha calma:

—No te apures, mamá. Probaremos a deshacer el bordado.

Esta salida dejó a mi madre estupefacta. Protestó airada.

—¡Magnífico! Para que queden los agujeros en la tela... Alicia, hija mía, el matrimonio te ha puesto boba. Lo único que hay que hacer con esto es botarlo o aprovechar lo que se pueda en otra cosa... Y lo peor es que el tiempo no nos sobra.

Nadie la contradijo, y salió refunfuñando, con la tela plegada sobre el brazo, para desahogar en otra parte su mal humor.

El encanto estaba roto; pero pasé el resto de la tarde disgustada y profundamente pensativa.

VI

La última semana antes del casamiento de Alicia fue extraordinariamente fatigosa para todos nosotros... Ni mi hermana ni yo nos imaginábamos lo que hay que trabajar para casarse. Adelgazamos. A última hora siempre faltaba alguna cosa en que no habíamos pensado. Apenas teníamos tiempo para vestirnos si venía alguna visita, pues cosíamos de noche y nos levantábamos al amanecer. Yo no pensaba en nada. Era como una masa inerte que caía en la cama, muerta de cansancio, para dormir ocho horas seguidas sin despegar los párpados.

En un almacén de novedades encontramos una tarde a Luisa, casada ya, que hacía compras con su marido, hablando muy alto y revolviéndolo todo. Estaba más flaca que nunca, con su aspecto de gata, sus grandes ojos de histérica, y su vestido abullonado, donde el artista había tratado de disimular hábilmente la falta de carnes con las complicaciones de la tela y la gracia vaporosa de los encajes. Su marido, un buen mozo, se mostraba correcto, frío y solícito, bajo su traje irreprochable. Recordé la historia de aquel casamiento, del que ya se hablaba cuando estábamos en el colegio. Él era abogado; tenía talento y ambición, pero su familia era muy pobre. Se casó por el dinero del padre de Luisa, antiguo gerente de la casa Troyes, Guzmán y Compañía, y por la legítima de la madre de la joven, de la cual entró en posesión en el acto. Ella no se hacía ilusiones: sospechaba las miras interesadas de su novio, y se reía de eso como de su fealdad, que le preocupaba muy poco, sabiendo hasta dónde llega el poder de la riqueza. Era escéptica y sabía vivir. Compró el marido, y estaba dispuesta a cobrarle, en satisfacciones de todas clases, lo que le costaba, y a no dejarse nunca dominar por él.

Al vernos a mi hermana y a mí hizo grandes demostraciones de alegría, y nos presentó a su esposo. El buen mozo miraba a Alicia, disimuladamente, con ojos de codicia. Leí en aquella mirada toda una novela íntima de traiciones que me repugnó. Luisa nos arrastró consigo a un lado, dejando que su marido se entretuviera en contemplar a su gusto, siempre de soslayo, a las lindas muchachas del almacén.

—¡Ah, chicas! ¡Tengo que contarles tantas cosas! Algunas muy divertidas, ¡verán! Voy a visitarlas, sin cumplidos de ninguna clase, para que hablemos como cuando estábamos en el colegio, ¿se acuerdan? ¿Qué tiempos aquellos, verdad? Yo me divertía y le tenía cariño al convento. A veces me parece que hace un siglo de nuestra salida de allí, y fue casi ayer. Yo quería quedarme un año más, pero mi padre no quiso, por lo del matrimonio. Temía morirse y que nos quedáramos solteras. Mi hermana se casará también con un hermano de mi marido... Francamente, ¿qué les parece mi Adolfo? Es simpático, ¿no es verdad? Pero yo lo conozco mejor que papá, porque delante de él se hace siempre la mosca muerta y sé que hay que amarrarlo corto...

Se dio una palmada en la frente.

—Pero soy una loca: hablo y hablo, y todavía no sé dónde ustedes viven. Quiero ir allá en esta misma semana.

Se lo dijimos, y ella, alzando la voz, se dirigió al marido, que se mantenía discretamente alejado... para mirarnos mejor a mi hermana y a mí, como artista que sabe dar su justo valor a la perspectiva.

—Adolfo, hazme el favor de anotar esta dirección en tu cartera: «Consulado, 260, altos»... ¿Está...? ¡Gracias!

Y lo recompensó con una mirada profunda de sus ojos lujuriosos. Enseguida, volvió a hablar con nosotras, exagerando las efusiones de su antiguo afecto con una mímica muy expresiva que mostraba sus manos huesudas llenas de sortijas.

—¡Qué hermosa estás, Alicia! Eres lo que prometías ser desde niña... Y tú, ¡ qué linda, Victoria! Con el tiempo vas a tener el mismo cuerpo de tu hermana... Yo, hijas, como siempre: con los huesos y la piel, y con el mismo corazón y el mismo carácter... Pero tengo tantas cosas que decirles que no sé por dónde empezar... Tenía hoy la corazonada de que iba a sucederme algo agradable. Salí de casa a comprar, porque me aburría, y tuve que conquistar a Adolfo, que es muy perezoso para salir durante el día. Dormimos la siesta, ¿sabes? —y rió maliciosamente, dejando suponer muchas cosas. Después añadió—: De eso también hablaremos... de mi matrimonio; pero despacio y cuando estemos solas. ¿Se acuerdan de Berta? Se casó también, pero estamos disgustadas y no la visito. ¿Recuerdan lo sucia que era y el trabajo que costaba para que se bañase metiendo todo el cuerpo en el agua? El marido es medio mulato y rico, según dicen. Dejé de tratarla porque se hizo amiga inseparable de las Montes, que ustedes saben cómo me odian y los horrores que dicen de mí. Lo siento, pues para mí las amistades del

100

colegio son como una cosa sagrada; pero digo como Cristo: «El que no está conmigo, está contra mí». ¿No tengo razón, chicas? Por fortuna no han salido de Santa Clara, y no tengo el disgusto de verlas. Eso sí, se las cobro cuando puedo. El mes pasado compré la casa que vivía Berta desde hace veinte años, y la hice pasar el mal rato de tener que salir de ella punto menos que a empellones.

A pesar de la prisa que teníamos mi hermana y yo, oía con gusto la charla de Luisa, porque me hablaba de gentes a quienes casi había olvidado, y me interesaban los episodios de la guerra que sostenía con las Montes y sus aliadas. Sólo las mujeres y los eclesiásticos, es decir, los seres obligados a comprimir sus pasiones durante toda la vida, somos capaces de concebir esas pequeñas y refinadas venganzas, de una puerilidad inconcebible, y de gustar emociones exquisitas en su ejecución. Me acordé de Berta y de las Montes, y me hizo gracia el juego de Luisa. Alicia le preguntó a la vengativa joven:

—¿Y la mayor de las Montes qué se hizo? ¿Se casó?

—¿Isabel? ¡Loca, hija! Con una locura... ¿Cómo diré...? Un poco... vamos, un poco *sicalíptica*. Dice que su virginidad es de Jesucristo, y que tiene una misión divina que cumplir en la vida, que no explica. Dos o tres veces han tenido que recluirla en un sanatorio, verdaderamente furiosa. Lo que le pasa es que ha llegado a los treinta años, sin que nadie haya querido cargar con ella. El pobre Cristo tiene que contentarse siempre con esas cosas que nadie quiere... Está más delgada que yo, y las santurronas de las hermanas lo mismo. Al fin y al cabo, tendrán que echar mano a los curas, y entonces

101

se pondrán gruesas... Cuando vaya les contaré muchas historias de estas hipócritas y de otras muchas. Tengo provisión para rato. Pero el pobre Adolfo bosteza, y si abuso de él me va a ser difícil conseguir que me acompañe otro día. No te digo nada, Alicia, porque iré por allá antes que te cases... Bueno; adiós, muchas cosas a todos. ¡Hasta pronto!

Nos besó en las mejillas y corrió a reunirse con el marido, que ya caminaba hacia la puerta, después de haber saludado ceremoniosamente con el sombrero. Desde allí volvió Luisa a decirnos adiós con la sonrisa y el abanico. Un carruaje tirado por dos hermosos alazanes se acercó a recogerlos. Los arneses brillaron un instante heridos por el sol. Luisa saltó como una cabra, y el bello Adolfo entró detrás con la gravedad de un diplomático. Alicia y yo nos miramos, sonriendo, y acabamos de hacer rápidamente nuestras compras.

Tres días antes del matrimonio de mi hermana, mamá, ella y yo fuimos a casa de mi futuro cuñado, y nos pasamos varias horas poniendo en orden los objetos de Alicia, que iban llegando de distintos lugares. El novio no estaba allí. Se había trasladado discretamente a un hotel, y sólo iba algunos momentos para dar órdenes a los criados. Si nos encontraba allí, nos saludaba en la sala, y no entraba a las habitaciones sino cuando le invitábamos o le hacíamos alguna consulta sobre la colocación de muebles. Como no había mujeres en su familia, teníamos nosotras que ocuparnos en aquellos detalles un poco penosos. Una vieja criada, especie de ama de llaves, que había visto nacer a Trebijo, nos ayudaba, haciendo al propio tiempo los honores de la casa. Los demás sirvientes la obedecían con respeto. Los hombres vestían de negro y las mujeres del mismo color, con delantales blancos sujetos con tirantes que se cruzaban en la espalda. Me pareció que aquella servidumbre, organizada de prisa, pues el novio no quiso conservar cerca de él testigos de su vida de soltero, se encontraba un poco encogida, con sus trajes nuevos y en presencia de la novia. La anciana nodriza les daba consejos y procuraba adiestrarlos rápidamente.

Mi casi cuñado no hizo locuras capaces de arruinarlo, arrastrado por el entusiasmo del matrimonio. Era un hombre metódico, a quien el amor no cegaba hasta el punto de hacerle olvidar el valor de un centavo. La casa fue pintada, retocada y lavada, como para recibir a su dueño después de seis meses de ausencia. En el piso bajo estaban las cocheras, el salón dc los arneses y las habitaciones de los criados. Se pusieron allí vitrinas nuevas y se cerró el patio con tabiques de madera y cristales, para aislar todas aquellas dependencias de la vista de los que entraban. La gran escalera de honor, de mármol blanco, desenvolvía desde el zaguán su curva majestuosa, ocultando también, en parte, el patio y la galería interior donde se alineaban los coches detrás de las puertas de cristal. Trebijo había echo colocar dos grandes estatuas de bronce, que sostenían antorchas, a los dos lados de la escalera. El portero, de uniforme azul con botones dorados y gorra galoneada, reinaba en aquel recinto, entre las hojas de la monumental puerta de caoba abiertas de par en par. En el piso principal se dejaron las habitaciones de los dueños casi tal como estaban al morir el padre de Trebijo. En el salón los antiguos muebles de palisandro y damasco rojo ostentaban fundas grises completamente nuevas. Se agregaron algunas sillas modernas y ligeras y un juego estilo imperio con vitrinas de caoba y guarniciones de bronce. Además, se renovó el cielorraso en el salón y en las habitaciones de la novia. Olía a barniz, a telas nuevas, a cal, a humedad ya viejo polvo removido: algo indefinible. Aquella casa, donde el peso de las tradiciones parecía desprenderse de los techos, a pesar de la pintura y de los intentos de renovación, me oprimió un poco el pecho, sin explicarme claramente el porqué. José Ignacio Trebijo no era un poeta, sino un burgués previsor y meticuloso, muy bien preparado para asumir las graves obligaciones del matrimonio: lo sabía, y sin embargo no podía evitar que algo desalentador y triste se levantara en el fondo de mi lama, como una muda protesta de sentimientos no bien definidos que no podía morir en ella. ¿Era el rencor que sentía hacia el novio de mi hermana lo que me dictaba esta protesta? Lo quise pensar así, y procuré ahogarla generosamente. Todo aquello se había hecho de acuerdo con Alicia e indirectamente con mamá, que se mostraba encantada con el yerno, y no debía de censurarlo. La fundación de una familia es algo serio, trascendental y prosaico de lo cual es necesario desterrar la imaginación, si no se quiere que ésta cometa alguna de sus mil tonterías.

En el cuarto de la novia, en cambio, todo era nuevo y fresco, a pesar de aquellos horribles y enormes muebles que se usaban entonces y que la moda ha arrojado por fortuna de sus dominios. La cama, ancha y baja, con dosel y colgadura color de oro viejo, los grandes armarios de tres lunas y la cómoda, de dimensiones tan desmesuradas como lo demás de la habitación, se destacaban suavemente en la penumbra que el decorador había buscado hábilmente, atenuando la luz demasiado cruda de las anchas ventanas y suprimiendo las lucetas de cristales. Era una semiclaridad discreta de santuario, donde parecía flotar el misterio. El bastidor, desnudo, mostraba sus espirales de alambre nuevo, que habían de sustentar el peso de la pareja... Una ola de rubor subía a mis mejillas cuando me fijaba un rato en él. Sin poderlo evitar me sugería imágenes que hacían palpitar con violencia mi corazón, y volvía maquinalmente los ojos a mi hermana, que se movía en el cuarto muy activa y un poco nerviosa, ayudando a mamá.

Fue ésta quien colocó los colchones y tendió los cobertores, la víspera de la boda, ayudada por Ana, la vieja criada, pues Alicia, por una especie de íntima delicadeza, no puso sus manos en la cama. Las sábanas, muy blancas, quedaron escondidas bajo la cubierta de encajes con fondo del mismo color que las colgaduras. En la cabecera, los dos almohadones, forrados también de seda y encaje, quedaron rígidos y mudos, como dos centinelas que aguardasen no sé qué ceremonia misteriosa y solemne. La pobre mamá estaba un poco pálida y muy seria, y alguna vez me pareció que se volvía disimuladamente para ocultar la humedad súbita de sus ojos. Yo también, por momentos, me sentía sobrecogida de angustia, al pensar que mi hermana se quedaría para siempre allí, entre seres y muebles extraños que no nos la devolverían jamás. Pero mi madre combatía su emoción por medio del movimiento y no nos dejaba ociosas un instante.

—Victoria, ve a ver si de casa han enviado algo más. Di que lo traigan aquí enseguida. Vamos, hija, no te detengas, que tenemos que acabar...

Y dirigiéndose a mi hermana, mientras yo corría a desempeñar su encargo, proseguía:

—¿Dónde quieres que te guarde estas toallas de baño?

Alicia meditaba un instante, y acababa por decir, desconcertada:

—Déjalas ahí, en ese escaparate, por lo pronto. Después yo iré arreglándolo todo.

Mamá movía la cabeza, sin dejarse convencer.

—Ése es mal sistema, hija mía. Después, en los primeros días, vas a verte apurada, si no lo ordenas ahora todo. Vamos, ven a ver dónde te pongo las toallas... ¿Ves? Aquí, recuérdalo bien.

Aquella alusión a los «primeros días» me torturaba un poco. Y sin embargo, también hubiera querido tener mi casa: una casita nueva y alegre, toda mía, donde pudiera ser la reina y moverme de un lado a otro, vistiendo lindas batas con cintas, como las que iba desempaquetando de la canastilla de Alicia y poniendo muy cuidadosamente en los armarios. Empezaba a tener como la intuición nueva de la simplicidad de todas las cosas de la vida, a despecho de su complicación aparente.

Al abandonar la casa, después de haberlo dejado todo en orden, hablamos del novio, mientras bajábamos la escalera. Alicia compadecía la soledad de José Ignacio, que no había tenido una madre y una hermana que pusieran sus manos, al lado de nosotras, en la instalación de aquel hogar que empezaba. Pero mamá, sin contradecirla abiertamente, hizo algunas observaciones, en que se revelaba su sagacidad de vieja.

—O tal vez sea una ventaja, hija mía —dijo gravemente—. ¿Quién puede saberlo? Muchas veces lo difícil en el matrimonio no es armonizar los caracteres de los esposos sino los de las dos familias. Por ahí empiezan con frecuencia los desacuerdos de los casados.

Me vi obligada a recordar nuevamente a Teresa Trebijo, que sin duda sabría ya que su hermano se casaba. ¿Padecería mucho al pensar que no podría estar a su lado en aquellos solemnes momentos? Seguramente que no, porque, ¿qué iban a entender «esas mujeres» de delicadezas del corazón? Me burlé de mí misma por haberlo pensado, y aparté el recuerdo de mi memoria, encogiéndome de hombros con el pensamiento. Hoy me explico aquellas ideas mías, reconociendo que a la condición de mujer honesta va siempre aparejada cierta sequedad de alma.

En casa nos esperaban nuevos cuidados: el traje y los adornos de la novia, el frac de papá y el uniforme de gala de Gastón, que había sido nombrado la semana anterior subteniente de artillería. Habíamos dejado muchas cosas para última hora, y otras, encargadas con tiempo no estaban concluidas todavía. Para colmo de apuros, encontramos, al llegar, a Luisa y a su hermana, que nos esperaban.

Mamá se excusó de atenderlas, atareada y nerviosa con todo lo que faltaba. Luisa nos ayudó a colocar los regalos sobre la mesa de comer cubierta con un tapete de pana roja. Reía de todo y decía enormidades sin inmutarse, como si los matrimonios excitaran su temperamento de gata en celo. Le decía a Alicia:

—Te quedan dos noches. Pasado mañana a esta hora habrás perdido algo que no se recupera, ¿verdad?

Mi hermana enrojecía y bajaba la cabeza.

—Pero no es gran cosa, ¿sabes? Si te han asustado contándote tonterías, no las creas. Es peor si una tiene miedo; pero si se presta, ¡nada!

Avergonzada por aquellas crudezas, yo la reconvenía dulcemente.

—¡Ay, hija, por Dios! ¡De qué manera tan poco disimulada hablas!

Luisa reía burlonamente.

—Y en el colegio, ¿no hablábamos de eso y de cosas peores? Entre nosotras esas conversaciones, ¿qué tienen de malo? Para mí se trata de una cosa muy natural, que yo he hecho, que tu hermana va a hacer mañana y que tú también harás cuando te toque...

Me callaba sin saber qué responder, y ella, irónica, cogiéndome la barbilla y obligándome a mirarla de frente, añadía:

—Entonces, cuando te llegue tu vez, no te gustará, ¿no es eso?

—No sé, chica. Cuando me toque pensaré en eso. Por ahora no quiero.

—¿De veras? —exclamaba muy asombrada.

—¡De veras! —le respondí con absoluta convicción.

Me contempló como si acabara de verme caer de la luna, y se encogió de hombros. Me repugnó aquella mujer, cuya fealdad hacía más abominable su lascivia. Su hermana, aunque soltera todavía, era lo mismo que ella.

Felizmente vino el marido a buscarlas y se las llevó pronto. Seguían llegando los regalos, hasta el punto de no caber ya en la mesa y obligarnos a colocar cerca de ésta una pequeña consola cubierta también con un tapete encarnado. Los compañeros de papá, los amigos

108

del novio y los de Gastón rivalizaban en aquellas finezas. La corona de azahar y el velo llegaron por la tarde, en sendas cajas de cartón rotuladas con nombres franceses. Mamá, en el teléfono, apuraba a los proveedores. Pero ni el traje de Alicia ni los de papá y Gastón estarían listos hasta el día siguiente por la tarde, una o dos horas antes de la ceremonia. No pudimos sentarnos a la mesa, convertida en exposición de presentes, y comimos de cualquier modo, en una mesilla improvisada, cerca de la cocina. José Ignacio, que entró mientras comíamos, a cambiar impresiones con mamá y Alicia no recuerdo sobre qué detalle de la boda, se echó a reír al vernos amontonados de aquella manera sobre los platos. Estaba agitado y radiante, tal vez un poco pálido, y hablaba mucho para aturdirse como un combatiente la víspera de su primer duelo.

El día siguiente amaneció lluvioso y triste: una fea mañana de diciembre en que el agua goteaba incesantemente del cielo plomizo, sin llegar a constituir un franco aguacero. No hacía frío, sino una humedad pegajosa que se adhería a las carnes. Alicia y yo habíamos dormido poco, entristecidas ambas, sin decírnoslo, por la idea de que era la última noche que pasaríamos juntas. La melancolía del cielo y del agua acabó de ponerme de mal humor. Durante toda la mañana la llovizna continuó sin interrupción. A las doce brilló un poco el sol y pareció que el tiempo iba a mejorarse; pero una hora después la lluvia comenzó de nuevo, quitándonos toda esperanza de una noche apacible. A las dos avisó Luisa que estaban completas las seis damas de honor de Alicia, reclutadas entre sus amistades y las nuestras. El matrimonio sería a las nueve de la noche, en el Monserrate. Faltaban el

109

vestido de la novia, el bouquet, el frac de papá, qué sé yo cuántas cosas, y la lluvia no cesaba. Mamá estaba excitadísima. Alicia, un poco asustada, apenas hablaba ya. Papá, muy serio, disimulaba su preocupación leyendo y dando frecuentes viajes a todas las ventanas para observar el tiempo. Cuando Graciela, que comería con nosotros, llegó, a las cinco, acompañada por su madre, todos nos sentimos como aliviados de un peso con la presencia de aquella criatura serena y alegre que no perdía jamás la cabeza. Nos reímos y hubo algunas bromas; pero, a la hora de la comida, nadie probó un bocado, a excepción de las visitas.

A las ocho, todavía no habían traído el vestido de Alicia. Las buenas modistas no abandonan por nada los golpes teatrales. Mi hermana, en enaguas, aguardaba sentada en nuestro cuarto, un poco nerviosa, mientras mamá, Graciela y yo nos turnábamos para abanicar su rostro y sus bellos hombros desnudos. Hacía calor en la habitación cerrada, a pesar de la estación; y cuando dejábamos de darle aire cinco minutos, la piel de la novia se cubría de finas goticas de sudor, bajo la capa de polvo de arroz. Alicia, cada vez más emocionada, no obstante su temperamento frío y resignado, mostraba la amplitud de su pecho, que subía y bajaba con ritmo variable, y se dejaba vestir y cuidar como una muñeca, contestando con sonrisas y monosílabos a las frases que se le dirigían. Graciela estaba seria. Mamá salía a cada momento, y volvía con los ojos secos, pero enrojecidos. Una de aquellas veces murmuró:

—Ya están ahí los coches, pero el tiempo es horrible.

Corrí a verlos por el saloncito de la escalera, sin pasar por la sala. En la calle, bajo la lluvia fina y pertinaz se alineaban seis o siete carruajes, cuyos faroles mortecinos parecían próximos a extinguirse en la humedad del ambiente. Los caballos bajaban la cabeza hurtando las orejas a la cosquilla del agua. Los cocheros, envueltos en sus capotes y con las chisteras enfundadas, aguardaban en pie, al borde de la acera, huyendo del lodo que llenaba el arroyo, en aquel tiempo sin empedrado ni asfalto. Era como un llanto monótono de la naturaleza, que chorreaba en silencio y ensuciaba la ciudad con aquel mar pegajoso de barro, cada vez más profundo y más ancho.

Desde la persiana del pasillo, atisbé, sin ser vista, el interior de la sala, al través del hall desierto. Había unos quince hombres, los íntimos, pues el resto de los invitados se reuniría en la iglesia. Ninguna mujer. El tiempo las ahuyentaba y no supe si alegrarme o si sentirlo, porque me libraba de la tiranía de los cumplidos en aquella hora tan angustiosa para mí. Los hombres hablaban para entretener la espera, atendidos por papá y por Gastón, y de vez en cuando dirigían miradas recelosas a la calle y a sus flamantes zapatos de charol. A menudo recorrían la concurrencia corrientes de hilaridad, ahogadas discretamente, que se propagaban en medio del murmullo de voces graves. Sin duda se referían picardías unos a otros, excitados, jóvenes y viejos, por el aburrimiento de la espera y la proximidad de la boda. No podría decir por qué todo aquel marco de obligados convencionalismos en torno del casamiento de una joven y aquella actitud de actores próximos a salir a la escena en que

111

nos encontrábamos, me desagradaban y me llenaban de cólera contra el mundo.

Volví al lado de mi hermana. Los minutos transcurrían lentos y angustiosos en el silencio de todos. A las ocho y media, un coche se detuvo en la calle y dos oficiales subieron apresuradamente conduciendo una enorme caja. Mamá, que se había asomado a la puerta entreabierta del cuarto, retrocedió apresuradamente, exclamando:

—¡Listo! ¡Listo! Tenemos que apresurarnos. ¡Ya está ahí el vestido!

Rápidamente el magnífico traje, hecho de brocado de seda y encajes de Inglaterra, fue sacado de la caja y extendido sobre la cama. Los encajes, que habían servido para adornar el vestido de novia de la abuela de José Ignacio y se transmitían como una reliquia en la familia, amarilleaban sobre el blanco argentado de la tela. Mamá los contempló un momento con admiración, y sin perder tiempo, ayudada por las oficialas, empezó a ceñir el traje sobre el cuerpo de Alicia, siempre confusa, que se abandonaba como un autómata. La falda quedó puesta; pero el corpiño no ajustaba. Temblamos, pensando si se habrían equivocado en las medidas. Mi madre se pinchó un dedo con un broche, tratando de cerrarlo, y, muy nerviosa, se volvía hacia las oficialas en hosca interrogación.

Las muchachas sonreían, muy tranquilas.

—¡Oh, es el corsé! —explicó una de ellas— La señora... la señorita tiene un cuerpo tan lindo que hubiera sido una lástima dejarle más holgado el talle. El corpiño cierra... Con dos centímetros que ganemos todo quedará arreglado.

112

¡Manos a la obra! Las cintas corrieron bajo los dedos vigorosos de una de las obreritas; la otra la auxiliaba estrechando el talle de Alicia con ambas manos. Mientras tanto, hablaban sin cesar, adulonamente, siguiendo su costumbre de halagar siempre a las clientes de su taller. ¡Regio! ¡Regio! Daba gusto vestir a personas así, con esos hombros y ese talle y esas caderas... La señorita llamaría la atención en la iglesia. Un poco molesta al principio por el corsé, ¿verdad? Pero enseguida pasaría eso, y ¡qué diferencia...! ¡Soberbio! Ahora, el manto de corte... Así. ¡No puede pedirse más! Mi madre se alejó para contemplarla, mientras Graciela y yo le seguíamos dando aire con los abanicos. Alicia, entelerida, bajaba los ojos, sin atreverse a hacer el menor movimiento. Mamá, satisfecha de su contemplación, volvía a darnos prisa.

—¡Vamos! ¡Vamos ¿Y el bouquet? ¿Y los guantes?

Corrían de un lado para otro, alrededor de la novia inmóvil, buscando lo que tenían delante de los ojos. Yo escapé al cuarto de mamá, donde tenía mi vestido y mi sombrero, para ponérmelos rápidamente y evitar que esperasen por mí.

Al salir, ya lista, tropecé con Luisa, que me buscaba. Aquella loca, que no le temía a nada, no podía detenerse ante un poco de lluvia.

—¡Ay, chica! ¡Si supieras qué sorpresa! —me dijo en cuanto me vio— ¿A que no sabes a quién me encontré esta tarde al llegar a casa?

—¿A quién?

—A Dolly. Casada. Llegó el sábado con su marido. Van esta noche a la iglesia.

113

—¡Ah!

La arrastré hasta la sala, donde nos rodearon los trajes negros y las blancas pecheras. Me asediaron, preguntándome por la novia, impacientes por verla y por saber si ya estaba vestida. Algunos me dirigieron galantes elogios por mi traje crema y por mi peinado, hecho al descuido, que me favorecía siempre mucho más que cuando me esmeraba en crear con mis cabellos una obra de arte. El marido de Luisa hablaba con mi padre y otro joven en el hueco de una puerta, junto al balcón. Encontré a papá elegante, con su alta estatura, un poco encorvada, su frac nuevo, los cabellos y la barba casi blancos y la camisa lustrosa asomando por la inmensa abertura del chaleco. Noté enseguida que, aunque escuchaba muy afablemente al abogado, todas sus atenciones eran para el otro joven, a quien no recordaba haber visto jamás en nuestra casa y cuya fisonomía no me era, sin embargo, completamente desconocida. Era un hombre como de veinticinco años, alto y delgado, de pelo oscuro y barbilla del mismo color acabada en punta, que, al sonreír, mostraba unos labios de expresiva dulzura y unos dientes muy limpios. Algo miope, además, usaba lentes y miraba de un modo peculiar que hacía más simpática su fisonomía. En cuanto me vio libre de las personas que me saludaban, mi padre me hizo seña de que me acercara y me presentó a su amigo.

—Mira, Victoria: este caballero es hijo de Joaquín Alvareda, que fue vecino nuestro algunos años cuando era telegrafista en nuestro pueblo. Se llama Joaquín como su padre, que es un excelente amigo mío y un hombre intachable.

114

Me incliné casi con coquetería, como puede colegirse después de una presentación tan llena de elogios; y
tendí mi mano al joven que se apresuró a estrecharla en la
suya. Entonces habló, y el timbre de su voz me hizo tan
buena impresión como su persona.

—Usted no puede acordarse de mí, señorita, porque
don Ricardo habla de una época en que era usted muy
pequeña. En cambio, yo sí me acuerdo perfectamente
de usted y de sus hermanos.

—¿Vivieron ustedes mucho tiempo cerca de casa?

—Próximamente un año. Mi padre no estuvo en Santa
Clara sino accidentalmente, a causa de un traslado injusto. Siempre fue telegrafista en Matanzas, donde se encuentra todavía.

—¡Ah! ¡Vive todavía!

—Sí, señorita; vive.

Le observaba de reojo y lo encontraba bien con su
perilla rizosa y bien cuidada, su semblante un poco
marchito de hombre de estudios y su mirada torpe,
cuya timidez se ocultaba detrás de los cristales. De
todos los que estaban en aquella sala era seguramente
el que más me gustaba.

Sonó un cañonazo lejano, cuando me disponía a
proseguir la conversación, y todos los hombres se
irguieron sacando los relojes. Eran las nueve. Hubo
enseguida una agitación general de impaciencia. El
novio no había llegado todavía. Mamá, ya vestida,
salió, abrochándose los guantes y mirando disimuladamente a todas partes. El corsé la mantenía muy
erguida, oprimiendo sus carnes flojas que se desborda-
ban por encima de las ballenas y bajo la seda tirante del
vestido. ¿Y el novio? Se dieron algunas bromas suaves,

discretas, en que se traslucía un secreto vibrar de envidia en la voz de aquellos hombres contenidos por las conveniencias. Si hubieran podido hablar como en la plaza pública, seguramente más de uno se hubiese ofrecido para sustituir al ausente. Los ojos, sin embargo, brillaban cargados de malicia.

—Usted estará muy triste con el matrimonio de su hermana —murmuró a mi lado dulcemente la voz de Alvareda.

—¿Por qué? —le pregunté sorprendida.

—Porque ahora va usted a quedarse muy sola.

—¡Oh, sí! Bastante triste —respondí con sincera emoción sintiendo que algo, que pude reprimir, me subía del corazón a los ojos.

Y le agradecí a aquel joven que, entre todos los que se acercaron a mí aquella noche para decirme tonterías, hubiera sido el único que me hablara de un dolor real del alma.

En ese momento entró Trebijo como un alud. Apenas se detuvo a saludar a sus amigos, azorado, nervioso por la prisa y por la proximidad de la boda. Ni siquiera se había ocupado en distribuir sus cabellos tan simétricamente como de costumbre, lo cual era siempre en él síntoma de una extraordinaria perturbación interior. Pidió excusas por su retraso y preguntó por Alicia. Mi hermana, ya lista desde hacía mucho tiempo, lo esperaba sentada en el cuarto, mientras Graciela y las dos oficialas la abanicaban continuamente. El novio entró, sin más ceremonias, casi a la carrera, seguido a corta distancia por mamá, que no se creía relevada todavía del deber de vigilar a los jóvenes.

116

Hubo un movimiento general en la sala y en la calle. El grupo, fustigado por la curiosidad, se precipitó hacia el hall, para situarse cerca de la escalera. Los coches se movieron, entre pataleo de caballos y ligera confusión de voces. Seguía lloviznando. Era horrible el tener que arrastrar por la suciedad de la acera y del atrio la majestuosa cola de seda de la desposada.

De pronto rompió el silencio de los espectadores emocionados un leve murmullo de admiración. Alicia salía, del brazo de papá, lenta, rígida, con los ojos casi cerrados y el rostro tan encendido que parecía atacada por la fiebre. Lucía más alta, en su actitud hiérática, el manto de corte caído desde los hombros al suelo, la corona de azahares sobre la frente y el ramillete de blancas flores sujeto con ambas manos a la altura del pecho con la mística inmovilidad de las santas que sostienen objetos entre sus dedos de cera. Pasó por delante de todos, probablemente sin ver a nadie, y desapareció con su acompañante en el hueco de la escalera. Detrás iba el novio conduciendo a mamá. A pesar de su aplomo habitual y de la elegancia de su frac de severo corte, Trebijo se mostraba casi tan cohibido y torpe como mi hermana, en el instante decisivo. Juraría que era visible, bajo su piel, el esfuerzo de los músculos para dar a la fisonomía un aspecto sereno. Tropezó en el marco de la puerta al salir de la escalera, y mamá tuvo que arrastrarlo para que tomase el buen camino. Los demás nos precipitamos detrás de ellos con un poco de desorden, hacia la calle donde los coches, bajo la fina lluvia, se acercaban rápidamente y recogían su carga, partiendo al trote largo. A despecho del tiempo, las gentes, provistas de paraguas, se detenían en la acera para vernos salir.

Algo semejante sucedía en el atrio del Monserrate, donde una muchedumbre compacta aguardaba pacientemente, con los pics en los charcos formados en las viejas losas y en los desiguales adoquines de la calle. No sé por qué el espectáculo tantas veces presenciado de una boda atrae con tanta fuerza la curiosidad del pueblo. La puerta del templo, abierta de par en par, proyectaba sobre la fea plazuela y sobre las cabezas de la multitud el resplandor de los centenares de luces encendidas en la nave. En la acera de enfrente, los carruajes iban alineándose en fila, según se desocupaban.

Fue necesario que los criados y algunos espectadores oficiosos abrieran paso a codazos a los novios y su comitiva, tendiendo paraguas abiertos por encima de las cabezas de los que llegaban. Tuvimos que atravesar el atrio casi a la carrera, y entramos con un poco de confusión en el templo, donde ya los novios avanzaban hacia el altar por entre las dos anchas cintas de seda blanca que limitaban el pasillo del centro. De pronto, en lo alto se desbordó un torrente de notas suaves, confusas, algo como un tropel de armónicas ternuras lanzado desde el coro por las cuerdas y las flautas. Era la orquesta de la compañía de ópera del teatro Nacional que, con la marcha nupcial del *Lohengrin,* saludaba a los novios. No me gusta Wagner. Su música me aturde y me desconcierta. Pero en aquella ocasión el himno famoso me pareció adaptado a las circunstancias. Murmuraban los instrumentos suavemente, confundiendo sus voces, como en un coro apasionado de cantos y de trinos en que todas las potencias humildes de la naturaleza celebran el paso del amor. Y de súbito, el clamor de las trompas, velado por discreta sordina, repetía hasta la saciedad el mismo motivo sencillo y salvaje, que apagaba el rumor de los sonidos dulces; cual si también las trágicas fuerzas del universo, el huracán, el trueno y las olas, el fuego y el aire, acogiesen con un coro de rugidos atenuados a la joven pareja próxima a cumplir el rito misterioso para la perpetuación de la vida... Bajo la extraña música, los novios continuaban acercándose lentamente al altar lleno de luces, seguidos ya de cerca por nosotros, que apresuramos el paso para reunimos con ellos. Alicia caminaba como una ciega, del brazo de papá. El novio, más trastornado cada vez, tropezaba al andar y le pisaba la cola. A pesar de la lluvia había una concurrencia numerosa. Las pupilas y los impertinentes se clavaban en la novia con fijeza, antes de examinarnos a todos los de la comitiva, empezando por las seis damas de honor que se nos habían incorporado en la puerta. Al llegar los novios a las gradas del altar, la música cesó de pronto, y se produjo un ligero desconcierto entre los actores de la ceremonia. El cura, en pie, nos esperaba revestido de todos sus ornamentos, y con su gran práctica en esta clase de actos, restableció el orden, señalando a cada cual el puesto que le correspondía. La escena quedó arreglada en un instante. Alicia estaba ahora pálida, en tanto que Trebijo trataba de disimular su turbación con una sonrisa.

Había a la derecha del altar una mesilla cubierta con un viejo tapete, destinada a firmarlos contratos. Alicia, conducida hasta allí por mi padre, se inclinó, sin quitarse el guante, a una indicación del sacerdote. Su mano temblaba al firmar. Después tocó el turno al novio y a los testigos. Se andaba de prisa por terminar pronto esta formalidad, que era la parte prosaica de la boda.

Entonces me fijé en la iglesia que estaba cubierta de flores colgadas de guirnaldas que caían de la bóveda, de los altares y del coro con una profusión portentosa. Predominában las rosas blancas que la luz hacía aparecer como copos de nieve engarzados en rosarios fantásticos por un milagro de arte y de equilibrio. Verdaderamente era lamentable que la lluvia le hubiera quitado esplendor a un espectáculo que con tanta magnificencia se había preparado, porque con un buen tiempo el público hubiera llenado la nave. Sin embargo, en los primeros bancos se reunían más de cien invitados y junto a la puerta y en las naves laterales los curiosos, en doble número, se mantenían en pie. Las blancas plumas de los sombreros de las damas y el blanco de los uniformes de gala de los militares se destacaban sobre el fondo lúgubre de los trajes de etiqueta de los hombres. Al empezar la ceremonia, algunos, para ver mejor, se situaron a la derecha del altar mayor, detrás de la mesilla donde firmaron los novios. Sentí de pronto que una mano se apoderaba de la mía, sacudiéndola con efusión, mientras una voz muy conocida murmuraba en inglés a mi oído:

—Victoria, Victoria, ¡qué linda está usted!

Era Dolly, linda y delicada ella también, con su traje imperio y su gran sombrero negro con un solo penacho blanco que le caía hacia la espalda. A su lado un gran diablo, huesudo y calvo, sonreía apaciblemente, con los larguísimos brazos caídos a lo largo del cuerpo. Se apresuró a presentármelo.

—Mi marido, Mr. Shoemaker... Mi mejor amiga en el convento.

El frac caía sobre los hombros de Mr. Shoemaker como un paño colgado de un palo, en lo cual no parecían fijarse ni él ni su esposa. Dolly parecía encantada con mi encuentro. Me dio su dirección, en un hotel de la ciudad.

—Envíeme mañana una postal con la suya. Quiero ir a verla y que salgamos juntas. Mi marido y yo estaremos en La Habana aproximadamente dos meses...

Se lo prometí y les presenté a Gastón que rondaba cerca de mí, muy guapo con su uniforme blanco y la espada al costado. Dolly lo acogió como a un antiguo amigo, coqueteando con él desde las primeras palabras. Su marido le dio un apretón de manos lleno de cordialidad. Les dejé a mi hermano y me aproximé al altar donde se agrupaban los parientes de los desposados, las damas de honor, los testigos y los amigos íntimos.

Desde allí se veía mejor la concurrencia. Algunas caras conocidas me sonrieron al encontrarse con mis miradas. Graciela y su marido, cerca de una columna próxima a nosotros, se miraban amorosamente, creyendo al público demasiado entretenido con el espectáculo para fijarse en ellos y excitados seguramente por el recuerdo de sus bodas. Más lejos sorprendí a Joaquín Alvareda, que me contemplaba a hurtadillas. Instintivamente me ahuequé el peinado y erguí el busto, sin dirigir más la vista hacia donde él estaba. Los ojos detrás de los impertinentes devoraban a la novia, y observé que ciertas bocas feas sonreían con desdén. Luisa estaba a mi lado, y de vez en cuando, con un codazo y un gesto disimulado me mostraba las figuras que despertaban sus burlas interiores. Reinaba un silencio expresivo. De tiempo en tiempo, el rodar de un banco, una tos o el murmullo rápido de una voz discreta despertaban los ecos de la nave, con un ligero estremecimiento de los espectadores.

De espaldas al altar, lleno de oro y de cirios encendidos casi hasta la bóveda, el sacerdote daba el rostro a los novios. A su izquierda las damas de honor, de blanco, llevando en las manos simbólicas flores, formaban fila cerca de Alicia. Al otro lado, la fila era negra, formada por los testigos. De este modo, el altar, al fondo, la línea blanca de trajes de seda, los novios, a cuyos costados estaban los padrinos, y la línea negra de fraques formaban un cuadrilátero casi perfecto, en el centro del cual se movían el cura y el monaguillo. Detrás del sacerdote, sobre un elevado atril, estaba el misal abierto, mostrando sus gruesas letras y sus cantos dorados.

Me absorbí en la contemplación de la ceremonia, sintiéndome sobrecogida de respeto ante la majestuosa solemnidad del culto. Aunque mi fervor religioso había disminuido mucho después de mi salida del convento, veía a Dios presente en aquel acto para disponer del destino de mi hermana. El cura mascullaba frases en latín, con voz desigual, volviéndose del breviario, que sostenía el acólito, a los novios, con las manos extendidas en actitud de bendecir.

De pronto abandonó el latín y preguntó con entonación lenta y grave, dirigiéndose a la novia.

—María Alicia Leocadia de la Concepción Fernández y Fuenterrota, ¿queréis por esposo al señor José Ignacio Trebijo y López, aquí presente?

Y más bajo dictó a mi hermana la respuesta:

—Sí, quiero.

Alicia repitió como un eco:

—Sí, quiero.

—¿Os otorgáis por su esposa y mujer? «Sí, otorgo.» Mi hermana no oyó esto último.

—¡Vamos! «Sí, otorgo» —tuvo que repetir, impaciente. Y, dócil, la voz-eco murmuró enseguida:

—Sí, otorgo.

—¿Lo recibís por vuestro esposo y marido? Repita: «Sí, recibo.»

—Sí, recibo.

Un débil murmullo me hizo volver la cabeza, mientras el sacerdote se dirigía al novio, haciéndole análogas preguntas. Algunos jóvenes, formando un grupo separado unos cuantos pasos de nosotros, se hablaban al oído y reían burlonamente, mirando a los novios y al cura. Al notar que eran observados, se callaron. Aparté la vista de ellos con desprecio y mis ojos tropezaron entonces con un terceto más lejano, formado por Dolly, su marido y mi hermano Gastón. La joven se entretenía en un flirt de miradas y ademanes con el militar, que parecía también entusiasmado y le hablaba al oído, mientras el marido, muy tranquilo, examinaba los santos de los altares con atenta curiosidad. La linda rubia se estremecía y apartaba para mirar sonriente a Gastón como si le hicieran cosquillas en las orejas. Me disgustó también que mi hermano se entregara a estas maniobras de coquetería delante de mí y en el momento en que Alicia se casaba. Mi despecho me hizo fijarme nuevamente en la ceremonia.

Ahora Alicia, aleccionada siempre por el sacerdote, juntaba las manos, y sobre ellas las del novio vertían algo que acababa de entregarle el monaguillo. Éste mantenía debajo una bandeja, a fin de que no cayese al suelo lo que allí se cambiaba.

—Déjelas caer ahora —ordenó el padre, en voz baja.

Las trece monedas simbólicas cayeron ruidosamente en la bandeja produciendo un movimiento de expectación en el auditorio.

Empezaba a desear que terminase pronto aquello, y pensaba en la vuelta, con el fango y la lluvia que iban a acabar de estropear mi vestido. Graciela y su esposo, cansados de decirse ternezas con los ojos, se acercaron discretamente a mí.

—¿Salen por fin esta noche los novios para Matanzas? —me preguntó ella al oído.

—No, cambiaron de proyecto. Se quedan esta noche en su casa, y se van después a su quinta de Arroyo Naranjo.

Pronuncié «su quinta» con un ligero énfasis que me avergonzó enseguida. Pero Graciela no se fijó en eso, y repuso sencillamente:

—Hacen bien.

Un momento después me dijo, a título de prudente consejo:

—El matrimonio va a concluir dentro de poco. Procura acercarte a tu cuñado y recomiéndale que saque pronto a su mujer de la iglesia, antes que empiecen los abrazos. Es una costumbre bárbara, contra la que hay que prevenirse. Si los dejan, la estrujan y le destrozan el vestido.

Entregadas las arras y trocados los anillos, el sacerdote, a media voz y cual si recitase una lección de memoria, daba breves consejos a los nuevos esposos y les

124

deseaba una felicidad eterna. El público se puso en pie y empezó a arremolinarse hacia el altar, mientras el padre pronunciaba las últimas palabras de su breve discurso.

—Ahora, ahora. ¡Aprisa! —me indicó Graciela, empujándome.

Pero no pude llegar a tiempo. Mamá, llorando, abrazaba a Alicia; luego las amigas, las simples conocidas, hasta las que no la habían visto jamás. José Ignacio, por su parte, se debatía entre cien brazos, y repartía palmadas en las espaldas, muy emocionado. El grupo se estrechaba, mientras el resto de los invitados preparábase al asalto.

—¡Llévesela usted! ¡Pronto! ¡Pronto!, que se la matan...—le dijo el sacerdote a mi cuñado, indicándole a la pobre novia.

Otra vez la extraña sinfonía wagneriana dejó oír, en el coro, las notas suaves de las flautas y el áspero rugir de las trompas que saludaban a la pareja feliz, ahora indisolublemente unida y dispuesta a emprender su vuelo por el mundo...

Y fue una verdadera fuga de los novios, perseguidos por aquellos acordes hasta la sacristía, adonde se había hecho llegar su carruaje a fin de escamotearlos más fácilmente a las nerviosas felicitaciones; mientras el público se dispersaba encaminándose hacia la puerta o formando pequeños grupos en las naves laterales, para despedirse. Los sirvientes del templo, sin esperar a que saliéramos todos, apagaban precipitadamente los cirios del altar mayor.

Regresamos los cuatro a casa, sombríos y mudos, en el coche que avanzaba con rapidez entre salpicaduras de

125

lodo. Por fortuna, no llovía en aquellos momentos. A cada sacudida del carruaje, mamá suspiraba. Mi padre y Gastón, sin hablar, miraban distraídamente correr el piso de la calle bajo las ruedas. Si alguien hubiera dicho una palabra, tengo la seguridad de que, por lo menos, mamá, papá y yo hubiésemos prorrumpido en llanto.

Tuve, al entrar, una impresión de vacío y me refugié en mi cuarto (hasta el día antes había sido «nuestro cuarto», de Alicia y mío), donde pareció agrandarse el sentimiento de mi soledad. Había ropas y objetos de tocador sobre todos los muebles. El armario estaba abierto y en completo desorden. Una polvera volcada sobre el mármol del lavabo se mantenía al borde del mismo por un prodigio de equilibrio, mientras la borla nadaba en el agua jabonosa de la palangana... No me entretuve en arreglar nada: eché a un lado lo que había en mi lecho y me acosté vestida, sofocada por los sollozos, creyendo que iba a morir de angustia, de un momento a otro, en el horrible silencio de la casa y la noche.

VII

—Niña, abre; tengo que entrar ahí.

Mamá llamaba a la puerta del baño.

—Por Dios, mamaíta; ahora no. Espera un instante. Ya sabes que no me gusta...

Pero mi madre no se resignaba a sufrir demora cuando tenía entre manos algún quehacer urgente de la casa.

—¡Vaya; déjate de tonterías! No sé qué vas a perder porque tu madre te vea en el baño. Abre, que tengo que sacar la ropa sucia para la lavandera. Y hay todavía que contarla.

126

Me vi obligada a envolverme en el felpudo, sin quitarme completamente el jabón, y hacerme un ovillo, escondiendo los pies desnudos, mientras, con la mano bien afirmada sobre el seno, me inclinaba a descorrer el pestillo. Al entrar mamá, vi que la punta de un pie asomaba por debajo del felpudo, y lo escondí rápidamente.

Me miró entre irritada y burlona. Luego se encogió de hombros.

—Hija, ciertos escrúpulos son buenos cuando no se llevan hasta la exageración —acabó por decirme.

Después vació la cesta de la ropa, hizo con ésta un gran bulto y salió sin añadir palabra.

Mamá y yo trabajábamos mucho en la casa desde que, por economía, para cubrir la brecha que habían hecho en nuestros presupuestos los gastos de la canastilla de Alicia, tuvimos que despedir temporalmente a las criadas, quedándonos con la cocinera. Me agradaba el trabajo, porque distraía el mal humor de mi soledad; pero no podía transigir con que se me molestase en el baño. Cada cual tiene sus manías. La mía era ocultar mi cuerpo a los demás aun a los ojos de mamá y de mi hermana. Alicia no era así. Cuando vivíamos juntas tenía abandonos y descuidos que me avergonzaban, por lo cual solía reírse de mis escrúpulos. «¡Bah! Chica, entre mujeres y entre hermanas, ¿qué importa? ¿No tienes tú lo mismo que yo?» Acababa por reírme también de mis boberías, pero no la imitaba. Graciela se burlaba algunas veces, llamándome «la monjita», y en el cuarto solía descubrir intencionalmente sus interioridades delante de mí y decir indecencias para hacerme rabiar. Yo discutía, cuando me acosaban. «No quiero que crean que soy

127

gazmoña, decía; pero deseo que me digan qué tienen de bonito ni de agradable ciertas cosas, para recrearse con ellas.» Mi hermana opinaba que iba a verme en grandes aprietos el día en que me decidiera a ir a los baños de mar. Pero, como no fui nunca, no sé la impresión que me hubiera producido el descaro de quince o veinte mujeres encerradas juntas y excitadas por la intimidad del desnudo.

Aun estando sola me producía cierta vaga emoción el contemplar mi desnudez. Un pie sin media, por ejemplo, aunque fuera mío, me repugnaba. No pensaba que existiese nada más feo que el pie. En cambio me gustaba verme las piernas, después de calzada, y estaba orgullosa de tenerlas gruesas por arriba y finas por abajo, con un desarrollo «que engañaba», como decía Graciela viéndome vestida. Lo que hería mi delicadeza íntima era la brutalidad de la piel sin velos ni atenuaciones. Con mallas, como en las bailarinas, la forma humana me encantaba. Esto era lo que no podrían comprender ni Graciela ni mi hermana. Recuerdo que algunas veces, estando descuidada, el espejo me devolvía con crudeza un detalle de mi propia persona y me imaginaba que era de otra o que aquel testigo, que así me copiaba, no era un objeto sino un ser dotado de vida y capaz de juzgarme o de tener conciencia de mi impudor. Y sin embargo, cuidaba mis senos para que no se cayesen, como los de otras mujeres, llevándolos siempre suspendidos las pocas veces en que, por las mañanas, no usaba corsé. Hay tal número de contradicciones en mis sentimientos de la juventud, que si los anotara todos ahora, yo misma acabaría por creer que he sido una loca y que acaso lo soy aún. Porque el estremecimiento íntimo de complacencia que acompañaba a mi repulsión por las rudezas de la carne, el querer y no querer a un tiempo de mi conciencia no podían ser sino efecto de un profundo desequilibrio interno superior al poder de mi voluntad. De esto, claro está, no le hablaba a nadie; aunque me lo explicara por la pugna de los dos principios opuestos que se disputan la posesión de nuestra alma. Y por eso se redobla mi vigilancia interior, fomentando los sentimientos buenos y tratando de ahogar a los malos desde que se iniciaban. Mi fórmula: «¿Para qué recrearse en recordar las cosas feas?» Me parecía dotada de una fuerza incontrovertible, y tenía el poder de llevar siempre la tranquilidad a mi espíritu.

Pero en mi alma se había abierto una nueva brecha después del casamiento de Alicia: empezaba a sentir la necesidad del cariño. El de mis padres era frío y no la llenaba. El de mi hermano Gastón, ni siquiera podía tenerse en cuenta. Me encontraba aislada en mi casa, y hacía esfuerzos por ocultar mis tristezas por no disgustar a los míos. Un día me dije que también yo necesitaba casarme, y no me repugnó la idea. Pero me eché a reír. ¿Con quién? A mi alrededor no había nadie que pudiera llegar a convertirse en mi marido, a no ser Alvareda, que no me desagradaba y que venía a vernos una o dos veces al mes, porque era químico industrial y trabajaba en un ingenio a quince o veinte leguas de La Habana. ¿Me gustaba Alvareda para casarme con él? Me parecía dulce y simpático, pero nada más. Entre todos «me disgustaba menos». He ahí mi sentimiento exactamente expresado. En realidad, mi corazón no había latido por nadie todavía, con ese latido instantáneo y apasionado que se describe en las novelas. Mis sueños de amor no se habían hecho carne, y no se parecían mucho a aquel muchacho tímido y serio que sólo me devoraba con los ojos cuando creía que no lo observaba. Sin embargo, papá y mamá hacían de él grandes elogios. Era ordenado, trabajador y ayudaba a su familia, que era numerosa y no podía vivir sólo con el pequeño sueldo del padre. Desde niño ganaba y estudiaba al mismo tiempo, citándosele como ejemplo de muchachos juiciosos. Acabaron por hacerme pensar en él, de vez en cuando, aunque, en honor a la verdad, no se lo proponían. En la sed que empezaba a devorarme, Joaquín Alvareda era la única fuente accesible. Alicia no era mi hermana, como antes: era de su marido. La primera vez que la vi, a los cinco días de casada, me pareció que sonreía y miraba de otra manera, que era otra. Este descubrimiento me produjo un dolor agudo, y me lanzó a la ambición de otro cariño. Su marido parecía muy contento con haber adquirido aquella hermosa muchacha. Sus manos se buscaban y se enlazaban con mucha confianza denotando una intimidad mayor cuando se hallaban solos... Tuve celos de aquella dicha y de aquel hombre que me robaba el cariño de mi hermana. Una tarde, al entrar en la sala de casa, donde José Ignacio y Alicia estaban solos, vi como aquél atraía a mi hermana contra su pecho y le estampaba un sonoro beso en los labios. Alicia reía, y al verme se puso encarnada. Mi impresión fue tan fuerte, que corrí a encerrarme en mi cuarto y lloré de rabia. ¿No podían hacer esas cosas lejos de las gentes? Y al salir, tranquila ya y disimuladas con polvo de arroz las huellas de las lágrimas, era yo quien se ruborizaba, y no Alicia, cuando mis miradas se encontraban con la de ella o la de mi cuñado.

Gastón, por su parte, me produjo algunas desazones semejantes. Dolly venía a verme con frecuencia, unas veces sola y otras con su marido, y mi hermano se las arreglaba para estar siempre en casa cuando mi amiga llegaba. Coqueteaban juntos y se entretenían en un juego de miradas incendiarias y de sonrisas equívocas que me ponían fuera de mí. Traté de imaginar un medio para alejar a Gastón o expresarle a Dolly mi desagrado, y no lo encontré. Me disgustaba, sobre todo, servir de mediadora involuntaria en aquella indecencia. Pero lo que colmaba mi indignación era que lo mismo hacían en presencia que a espaldas del marido. El buen gigante, desgarbado y calvo, no parecía dar la menor importancia a los tales entretenimientos de su rubia sentimental. Un día, sin poderme contener más, le reproché a Gastón su conducta, en enérgicos términos:

—Debías reservarte un poco más en presencia de tu hermana —le dije—, o me vas a obligar a que ponga en la puerta de la calle a esa coqueta. ¿Qué tienes tú que hablar tanto con una mujer casada? ¿Acaso no hay muchas libres en el mundo? Eso se concluye, ¿sabes?, porque no estoy dispuesta a seguir haciendo el papel que ustedes me han señalado. Y no voy a decírselo a mamá, que, por lo visto, es una boba y no ha visto nada, sino que le haré a Dolly una grosería, que no le quedarán ganas de volver a pisar esta casa. ¡Tú tendrás la culpa!

Gastón se echó a reír, mirándome burlonamente.

—Pero, mentecata, si no hay nada. Un poco de flirt de palabras... total, nada. Me gusta hablar con Dolly y a Dolly le gusta hablar conmigo, a eso se reduce todo. ¿No ves que hablamos lo mismo cuando su marido está delante?

131

Esto acabó de sublevarme.

—Bueno; pero si el marido quiere aguantarlo, yo no. Ve a su casa, o váyanse a la calle. Aquí no, porque yo no quiero... y basta.

Gastón seguía riéndose y se divertía, como siempre, mortificándome para oírme.

—Pues yo sí quiero...

—¡Lo veremos!

—¿Le tienes envidia a tu amiga?

Sentí como un pinchazo en mi amor propio.

—¡Envidia! ¡Envidia! Pero si no tiene más que la cara y los ojos... y las piernas, que son hermosas y por eso las está siempre enseñando... Por lo demás no vale nada. ¡Cualquier cosa!

—No te hablo de eso. Ya me contarás luego, con más calma, cómo está formada y...

Me mordí los labios, como siempre que se me escapaba alguna necedad, y corté la conversación dejando solo a Gastón, no sin recomendarle mientras me alejaba:

—No lo eches a broma. Ya sabes lo que te he dicho.

Mi hermano me temía un poco, a pesar de sus bromas, y procuró no exasperarme demasiado en lo sucesivo. Supe que se reunía en la calle con Dolly y con el marido, y que solía acompañarlos en el paseo y en los teatros; pero en casa se mostró mucho más circunspecto cuando por casualidad se encontraban. La joven no dio señales de haberse fijado en mi actitud. La coquetería era en ella tan natural que casi se confundía con la sociabilidad. Acabé por disculparla, y con mejor deseo cuando noté que poco a poco mi hermano fue menos asiduo aún en sus visitas al hotel, de las

132

cuales me hablaba ella sin embarazo alguno. Comprendí que Gastón se cansaba de un flirt sin consecuencias y que la traviesa rubia no iba más allá de lo que yo había visto. Casi me alegré del chasco de Gastón, aunque me guardé bien de hablarle de eso, por temor a sus bromas. Recordé que, cuando era casi una niña, Dolly fijaba a sus amigos un límite del cual no podían pasar. «Bueno es divertirse, pero ¡pobre de ellos si se propasan!» Y recordaba la frase de mamá cuando oía hablar mal de Graciela: «Coqueta, sí; pero honrada». Tal vez estuviese mejor aplicada en el caso de Dolly que en el de mi otra amiga. En fin, ¡quién podría saberlo...! De lo que estaba cierta es de que no comprendía a estas mujeres, y de que ignoraba el goce que podían encontrar en ciertas cosas. Al menos, Graciela tenía corazón, a pesar de su aparente ligereza, y hasta podría añadir que un gran corazón, que nosotros conocíamos bien y que tal vez la impulsó a su caída, felizmente olvidada; pero, ¿qué clase de corazón sería el de Dolly?

Por aquella época me sucedieron dos cosas que no dejaron de ejercer una honda influencia en mi vida: me enamoré de un actor y un dentista trató de besarme en los labios... o me besó realmente, en su gabinete. Lo segundo fue indudablemente consecuencia de lo primero. Vi al cómico una noche en una obra moderna, de americana gris en un acto y de frac en otro, y perdí el interés de la representación sólo por mirarlo a él. Jamás ningún hombre me había hecho una impresión parecida: lo cual me daba una idea aproximada de lo que es el verdadero amor, el de las novelas. Verdad es que nunca había visto en sociedad jóvenes que llevaran como él la ropa, ni que como él accionaran, moviéndose con facilidad y desenvoltura, ni que se inclinasen como él lo hacía sobre el hombro de una dama muy descotada, para depositar en su oído una terneza... Cuando esa noche regresé a casa estaba convertida en otra mujer. Hablaba mucho y sentía afluir, por cualquier simpleza, la sangre a las mejillas. Me sentía más ágil, cual si me hubieran aligerado de un peso interior, y nombraba al objeto de mi capricho unas diez veces al día, con diferentes pretextos. Alicia tenía un palco de abono, y procuré no faltar ninguna noche. Cuando lo veía aparecer en la escena se me enfriaban las manos y sentía como si el corazón me martillara en el pecho. Tengo la seguridad de que si lo hubiera visto aparecer delante de mí, en el palco, hubiese escapado de allí a todo correr; pero por la noche, con la imaginación, me complacía en tenerlo cerca, y aun en sentir que sus brazos me oprimían sin mucha violencia...

Aquella especie de locura debió de reflejarse en mi semblante, porque una noche Joaquín Alvareda, a quien tenía arrinconado en lo más oscuro de mi memoria, notó el cambio y se atrevió a decírmelo.

—¿Qué le pasa a usted hoy, Victoria? La encuentro extraña, como distraída, qué sé yo...

—¡Oh! Nada —me apresuré a decir—. Ideas de usted. Estoy como siempre.

Él me contemplaba con cierto recelo. Y movió la cabeza, sin mostrarse satisfecho.

—¡Hum! ¡No! Yo he aprendido a conocerla muy bien. Usted está ahora como si su imaginación estuviese en otra parte. Vamos, séame franca. ¿Adiviné?

Dije que no, sin esforzarme mucho en convencerle. Me era pesado con su insistencia, y deseaba que se fuera

134

y me dejase sola. No sé si se dio cuenta de este sentimiento mío; pero aquella noche se despidió temprano, y no volví a verlo en un mes.

El amor me hizo olvidar mi soledad. Dejé de pensar en la partida de Alicia, y hasta me encontraba mejor disponiendo de toda la habitación, para poderme entregar en ella a mis sueños sin enfadosos testigos. Aquello duró, en un estado de creciente exaltación, próximamente unos veinte días.

Lo del dentista fue un atrevimiento y una grosería, de esas a que las pobres mujeres estamos expuestas en nuestro país cuando no vamos acompañadas de un hombre. Aunque no era joven, confieso que su conversación era espiritual y agradable y que le oía con gusto, mientras trabajaba. Tenía algo del mundano aspecto y de la flexible gracia de mi amado, el actor. Esto hacía que pensase más intensamente en el otro mientras él hablaba. ¿Interpretó mal el estado de mi ánimo? ¿Estaba acostumbrado a abusar de las otras muchachas que frecuentaban su gabinete? No lo sé, ni me interesa averiguarlo. Sólo sé que, en un instante en que me hallaba ausente de mí misma, sentí el contacto infame y no del todo desagradable... y que la afrenta me despertó como un latigazo. Alicia me esperaba, leyendo una revista, en la salida próxima, sólo separada del gabinete por una mampara, casi siempre abierta; pero afortunadamente estaba de espaldas y pude llegar hasta ella sin que notase la alteración de mi semblante.

—¡Vamos!

—¿Ya acabaste?

—¡Sí!

La voz se ahogaba en mi garganta. Únicamente entonces se fijó en mi rostro y en el temblor que sacudía todo mi cuerpo. Se puso en pie, casi de un salto, súbitamente alarmada.

—¿Qué tienes, hija? Parece que te va a dar algo...

—¡Mucho dolor! ¡Vamos!

Quiso volverse hacia el dentista, que estaba en pie, un poco pálido, en la puerta del gabinete; pero la arrastré enérgicamente a la escalera, diciéndole:

—Es inútil. Dice que se me aliviará en media hora. ¡Vamos!

Alicia, ignorándolo todo, hizo un amable saludo con la cabeza al doctor. Yo no lo miré siquiera.

En mi casa tuve una especie de crisis nerviosa, que se deshizo pronto en lágrimas. Afortunadamente mamá había salido, y Alicia, que me llevaba y me traía en su coche, me dejó en la escalera. Nadie se enteró, a no ser la cocinera, a quien le dije que el dolor era muy fuerte, y me dejó sola para preparar una taza de tila. Pero la estúpida aventura mató de un golpe mis amorosos ensueños y me acercó, mucho más que lo que yo creía en aquel tiempo, a Joaquín Alvareda.

Durante algunos días quedé como aturdida, del mismo modo que si hubiese recibido un golpe en el cerebro. La humillación de sentirme tratada como una de esas muchachas locas que se dejan besar por los doctores me volvió a la realidad, haciéndome aborrecer los sueños. No creo que en la mujer haya un sentimiento más torturador que el despertado por esta frase: «Qué habrá pensado de mí», base de más de las dos terceras partes de nuestra virtud. Pensé que yo había provocado la grosera acometida con mis necedades románticas, y me atormentaba horriblemente la idea de que algún día pudiera encontrarme en cualquier parte con el dentista. Y lo peor es que tenía que disimular para que no advirtiesen en mi casa que algo grave me había sucedido. Excuso el decir que no volví a pensar una sola vez en el cómico, a quien acusaba indirectamente de ser el causante de mi afrenta.

La natural reacción, después de esta crisis, me arrojó de nuevo a todos los tormentos de la soledad. Y mi sentimentalismo me hacía recordar a Alvareda, que fue el único que me habló de mi dolor, la noche de la boda de Alicia. Cuando, después de un mes de ausencia, volvió a casa, lo recibí casi con alegría, y leí en su rostro la satisfacción que le produjo mi acogida. Comprendí que en su alma, como en la de todos los tímidos, los sentimientos se agrandaban, igual que los sonidos en la campana de un micrófono. Mi desvío en nuestra entrevista anterior había impreso en su frente de testarudo una huella, que la cordialidad de mi último recibimiento consiguió desvanecer en un instante.

Tuve que confesarme que me halagaba el amor respetuoso de este joven, que con tan violento contraste resaltaba al lado de la brutalidad de mi necia aventura con el dentista. Y por primera vez me pregunté por qué no había de amarlo yo, en lugar de andar imaginando irrealizables amoríos, puesto que estaba segura previamente de que mi elección merecería la aprobación de todos. Jamás Alvareda me había hablado una palabra de amor, al menos directamente; pero yo no podía equivocarme acerca de la naturaleza de su sentimiento. ¿No sería la simpatía que yo

137

había experimentado siempre hacia él indicio de una inclinación análoga de mi alma? Procuré convencerme de esto, robusteciendo la idea afirmativa con toda suerte de argumentos capciosos sugeridos por la mente. ¿No odiaba yo la violencia, la imposición, lo que se arranca sin contar con el deseo y la voluntad del ser independiente? ¿No encarnaba Alvareda la idealidad, la ternura sumisa, la adoración tímida que tan bien se adaptaban al anhelo de mi alma? Entonces, ¿por qué no tejer con aquellos materiales la trama de una novela, mil veces más interesante que todas las que pudiera imaginar con artistas y perdidos? Para Joaquín Alvareda era yo como una virgencita de porcelana, frágil y pura, al lado de la cual no se atrevía nunca a lanzar una broma equívoca o una frase atrevida capaz de empañarla. Y así era como yo deseaba que me amasen...

Mamá me decía algunas veces, entre seria y maliciosa:

—Joaquín está enamorado como un loco de ti.

Yo negaba, un poco confusa.

—¡Eso es! ¡Enamorado! ¡Siempre el fantasma del «enamoramiento» por delante! No puede una tener preferencias por un amigo, sin que se piense que está enamorado y loco y qué sé yo cuántas cosas. Pues bien, me figuro que ni siquiera le gusto como mujer.

—¿Por qué?

—Porque prefiere a las rubias —respondía, mintiendo con la mayor tranquilidad.

Mamá hacía un gesto, que le era familiar, para dar a entender que, a pesar de todo, ella sabía a qué atenerse. Y un día, a la afirmación de que Joaquín estaba enamorado de mí agregó esta otra:

—¡Y tú de él!

Protesté, casi con indignación, sintiendo que la sangre se agolpaba en mis mejillas, lo que la hizo sonreír benévolamente.

—¡Qué boba eres! Y si fuera cierto, ¿qué tendría de particular? ¿Acaso no tendrás que pensar en casarte algún día?

Acabé por acostumbrarme a estas inocentes bromas y a la idea de mi amor hacia Joaquín. Poco a poco se fue formando a mi alrededor una especie de complicidad discreta que tendía a aproximarnos uno al otro. Mamá se sentaba en la sala un poco lejos de nosotros, y nos dejaba hablar, con el pretexto de una lectura en que parecía interesada y que la obligaba a acercarse a la luz del hall.

Graciela solía darle bromas a Joaquín, tratando de inquirir si estaba enamorado y cuál era el tipo que más le atraía. Alvareda, un poco turbado, se defendía y concluía por hacer una pintura, bastante mal trazada, que casi siempre se parecía a mí, aunque tratara de desfigurarme un poco. El mismo papá no se quedaba, como otras veces, a fin de emprender una larga conversación con su joven amigo. Había algo como una sorda conspiración en que cada cual desempeñaba su papel, sin enseñar completamente su juego a los otros. Yo misma coqueteaba a veces con Joaquín. Fingía que no me daba cuenta de sus alusiones y que las interpretaba en un sentido diametralmente opuesto, después de haberlas provocado discretamente.

—Yo no puedo creer que no esté usted enamorado —le decía—. Alguna habrá por ahí que le tiene sorbido el seso. ¡Cualquiera lo averigua!

139

—Tal vez —replicaba él, dando a las palabras una significación que quería hacer recta como una espada—. Pero tengo miedo de saber lo que piensa ella. Generalmente sucede que cuando uno quiere no lo quieren...

—¡Ah! ¿No se trata de un amor correspondido? —le preguntaba con tanto interés como ingenuidad.

Él hacía una señal negativa con la cabeza, y yo inquiría, al parecer muy intrigada con la aventura:

—¿La conozco yo?

Vacilaba, buscando una salida, y al fin respondía con cierto aire de misterio:

—Es muy posible que la conozca.

Y aquí el cambio de frente:

—¡Oh, perdóneme! Estaba siendo indiscreta sin darme cuenta. ¿Qué pensará usted de mí?

Decía esto muy seriamente, y cambiaba de conversación, a pesar de los tímidos esfuerzos que hacía él para volver a traerme a este resbaladizo terreno de las confidencias pasionales. Evidentemente, en esta clase de luchas, las mujeres, aun las menos avisadas, llevamos siempre la mejor parte. ¿Por qué las sostenemos instintivamente? Yo misma no sabría decirlo.

Poco a poco, Alvareda y yo llegamos a hablar como buenos amigos. Él se aburría en su laboratorio y yo me aburría en mi casa. Nos referíamos nuestras penas y nuestros pequeños anhelos. Pensaba algunas veces en él, durante la semana, y los domingos, cuando debía venir y tardaba un poco, lo extrañaba. Me lo imaginaba, por sus conversaciones, idealista, un poco romántico, dispuesto como yo a tender un manto de poesía sobre todas las fealdades de la vida; y aunque no era un héroe de leyenda, ni mucho menos, no se apartaba mucho del ideal de marido que yo me había forjado. Con frecuencia me traía novelas. Pero, fuera de algunas miradas lánguidas y de las tímidas alusiones que yo me obstinaba en no comprender, nada serio me había dicho a los ocho meses largos de conocernos.

Mamá suponía que esta demora en decidirse era ocasionada menos por la timidez que por el temor a su familia, donde la noticia de que el hijo mayor, y el único que las ayudaba con su trabajo, intentaba casarse, caería seguramente como una bomba. Ella conocía bien a la madre de Joaquín, una mujer dura y egoísta, que renegaba de su marido y tenía con él todos los años un hijo, y sabía hasta dónde era capaz de influir en el ánimo del joven para mantenerlo soltero por mucho tiempo. Generalmente este asunto, en la conversación, me molestaba, y concluía por preguntarle si tenía muchos deseos de que yo saliera de casa. Mi madre respondía siempre, con mucha gravedad:

—No, hija mía. Bien sabe Dios el dolor que me cuesta separarme de ustedes. Pero no estaré tranquila mientras no los vea, a los tres, casados. Entonces tu padre y yo podremos morirnos cuando el Señor quiera llevarnos, porque ya ustedes no nos necesitarán.

Me entristecían estas ideas fúnebres y procuraba borrarlas de su frente con un beso.

En realidad, mi corazón no tenía prisa en que Joaquín se declarara. Me sentía bien rodeada de aquel afecto dulce, especie de amistosa solicitud, en que mi enamorado me envolvía, y me abandonaba a él sin ningún género de impaciencia. Si Alvareda me hubiera propuesto seguir así toda la vida, no hubiese experimentado una pena muy grande. Desde que su cariño llenaba el vacío de mi alma, me sentía menos sola.

Pero la conspiración para empujarme al matrimonio era general. No sólo la familia y los amigos íntimos sino hasta los que eran casi extraños intervenían en la conjura.

Alicia me decía, con maliciosa intención:

—Ten cuidado de que no se pasme, ¿eh?

Me encogía de hombros para darle a entender que si eso sucedía no me mataría la trizteza.

Por su parte, Graciela me preguntaba siempre, en cuanto me veía:

—¿Ya se dicidió ese guanajo?

—No; ni hace falta...

—Hija, tendrás que ponerle banderillas de fuego.

Una noche mamá hablaba con una viuda, vecina nuestra, a quien sólo conocía por Angelita. Le gustaba charlar con esta señora, porque era de su manera de pensar, y entre las dos solían poner de oro y azul a la sociedad de estos tiempos. En cuanto a mí, aborrecía a la tal Angelita, que era un angelote feo y viejo armado de terribles impertinentes, porque le gustaba enterarse de todo.

Aquella noche, como siempre, hablaron de las jóvenes del día, acabando con la indispensable frase: «Yo no sé lo que piensan las madres de ahora», con que amenizaban ordinariamente sus comentarios. Cuando el tema estuvo agotado, se trató de enfermedades y de las famosas operaciones del doctor Argensola, que estaba haciendo prodigios en su extensa clientela de mujeres.

—¡Un gran cirujano!, ¿verdad? —declaró mamá; y añadió no sin cierto orgullo—: Él va una vez a la semana a ver a mi hija Alicia. La pobre no se siente bien...

Angelita no pudo reprimir su asombro. ¡Cómo! ¡Tan pronto! Menudearon las preguntas. ¿No sería embarazo, no es cierto? Entonces, ¿qué...?

Mi madre vacilaba. Al fin se decidió a decirlo.

—¡Bah! ¡Achaques! Algo en la matriz... Argensola dice que se curará pronto.

—¡Mal comienzo! —repuso sentenciosamente la viuda— Pero dígame, Concha, ¿está ella verdaderamente embullada con el matrimonio?

—Mucho, José Ignacio la quiere y es muy bueno. Un poco celoso, ¿sabe usted? Pero esto no es un mal cuando no se exagera... Antes de casarse sabía yo que iba a ser un buen marido. Es hombre que se ha divertido mucho de soltero, y que, al casarse, sabe lo que es la responsabilidad del matrimonio... Tiene sus manías: se hace dar masaje todas las mañanas y se pasa dos horas encerrado con un profesor de gimnasia sueca. Pero yo digo que es mejor que le dé por ahí, que por otras cosas...

Me entretuve en pensar, mientras las oía distraídamente, en que Joaquín no estaba todavía en esa madurez elogiada por mamá como la más preciosa cualidad de un buen marido. Entregado siempre a sus estudios y teniendo que ganarse la vida y costearlos él mismo, mi futuro novio no debió de haberse divertido gran cosa en su juventud. Pero me arrancó a mis reflexiones la voz de Angelita que me aludía directamente.

—Y esta picarona, ¿no tiene ya quien la prentenda? ¡Tan linda y casi tan hermosa como su hermana...! No puedo creer que no haya moros en la costa...

«¡Ya apareció aquello!», me dije yo, mientras mamá hizo un gesto vago y sonrió maliciosamente. Después de una pausa, se decidió a responder, jovialmente:

—Sí, Angelita, hay un moro... pero no acaba de decidirse.

«¡Qué atrocidad!», pensé avergonzada, y protesté con viveza:

—No, mamá; no digas eso. Ni hay, ni habrá nada. Tú lo sabes.

Pero ya Angelita, que no paró mientes en mi negativa, me dirigía un consejo, nacido de su vieja experiencia:

—¡Ay, hijita! Pues, si hay algo y vale, óyelo bien: «si vale» (porque hoy día a los hombres también hay que escogerlos con un candil), no dejes escapar la ocasión. Piensa que cada día es más difícil para la mujer realizar un buen matrimonio.

Era una voluntad más en el círculo de fuerzas que me asediaban para empujarme al matrimonio. Con frecuencia he pensado después en esta insidiosa presión del medio, que acaba de hacer imposible la libre elección de marido por una joven. A mí, en cambio, me halagaba que Joaquín me quisiese, y hasta creo que también sentía una sincera ternura por él; pero repito que no tenía prisa. Por el contrario, la idea de un casamiento próximo, provocaba en mí cierta indefinible impresión de recelo. Me contrariaba un poco, es verdad, que me tratase tanto tiempo como a un

144

ídolo, como a una cosa inaccesible y remota; y por otra parte, le tenía miedo a una declaración que ligase a perpetuidad nuestros destinos. Me decía a mí misma que una decisión de matrimonio es cosa grave, y no me pesaba que se retardase un poco, dejándome reflexionar. Lo que más me gustaba de Alvareda es que no se parecía a mi cuñado. Yo creía entonces de buena fe que todo lo que representase la antítesis de la aversión era el amor o conducía a él.

Desde que terminó la zafra, Joaquín venía con más frecuencia. Me hablaba de los tesoros de adoración que dormían en el fondo de su alma virgen, como si yo fuera una diosa a quien se dirige una plegaria, y de sus esperanzas de hacer fortuna, como si ya fuese su novia. Comprendí que mi padre lo había juzgado acertadamente: era un joven metódico y arreglado, que conocía el valor del dinero. Pero era también un sentimental, agitado por profundos anhelos. Cuando hablaba de su familia, su frente se oscurecía un poco. Eran siete hermanos, tres varones y cuatro hembras, y habían sido trece. Los mil doscientos pesos anuales que ganaba el padre, no alcanzaban para una familia tan numerosa, y el humor de la madre se había agriado, en una lucha de cerca de treinta años contra la indigencia. La juventud de Joaquín había sido cogida, desde muy temprano, por este triturador engranaje, y sólo su perseverancia logró salvarle. Tal vez tampoco se equivocaba mamá, al pensar que el temor a su familia era el sentimiento que lo amordazaba en presencia mía. De todas maneras, su espíritu sutil de matemático, acostumbrado al cálculo, debió de haberse trazado con anterioridad una línea de conducta, en que el tiempo de la explosión pasional estaba, de seguro, sabiamente prefijado, así como la manera de conciliar su amor con los intereses de los suyos.

Graciela me hostigaba con sus bromas.

—¡Eres una posma, chica! ¡Hasta cuándo...! Acabará la madre por quitártelo, si no te defiendes. Pero si lo quieres, sigue mi consejo y no seas boba: ¡defiéndete!

Pensé con cierta amargura que eran las mismas ideas de Angelita, expresadas con diferentes palabras; pero las de Graciela reconocían, en el fondo, una finalidad más noble: el amor. Se acercó a mí, confidencial y afectuosa.

—Dime la verdad, a mí sola: ¿lo quieres?

—Creo que sí —respondí con un ligero sonrojo.

Era la primera vez que la confesión se escapaba de mis labios.

—Entonces, defiéndelo —exclamó la joven en un arranque de su alma impetuosa—. La felicidad no viene nunca por sí sola: la coge una al paso. No te olvides de eso.

Y rió con su risa optimista y confiada, que tenía el extraño poder de ser contagiosa, y que ni los desengaños ni las desgracias podían destruir.

En aquellos días ella y su marido estaban atravesando una época de ruda prueba. Ambos habían renunciado a sus empleos, estableciendo, por su cuenta, una oficina de comisiones, donde los negocios no fueron bien al principio. Pedro Arturo, que era activo y ambicioso, quiso atraer a mi cuñado, como socio capitalista, y José Ignacio le negó muy cortésmente su concurso. Entonces empezaron los

146

dos una lucha feroz y enconada contra la miseria, sostenidos por la esperanza y el amor. Graciela era a la vez asociada, corresponsal, cajera, tenedora de libros, mecanógrafa y sobre todo amante apasionada, de una abnegación sin límites cuando se trataba de sostener y confortar el ánimo del hombre elegido. La madre de Graciela completaba el grupo, redoblando su actividad, con sublime entereza de heroína y sin quejarse nunca de la suerte. Jamás tres seres humanos, unidos por el azar, constituyeron una asociación más perfecta. Pero Arturo trabajaba en la calle, Graciela en la oficina y la madre en la casa. A la hora de las comidas y por la noche se reunían y reían o jugaban como muchachos. Pedro Arturo, un poco despechado por la negativa de mi cuñado, se multiplicaba utilizando las numerosas relaciones que le había conquistado su carácter franco y simpático. Era, como decía su mujer, «un perro callejero que le movía el rabo a todo el mundo». Y, según me confesó Graciela mucho tiempo después, llegaron a sufrir hambre en aquellos difíciles comienzos.

Sin resolverme a seguir sus consejos admiré con toda la sinceridad de mi alma a esta animosa muchacha, que había sabido «coger la felicidad al paso» y no se acobardaba ante los obstáculos. Y presentí que si yo lograba querer a Joaquín como quería ella a Pedro Arturo también llegaría a hacer de mi casa un paraíso.

Por fin, una noche, en el balcón, frente al hueco de la puerta al través del cual mi madre, sentada al otro extremo de la sala, podía vigilarnos disimuladamente, Alvareda me dijo de pronto que me amaba y que estaba dispuesto a consagrarme el resto de su vida. Escapé, con un pretexto, hacia el interior de la casa, para dominar mi cmoción, que me hacía temblar. Cuando volví al lado de Joaquín, todavía conmovida, nada le dije; pero desde el día siguiente fuimos novios.

Investido con aquella dignidad, que le confería derechos y que le fue otorgada por una simple declaración y una aquiescencia táctica, Joaquín fue otro para mí desde aquel instante. Hice lo que me había chocado en Alicia, que fue «amiga» hasta una noche y «novia» después, sin transición aparente. Pensé mucho en él, hablé de él a todas horas y me abandoné a su cariño sin recelos ya, puesto que se trataba de algo santo y permitido que habían hecho mis abuelas y que harían seguramente mis nietas.

Segunda Parte

I

Me casé en los primeros días del mes de noviembre, porque en diciembre tenía Joaquín que empezar los trabajos en el ingenio que lo había contratado aquel año.

Por una casualidad, en que no intervino nuestro pensamiento, mi matrimonio se celebró veintitrés meses justamente después del de Alicia y fue como éste, aunque con ligeras variantes. No hubo necesidad de arreglar la casa, puesto que nos íbamos a vivir al campo; ni asistieron los vistosos trajes del elemento oficial; ni hubo marcha de *Lohengrin* a plena orquesta. Ni siquiera fue lluviosa la noche, pues me tocó una, fresca y espléndida, con luminaria de estrellas y claridad de luna. El único uniforme de gala que asistió fue el de Gastón. Me casaba con un químico, hijo de un telegrafista de provincia, y era necesario marcar las distancias. En lo único que hubo igualdad fue en lo que dependió de mis padres: mi canastilla de boda era exactamente lo mismo que la de mi hermana.

José Ignacio nos ofreció su quinta de Arroyo Naranjo, donde él había pasado su luna de miel, para que estuviésemos allí hasta que partiéramos para el ingenio, y la aceptamos. También quedó acordado que llevaría el traje de novia de Alicia, que fue adaptado a mi cuerpo por la modista que lo hizo.

Mis suegros no pudieron asistir a la ceremonia, por razones económicas, enviándome, en cambio, una larga carta donde mi madre política me prodigaba todo género de ternezas, y que no me pareció completamente sincera.

Mi impresión como novia fue esencialmente distinta de la que había experimentado como espectadora del matrimonio de mi hermana. Hoy tengo la certidumbre de que no hay nada más cruel que el martirio que se impone a las desposadas. Cansancio por el trabajo febril de la canastilla, en las últimas semanas; profunda depresión moral causada por el choque de emociones encontradas al aproximarse el día decisivo; vergüenza y aturdimiento al encontrarse una convertida en blanco de todas las miradas: he ahí un resumen apenas bosquejado de una parte de mi estado de ánimo cuando nos acercamos por fin, al altar, mi marido y yo. Y por otra parte una alegría íntima, un secreto sobresalto, un enternecimiento dulce, en que se fundían todos mis idealismos de niña y de jovencita, y la satisfacción de llevar, en presencia de muchos invitados a quienes no miraba, el largo velo y la blanca corona que señalaban la última etapa de mi vida de soltera. Los poetas tienen razón al rodear de nimbos radiantes el alma de las vírgenes consagradas al himeneo.

En lo que no se han fijado es en ese estado de fatiga física y de postración moral a que acabo de referirme. La mañana de mi boda le había dicho a mamá:

—Si esto sigue tres días más no llego al matrimonio.

—¿Por qué?

—Porque me muero antes de cansancio.

Mi madre se encogió de hombros sonriendo.

—¡Bah! A todas las muchachas que se casan les sucede lo mismo, y no sé que ninguna se haya muerto.

Afortunadamente este mismo cansancio y la agitación febril del trabajo me impidieron pensar mucho en otras cosas relacionadas con el matrimonio. Como me sucedió en los días del casamiento de mi hermana, la ocupación constante de la mente y de las manos en el infinito número de cosas que hay que hacer para casarse, sirvió de narcótico a ciertas ideas que germinan preferentemente en la ociosidad. Apenas había en mi corazón aquel leve sobresalto de miedo, de que he hecho mérito. Sabía que me esperaba una prueba dolorosa. La propia Alicia se había referido a ella, al complacerse en asustarme dos días antes, con una frase llena de malicia y de reticencia:

—¡Prepárate! ¡Eh!

—¿A qué?

—A nada. No te digo más que eso.

Y se alejó de mí riéndose y dejándome mucho más trastornada aún que antes de su advertencia.

De vez en cuando mi corazón latía aceleradamente unos momentos, sin causa aparente que lo justificase. Sin embargo, tenía la seguridad de que me llevarían suavemente, casi como si tuviera los ojos vendados, a la revelación del misterio tendido y secretamente anhelado, y ni quería pensar en eso siquiera.

¡Qué caída después!

Para huir de los invitados íntimos que irían a casa al salir de la iglesia, fuimos a cambiarnos de traje, después de la ceremonia, a la de Graciela. Por discreción, la madre y Pedro Arturo se ocultaron de mí, dejándome sola con la joven. La casa era pequeñita y alegre como un juguete. Pedro Arturo llamó a Joaquín desde la habitación de la suegra para que cambiara su frac por una sencilla americana oscura. Graciela me ayudó a ponerme precipitadamente una falda negra y una blusa de seda clara; encima me colocó un largo abrigo de teatro. Recuerdo que pensaba vagamente en mi casa, a la que no volvería esa noche, y que temblaba, respirando anhelosamente. Tenía en la cabeza como una bruma que enturbiaba mis ideas. Me dejé las medias y los zapatos blancos de la boda. Quería ayudar a Graciela, y mis dedos torpes tropezaban con las ballenas y no acertaban a quitar los broches. Acabé por dejar que ella lo hiciera todo. La joven, muy seria, no se permitió ninguna broma, lo que le agradecí de todo corazón.

—Vaya; ya estás lista —me dijo besándome; y me dejé conducir hasta la sala, donde me esperaba Joaquín para llevarme al coche. En la puerta se habían reunido algunos curiosos.

Al ayudarme a subir al carruaje, sentí en la presión impaciente de sus dedos sobre mi brazo, la toma de posesión realizada por «mi marido». Más tarde —¡oh, mucho más tarde, por desgracia!—, después de los dolores y las infamias en que se ha desarrollado mi experiencia, he podido concebir, para disculpar la especie de locura que debe de agitar el corazón de un joven de veinticuatro años lleno de ardores largo tiempo contenidos, a quien se le entrega de repente una virgen para que la conduzca al lecho.

Mientras fuimos de la iglesia a casa de Graciela, Joaquín se mostró sencillamente pensativo y algo cohibido ante mi traje de novia; pero al emprender la segunda etapa de nuestro viaje me pareció otro hombre: estaba contraído, silencioso y se mordía nerviosamente el bigote. Empecé a sentirme atemorizada ante aquel silencio. Hubiera deseado un torrente de palabras que me aturdieran, de ternuras delicadas que me calmaran, arrebatándome, inconsciente y en completo abandono, adonde fuere menester; y me encontraba con la tímida torpeza de un hombre emocionado como yo, aunque con diferente género de emoción, y que no sabía, sin duda, cómo empezar. Poco a poco fue aproximándose a mi cuerpo, y su contacto brusco me obligó a replegarme instintivamente a un lado del coche. Entonces me miró con asombro, a la luz de los focos del alumbrado que danzaba sobre nosotros al paso del carruaje.

—¿Me tienes miedo, nena?

No fue una reconvención, sino un tierno reproche, y sin embargo su voz era ronca y sonó de una manera ingrata en mis oídos.

Dije que no con la cabeza, y volví al puesto que ocupaba en el asiento, procurando dominar mis nervios. ¡Qué lejos aquello Dios mío; qué lejos aquello, forzado, receloso y falso, del tejido de amables gentilezas que mi imaginación había creado alrededor de un viaje de novios!

Joaquín permaneció largo rato apretado contra mí, sin despegar los labios. Lentamente el malestar de encontrarme a solas con un hombre, en medio de la noche, fue infiltrándose en mi ánimo. Joaquín, de novio, no había intentado siquiera cogerme una vez la mano. Por eso me parecía el de un desconocido aquel cuerpo huesudo y duro que se pegaba al mío, del hombro al pie, y cuyo aliento me llegaba al rostro. Recordé vagamente la broma de Alicia: «Prepárate, ¡eh!» y no pude evitar que un ligero temblor agitara mis miembros. Joaquín repitió la pregunta más dulcemente, acercándose a mi oído.

—¿Tienes miedo, mi hijita?

—No; frío.

Sentía efectivamente que el aire fresco de la noche penetraba mis carnes, al través de la delgada tela del abrigo.

—Espera; voy a subirte el cuello.

Con sus manos torpes, que temblaban tanto como yo, trató de abrigarme la garganta, rozándome el pelo, las orejas y el hombro, sin acertar a envolverme como deseaba. Tuve que ayudarlo incorporándome un poco y levantando con mi mano el cuello del abrigo. Él no retiró el brazo, y al reclinarme de nuevo en los almohadones me encontré enlazada por el talle.

—¿Estás bien así?

—Sí.

—¿No tienes frío ya?

—No.

—Hubieras hecho bien en traer otro abrigo. El aire y la humedad de la carretera pueden hacerte daño.

Salimos de la ciudad, rodando sobre la calzada de Jesús del Monte, al trote de dos caballos. A cada momento, un tranvía eléctrico pasaba lleno de luz por nuestro lado, y algún papanatas, al divisar un coche de novios, asomaba la cabeza por la ventanilla. Yo procuraba encogerme todo lo posible bajo la presión del abrazo de Joaquín.

—Me parece esto un sueño, nenita. ¿Y a ti?

—¡Un sueño! ¿Qué? —dije como un eco.

—Tenerte así, sola conmigo y abrazada, enteramente mía ahora y para siempre.

Su brazo me oprimía con tracciones insinuantes, obligándome a caer sobre él, a pesar de mi esfuerzo muscular para mantenerme rígida. Calló de nuevo, disgustado, sin duda, del timbre de su propia voz, y pude distinguir claramente los latidos de su corazón. Un bache me hizo perder el equilibrio, y entonces me obligó a descansar la mejilla en su hombro. Nuestros labios quedaron tan cerca que casi se tocaban. Cerré los ojos involuntariamente.

La mano que Joaquín tenía libre se apoderó de mi barba y me hizo levantar aún más el rostro hacia él, mientras oí que su voz murmuraba suplicante:

—¡Un beso, vidita, ahora que nadie nos ve!

Abrí los ojos con cierto sobresalto, y vi la barbilla negra y rizada y los ojos brillantes que trataban de fascinarme. Instintivamente miré hacia afuera, con el temor de que alguien pudiera observarnos, y vi la carretera desierta, entre las dos hileras de árboles, y las últimas casas de la población que se quedaban atrás. Enseguida, mis labios se abandonaron inertes a la caricia.

—No; tú a mí, nena. Tú a mí también...

Di el beso, sin experimentar emoción de ninguna clase, y señalé después al cochero que, erguido y digno en el pescante, parecía tener abiertos los dos oídos a los menores movimientos del interior del coche.

—¡Es verdad! —murmuró avergonzado, permitiendo que me incorporase y manteniendo sólo su brazo derecho al derredor de mi talle.

Respiré, como si acabaran de soltar la mitad de las ligaduras que me retenían prisionera, y me resigné a seguir apretada en aquel abrazo invisible, que me conservaba unida a «mi marido» desde el brazo hasta el tobillo. En medio de mi turbación poseía una sangre fría y una lucidez mental que yo misma no me hubiera atribuido antes. Era como esos soldados que tiemblan y se ofuscan antes de ver el peligro, y que una vez en pleno fuego razonan y observan con la serenidad de los héroes, aun cuando su carne se estremezca de espanto. El aire de la noche nos traía el aroma de los campos silenciosos. Sin querer pensar, trataba de abandonarme al suave vaivén de los muelles, que me arrebataban cual si fuesen las alas del destino. «Mi marido» no hablaba, sino se estremecía de vez en cuando, aferrado a mí, y ahogado, sin duda, por la emoción.

De pronto me sentí acometida de un brusco sobresalto. Sentí la mano de Joaquín que se deslizaba por el talle hacia arriba y el contacto de los dedos insinuándose por encima de las ballenas del corsé. Con mucha calma tomé aquella mano y la aparté dulcemente del camino que intentaba seguir, reteniéndola prisionera en la mía durante el resto del viaje. La audaz cautiva se vengó imprimiendo significativas presiones a la valerosa carcelera que la inmovilizaba.

La voz de Joaquín me despertó de la especie de marasmo en que me había sumido.

—Estamos llegando, nena.

Entrábamos en un pueblecito de casas amplias y limpias, alineadas a los dos lados de la carretera. La mayor parte de ellas estaban a oscuras ya. En otras había luz y las gentes estaban sentadas en el portal, a pesar de la frescura de la noche. Al aproximarse el carruaje se incorporaban con curiosidad, y algunas mujeres se ponían en pie para vernos pasar. Sabían sin duda que éramos unos novios que veníamos a pasar la luna de miel entre ellos. Sentí una sorda cólera contra esta estupidez del público que convierte al que se casa en un objeto de diversión o de mofa.

El coche se detuvo de repente. En la puerta y apoyándose contra las barandas del portal había aún una veintena de personas que habían ido hasta allí para contemplarnos de cerca. Ana, la vieja criada de mi cuñado, nos esperaba, esforzándose por alejar a los curiosos. Joaquín, al verla, bajó de un salto y me tendió la mano. Vacilé, pero hubo que decidirse y atravesamos casi a la carrera la franja de luz que proyectaba la puerta entreabierta de la casa. Creo que los espectadores quedaron burlados y que pocos pudieron verme el rostro. Ana nos siguió, cerrando la puerta detrás de nosotros y desapareciendo después sin pronunciar una palabra.

¡Solos! Mi corazón empezó a latir ahora con tal violencia que tuve que apoyar una mano en mi pecho y aferrarme con la otra al marco de un espejo de la sala. La luna me devolvió mi imagen pálida y azorada, envuelta hasta la barba en los anchos pliegues del abrigo. Mi marido, muy demudado también, se acercó lentamente.

—¡Uf! —exclamó queriendo aparecer jovial— Ya estamos libres de toda esa turba de imprudentes. Deja que te quite el abrigo.

Con mucha delicadeza quitó los automáticos y desarticuló los dos broches del cuello, desprendiendo luego de mis hombros la ligera prenda y colocándola, como si fuera un objeto sagrado, en el respaldo de un sillón. Hecho esto, volvió nuevamente a mí. En plena luz volvía a acometerle su habitual timidez, y me trataba como a una señorita a quien la mamá vigila de cerca. Sentí renacer la confianza durante breves momentos, al verlo mirarme tiernamente, sin aquella máscara de locura que descomponía su semblante. Pero él interpretó mal la mirada con que le agradecí su delicadeza, y probablemente avergonzado de su indecisión, puso sus manos en mis hombros y me atrajo a él hasta casi tocar mi rostro con el suyo.

—¡Qué linda eres, Victoria, y qué imposible me parece que seas mía! —exclamó temblando sobre mis labios.

Y añadió ingenuamente, en un arranque de sinceridad y entusiasmo:

—Eres la más hermosa de las mujeres que he podido contemplar así... de cerca.

El recuerdo de otras, a quienes había contemplado de hito en hito antes de poseerlas, me reveló la situación exacta en que me hallaba y me hizo apartarme un poco, con un movimiento que él no advirtió, porque, enardecido sin duda por antiguas imágenes, me enlazó repentinamente el cuello y pegó con avidez a los míos sus labios ardorosos.

No pude ni desasirme ni hablar, bajo el peso que me estrujaba los labios, impidiéndome la respiración; por el contrario me sentí arrastrada hasta la silla más próxima, donde se sentó Joaquín sin soltarme, obligándome a caer sobre sus rodillas. Estaba loco otra vez, y me oprimía, me ahogaba con sus brazos y sus besos, sin darme tiempo para proteger el vestido, que se arrugaba lamentablemente entre sus dedos.

Cuando fue menos violenta la presión de aquel arrebato y me debatía dulcemente para libertarme de sus brazos, sentí en la piel, bajo las ropas, el contacto de una mano de fuego que se había deslizado hasta allí sin que lo notara. Protesté dolorida, encontrándome próxima a romper en llanto.

Entonces me soltó con asombro, no pudiendo seguramente comprender la razón de mi pudor en una noche como aquélla. Y habló más tranquilo ya, pero manteniéndome aún sobre sus rodillas con la cadena, ahora floja, de sus brazos.

—Bobita, si soy tu marido y te quiero, y tú eres mi mujercita ya. ¿Por qué te asustas de una cosa que es natural entre los casados?

Bajé la cabeza confundida, y él, ayudándome a levantar como a una chiquilla enfadada y poniéndose también en pie, me condujo suavemente a la habitación. En el trayecto se inclinó dos o tres veces para corregir el desorden de mis ropas.

Aparté los ojos con vergüenza de la gran cama de mi hermana, que estaba en el centro de la estancia, sin cobertor y con las almohadas puestas en lugar de los almohadones. Me sentía como humillada y vencida interiormente, sin fuerzas para escapar de la fatalidad del destino, que me envolvía. ¿Por qué aquel hombre, a quien yo quería, no se daba cuenta del estado de mi ánimo y me confortaba, antes que mi fe cayera totalmente desvanecida? Conocía que si él hubiera sabido comprenderme un poco mejor en aquel instante decisivo de mi existencia, lo hubiera amado como quería yo amar y como tal vez no me sería posible hacerlo en lo sucesivo. Los dos armarios de luna que había a entrambos lados del lecho, me producían tanto temor como éste, por la aprensión de que me mostraran mi pobre aspecto de novia acongojada, bajo la intensa iluminación de los dos focos eléctricos que alumbraban la estancia.

Joaquín, de pie a mi lado, trataba de calmarme, peinando dulcemente con sus dedos los rizos que su impaciencia había deshecho en mis sienes y hablándome como a una niña asustadiza a quien se desea engañar:

—Vamos, nenita, tranquilízate. Mira como te has puesto el pelo y el vestido con tus nervios... Es natural que te asustes un poco, pero no tanto, ¿me oyes? Tu marido no puede hacerte nada malo, ni nada que te pueda avergonzar... Vamos; voy a dejarte sola en el cuarto para que te acuestes. Cuando estés en la cama, vendré a darte un beso... Con tiempo, ¿sabes? No es necesario que te apures.

Salió al fin, dejándome una impresión de alivio en el alma. ¡Los nervios! Tenía razón; me encontraba tan excitada que me parecía sentirlos tirantes bajo la piel. El cansancio y las últimas emociones del día me predisponían seguramente a este estado anormal tan poco propicio para el amor. Ya no me preocupaban ni la revelación del sublime misterio, ni el dolor que me había anunciado mi hermana y que ya conocía por referencias. Sabía que no iba a experimentar el menor goce, y estaba resignada a sufrir lo que fuera necesario. Pensé que en aquella cama había pasado Alicia su noche de boda, y me pareció que las maderas y el dosel se animaban recordando los hechos de que fueron testigos. Tuve que repetirme: «mi noche de boda», «ésta es mi noche de boda», sin que consiguiera dar crédito a mis propias palabras. De pronto se oyó un ruido en la habitación contigua, y recelando que «mi marido» volviera y me obligase a desnudarme en su presencia, corrí al botón

160

de la luz y la apagué, arrancándome rápidamente las ropas a oscuras y arrojándolas una después de otra, sin inquietarme si caían en las sillas o en el suelo. Enseguida busqué a tientas el lecho, dejé caer en la alfombra los zapatos y me cubrí hasta el cuello con el cobertor que estaba plegado a los pies de la cama. Ni siquiera advertí que en una butaca había preparada una larga camisa de dormir. El frío de las sábanas me devolvió una gran parte de la serenidad perdida.

Diez minutos después Joaquín se colocó a mi lado. Sentí sus miembros delgados y duros en contacto con mi cuerpo, y dominé valerosamente el impulso de huir o de hacerme un ovillo al otro extremo de la cama. La idea del deber se me impuso, surgida de no sé qué rincón de mi espíritu donde duermen los mandatos ancestrales que prescriben a mi sexo la humildad y la sumisión. Tenía además otro propósito más egoísta: deseaba llegar pronto al fin y quedar tranquila. Pero aquello se prolongó horas, durante las cuales asistí, pasiva y resignada, a mi martirio. Por mi natural conformación o por la torpeza de Joaquín la lucha fue larga, tenaz y encarnizada. La acepté, sin exhalar una queja, sin protestar una sola vez. Y pude hacer una observación desconsoladora: el hombre es cruel en el amor, y su deleite aumenta en proporción a los padecimientos que ocasiona. Harto claramente me lo dijeron las frases sueltas y las ingenuas exclamaciones de mi marido, en las cuales, si había algún rasgo de piedad, era sólo para exhortarme a la pasividad que facilitaba su obra... ¿Para qué recordarlas ahora? No quisiera jamás que su evocación pudiera parecer, a mis propios ojos, una justificación de mi conducta ulterior, que no me he perdonado nunca.

No dormí. A la madrugada esperaba la salida del sol, inmóvil para no despertar a mi marido, con las piernas apretadas, sintiendo el escozor de mis dcsgarraduras, humillada, dolorida, sucia... Me parecía que hacía un siglo que había salido de mi casa y que durante ese tiempo habían sucedido en mi cuerpo y en mi espíritu innumerables cambios. Lo que me había dejado hacer, sin deseo y sin goce, me rebajaba a mis propios ojos. No experimentaba ya ni cansancio ni sueño. Una profunda desilusión me invadía, al paso que experimentaba el ansia imperiosa de correr al baño y purificarme largamente en sus aguas. Pero, ¿cómo salir de la cama, sin que Joaquín despertara y me viese? Se me antojó este sencillo acto tan erizado de dificultades que cien veces estuve a punto de abandonar el proyecto por imposible de ejecutar. El vestido de la víspera, el corsé y la saya interior estaban en las sillas. Los veía como grandes manchas, en la penumbra de la estancia. Sin embargo, ¿de qué modo alcanzarlos? El sol, que había esperado con ansia, se convertía en mi enemigo. Y en aquella situación de prosaica derrota, descompuesta, manchada, maltrecha, ¡qué lamentable figura mostraría al levantarme del lecho en plena luz!

Al cabo de media hora de vacilaciones, tuve un arranque de valor y me decidí. Saqué sigilosamente las piernas de la cama, y me detuve de pronto: Joaquín se había movido sin abrir los ojos. Esperé, conteniendo el aliento, y, al fin, de un salto me apoderé de la saya. ¿Y el seno? Una toalla grande encontrada casi a tientas me sacó de apuros. Miré a Joaquín: dormía con ligeros sobresaltos, restos de la tempestad de la noche. Aún no estaba hecho todo. Mis ropas se guardaban en los armarios, cuyas llaves sonarían al abrirlos. Pero casi vestida como estaba tenía más valor. Sin vacilar saqué medias, ropa interior, un corsé lila pálido con encajes y una de aquellas hermosas batas «de casada», vaporosas y anchas, que eran mi delicia cuando me las probaba. Encontré en aquellos vestidos suaves y perfumados un desquite a la suciedad de mi cuerpo en aquel instante. ¿Era ésta la poesía del himeneo, con sus blancas flores, sus músicas y sus luces? Tuve que reprimirme para no escupir mi asco y mi despecho sobre el piso de la alcoba nupcial. En un instante tuve listo cuanto necesitaba, sin que, afortunadamente, mi marido se despertase.

Y fue un bálsamo físico y moral el baño frío, en el gran pilón de mármol, donde quedaron las manchas y los terrores de aquella noche de pesadilla. Salí de él sintiéndome renovada, dueña otra vez de mí y experimentando cierto infantil alborozo al repetirme:«Estoy casada», «estoy casada», mientras la batista y la seda limpias acariciaban la piel de mi cuerpo. Se disipaban mis terrores como por encanto, y casi me alegraba de haber pasado ya por el «duro trance». El agua me había vuelto optimista. Saboreaba con más deleite que nunca la indefinible sensación de bienestar que me producen unas medias bien ceñidas y muy estiradas, cuando oprimen con igual presión las piernas de arriba abajo. Es una de mis debilidades: no usaría sino medias nuevas. Y aquéllas, como todas las de mi canastilla, lo eran. Verdaderamente muchas veces hacen bien los hombres en reírse de nuestras puerilidades.

Ana me esperaba a la salida del baño, y supo saludarme con la mayor naturalidad, desvaneciendo la ligera turbación que me había acometido al verla. Ni sonreía indiscretamente, ni guardaba una reserva exagerada, que

163

hubiera sido igual que la sonrisa. Estaba como siempre, atenta y solícita.

—El desayuno está listo, señora. Lo hice preparar temprano porque sé que en el campo se madruga.

«¡Señora!» Ya empezaban a llamarme «señora». Me sentí como hinchada por dentro con aquel título. Y con la volubilidad ingenua que impera sobre todas las cosas a los diecinueve años, me dispuse a desempeñar mi nuevo papel, como si fuese niña todavía y me hubieran propuesto «jugar a los casados». Bajé al patio recogiéndome mucho la falda para no mancharla con el rocío de las hierbas. Había gallinas que acudían volando de todas partes al verme. Saboreé la frescura húmeda del campo y la brisa cargada de aromas. Era una especie de renacimiento espiritual el mío, en presencia de aquellas cosas sencillas y alegres de las primeras horas del día. Ana tuvo que llamarme, para preguntarme dónde queríamos el desayuno. Me había olvidado de Joaquín... y de mí.

—¡Ah, sí! Póngalo todo en una bandeja. Lo llevaré yo misma, porque «el caballero» duerme todavía.

«El caballero» le decían a mi padre los criados de casa, para distinguirlo de «el caballero Gastón» y me pareció el título más apropiado para Joaquín en aquel instante. «Mi esposo» hubiera sido demasiado fuerte para mí entonces; tenía primero que acostumbrarme a decirlo.

Cinco minutos después hacía una especie de entrada triunfal en el cuarto de mis terrores, llevando la bandeja en alto como un trofeo. Mi marido seguía durmiendo.

Lo toqué suavemente en el hombro, después de haber colocado la bandeja en la mesa de noche. Sentí el despertar de mi timidez al recibir en mi mano el calor de su cuerpo.

164

Abrió los ojos y se incorporó, sonriendo, un poco asombrado.

—¡Tú, nena mía! ¡Vestida ya, y tan linda! Ante todo deja que te dé los buenos días con un beso.

Me incliné para recibirlo en la mejilla, y aprovechando el movimiento pude arrojar con disimulo una punta de la sábana sobre algo innoble que vi en la cama. Por fortuna Joaquín no lo había advertido, porque si lo veo dirigir los ojos hacia allí me hubiera muerto de vergüenza.

Desde entonces no tuve otro afán que sacarlo de la cama, sin salir yo de la habitación. Desayunamos, él cubierto con la sábana de los pies a la cintura, y yo a prudente distancia para evitar sus arrebatos. No me gustaba verlo así, con el cuello y los brazos delgados, morenos y velludos, saliendo de la camisa escotada y sin mangas. Recordaba su traje de la noche, reconocido al tacto: la camisa aquella y el calzoncillo corto. ¿Cómo me atrevería a mirarlo cuando saliera de la cama? Felizmente, Ana, cuya sagacísima previsión no olvidaba un detalle, llamó discretamente a la puerta, cuando concluimos de tomar el desayuno. Traía un pijama, que me entregó, pidiendo excusa por no haberlo colocado en el cuarto la noche anterior. Se lo agradecí. Y en un instante, mientras me volvía disimuladamente de espaldas, fingiendo que examinaba un pequeño cuadro que había en la pared, quedó hecho todo.

Joaquín, ya presentable y hasta guapo, con su ancho traje a rayas azules y blancas, me hizo un cariñoso gesto de despedida y se dirigió a su habitación. Cuando lo vi transponer el umbral, cerré por dentro la puerta y corrí a la cama. ¡Horrible! Hice rápidamente un montón y corrí a esconderlo, sintiéndome aliviada de una íntima pesadumbre. ¡Ah! Las mujeres, a pesar de nuestra sensibilidad y nuestra educación rigorista, ¡cómo tenemos que soportar casi siempre, con valor, la carga de todos las tristes realidades de la existencia,..!

De pronto, recordé que era «casada» y que tenía que empezar, desde aquel mismo instante, mis tareas de ama de casa. Corrí a la cocina, mientras se vestía Joaquín, y me dirigí a la vieja sirviente, con la clásica pregunta:

—¿Qué tenemos hoy para almorzar, Ana?

Se sonrió, mirándome con bondadosa sorpresa.

—No se ocupe la señora. Yo haré que le arreglen algo que les gustará. La señora mancharía su bata en la cocina, que está negra del humo, como todas las del campo.

—¿Y el dinero? —insistí con leve inquietud.

Volvió a sonreír.

—Ya el caballero arregló eso...

—¿Qué caballero?

—¡Cuál ha de ser! El mío, el caballero José Ignacio. Tengo orden de no dejar que ustedes gasten un centavo, mientras estén aquí.

Admiré el rasgo generoso de mi cuñado, que no era por cierto la forma habitual de su carácter, y pensé, no sin algún desconsuelo, en unas moneditas de oro que mamá había puesto en mi bolsa para evitarme la vergüenza de pedirle dinero a Joaquín «durante los primeros días». Una idea malévola y traviesa cruzó enseguida por mi mente. «José Ignacio se ha portado con esplendidez porque sabe que no tendrá otras cuñadas que se casen.» Me reí de mi propia ocurrencia, y dije sencillamente.

—Está bien.

«Como en un hotel», pensé, y casi me regocijó la idea de no hacer nada serio todavía, para ir saboreando con más calma mis primeras impresiones de casada. Joaquín, de día, me gustaba. No era el amor romántico que había soñado; pero era un amor suave, impregnado de dulzura y de admiración por parte de mi marido. Sus ojos no se apartaban de mí, como si quisiera fotografiarme en su mente en cada una de las mil distintas actitudes de las horas de constante intimidad. Para él, como para mí, nuestra vida era interesante y llena de sorpresas que le divertían. Su deseo, ya satisfecho, se mantenía en reposo. Jugábamos los dos a los casados, sin habernos puesto de acuerdo para el juego, y yo empezaba a creer que tal vez el matrimonio no era tan malo como había pensado al principio.

En el almuerzo gozamos al vernos solos en la mesa, servidos por los criados de Alicia cual si fuéramos dos personajes. Y hablamos de nuestra futura casita, que sería «nuestra» solamente y nos esperaba ya en el ingenio donde iba a trabajar Joaquín aquel año. Los muebles habían sido despachados aquella semana. La casa nos sería facilitada por la empresa propietaria de la fábrica, lo mismo que a todos sus empleados. Mi marido hablaba de lo venidero con una seguridad que me llenaba de alegría; y cuando los criados nos dejaban solos se apoderaba de una de mis manos y la besaba furtivamente.

—¿Toma la señora café o café con leche? —preguntó el sirviente.

Joaquín me hizo un guiño malicioso. También a él le parecía graciosa la palabra «señora», y se reía de mi seriedad al escucharla.

—¿Me da «la señora» un beso? —parodió cómicamente en cuanto nos quedamos solos.

—¡Atrevido! Con una señora no se juega...

Y se lo di, esta vez de muy buena gana. ¿Por qué no fue así espiritual y delicado, cuando la noche anterior llegamos los dos fatigados y confusos de la iglesia?

Al mediodía Joaquín se entretuvo en enseñarme la marcha del ajedrez. Nuestras rodillas se tocaban, y el contacto lo ponía muy serio, como si tuviera que hacer un esfuerzo para reprimirse. Y sin embargo, lo buscaba con avidez.

Una vez me insinuó tímidamente:

—Debes de estar muy cansada. ¿Quieres que nos acostemos un rato?

—¿Ahora? ¡No!

Lo dije con un énfasis y una prontitud que me dejaron asombrada a mí misma. Él no pareció notarlo y guardó silencio; pero me hizo perder, durante media hora, una gran parte de mi buen humor.

Un poco antes de la hora de la comida empecé a temer la aproximación de la noche. Joaquín se tornaba más locuaz a medida que yo enmudecía. Me habló de Teresa, la hermana de Trebijo, a quien había visto dos veces en uno de sus viajes a Oriente. Era una mujer rebelde y voluntariosa, pero muy bella y de un aspecto extremadamente interesante. Decían que se había escapado con un hombre casado; pero siempre se le veía sola. Un amigo suyo que la trataba le había contado que era tan orgullosa como desgraciada. Me mostré implacable.

—Desgraciada, no: sinvergüenza... ¡Con un hombre casado! ¿No había bastantes solteros en el mundo?

Eran mis ideas de siempre, agravadas por el desprecio que me inspiraban las intimidades del amor, ahora que las conocía. Para que una mujer se perdiera por

168

una cosa semejante tenía que ser necesariamente muy viciosa, pensaba. Pero me guardé bien de repetir en voz alta esta última parte de la observación.

Joaquín se había echado a reír, al oírme.

—¡Bravo! —dijo— Ya aprendiste a defender el derecho de las casadas... Pero no hay que temer: ninguna habrá que te arrebate tu maridito.

—No; es que siempre me ha repugnado la audacia de «esas mujeres» —repuse con cólera y desprecio.

Se cambió el tema de la conversación, porque nos llamaron a comer. La noche se acercaba.

De sobremesa, la locuacidad de mi marido se había transformado en una contemplación muda e impaciente en que parecían notarse leves estremecimientos de la mirada. Sin duda a Joaquín se le antojaba que las manecillas del reloj andaban muy despacio. Hablaba solamente para que el silencio no se hiciese demasiado pesado, y siempre se refería a mí. Una vez me dijo:

—Te estás pareciendo cada día más a tu hermana Alicia.

—¡ Oh! —protesté enseguida— Alicia es linda y mucho más hermosa que yo...

—Te aseguro que no. Luce más, porque es más blanca. Y en cuanto a hermosura....

Pasaba el dorso de los dedos por entre las hebras de su barba, con un movimiento que le era habitual en los instantes de perplejidad, y sonreía maliciosamente a sus recuerdos.

Renacía mi inquietud, con todas sus fuerzas. Y objeté audazmente, como en desquite:

—¡Tú no me has visto!

—Mis ojos no; pero mis manos saben pesar y medir. ¡A que adivino lo que pesas!

—Tal vez —dije con un marcado mohín de despecho.

—Ciento cincuenta y cinco libras.

—Ciento cincuenta y dos.

Me reprochaba interiormente el desvío que sentía hacia mi marido cuando pretendía acercarse a mi carne con la acción o con el pensamiento; pero no podía evitarlo. Tenía que repetirme cien veces: «Soy su mujer; tiene derecho a eso; para algo nos hemos casado»; y sólo a fuerza de imponer esta idea a mi espíritu, conseguía dominar la profunda rebeldía del instinto humillado.

Joaquín se había puesto en pie y, acercándose a mi silla, se pegó a mi espalda dejando descansar suavemente las dos manos en mi pecho. Me dejé acariciar, obediente y tranquila. Desde la cocina nos llegaban las voces de los criados que comían. Después mi marido me hizo levantar, me abrazó estrechamente, con transporte, y me condujo, enlazada por el talle, a una de las dos mecedoras de la sala, colocadas juntas e invertidos los asientos como cuando éramos novios.

Sentía al poco tiempo que la quietud triste del campo me envolvía en un cerco de pereza y de silencio. Pensaba vagamente en mi casa y en la boda, de las que apenas me separaban veinticuatro horas llenas de emociones. Mis ojos se cerraron con lentitud, bajo la presión del cansancio. Fue un sueño interrumpido por sobresaltos y terrores, que no sé a punto fijo lo que duró. Creía a veces, sin abrir los ojos, que un aliento abrasado quemaba mi cuello y mis sienes. Y me desperté, cuando mi marido, sacudiéndome delicadamente, me decía muy cerca del oído:

—Vamos, nena, a la cama. Ahí no puedes descansar bien.

No me asusté esta vez. Me dejé conducir dócilmente, medio dormida todavía. Entonces, ya en la alcoba, quiso desnudarme en plena luz, y empezó a desprender, con dedos torpes, los broches de mi bata. Sus ojos brillaban de impaciencia. Detuve con dulzura sus manos, y supliqué alarmada:

—¡No, por Dios! Vete a tu cuarto, y déjame desnudar sola.

Él intentó resistir, tiernamente, con razones.

—Pero, hijita, si estamos casados. Si hemos de vivir y dormir siempre juntos. Te he poseído ya anoche, y tu cuerpo es mío, todo, todo... ¿Por qué me lo ocultas, si tarde o temprano tendré que verlo? Es menester que vayamos acostumbrándonos al matrimonio.

Eran los propios argumentos que yo misma había repetido. Pero no podría soportar lo que pretendía. Y lo miraba suplicante, implorando su generosidad.

—¡Oh, sí! ¡Sí! Ya me acostumbraré; pero más tarde y poco a poco... Te lo prometo.

Accedió, y cumplí mi promesa. Me acostumbré como nos habituamos todas a la vida que nos imponen, sujetas a la obediencia desde que nacemos. ¿No nos preparan escrupulosamente para eso? A los diez días de casada era dócil y procuraba someterme de buen grado a mi deber. Como cuando era soltera procuraba no entregarme mucho al peligroso estudio de mí misma. Por desgracia aquellos movimientos íntimos de mi naturaleza, que me confundían y avergonzaban de jovencita, no coincidieron nunca con los arrebatos pasionales de mi marido. Venían después, cuando estaba sola, acaso como una consecuencia tardía de sus caricias... Era como una especie de disociación de mi estado de ánimo y la realidad de mi vida. Tomé el partido de reprimirlos, como lo hacía antes, a pesar de no estar prohibidas para mí ahora las expansiones amorosas. Lo que sentía en mis momentos de intimidad con Joaquín era indiferencia, ligera repulsión o cierto secreto rencor por tener que prestarme a un goce que no compartía. Las palabras faltan para explicar esos complejos estados del espíritu. Pero no aborrecía por eso a mi marido. Acusaba a la carne ruin y a los hombres en general, que tienen el defecto de ser siempre sensuales y materialistas. De ese modo, volvía a mis viejas ideas sobre la vil materia que hiede, que suda y que sangra, y con ellas a la severidad y la intolerancia con el pecado ajeno, que era el fondo del carácter de mi madre y de todas las señoras respetables que he conocido.

¿Qué otra cosa podría hacer? Para vivir es necesario crearse un ambiente interior, real o ficticio, donde el alma pueda respirar cuando la asfixian las emanaciones externas. En nosotras la conformidad es un guía que nos conduce fácilmente al fatalismo. Con gran parte de esa arcilla moral amasamos la estatua del deber. ¿Qué sería de las mujeres si no tuviéramos la facultad de adaptarnos a todo, mucho más voluntariamente que los hombres? ¿Y qué premio el de la virtud, si, al paso que experimentamos la áspera voluptuosidad de ofrecer nuestros pequeños dolores en holocausto a las conveniencias, no nos sintiéramos como sublimadas por ellos y a un codo, por lo menos, más altas que las infelices que no tuvieron la dicha de sufrirlos? Tal es la razón y la recompensa del martirio soportado por todas las casadas...

El matrimonio es seriedad, sacrificio, obligación. ¡Con qué claridad lo comprendía entonces mi alma de neófita, recordando las secas palabras del apóstol, en su epístola famosa! Hacía inconscientemente mi aprendizaje, y yo misma me sorprendía a veces con el cambio que iba operándose en mí y con la dignidad que el nuevo estado imprimía a mis frases y mis modales en presencia de los extraños.

Y no me consideraba desgraciada, durante aquellos primeros días, por las pequeñas sombras que empañaban el brillo de mis sentimientos. Joaquín era un compañero amable, y nuestro cariño se consolidaba en la intimidad de las comidas, de los paseos, cogidos de la mano, bajo los árboles de la huerta, de las excursiones en coche a los pueblecitos cercanos y de las conversaciones interminables en que mi marido y yo, poseídos de sincero optimismo, arreglábamos nuestra vida en lo porvenir. ¡Lástima que los nervios indóciles no se sometieran a veces, sin protestar, al mandato de la razón! Sin eso, en vez de creerme infortunada, me hubiera conceptuado feliz. Pero, ¿quién lo es en el mundo?

II

El primer domingo de diciembre, veinticinco días después de mi boda, tuvimos una fiesta en nuestra vivienda provisional de Arroyo Naranjo. Se reunía la familia para celebrar el casamiento y para despedirnos, pues al día siguiente partiríamos Joaquín y yo para el ingenio donde había de trabajar mi marido. Hasta entonces nos habían dejado disfrutar en paz de nuestra luna de miel, aunque fuimos dos o tres veces a La Habana a ver a mis padres y a realizar algunas compras.

Graciela y Pedro Arturo vinieron por la mañana muy temprano. Además esperábamos a mamá, papá, Alicia, José Ignacio y Gastón, y estaba con nosotros, desde tres o cuatro días antes, una de las hermanas de Joaquín, Georgina, enviada por mi suegra para que nos acompañase al ingenio, a fin de que no me quedara sola mientras mi marido estuviese en su trabajo.

Acogí a mi cuñada con dos sentimientos que no podían ser más divergentes: con cierta oculta hostilidad, porque me figuraba que, viniendo de la familia de Joaquín, no podría nadie mirarme con buenos ojos, y con alegría, toda vez que su presencia impondría cierto orden en nuestra vida conyugal «demasiado consagrada al amor». Georgina no era bonita, pero sí muy simpática. Vista por mí con prevención, me pareció que ocultaba picardías bajo la fingida modestia de sus grandes ojos pardos. Era un poco gruesa para su pequeña estatura, pero tenía la cintura y las muñecas finas, el seno muy abultado y las manos pequeñas y lindas. Su rostro fresco, la vivacidad de sus ademanes y sus gracias de coqueta atraían hacia ella las miradas de los hombres. A los dos días de tratarla, tuve que modificar mi juicio. Georgina era egoísta, pero no mala. Tenía mi misma edad, y aunque me ocultaba su verdadero carácter porque yo era la mujer de su hermano, comprendí que no venía predispuesta contra mi persona. Intimamos bastante, guardando siempre la natural reserva entre cuñadas, y mi hostilidad se desvaneció rápidamente.

Graciela no la conocía, pero simpatizó con ella desde que se la presentamos, y a la hora se tuteaban y revolvían juntas la casa, atronándola con sus risas.

La mañana estaba fresca y hermosa, con un sol como filtrado al través de la gasa tenue que blanqueba el azul del cielo. Joaquín y yo, que esperábamos un amanecer oscuro y lloviznoso, como en los días anteriores, habíamos madrugado, y recibimos la sorpresa de buen tiempo, sonriente como un feliz presagio.

De tiempo en tiempo nos reuníamos todos en el portal para explorar con la vista la carretera por donde habían de venir los otros invitados.

—¿Qué apuestas a que tu cuñado no llega antes de las diez? —me había dicho Graciela.

Joaquín y yo, comprendiendo su intención, sonreímos. José Ignacio recibía de ocho a nueve su masaje, y por nada del mundo hubiera interrumpido aquella práctica que se refería a la conservación de su salud.

—Tienes razón —repuse—, pero mamá.

—Tu madre vendrá con ellos. En cuanto a tu padre, no vendrá; y Gastón, si viene, lo hará solo y siempre tarde...

La miré con sorpresa.

—¿Y por qué aseguras que papá no vendrá?

—Porque conozco a tu familia mejor que tú misma. Tu padre es enemigo de las despedidas. Si ha dicho que venía, ha sido con la intención, bien segura, de arrepentirse a última hora. Verás sí tengo razón.

Reconocí que era cierto lo que decía y me quedé algún tiempo un poco contrariada por la predicción. Papá era así: concentrado y de pocas palabras, con un carácter que lo hacía parecer seco y que era, en el fondo, tierno y sentimental como el de una mujer. Mamá era cien veces más valerosa.

Pero Graciela, que se había dado cuenta del efecto de sus palabras sobre mi ánimo, procuraba distraerme, entablando con su marido uno de sus diálogos cómicos en alta voz, en que los dos se daban nombres caprichosos y se divertían como muchachos.

—Óyeme, *Chelo*: cuando seamos ricos será necesario que me compres una quinta como ésta, para pasar nuestra segunda luna de miel. ¿Quieres?

Él se echó a reír, encogiéndose de hombros, y yo intervine.

—¿La segunda? No puedo creer que la primera haya pasado porque parecen ustedes novios y no casados...

—Y no lo somos —replicó ella enseguida con una carcajada—. ¡Somos concubinos! Nos casamos para que las gentes no nos fastidiaran con sus escrúpulos. Éste tiene un carácter muy independiente; yo, lo mismo. Y convinimos en que si nos aburríamos el uno o el otro, cada uno tomaba por su lado, y santas pascuas... ¿Verdad, *mulato,* que no somos sino concubinos y que podemos divorciarnos a la hora que nos plazca?

Pedro Arturo asintió con burlesca gravedad y repuso:

—Hija, ¿adónde vas a ir que más valgas?

Cuando estaban juntos, bromeaban casi siempre, diciéndose lindezas, mientras se acariciaban constantemente con la mirada. Me conmovía su amor, porque tenía la intuición de que estaban hechos el uno para el otro. Ella le llamaba *mulato* burlonamente, aludiendo a su color moreno y a su pelo áspero, que llevaba ahora cortado casi al rape y cuyas puntas, erguidas sobre la frente, debían de hincar como las cerdas de un cepillo. El tiempo que llevaban de casados no los había cambiado, conservando él su aire un tanto alocado de jovencito, sin pelo de barba, y la movilidad viva e inteligente de sus ojos. Nadie hubiera podido creer que aquella especie de mozalbete insustancial fuera capaz de haberse trazado un plan para encadenar a la fortuna y que estuviese a punto de conseguirlo. Por lo demás, ambos se mofaban de aquellas riquezas próximas a ser conquistadas, diciendo irónicamente «cuando seamos ricos» como si para alcanzar ese fin no trabajaran denodadamente los dos.

Graciela se había quedado un momento contemplándolo entre embelesada y burlona, y exclamó de pronto, dirigiéndose a nosotros:

—No sé por qué me he enamorado de él. Probablemente por feo... Enseguida, pasando a otro asunto sin transición, me dijo:

—¿Por qué no invitaste a almorzar a Luisa?

Hice un mohín de desagrado.

—A Joaquín no le gustan ni ella ni el marido —respondí—. Y si te he de ser franca... a mí me sucede lo mismo.

Graciela asintió con un gesto, y de repente se echó a reír de un recuerdo que le pasó por la mente.

—Hace dos semanas que me la encontré en la calle —dijo—. La hallé más flaca y más lujuriosa que nunca, si es que es posible eso... Mira: estos huesos de aquí del pecho se le salían, como si fueran a agujerearle la piel... Y el vestido estrambótico, a fuerza de ser llamativo... Iba sola ese día y me contó cada cosa horrible...

Vaciló un momento, mirándonos a todos, y al fin se decidió a soltar lo que le retozaba por dentro.

—Dice que ha encontrado un medio para que el buen mozo de su marido no se vaya con otras, y que lo practica con tanta frecuencia que no le deja tiempo a reponerse. Me dio detalles que no pueden repetirse... ¡Es una verdadera puerca! Asegura que lo que menos buscan los hombres en las mujeres es la hermosura, y que su marido la prefiere a todas las demás, aunque sean mucho más bonitas... Él es un tipo escandaloso, ¿verdad? Y ella seguramente dice lo cierto, porque dos o tres días después vi al marido, y está seco y amarillo como un espárrago...

Me pareció adivinar, en el fugaz relámpago de malicia que pasó por los ojos de Georgina, que había comprendido perfectamente lo que Graciela quería indicar con sus reticencias. En cuanto a mí, me quedé tan en ayunas como si estuviese oyendo hablar en chino.

Pedro Arturo se mostró cómicamente escandalizado.

—¡Por Dios, hija, que te desbocas! ¿Tú sabes si a Victoria le gusta oír hablar de esas cosas?

Graciela se encogió de hombros con indiferencia.

—¡Bah! ¡Ni que fuera una boba! Ahora podemos hablar de todo y reírnos mucho, porque Alvareda no es como Trebijo... Cuando éste llegue sí que tendremos todos que santiguarnos y coger un rosario, porque le parece que la menor cosa lastima y pervierte los oídos de Alicia...

Tenía razón. Mi marido se divertía oyéndola, y no era exageradamente rigorista en materia de moral como mi cuñado. Él y Pedro Arturo se habían puesto a comentar en voz baja las palabras de Graciela, y reían maliciosamente, cambiándose observaciones. Georgina, perdido ya el encanto de la conversación, se apartó también un

178

poco para mirar a la carretera, y Graciela aprovechó el momento para decirme al oído:

—No puedes imaginarte lo bien instruida que está tu cuñadita. Te aseguro que sabe más que tú, y quizás que yo, de ciertas cosas... Se ha franqueado conmigo, y puedes estar convencida de que es una alhaja... Será otra Luisa más linda y más peligrosa.

Y como para demostrarnos hasta dónde había logrado conquistar la confianza de Georgina, corría hacia ella y enlazándola familiarmente por el talle, corrieron las dos hacia el interior de la casa como dos colegialas, seguramente para embromar un poco a la pobre Ana, a quien no dejaban tranquila durante mucho tiempo cuando estaban juntas.

Alicia, mi cuñado y mamá, llegaron a las diez y media en un coche. Nos dijeron que mi padre no había podido acompañarlos, porque tenía que hacer un trabajo urgente de su oficina, y que habían esperado inútilmente a Gastón para hacer el viaje juntos.

—¿Qué te dije? —exclamó triunfalmente Graciela al enterarse de estos detalles.

—Tu padre está de un humor de diablos, desde que te casaste —explicó mamá—. No sale ya de noche de casa, por acompañarme, y creo que se le ha acabado de blanquear el pelo en pocos días. ¡Si vieras lo triste que está ahora nuestra casa! Los dos viejos solos, porque Gastón está siempre en su cuartel o en sus juegos atléticos, y apenas lo vemos...

Alicia estaba un poco más gruesa y más pálida que cuando se casó. El traje sastre que vestía realzaba la majestad de sus formas. Involuntariamente recordé las palabras de mi marido cuando me comparaba con ella y me sonreí de su error. Nunca tendría yo ni aquella amplitud de carnes, ni aquel aire, ni aquel ritmo natural de los movimientos que era el principal atractivo de mi hermana. Me besó en ambas mejillas con efusión, después de saludar a mi marido, diciéndome:

—¡Y tú, holgazana! ¿No has podido escribirme dos letras después de tu matrimonio?

—Pero si Joaquín y yo estuvimos una tarde en tu casa. ¿No te lo dijeron?

—Sí; lo supe. Habíamos ido a Matanzas... ¿Y qué tal te va?

—Muy bien —respondí, sin experimentar la menor vacilación.

Joaquín estaba cerca de mí. Alicia lo miró de reojo, y preguntó en voz alta:

—¿Te quiere tu marido?

Seguí la broma.

—Hasta ahora me parece que sí.

—Pues si deja de quererte, avísamelo para arreglarle las cuentas —concluyó, amenazándolo con el abanico.

Tuve el honor de recibir también un cumplido muy afectuoso de mi cuñado, a quien no había visto desde la noche del casamiento, parándose antes para contemplarme muy gravemente, después de calarse sus anteojos de oro que siempre he creído que usaba por simple ostentación. Enseguida se informó de cómo la pasábamos en su casa.

—Antigua, pero cómoda, ¿verdad? Y el pueblo muy tranquilo. Un verdadero nido para dos tórtolos como ustedes.

También lo encontré más grueso, aunque la grasa no le hacía perder completamente su elegancia todavía.

Sólo el vientre, a pesar de los ejercicios suecos, empezaba a exagerar su imponente curva. Me molestaba un poco el aire de mal disimulada protección con que nos trataba, y tuve que hacer un esfuerzo para mostrarme amable con él. Me pareció que examinaba minuciosamente la casa y los muebles, para apreciar los desperfectos que podíamos haber ocasionado en ellos.

Los criados salieron a recibirlo como al verdadero y único amo. Nueva mortificación para mí, que no perdía uno solo de estos pequeños incidentes, mientras mi marido, como en el limbo, no aparentaba darse cuenta de nada. José Ignacio, antes de sentarse, se hizo acompañar por ellos a todos los rincones de la vivienda y pedía detalles de lo más mínimo del servicio. Se detenía delante de las puertas, probaba el cierre, examinaba las bisagras y hacía observaciones: «Es preciso colocar aquí un pestillo» o «esta hoja tropieza en el suelo; recuérdenlo cuando venga el carpintero que les mandaré». Una vez se quedó inmóvil, mirando con indignación el cristal roto de una de las viejas lucetas del comedor.

—¡Y esto! —prorrumpió colérico, contemplando fijamente a los tres sirvientes.

Ana le explicó que había sido una pelota lanzada por uno de los hijos del hortelano la causa del estrago.

—¡Mal hecho! —exclamó el *amo*— Es una grave falta de respeto de esos muchachos. Será necesario que los saque de aquí o que se vaya él. Se lo dicen de mi parte...

Después se dirigió a la huerta

Alicia, Graciela, Georgina y yo nos habíamos retirado a mi cuarto, para que la primera se quitase el sombrero y se arreglara un poco ante el espejo. Mi hermana se detuvo ante la cama, retirando lentamente las largas agujas de su cabeza y clavándolas nuevamente en el sombrero, antes de dejarlo sobre el cobertor al lado de Graciela. Me miró después. Una misteriosa expresión de malicia revoloteaba por sus grandes ojos ordinariamente sosegados. De pronto me dijo:

—¿Qué tal, nena? ¿Fue como yo te dije?

Me subió a la cara una oleada de sangre, y no supe qué contestar. Graciela se reía. Me sorprendió que mi hermana no experimentase ningún malestar ante el lecho donde también había pasado su noche de boda. Ya había observado, sin embargo, que las mujeres, después de años de casadas, se habitúan a ciertas cosas, considerándolas como lo más natural del mundo.

Alicia estaba de buen humor y se divertía haciéndome rabiar.

—A ver: cuéntanos a Graciela y a mí... mandaremos salir a Georgina, si te estorba...

Pero Graciela pidió gracia para mí, compadecida de mi necio azoramiento.

—¡Vamos, déjala! ¡La pobre! La herida está demasiado fresca todavía. Ya nos lo contará todo dentro de seis meses.

Rieron otra vez las dos, mientras Alicia, ante el espejo, se pasaba la borla por la cara, contrayendo los labios, y trataba de reducir a la obediencia los rizos rebeldes de la nuca. Enseguida se volvió y la emprendió con Graciela.

—Y tú, ¿te has propuesto no darnos nunca la sorpresa de un hijo? ¿Qué les pasa a ti y a tu marido?

Graciela soltó una carcajada.

182

—Puedes decir «que me lo he propuesto» —replicó—. Es la frase exacta.

—¡Cómo!

—¡Claro! Por lo menos, por ahora. Después que tengamos con qué vestirlos, los dejaremos venir... si quieren.

—Pero, ¿eres tú sola la empeñada? ¿Tu marido...?

—¡Mutuo acuerdo! —interrumpió la aturdida joven— Mi marido y yo somos dos cuerpos con una sola cabeza.

Se fijó en mí, y viéndome turbada todavía quiso «sacudirme un poco el ánimo», como ella decía.

—Ya lo sabes —me advirtió con aparente seriedad—: si te interesa el método puedo darte la receta, que hasta ahora, ha sido eficaz.

Desde hacía un momento trataba de observarme a mí misma y me encontraba ridícula con aquel encogimiento que me impedía ser como todo el mundo, cuyos pensamientos y conversaciones giraban casi siempre en torno del eje único de lo prohibido. Así fue que me decidí a responder con aplomo y audacia.

—¡Muchas gracias! Joaquín quiere un hijo y yo también lo deseo con toda mi alma. ¡Es el lazo más fuerte del matrimonio!

Pero mi réplica, de una profunda sinceridad, provocó, contra lo que yo presumía, otra explosión de risas. Decididamente aquellas mujeres tenían algún demonio retozón en el cuerpo. Graciela me miró con burlón asombro, y exclamó:

—¡Miren la mosca muerta! Y hace todo lo posible por conseguirlo, ¿no es así...? Pero lo que no me gusta es que empieces tan temprano con esas filosofías, que no son frecuentes en la luna de miel...

La última parte de la frase la pronunció con cierto aire de seriedad que me impresionó sin saber por qué. ¿Es que algo vigila, piensa y razona en nuestro interior, sin que nos demos cuenta de ello, y sólo algunas ideas, que en la apariencia no tienen relación con las nuestras, penetran hasta allí para hacernos perceptible, como a la luz de un relámpago, el trabajo interno? Con frecuencia, en el resto de mi vida, me he visto obligada a hacerme, con sorpresa, esta pregunta.

Tomé el partido de escapar, dejándolas entregadas a su charla, y fui a reunirme con mamá, en el comedor. Mi madre era el boletín que me informaba de todo lo que podía interesarme, y apenas había tenido tiempo de atenderla. Además quería que me diese noticias de la salud de Alicia, a quien encontraba demacrada, a pesar de sus carnes. Al oír mis primeras palabras, movió la cabeza tristemente. Seguía lo mismo. El doctor Argensola hablaba ya de una operación como de algo probable. Las curas semanales, durante meses, no habían tenido éxito. Y por añadidura parecía que José Ignacio empezaba a cansarse de aquel tratamiento que obligaba a su mujer a ser vista y tocada íntimamente por otro hombre.

Sonreí pensando en la cara que pondría mi cuñado cada vez que viera entrar en su casa al doctor Argensola para practicar aquellas curas, él que se ponía nervioso cuando Alicia se sentaba en una tertulia donde hubiera otros hombres. Sabía que, al principio, se habría opuesto a que se tratara por aquel método a su esposa, y que sólo se rindió ante la necesidad. Verdaderamente, era una prueba demasiado dura para un celoso, y José Ignacio lo era en sumo grado, aunque no lo confesase. Su teoría de la intangibilidad de la mujer

184

casada, lo hacía ponerse serio en cuanto se nombraba a Alicia en su presencia, como para exigir a los demás un respeto idéntico. Nadie como él hubiera podido hacer de Alicia una esclava-reina, como era, y sólo el doctor Argensola hubiera podido usurpar su derecho a este marido «modelo», al decir de mamá, que sostenía que las mujeres y los niños eran muy semejantes y que ambos tenían que ser cuidadosamente guiados en la vida.

—Tu pobre cuñado ha pasado muy malos ratos con esas curas —me decía mamá—. Como quiera que se mire, un médico es un hombre como otro cualquiera, y... ¡es pesado!, ¿verdad? A mí tampoco me gustan esas modas de traer al médico por cualquier sencillez que padezca una mujer.

Ordinariamente le daba en todo la razón a José Ignacio, a quien trataba como a un verdadero hijo y admiraba por la rectitud de sus ideas que eran también las de ella. Pero en aquella ocasión hablaba también por cuenta propia, más inflexible tal vez que el mismo Trebijo en cuanto a la intangibilidad de la mujer honesta y dispuesta siempre a mostrar su hostilidad hacia los inventos y las costumbres de la época presente. Aunque criada en su escuela y pensando, con pequeñas variantes, casi lo mismo, me permití hacer una observación:

—Pero, ¿sabes tú si lo que tiene Alicia es de cuidado? Yo la encuentro muy desmejorada...

Me interrumpió impetuosamente.

—¡Boberías, hija! Cosas que tienen casi todas las mujeres y que antes se soportaban sin hacer ruido y sin enterar a las gentes. Verdad es que en mi tiempo muchas mujeres preferían morir antes que dejarse reconocer por un médico... Y ahora por lo más mínimo la consulta y la junta y la indiscreción, para que todo el mundo sepa lo que debc ignorar. ¡Tu hermana tiene achaques y nada más! ¿Qué puede tener, de importancia, una muchacha de veintitrés años?

Enseguida, cambiando de tema, me habló de la familia de mi marido, deseosa de informarme de todo lo que sabía. El matrimonio de Joaquín había caído allí como una bomba. Pero mi suegra, muy diplomática en el fondo, no había dirigido a éste ninguna inculpación y aceptó, en la apariencia, los hechos prontos a consumarse. Ella y todas las hijas contra quien descargaron su ira fue contra el viejo Alvareda, que se había declarado partidario del casamiento. Se lo contó Alicia, quien a su vez lo supo en Matanzas. El despecho les impidió acudir a la boda y no las causas que alegaron como disculpa. El viejo sufrió en silencio, como siempre, todo el chaparrón. ¡Un verdadero mártir el pobre hombre! Y se decía que el infeliz, deseando complacer a todo el mundo, hablaba de buscar un destino más lucrativo que el suyo, cosa que siempre le había repugnado cuando se lo proponían.

—¡Una familia de alacranes, hija mía! Conque abre los ojos y defiéndete si algún día quieren emprenderla contigo... La Georginita no me gusta: parece demasiado avispada.

—Así dice Graciela —dije simplemente, para no verme obligada a dar mi opinión.

Mamá aprobó con un gesto.

—¡Vaya! ¡Como que Graciela no tiene un pelo de boba...! Y a propósito: ¿te ha contado los progresos que han hecho ella y Pedro Arturo? Agrandaron la oficina, y ahora trabajan allí, además de ellos dos, otra mecanógrafa y un empleado.

—Ni palabra me ha dicho.

—Pues suben como la espuma —Y agregó—: Yo me alegro, porque se lo merecen. Graciela es un poco aturdida; pero tiene un gran corazón y es muy trabajadora. Dicen que Pedro Arturo es muy inteligente. No lo parece, ¿verdad...? No sé qué banco le ofreció una plaza con seis mil pesos al año, y no la quiso. ¡Más que tu padre, que es jefe de administración...! Creo que se dedica a comprar terrenos en Jesús del Monte y a revenderlos por solares.

—¿Y el dinero?

—No lo sé. Tú sabes que tu cuñado no quiso hacer el negocio que él le propuso. ¡Una tontería, porque Pedro Arturo hubiera sido un buen socio! Entonces creo que lo obtuvo de ese mismo banco con la garantía de los propios solares...

—¿Y tía Antonia, mamá? ¿Te ha escrito?

—Ni una letra, hija. He sabido de ella por otras personas. ¡Siempre con las mismas manías! Yo creo que las solteronas acaban por trastornarse de veras. Ha sufrido una enfermedad, porque se le murió uno de los gatos.

No pensaba con mucha frecuencia en mi tía, ni la recordaba con gusto. Sólo me inspiraba un vago sentimiento de afecto, por estar ligado su recuerdo a los años de mi niñez. Ahora mi madre me daba la clave de su carácter: evidentemente algo se había secado en su corazón por no haberse casado jamás. No quería a nadie. De joven había tenido un novio, a quien se hizo insoportable por su genio dominante, y una amiga se

187

lo arrebató, casándose con él. Desde entonces odió a los hombres, y acabó por aborrecer a toda la humanidad. De lo único que hablaba con orgullo era de su virtud, encerrada siempre en una fiera intransigencia. Era el mismo sentimiento que yo experimentaba en presencia de las flaquezas de las otras mujeres, pero llevado por ella a todas las exageraciones de la dureza y del odio. La hembra ligera de cascos que caía en sus garras no podía esperar misericordia ni olvido. De Graciela seguía diciendo horrores. En cuanto a su pasado y al hombre que había amado, no los aludía sino con frases indirectas y despectivas, sin nombrar al último, a quien yo ni siquiera conocía.

—Las solteronas, hija mía —continuó después de una pausa mi madre, con una leve vibración de rencor en la voz—, o se sacrifican por todos o no se sacrifican por nadie. Para ellas no hay términos medios. Ahí tienes a tu tía, el egoísmo personificado, y a Julia Chávez, el desinterés encarnado en una mujer: los dos polos opuestos.

Aquella Julia Chávez era una antigua amiga de mi familia, casi emparentada conmigo por la línea paterna, a quien mamá había encontrado en La Habana, poco después de nuestra llegada. Tenía cerca de cincuenta años, un carácter apacible y dulce y un rostro que probablemente fue lindo y que tenía ahora la expresión de bondad, un poco rígida, de las santas. Su única debilidad consistía en teñirse las canas, dejando con mucho arte mechones grises sin pintar, para dar una mayor apariencia de verdad a su engaño. Pero su pulcritud, que llegaba hasta la presunción disimulada, le hacía perdonar este pequeño defecto, y a ella le debía la subsistencia, solicitada siempre por amigos y parientes, en cuyas casas vivía, consagrándose a la enseñanza de los niños y al cuidado de los enfermos.

Mamá, bajando la voz y cerciorándose antes de que nadie podía oírla, me dio la última noticia.

—¿Sabes? Teresa, la hermana de tu cuñado, está en Santiago de Cuba. Ahora lo sé con seguridad. Le ha escrito varias cartas a José Ignacio, una cuando supo su casamiento, y él no se las contestó, pero se las ha enseñado a Alicia. Se dice que ha tenido un niño en estos días.

Hice un gesto de repugnancia y de pena.

—¡Qué atrocidad! ¡Un hijo sin nombre!

Pero mamá se volvió rápidamente, viendo que Alicia se aproximaba a nosotras, y murmuró:

—¡Ni una palabra sobre esto!, ¿eh? Ni a tu hermana si no te habla de ello.

Mi marido había dejado a Pedro Arturo y a Trebijo en el portal, y rondaba por la casa buscándome, acostumbrado a estar siempre junto a mí desde que nos casamos. Yo también extrañaba su compañía y el bullicio de la casa, de ordinario tan sosegada. En cuanto me vio fue a buscarme y me cogió la mano, mientras mamá, sonriendo, se alejaba discretamente con Alicia.

—¿Por qué no vienen ustedes al portal con nosotros? Si vieras; me aburro con esa gente —me dijo con cara de fastidio.

—Estoy con mamá y las muchachas. Luego iremos todas.

Me besó la mano furtivamente y escapó, como un colegial que vuelve a la clase después de hacer una travesura.

189

En el portal, donde no daba el sol hasta después de las doce, estaban los tres hombres tendidos en las mecedoras de mimbre, fumando y bostezando cuando la conversación languidecía.Desde el comedor se oía el tono grave de sus voces, interrumpidas por frecuentes silencios. La de mi cuñado predominaba, lenta y con una ligera expresión de autoridad que rara vez deponía. En los intervalos, que denotaban el aburrimiento de aquellos seres arrancados a sus diarias costumbres, se escuchaba la algarabía de una bandada de gorriones ocultos en un gran laurel de la carretera. Me dirigí a la sala y me quedé sola, observando a los fumadores, mientras venían las demás.

José Ignacio se burlaba discretamente de los que compraban solares en las afueras de La Habana.

—Usted hace bien en venderlos —le decía a Pedro Arturo—. A los que yo compadezco es a los que compran, porque pronto habrá en La Habana más casas que habitantes. Por mi parte no quiero sino propiedades sólidas, que puedan convertirse en dinero cuando uno quiera. ¡Nada de negocios ni de aventuras! Vea usted: el que usted me propuso me gustó. Vi claro que en él se iba a ganar dinero, y no quise aceptarlo, por no reñir con mis principios. ¡Ni negocios ni cargos públicos! Así vive uno más tranquilo.

Sacó de la petaca un cigarrillo, lo ajustó cuidadosamente en su boquilla de ámbar y lo encendió con lentitud y voluptuosidad. Hecho esto interpeló de pronto a Pedro Arturo:

—¿Qué resultado le dio su último reparto de Loma Verde?

Pedro Arturo dejó ver una sonrisa ambigua.

190

—¡Psh! Regular. En la vida de los negocios todo es oportunidad. En realidad, La Habana necesita ensanche... Pero hay otra razón: los presupuestos nacionales de gastos son cortos; los de ingresos, largos, y los millones van acumulándose uno tras otro en el tesoro. Los periódicos hablan de esto, porque no tienen otro asunto de qué tratar... y los papanatas de todas clases creen que cada cual tiene allí su parte... Es necesario saber aprovechar la fiebre del oro. La crisis puede venir, pero por lo pronto...

—Según eso, usted no le aconsejaría a un amigo que comprase sus solares —interrumpió mi cuñado, con aire de triunfo.

Pedro Arturo volvió a sonreír.

—Algunos sí y otros no. ¿Y quién sabe? Vivimos en el país de las cosas raras.

Hablaron de política. Trebijo opinaba que todo aquí estaba podrido. Decía a cada momento: «En otros países...», buscando ejemplos, y lo curioso del caso es que sólo había salido de Cuba una vez que estuvo veinte días en Nueva York. Encontraba hasta mal olor en los tranvías y decía horrores de los aspirantes a cargos retribuidos por el Estado. Mi marido habló entonces, con seriedad y aplomo. Desde donde yo estaba podía ver de perfil su rostro fino e inteligente encuadrado por la barbilla oscura, y su interesante torpeza de miope, que tan bien le sentaba algunas veces. La alegría íntima de mi posesión se reflejaba en sus ademanes reposados y en aquella seguridad de sí mismo, que no tenía cuando lo conocí. Yo sentía orgullo al comparar su tipo delicado de hombre de estudios con la carota ancha y afeitada y el grueso vientre de mi cuñado.

—Hace algunos años que trabajo casi siempre para compañías extranjeras productoras de azúcar —dijo, a modo de introducción—, y allí he aprendido a juzgar muchas de nuestras cosas. En primer lugar, ellos son los dueños de todo: suelo e industria. Nosotros se lo abandonamos de buen grado, con tal que nos dejen la política y los destinos públicos; es decir, el camino del fraude y la vida con poco trabajo. En cambio ellos, los productores, nos desprecian profundamente. ¡El caso de toda la América Latina! Mientras roemos el hueso, el verdadero explotador, que no es cubano, se come la masa. Y si gruñimos, enseñándoles los dientes, con quejarse a sus diplomáticos tienen bastante. Entonces nos alargan un par de puntapiés, uno a cada lado, y cesa el conflicto. Por eso odio la política, que nos arruina, y sostengo que a la dirección del Estado va lo peor de nuestra sociedad. ¡Una colmena dirigida por los zánganos, y ya está dicho todo!

Hubo una pausa durante la cual se oyó el ruido de platos y cubiertos que hacían los criados disponiendo apresuradamente la mesa para el almuerzo. Al fin habló José Ignacio, haciendo un esfuerzo para reanimar la conversación que volvía a languidecer.

—¡Y qué clase de zánganos! —exclamó— Matones más cobardes que gallinas, que viven de la leyenda de su valor propalada por ellos mismos; revolucionarios del 98, que ni se dieron cuenta entonces de que la revolución existía; soldados libertadores, que no olieron jamás la pólvora y cobraron por sorpresa haberes que no les tocaban. ¡Los que más gritan! ¡Una hermosa colección de sinvergüenzas! Conozco uno, que fue traidor y espía del gobierno de España, y da ahora patentes de patriotismo a sus amigotes, desde la elevada posición que ocupa. Otro, no menos encumbrado, fue a verme, al concluirse la guerra, y trató de estafarme con no sé que historia de socorro a los libertadores. Tenía un mote raro, algo como Congo o Songo... Ustedes lo conocen sin duda, si lo nombro, porque es todo un personaje... Songo, Longo, Hongo... ¡Qué memoria la mía!

Alicia salía al portal en aquel instante. Su marido la vio de soslayo y la hizo acercarse a él con un gesto. Se aproximó sumisa y sonriente, satisfecha de que la necesitara para algo.

—Oye, hija —le dijo José Ignacio cuando la tuvo cerca—: trata de ver si te acuerdas del nombre de aquel petardista de quien te hablé, que se titulaba comandante o coronel y que fue a verme al concluirse la guerra, para...

Alicia se turbaba un poco a veces en presencia de su flamante marido, y su natural timidez la impulsaba a decir alguna tontería para salir del paso. Así fue que, después de mover un instante las pupilas, con un nervioso temblor de párpados, respondió dulce y aturdidamente:

—¿Cuando se acabó la guerra...? No nos habíamos casado todavía...

Trebijo se incorporó en el asiento y la miró con severidad.

—¡Por Dios, hija, no te luzcas…! Nunca me contestes sin comprender antes lo que te pregunto... Ya sé que no estábamos casados en aquella época; pero te he hablado varias veces de ese hombre, y debes recordarlo... Fue el que vino a verme de uniforme y con las insignias, y que después supe que se había ido a la guerra después del armisticio...

Los datos no eran muy concretos que digamos; pero Alicia, ligeramente sonrojada por la reconvención, contrajo las cejas, en un violento esfuerzo de la memoria, y de pronto su bello rostro se iluminó con un relámpago de alegría.

—¡Ah, sí¡ El teniente coronel Mongo Lucas... Lucas era el apellido...

Mi cuñado la recompensó con una sonrisa y una mirada acariciadora. Mi alma, involuntariamente dada a la crítica y un poco rebelde de nacimiento, comparó aquella expresión con el gesto de un domador de circo que le alarga un terrón de azúcar a su perro favorito, después de un ejercicio difícil, y volví la cara con disgusto. Alicia, a fuerza de perfecta casada, era el archivo de los recuerdos de su marido, como era su mujer, su secretaria, su enfermera, su admiradora, su discípula y el genio maternal que lo protegía con sus cuidados. Aquella sonrisa complaciente era, al mismo tiempo, una discreta despedida, y mi hermana se alejó, orgullosa de haberle sido útil, sin atreverse a ocupar un asiento en el portal cerca de los otros hombres.

—¡Mongo Lucas! —exclamó Pedro Arturo, con una risotada— ¡Un tipo maravilloso y casi fantástico de desvergonzado! Hace diez años que lo conozco, y todavía no lo encuentro una vez en público sin que despierte en mí una nueva admiración.

—¡Ah, lo conoce usted! —dijo mi cuñado.

—No hay quien no lo conozca —resumió Pedro Arturo, riendo todavía.

Yo miraba a Joaquín, sin advertir que Graciela se había acercado sigilosamente a mí y me observaba, brillando de malicia los hoyuelos y los lunares de su gracioso rostro. No pude reprimir el sobresalto, cuando la oí exclamar:

—¡Contemplándolo, eh! No me negarás ahora que te gustó la fruta prohibida.

Se detuvo para observar si nos miraban, y se inclinó a mi oído confidencial y picaresca, enlazándome el talle con un brazo.

—¿Te gustó? ¡Di! Ahora no están aquí ni Alicia ni Georgina...

Me mortificó la idea de que se interpretara así mi actitud y exclamé, en un arranque de sinceridad que no pude reprimir:

—¡No!

Me miró al fondo de los ojos para saber si mentía.

—¡Hipocritona!

—¡ No! ¡No! —respondí casi hosca, evitando su mirada y con tal fuego de verdad, que se apartó de mí, sorprendida.

Sólo ella, cuya verdadera grandeza de corazón acaso yo únicamente adivinaba, hubiera tenido el poder de arrancarme una confesión de esta naturaleza, de la cual, sin embargo, me arrepentí enseguida. Verdad es que me impulsó a la confidencia la cólera de ser siempre mal comprendida y aquella recóndita intranquilidad de mi alma que yo misma no percibía siempre y que no quería sentir. Pero ya no podía retroceder.

Graciela se puso seria.

—¿De veras?

—De veras —afirmé sencillamente.

—¡Diablo, chica! Será necesario que me cuentes... que hablemos luego, cuando podamos estar solas. ¡Eso es extraño!

195

Ana se aproximó para decirme que el almuerzo estaba servido, y Graciela, aprovechando este incidente para cambiar rápidamente de expresión, corrió al portal, gritando gozosa con un gran lujo de ademanes:

—¡A la mesa! ¡A la mesa! ¡El almuerzo está listo!

Me quedé un instante absorta y como clavada en el sitio. ¿Por qué todas, casadas y solteras, Alicia, Luisa, Graciela, la misma Georgina, sentían una especial complacencia en referirse a lo que yo juzgaba insulso y hasta un poco odioso, como si ello fuese el principal aliciente de la vida? ¿Tendrían ellas la facultad de experimentar un placer que a mí me estaba vedado y que existía realmente para todas, excepto para mí, quizás por un defecto de mi naturaleza? La idea de que acaso estaba enferma pasó de pronto por mi mente, como un trazo de fuego, produciéndome un estremecimiento de miedo y de frío. Graciela había dicho: «¡Es extraño!», mirándome con aire de lástima. No era aprensiva, pero me quedé impresionada; y mi voluntad tomó instantáneamente el propósito de no hablar otra vez a nadie de aquello, que podría ser algo así como la confesión de un oculto y grave defecto físico.

—¿Qué haces aquí tan sola, nena? Pasamos por tu lado y no te vimos.

Era Joaquín, que venía de la mesa a buscarme, sorprendido de no encontrarme allí, y que me tomaba cariñosamente por el brazo. No experimenté sobresalto, y me dejé conducir, restituida a mi alegría de familia y a mi linda bata de anchas mangas, con encajes y cintas, que había escogido expresamente aquella mañana al levantarme.

Me acogieron ruidosamente, como a la verdadera heroína de la fiesta. Ana había cubierto casi enteramente de flores la mesa. Mamá y José Ignacio ocupaban las cabeceras. Alicia quedó entre su marido y yo, Joaquín a mi lado y los demás enfrente, quedando Pedro Arturo entre mi cuñado y su mujer. Mamá lo dispuso sabiamente así, con el fin de que ninguna señora estuviese al lado de un hombre que no fuese su marido. Pedro Arturo protestó de la soledad de Georgina, sentada entre su mujer y mamá. Galanteaba a las muchachas delante de Graciela, que no era celosa y se reía de sus ocurrencias.

—¿Y qué? ¿La quería usted a su lado? —le preguntó mi madre siguiendo la broma.

—¡Claro! ¡Para atenderla!

—¡Uf! Atienda a su mujer. Usted ya es galleta con gorgojo.

Se sirvió la sopa. El aire del campo despertaba el apetito, y se comía con buen humor, José Ignacio principalmente, que era el anfitrión y tenía que dar el ejemplo. Alicia, solícita, se consagraba a servirle, ayudándolo a satisfacer todas sus manías. Así, examinó atentamente su plato antes de ponérselo delante, a fin de que no hubiera en él ni un pedazo de col, cuya vista le repugnaba. Yo la observaba con asombro, extrañando que aquélla fuera la hermana perezosa e indolente que conocía desde niña. Tenía una expresión nueva de recato un tanto ceremonioso, que no era ni la seriedad natural de sus primeros años, ni la alegría maliciosa de que había dado muestras aquella mañana en el cuarto. Creí adivinar que esta última era la necesaria consecuencia de una compresión demasiado estrecha del carácter, que tomaba momentáneamente su desquite. Por lo demás, no podía descuidarse cuando estaba delante del marido. Trebijo la examinaba frecuentemente con rápida mirada de reojo y encontrándola irreprochable, dibujaba un signo de aprobación en la comisura de sus labios.

Hice una observación: Alicia y mamá le hacían los platos a José Ignacio, adivinando sus gustos, y mi marido me los hacía a mí. «Están invertidos los papeles», pensé, y me regocijó la idea, disipada ya completamente la nube que se había formado en mi frente un momento antes. Las flores y el olor del almuerzo me alegraban como a los demás.

Mi madre se esforzaba por distribuir con equidad sus gentilezas entre los dos yernos; pero era notoria su preferencia por el marido de Alicia. ¿Sería acaso por la antigüedad del parentesco? Difícil sería saberlo, y, sin tratar de averiguarlo, me mortificaba un poco lo que veía. También me producían cierto escozor interno las cifras de Trebijo grabadas en la vajilla. ¡Siempre José Ignacio! Precisamente mamá, después de la sopa, había preparado un plato con mucho cuidado, y se lo envió a mi cuñado, diciéndole:

—José Ignacio, ahí le mando esa masa de pescado. Puede comerlo sin precaución, porque le he quitado las espinas.

Y como él vacilara, mirando a los demás, ella añadió:

—Tómelo sin cumplidos, que es para usted.

Aceptó el plato, sonriendo, y trató de expresar su agradecimiento con una frase amable.

—¡Oh! ¡Muchas gracias! Veo que cada día tengo más motivos para odiar la lectura de los almanaques.

—¿Por qué?

—Porque casi todos hablan mal de las suegras.

Él mismo se encargó de reír de su propio chiste, mientras los demás, por deferencia, le hacían coro. Después se habló de religión. Mamá se lamentaba de tener ahora que ir sola a misa. José Ignacio decía que era creyente, pero que por nada del mundo permitiría que su mujer se confesase.

—¿Y usted? —le preguntó Pedro Arturo a Joaquín.

—Yo no soy religioso, ni siquiera creyente —respondió mi marido—; pero le dejo a Victoria absoluta libertad en eso.

Mamá hizo un gesto, e iba a hablar, probablemente para reprocharle su ateísmo, pero se contuvo prudentemente.

Habían servido vino blanco después de la sopa; luego Rioja tinto, y las lenguas acabaron de desatarse, aunque dejando a un lado el tema de la religión, que resultaba un tanto escabroso. Fuimos las víctimas los neófitos en el matrimonio, y Joaquín y yo tuvimos que resistir una granizada de suaves bromas. Luego se trató del campo, con sus casas poco confortables y sus noches tristes. Trebijo declaró que sólo le gustaba vivir en el campo tres días, y eso porque él era un formidable cazador. El ingenio, a donde iríamos quizás por cuánto tiempo, no sería seguramente un retiro muy agradable.

—No; mucho tiempo, no —declaró mi madre pesarosa—. Un año nada más. Será necesario que le busquemos a Joaquín algo que hacer en La Habana. ¿Verdad, José Ignacio?

Vi la sonrisa ambigua con que mi marido acogió «el protectorado», y que tanto podía significar una aquiescencia, como querer decir: «A su tiempo, yo resolveré lo que me plazca». Y me sentí nuevamente molesta por el empeño de esperarlo todo de la olímpica ayuda de mi cuñado.

—Eso es: un año —exclamó Graciela—. Y que cuando vengan traigan un bebé que se parezca a los dos.

Se aprobó la idea por todos, y se rieron de mi rubor. Pedro Arturo, tragando apresuradamente un bocado, recogió la broma y la lanzó contra Georgina, que estaba muy callada.

—¿Y por qué no le desean también a esta señorita que se case allá con un guajiro?

Ella hizo un mohín desdeñoso y replicó prontamente:

—¡Oh, no! ¡Muchas gracias! Para matrimonio a tontas y a locas, tengo bastante con el ejemplo de casa... Prefiero quedarme soltera.

Llamaba «el ejemplo de casa» a la vida de sus padres: él entregado desesperadamente a un trabajo mal retribuido, sin conseguir mejorar nunca, y la madre, llena de hijos, maldiciendo siempre de su suerte y de la de los suyos, en una perpetua sucesión de amargos rencores que llenaban el hogar entero.

Joaquín, que había fruncido ligeramente el entrecejo cuando su hermana empezó a hablar, dejó un momento el cubierto para intervenir con afectuosa severidad.

—¿Y qué mal ejemplo ves en tu casa, niña?

—¿En mi casa? ¡Nada! ¡Miseria y compañía...! Mira, hijo: estamos todos en familia, y se puede hablar con entera franqueza, ¿no es verdad? ¡Buen negocio el que hizo con el matrimonio la pobre mamá! ¡Hambre e hijos! ¡Y papá como si tal cosa! ¿Es vida ésa? Tú sabes, porque mi madre te lo escribió, que le «hemos» dicho a papá que eso no puede seguir así, porque tiene hijas ya señoritas, y hay que ocuparse en su porvenir. ¿Quieres todavía más detalles?

No; ciertamente que Joaquín no los quería. Bajó la vista al plato y trató de disimular, como siempre que se suscitaban delante de otros ciertos asuntos de su familia. Sabía muy bien que aquellas hermanitas suyas no se mordían la lengua cuando querían hablar claro, educadas por su madre, que se había esmerado en formarles el corazón para librarlas de la suerte que a ella le cupo. Mamá y Graciela cambiaron una rápida mirada. La de mamá quería decir: «¡Cómo se explica la niña!» y la de Graciela: «¡Pobre del hombre que cargue con ella!» Leí claramente en sus ojos y sentí pena por mi pobre marido, que en vano trataba de ocultar su contrariedad.

Graciela, para acabar de disipar la borrasca, volvió a hablar del niño, de nuestro futuro bebé, que no tardaría más de un año en venir y que, sin duda, ya habría encargado mi marido a Francia.

—¿Cómo lo quiere usted, Joaquín, varón o hembra?

Levantó la cabeza con un vivo destello de alegría en los ojos. La idea de tener un hijo conmigo poseía el poder de disipar instantáneamente todas sus preocupaciones. Y respondió, animado por un resto de rencor hacia el sexo de su hermana:

—¡Yo, varón!

—¿Y tú? —me dijo a mí la joven.

Guardé silencio. Me avergonzaba todavía hablar de aquellas cosas en presencia de mamá, a pesar de que veía en sus labios una sonrisa de indulgencia y de satisfacción.

—¡Ah! ¡No me respondes! ¡Y si te delato! ¡Si digo lo que me confesaste esta mañana delante de Alicia!

Me puse muy sofocada. Todas las miradas se fijaron con curiosidad en mí. Alicia acudió ahora en mi auxilio, como la propia Graciela lo había hecho aquella mañana cuando ella me acosaba con sus bromas.

—Probablemente Victoria esperará que vengan los tuyos para seguir tu ejemplo.

Graciela, algo picada, respondió:

—¡Los míos! ¡Si por ellos esperan...! No los queremos por ahora.

—Y si Dios te los da, hija —dijo ingenuamente mamá—, ¿qué podrás hacer sino quererlos?

—¡Oh, Conchita! eso era antes. Ahora no es Dios quien los da. El progreso trae cambios y tiene exigencias que mi marido y yo, modernistas ante todo, aceptamos plenamente y sin restricciones —repuso cínicamente la muchacha.

Mamá comprendiendo al fin, enrojeció ligeramente y guardó silencio, tratando de disimular. José Ignacio hizo un ademán, como para proteger a Alicia del contagio moral de aquella conversación; en tanto que Pedro Arturo, mondando escrupulosamente una manzana, fingía no oír y sonreía socarronamente. Miré, por curiosidad, a Georgina. Era la única soltera en aquella reunión, y la única también que permaneció impasible, como si acabara de tratarse de la cosa más natural del mundo.

La animación del almuerzo pareció como rota en un momento. Cada cual se esforzaba en disipar con su silencio el malestar reinante, y sólo conseguía agravarlo. La misma frente de Graciela inclinada hacia el plato, se tiñó con un rubor tardío. Era como si la pareja, amante del fraude, se hubiera instalado delante de nosotros para mostrarnos descaradamente sus prácticas. Eran las doce. A las dos vendría el coche a buscar a mamá, a mi hermana y a mi cuñado. A las dos y media Graciela y Pedro Arturo se irían en el tren. Experimentábamos también, por lo tanto, el disgusto de la próxima separación. Se tomó el café en silencio. Por las tres ventanas abiertas entraba un soplo fresco de brisa que traía el piar bullicioso de los gorriones, refugiados en las copas de todos los árboles. Algunos minutos después, los hombres encendían perezosamente sus cigarros, mientras volaban las moscas sobre el mantel agrupándose en el fondo de azúcar de las tazas vacías.

Empezábamos a sentir el deseo de que alguien se levantara de la mesa para imitarlo, cuando Gastón hizo su entrada en el comedor, de uniforme y sonriendo con su franca desenvoltura de atleta satisfecho de sí mismo y de la vida. Saludó a todos con un ademán y se dirigió a mí, acariciándome el mentón con la punta de los dedos.

—¡Hola, muñeca! Por ti solamente hubiera venido hasta aquí. No pude almorzar contigo porque tenía ensayo de polo. Ya sabes que casi nunca estoy libre los domingos. ¿Me esperaron?

—No. Te conocemos, hijo —respondió mamá—. ¿Almorzaste?

—Por supuesto. Después del ejercicio, ¿quién resiste hasta aquí? Me hubiera muerto en el camino...

Se detuvo al ver a Georgina, en quien no se había fijado. En cambio, los ojos de mi cuñadita lo escudriñaron bien, y quedó, sin duda, satisfecha del examen, porque en sus pupilas brilló un fugaz destello y su cutis se coloreó ligeramente.

Mamá hizo la presentación.

—Mira, Gastón: tú no conoces a Georgina, la hermanita de Joaquín. Salúdala.

Se inclinó cortésmente mi hermano, y vi como, con una rapidísima mirada, medía el seno redondo y opulento de la joven y su estrecha cintura. No me atreví a pensar, como cuando era niña. «¡Ah, los hombres; qué puercos!»; pero me dije, con profunda amargura, que todos eran iguales...

Gastón acercó una silla a mí, que era la festejada, y durante algunos minutos animó la conversación, hablando de deportes. Ahora le apasionaba el polo. Era mucho más aristocrático, y hasta más decente, que el foot ball, pero hacían falta caballos especiales que no había en nuestro país todavía. Se jugaba en el campamento de Columbia, donde lo introdujeron los oficiales del ejército de los Estados Unidos. Y explicó el juego. Hablando estos asuntos Gastón no daba señales de acabar nunca. Hasta olvidó, seguramente, el efecto que le produjeron los abultados encantos de Georgina, que, con la mejilla en la mano y el codo en la mesa, le escuchaba muy atentamente. Los demás bostezábamos disimuladamente de vez en cuando. Al fin mi cuñado, aprovechando un instante en que se calló, hizo rodar hacia atrás su silla y dio la señal de la desbandada. Todos nos levantamos y Georgina la última.

Durante las dos horas que siguieron evité el quedarme a solas con Graciela. ¿Para qué? Tenía el fatalismo resignado que ha hecho del alma femenina de todos los tiempos la dócil masa que han moldeado a su capricho los dedos del hombre. Y una especie de feroz resurrección del pudor me apartaba orgullosamente de cuanto pudiera revelarme el secreto de mí misma.

III

Al fin estuvimos en nuestra verdadera casa. «¡Nuestra casa!» «Mía», mejor dicho, pues según las teorías de papá y de Joaquín, en el hogar la esposa es la reina. Tuve en los primeros días, después de la llegada, el júbilo infantil que produce un lindo traje o una muñeca nueva. La misma pobreza del ajuar y la dificultad de encontrar comodidades me servían de diversión. Hubo que tomar criadas y organizar el servicio. Me decidí por una negrita fea y descalza, con cara de salvaje, y una vieja cocinera que me recomendaron. La casa, un chalet minúsculo, con baño, inodoro, luz eléctrica y pisos de mosaico, era semejante a la de todos los empleados de la fábrica. Formaba con las demás una de las líneas que cerraban el gran cuadrilátero del batey: vasta planicie rodeada de construcciones, en cuyo centro se alzaba el pabellón destinado a las oficinas administrativas. Aquellas construcciones, edificadas sin arte, tenían la rigidez de las obras hechas por la ingeniería moderna con arreglo a un plan general donde se subordina la belleza a la utilidad. Nuestras viviendas eran limpias y simétricas, levantadas en medio de un jardincillo y pintadas, como todos los edificios del batey, de un color amarillo de ocre, con los adornos de un tono más oscuro, casi carmelita. Poseían todas aquellas casitas la fragilidad y el brillo de los juguetes baratos fabricados por gruesas. Una hilera de grandes álamos sombreaba sus frentes, donde se entretejían también alegres enredaderas, y protegía a los habitantes del humo y del polvillo de carbón de las cuatro altísimas chimeneas que coronaban la mole enorme de los talleres.

De noche, los potentes focos eléctricos colocados en la explanada a poca distancia unos de otros, iluminaban el batey con una claridad muy semejante a la del día. Aquella mancha luminosa hacía más profunda la oscuridad de los campos que nos rodeaban, mudos y lúgubres desde la puesta del sol, sin otra señal de vida que la orquesta de insectos que alborotaban entre ellos y nosotros, como si estuviesen en la orilla de un mar de sombra.

Nuestra instalación provisional era modesta hasta llegar casi a suprimir lo indispensable. La habíamos dispuesto así por ahorrar fletes de ferrocarril y molestias de traslado, que solían resultar más caros que los mismos muebles. Nos considerábamos como en campaña. Las habitaciones, además, eran tan pequeñas que no era menester un gran derroche para llenarlas. Mimbres, sillas de Viena y cromolitografías baratas para la sala; una mesa de alas y un diminuto aparador para el comedor, y una cama rodeada de una cómoda y de pequeños muebles pintados de blanco en el cuarto de Georgina. Donde únicamente había cierto lujo era en mi habitación, en «nuestra habitación», mejor dicho, pues Joaquín hacía poco uso de un cuartito que le destinamos, donde tenía su ropa y una estrecha cama

206

de soltero. El inmenso lecho de nogal, con columnas y colgaduras, llenaba casi todo el aposento. Éste resultaba tan reducido, con relación al mobiliario, que, para que cupiese el armario de luna, fue necesario quitarle el remate de la cornisa y guardarlo en la cocina; y aun así, ocupando todo un costado de la cama, dejaba entre uno y la otra un espacio tan estrecho que nunca podían abrirse completamente las hojas del armario. A Joaquín le encantaba esta disposición, tanto como a mí me era desagradable. Desde la madrugada, el sol que penetraba por la luceta de vidrios opacos de la ventana iluminaba crudamente la habitación y hacía que nuestras dos figuras yacentes se reflejaran en los espejos, a muy corta distancia. A mi marido le divertía este juego, y los primeros días procuraba despertarse con el alba para no perder un minuto del espectáculo. Decía que tenía dos Victorias, en vez de una. Pero yo acabé por colgar un paño delante de las lunas, todas las noches al acostarnos, y me quedé tranquila por ese lado.

El arreglo de nuestro nido me entretuvo completamente durante los primeros días. Era necesario ingeniarse para crear con tan pobres materiales un hogar habitable. Amo naturalmente los lugares en que vivo, como los gatos; pero, exceptuando nuestra vieja casa de Santa Clara, que con tan fuertes lazos ha estado siempre ligada a mi corazón, ninguna otra me ha inspirado el afecto que llegué a sentir por aquella minúscula vivienda apenas amueblada. Puede decirse que en cada adorno, muchos de los cuales eran grotescos y me parecían adorables, y en cada clavo de la pared, puse o colgué un pedazo de mi alma. Georgina me ayudaba, más dispuesta que lo que yo creía a hacer de nuestra casa la suya, y alegre tal vez por encontrarse lejos de las interminables luchas de su propio hogar. Llegué hasta hacer presentable la hirsuta cabeza de Facunda, la negrita, y a vestir de limpio a la cocinera. Trabajábamos muchas horas al día, Georgina y yo, en aquella obra de lenta transformación. Y en los ratos de ocio nos entreteníamos viendo ir y venir la pequeña locomotora del batey que arrastraba incesantemente vagones cargados de caña para que el monstruo, rugiente y envuelto en nubes de vapor, se los tragase.

Al principio nos distrajo aquella actividad, a la cual no estábamos acostumbradas. Cuando el sol caía y nos paseábamos por las avenidas asfaltadas no dejábamos de detenernos ante el ancho portón desde donde se veían voltear los enormes brazos de acero de los motores, y rodar perezosamente las mazas de los molinos alineados en serie, por los que pasaba la caña sucesivamente, saliendo luego casi convertida en polvo de color pajizo. Los empleados y los campesinos saludaban siempre al pasar por nuestro lado. Había en el ingenio un suave ambiente de sociabilidad y de franqueza, que me agradaba. De noche, se oían varios pianos, entre el sordo zumbido de las máquinas y la música de los grillos que llenaban el espacio. Algunas familias se visitaban, y las muchachas y los jóvenes solteros solían reunirse y bailar, los domingos, improvisando asaltos a las casas donde había piano. La viva iluminación y la actividad del batey hacían que por él se pudiese circular a todas horas sin peligro y como si estuviera uno en su propia casa.

Conocí y traté a las señoras del primer maquinista, del jefe de tráfico y del inspector de colonias, que habían sido particularmente recomendadas a mi marido, como lo mejor entre los elementos más serios del batey. La primera era joven y tenía cinco hijos pequeños; las otras dos eran mujeres de alguna edad, muy formales, y con nietos que no vivían con ellas. A esas tres familias se concretaba mi amistad. Joaquín no era celoso, pero no se mostró nunca aficionado a las visitas. Era avaro de la intimidad de su casa y le contrariaba que viniesen los extraños a robarle algunos minutos de esa dicha. Aquellas señoras me acogieron con grandes agasajos, maravillándose de mi juventud y llamándome chiquilla y linda, como si les hiciera gracia el verme ya casada y tan formal en mi papel de ama de casa. A la verdad, no me consideraba linda, ni me gustaba que me lo dijesen, porque lo creía una lisonja falta de sinceridad. Hermosa, sí, y con un aire... presentable; aire de familia, podría decirse, porque mamá lo conservaba aún, a pesar de la edad y de su gordura, y Alicia y Gastón causaban envidia por la natural arrogancia de sus aposturas. Si hubiese creído a las tres buenas señoras y dado oídos a los arrebatos de Joaquín, que se extasiaba delante de cada uno de mis encantos, sorprendidos muchas veces al descuido, me habría hecho vanidosa. De todas maneras, me encontraba bien en la compañía de mis nuevas amigas y no tenía prisa en adquirir otras. Georgina, en cambio, conocía y trataba a todo el mundo, desde el segundo mes de nuestra llegada, y se había enterado de las historias que circulaban acerca de la maestra y de dos o tres jóvenes casadas, de las cuales se murmuraba discretamente. De estas cosas no se hablaba al principio, sino en forma esbozada, deseosa de seguir representando conmigo la comedia del candor, mientras no estuviese segura de mi manera de pensar, que nunca le di a conocer. Pero después se arriesgó, arrastrada por su carácter y no pudiendo contenerse por más tiempo. «Entre mujeres, ¿verdad, chica?, no deben existir escrúpulos y gazmoñerías», decía algunas veces para justificarse. Y añadía: «Además, aquí se aburre una y no queda más remedio que entretenerse averiguando lo que hacen los demás». Su desenvoltura me hacía gracia, y me divertía algunas veces oyéndola, sin que consiguiera nunca incitarme a imitarla.

Un día me dijo, refiriéndose al marido de una de aquellas jóvenes, a quienes se acusaba de inconsecuencia:

—Es joven y no mal parecido; pero tiene algo, ¿sabes?, algo que no acaba de gustarme. Es como tu marido, que, aunque sea mi hermano, es uno de esos hombres de quien no me hubiera enamorado nunca...

—¿Por qué?

—Porque... porque... ¡Qué sé yo! Porque no creo que sean capaces de tratar a una mujer, y menos de inspirarle amor: no cariño, sino verdadero amor: ¡amor! ¿Me entiendes?

—¡Georgina!

—Es verdad, chica, que soy una tonta al hablarte de esas cosas, a ti que eres su mujer y que me dirás que, cuando lo has querido, por algo será; pero...

La interrumpí con cierta severidad:

—No; es que no tienes razón al expresarte así de tu hermano.

210

Se encogió de hombros desdeñosamente, y terminó la conversación con esta sentencia:

—En fin, para gustos se han hecho colores...

Hasta la hora en que me encerré para vestirme, no pude reflexionar sobre estas palabras, que dejaron una profunda huella en mi espíritu. ¿Sería verdad que Joaquín era uno de «esos hombres» a quienes no pueden amar las mujeres? Entonces mi matrimonio con él era un enlace monstruoso, algo abominable y torpe en que no podía pensar siquiera... Y por primera vez, clara, neta, imperiosamente, me hice esta cruel pregunta: ¿Amaba yo a mi marido? Volvían las incisivas palabras a sonar en mi oído: «No cariño, sino verdadero amor; ¡amor! ¿Me entiendes?» ¿Amaba yo a Joaquín con ese amor, que, según su hermana, él no podría inspirar a ninguna mujer? Temí ver claro en mi conciencia, y la encerré, horrorizada, bajo el fuerte cerrojo de mi voluntad, como acostumbraba hacer siempre cuando no estaba segura de mí misma. A la hora de comer, cuando llegó Joaquín, me mantuve a su lado, humilde y más afectuosa que de ordinario, como si tuviera que reprocharme una deslealtad por haber discutido un momento, en mi interior, las sacrílegas ideas de Georgina. Esta me examinaba de reojo con cierta malsana curiosidad que me hacía daño.

Mi marido era un tímido; uno de esos temperamentos concentrados, cuya susceptibilidad se exagera cuando no se les adivina, y que, incapaces de comunicar a nadie sus sentimientos, padecen por imaginarse eternamente no comprendidos. Su misma brusquedad al tomar posesión de mí, después de la boda, era efecto de esa timidez que lo hacía caminar haciendo eses como un ebrio si creía que lo miraban y que contraía su mejilla derecha con un tic nervioso cuando tenía que sostener, frente a frente, la mirada de una mujer. Poco a poco, había llegado a conocer una parte del fondo de su carácter y a eludir de mi trato todo aquello que pudiera contrariarle. Las palabras de Georgina, aunque relegadas a lo más oscuro de mi memoria, seguían viviendo dentro de mí y me incitaban a observar con atención creciente a este niño grande que tenía delicadezas exquisitas y rudezas incomprensibles. Así, por ejemplo, mi marido no hablaba mal de nadie, ni censuraba a los otros; pero tenía odios y simpatías recónditos que mostraban cuáles eran sus tendencias, a pesar de su tolerancia, al parecer, ilimitada. Ni la maestra, ni las jóvenes casadas de que hablaba Georgina fueron jamás nombradas por él, ni siquiera incidentalmente. Era como si no existieran, y en esto sólo consistía su reprobación y su deseo de que hiciéramos lo mismo, excluyéndolas de nuestro trato.

No había perdido aún el entusiasmo de mis primeros días de casada, ni la alegría de tener «mi» casa y de sentirme tratada por los demás con las consideraciones que se deben a una señora; y reflexionaba muy seriamente sobre la manera de conservar la integridad del hogar y armonizar los caracteres, como si se tratase de un aprendizaje en el cual tuviera que aplicar la atención que ponía en mis antiguas lecciones de piano. De esta manera entretenida, dirigía mi esfuerzo, sobre todo, a ir comprendiendo el carácter de mi marido, y me llenaba de júbilo cuando creía haber descubierto un rasgo nuevo, detrás de la cortina de reservas en que parecía encerrado. A veces mi manía de observarlo todo y de observarme a mí misma hacía brotar súbitamente en mi interior como un chispazo de alarma, producido por el presentimiento de que algo faltaba para la consolidación verdadera de nuestra dicha. Las enigmáticas palabras de mi cuñada fulguraban entonces a la luz de aquel relámpago inoportuno, hasta que caía sobre unas y otro la pantalla de mi voluntad y hacía reinar de nuevo la penumbra en mi conciencia. Mi secreta desazón en las horas de intimidad con Joaquín, tanto más perceptible cuando más vivos eran sus transportes, me parecía propia de una mujer honesta, que debe someterse a ciertas cosas, pero no complacerse en ellas. Mi madre acudía como ejemplo a mi mente a cada paso. Jamás le había visto un abandono que delatase un impulso sexual cerca de mi padre, aun cuando se creyese a solas con él. Por eso yo enrojecía, con frecuencia, como una colegiala, ante ciertos desplantes de Georgina, y me encontraba bien en la sociedad de las tres señoras sesudas y reposadas a que se reducía el grupo de mis amigas, que hablaban de fórmulas de cocina y de métodos de ahorro, mientras cosían activamente y sonreían con benévola indulgencia, mirándose unas a otras, ante las preguntas con que demostraba mi inexperiencia de ama de casa. Ellas contribuían a que me afirmara en mis ideas, arrojando lejos de mí la insidiosa sospecha de que no había verdadero amor entre Joaquín y yo. En realidad, de día, me sentía sinceramente enamorada de mi marido. Me vestía y me adornaba con gusto para él solo, y lo veía entrar en la casa, con un latido de alegría en el corazón, después de las interminables horas en que el laboratorio me robaba su compañía. Su presencia tenía el poder de redoblar mi actividad en el arreglo de la casa, adivinando, cuando estaba de espaldas, su mirada siempre fija en mí con arrobamiento. Me había impuesto la tarea de civilizar a mi criadita, que era una verdadera salvaje y apenas sabía hablar. Joaquín se reía burlonamente de mi empeño, y se divertía con las escenas que aquel aprendizaje provocaba. Otras veces me llamaba avara, porque no me decidía a tomar una criada mejor, en mi afán de que sobraran siempre, por lo menos, cien pesos mensuales de lo que él ganaba, con que aumentar nuestra cuenta de ahorro en el banco. En esto tenía razón. Por nada del mundo hubiera renunciado a la satisfacción de deleitarme viendo cómo crecía, cada treinta días, nuestro pequeño tesoro. Era uno de mis grandes y más profundos goces, y con él y los demás que acabo de enumerar se amasaba aquella gran alegría en que parecía sobrenadar mi alma desde la mañana a la noche. Por eso no deseaba nunca que llegase la hora de acostarnos. Sin embargo, hacía provisión de paciencia, de docilidad y de ternura para ese momento, y procuraba que mi marido no pudiese leer en mi semblante el menor indicio de disgusto. Sólo cuando no había llevado a efecto esta especie de preparación previa y sufría de pronto el contacto brusco de una caricia, mis nervios, en libertad, se permitían una pequeña sacudida de repulsión, que él, suspicaz como todos los temperamentos concentrados, acogía siempre con una larga mirada de inquietud y de recelo. Me arrepentía enseguida de tal imprudencia, y mi docilidad y mi dulzura aumentaban con el anhelo de borrar el mal efecto producido en el alma de aquel niño grande.

He tratado cien veces de reconstruir después mi estado moral en aquellos instantes de prueba, por la importancia que éstos tuvieron en el desarrollo de ulteriores acontecimientos y por la que tienen en la situación de infinito número de mujeres que, sin duda, se encuentran en mi caso. En sus momentos de pasión, Joaquín me parecía otro hombre, menos dulce, menos delicado, más egoísta. Yo asistía fríamente al desarrollo de su locura y lo encontraba grotesco, de una exaltación inexplicable, con una seguridad y un aplomo de amo que dejaba en mi alma no sé qué ligerísimo sabor de humillación. Sin embargo, no me atrevía a formular interiormente la crítica de aquella situación desairada para mí; por el contrario, reprimía mis instintos y procuraba con todas mis fuerzas acomodarme a sus gustos. En algunas ocasiones la presión de mi voluntad me llevó a desear lo que, por lo general, o me repugnaba o me dejaba indiferente. Algo como una vaga ansiedad, como un principio de fiebre se infiltraba en mi sangre, obligándome a apretar los párpados y abandonarme, en espera de no sé qué ignorado estremecimiento de todo el ser. De pronto, Joaquín dejaba de oprimirme en sus brazos, sus músculos se aflojaban y caía a mi lado casi inerte, suspirando. Entonces volvía de mi ensueño más irritada contra mí misma y contra toda aquella estúpida escena. Me quedaba malhumorada y prefería conservar mi indiferen cia habitual a exponerme a nuevas decepciones. Notaba que la fuerza de la costumbre iba poco a poco disminuyendo mis repugnancias instintivas, y este descubrimiento acababa por llenarme de júbilo, porque hubiera padecido horriblemente si mi marido hubiese llegado a sorprender el verdadero estado de mi ánimo.

Aquel espíritu exaltado, receloso y sentimental, que espiaba disimuladamente mis más mínimos movimientos, me producía, a veces, una indefinible inquietud. Comprendía yo que el pliegue que solía dibujarse entre sus cejas era indicio de una persistente contrariedad, de la cual era yo la causa. Temía adivinar, y procuraba no pensar en eso. Por lo demás, con mis conocimientos de ciertas materias no hubiera podido resolver sola estos complicados problemas pasionales. Mi situación verdadera era ésta: no había salido de mi oscuridad de soltera sino para sumirme en una nueva penumbra llena de inquietantes misterios. ¿Por qué, en vez de observarme, callar y contraer de vez en cuando el entrecejo, mi marido no me expresaba claramente lo que quería, lo que yo debía hacer, lo que todas las mujeres hacen para mantener satisfechos a sus esposos? En las primeras semanas de nuestro matrimonio, cuando el deslumbramiento de mi posesión lo cegaba, no advirtió, al parecer, lo que llamaba mi frialdad. Después quiso combatirla con ligeras quejas, que me dejaban trastornada, sin saber qué hacer.

—Nunca me has dado un beso en la boca, espontáneamente y sin que te lo pida, nena mía —me dijo una vez con acento de amargo reproche, después de uno de sus largos silencios.

Quería complacerle. Dejé pasar un rato y le di un beso en los labios, acaso con demasiada timidez.

216

—No; así no, mi vida. Lo haces por lo que te dije hace un momento. Y me besas con los labios blandos, como los niños.

¿Cómo serían los besos que deseaba, «con los labios duros», ya que no le gustaban los «blandos»? Me desesperaba tratando de adivinar lo que quería, para hacerlo feliz, aun a trueque de toda mi sangre. Si supiera cómo besaban las otras mujeres trataría de imitarlas a fin de que estuviese satisfecho. Por mi parte, hacía lo que podía. ¿Qué más deseaba de mí? ¿No me tenía enteramente a su disposición, cuando se le antojaba, sin que jamás me hubiese atrevido a expresar el menor desagrado? Y empezaba a encontrar en el fondo de su conducta una leve sombra de injusticia.

Poco a poco los reproches francos y las alusiones encubiertas fueron haciéndose más frecuentes, llegando a enfadarnos los dos, como cuando éramos novios y nos poníamos «de moños» por cualquier bagatela, él dejando escapar un rápido chispazo de su contrariedad concentrada, y yo dolorida por su falta de equidad. Pero acababan pronto estas tempranas tormentas de verano. Mi marido concluía por olvidar la frialdad de mi temperamento, y yo dejaba de pensar en su injusticia, como si se tratara de un niño a quien no comprendía.

Inesperadamente un acontecimiento que al parecer no tenía importancia, vino a aumentar aquella naciente tirantez, apenas perceptible aún, en la serenidad de nuestras vidas. Se estableció por los jefes de Joaquín y el maestro de azúcar, que los químicos se turnasen en la guardia nocturna del laboratorio y de la fábrica, por ser poco equitativo que un solo empleado efectuase ese trabajo todas las noches. Tuvo mi marido, por consiguiente, que trabajar tres noches a la semana y dormir de día. Cuando le tocaba una de estas guardias nocturnas, sola en la anchísima cama, me despertaba varias veces en la noche para arrebujarme entre las sábanas y pensar, con el corazón apretado, en el frío que estaría pasando en aquellos momentos mi pobre Joaquín bajo la altísima techumbre de hierro de sus departamentos; pero experimentaba también cierta egoísta satisfacción al encontrarme dueña de todo el lecho y poder volverme sobre él a mi antojo. Hasta las ocho de la mañana no concluía el turno de Joaquín, y como en el campo yo había adquirido la costumbre de levantarme a las siete, estaba siempre vestida y en lucha con mi rústica criadita cuando él llegaba. Esto contrarió a Joaquín desde el primer momento, sin duda porque la amplitud de la cama no le parecía una cosa tan apetecible como a mí.

—Ven —me dijo sencillamente aquel día.

—Pero, hijo, si acabo de levantarme para hacer que sirvan el desayuno...

Me pareció que iba a dejarme tranquila para abstraerse en uno de sus amargos mutismos; pero su deseo acabó por imponerse a su despecho.

—No importa. Ven. Hace frío.

Le obedecí disimulando mi contrariedad y mis pudores. De día, ciertas cosas me desagradaban mucho más que de noche. Jugó conmigo, como si nada hubiese pasado, se satisfizo, se durmió y pude levantarme de nuevo, no de muy buen humor. Mas la próxima vez nada me dijo y me guardó rencor todo el día por no haberle esperado en la cama.

218

Mis ideas se trastornaban y la incertidumbre me hacía padecer. ¿Cómo era preciso que fuera una esposa? ¿Hacendosa u holgazana?

En mi despecho, llegué a imaginar que mi marido hubiese preferido que yo fuese una mala mujer, de las que sólo piensan en cintas y perfumes y trapos y dejan que la casa se desplome socavada por el abandono. Era injusta, pero la actitud de Joaquín me desconcertaba. Y lo que acabó de llenarme de pesadumbre fue la firmeza con que aquella vez se mantuvo en su desvío. Dejé pasar dos días de guardia nocturna. Él nada me decía, aunque yo procuraba dar muchas vueltas a su alrededor mientras se acostaba. Al fin le sugerí tímidamente:

—¿Quieres que me acueste?

Me miró con fijeza, vaciló un momento y concluyó por responderme, sin abandonar el tono dulce con que me hablaba siempre:

—No, hijita; tienes mucho que hacer, y no quiero distraerte.

El timbre ligeramente irónico que vibraba en su voz me quitó las fuerzas para insistir. Salí, tragándome las lágrimas, y lloré en el pasillo silenciosamente, dando salida por primera vez con el llanto a una gran congoja de mi vida de casada. Por ese camino, ¿llegaría a dejar de quererme mi marido?

Bruscamente tomé una resolución. Me enjugué las lágrimas, procuré serenarme y fui en busca de Georgina para preguntarle si quería dividir conmigo el manejo de la casa, haciéndose cargo de mi quehacer por la mañana los días en que le tocaba a su hermano dormir de día. Sonrió con tanta malicia que casi hizo que me arrepintiera de haberle hablado. En sus lindos ojos danzaron un instante obscenas travesuras, que leí claramente. Sentí asco y vergüenza al verme examinada con maligna curiosidad, e iba a hablar cuando lo hizo la joven, después de sonreír con todo género de reticencias.

—Sí, hija mía, sí; desde hace varios días iba a proponértelo yo. En plena luna de miel deben aprovecharse las mañanas frías, ¿verdad? Yo no tengo nada de eso, pero procuraré tenerlo pronto...

Dos días después esperé a Joaquín sin levantarme. Creyó al principio que estaba enferma y se inmutó su semblante; pero, enseguida, al verme reír, corrió hacia mí con tal expresión de alegría que me consideré recompensada. Y durante algunas semanas la nube que empezaba a formarse en su frente se disipó por completo.

Aunque estaba resuelta a defender mi felicidad a todo trance, lo cual demuestra que no me era indiferente el perderla, al examinar mi conciencia me llenó de terror la idea de que tal vez me había casado sin amar a mi marido. No era la primera vez que la tal sospecha cruzaba rápida e inesperadamente por mi pensamiento, como una sugestión diabólica, y quedé seriamente preocupada, durante varios días, tratando de sorprender los secretos impulsos de mi alma y sin variar en nada mi vida ordinaria. Pero se enfermó Joaquín de unas anginas flegmonosas, que fue preciso que el médico le dilatara con el bisturí, y por el dolor que sentí viendo padecer a mi marido deduje la magnitud de mi cariño y recobré por completo la tranquilidad.

En toda una semana ni me acosté ni consentí en separarme de su lado un solo instante. Comía en la habitación, mirándole, y dejaba que la casa marchara al antojo de Georgina y de la negrita Facunda. Besaba a Joaquín muchas veces —¡oh, entonces con todas las fuerzas de mi alma!—, hasta el punto de hacerle daño a menudo, al oprimir demasiado su cuello enfermo. Nunca había sido más feliz a su lado, lejos de todo motivo de divergencia entre los dos y sintiéndome unida a él por un lazo del que parecía pender mi propia vida. Fue aquella nuestra verdadera luna de miel. Después de la dilatación del absceso se inició, rápida, la convalecencia. El ocio y las interminables horas de encierro nos aproximaban, impulsándonos hacia el tema de las tiernas confidencias, con los dedos entrelazados, como dos novios.

Joaquín me decía gravemente:

—No todos se casan enamorados como yo lo estoy de ti, nena mía. Yo sé como los demás quieren y como quiero yo. Por eso, si alguna vez tuviera penas a causa de tu cariño, mi dolor no podría ser comparable de ningún modo a los otros dolores de los hombres.

Y yo le contestaba, con mucha dulzura:

—¿Para qué hablar de penas, si no es posible que existan cuando dos personas se quieren? No has tenido más que unas simples anginas, y por ellas he podido saber el verdadero tamaño de mi cariño, que yo misma no conocía. ¡Nada de penas ni de dolores! Nunca las tendrás por mi culpa, si eres siempre franco y me dices cómo quieres que te complazca...

A veces nuestra conversación tenía un carácter más íntimo. Me parecía que Joaquín estaba a punto de confiarme sus desilusiones con respecto a mi indiferencia, sin ocultarme nada.

—Lo que más echo de menos es un hijo, alma mía; un hijo tuyo y mío, que tenga alma y sangre de los dos... Tú sabes: a veces la misma violencia de mi pasión me lleva a pensar en ciertas cosas que me hacen muy desgraciado en algunos momentos... ¡Oh, nada, mi ángel! —rectificaba prontamente, respondiendo a un ademán mío— ¡Nada de que tú seas culpable, te lo juro! ¡Exageraciones y locuras mías! Pero aun esas exageraciones y locuras se disiparían como el humo, si tuviese la suerte de sembrar mi vida en tu vida, en uno de esos instantes en que, al poseerte, me parece que voy a morir de plenitud, de deseo y de felicidad; de una felicidad tan grande que, cuando vuelvo de mi embriaguez necesito verte y hasta tocarte para no imaginar que todo ha sido un sueño o una alucinación de loco...

¿Qué clase de extraña laxitud me invadía oyéndolo, en aquellas horas de profunda compenetración de nuestras almas, aun cuando se refiriese a cosas que siempre me molestaba que me recordase y que entonces me parecían serenas, razonables y dulces? ¿Por qué palpitaban mis entrañas al anuncio de esa fecundación, por mí también ardientemente deseada, como queriendo significar que recibirían con placer, en aquellos instantes, la ofrenda del amor? Siempre he creído que todos los seres humanos han tenido por lo menos un minuto en su vida durante el cual cada hombre es dueño de su porvenir y puede moldearlo a su antojo; y más de una vez he pensado que aquellos días de la convalecencia fueron para Joaquín y yo el instante definitivo de prueba ofrecido por el destino. ¿Por qué, viéndome rendida y ansiosa, mi marido no me apretó contra sí, como tantas veces había hecho con menos razón, y me hizo suya; suya de veras y tal vez para siempre? No lo hizo, sin duda, Joaquín, por miedo a contagiarme su mal de garganta, y el encanto quedó roto, al desvanecerse la ocasión...

Los días volvieron a sucederse sin variaciones. Llegaron dos cartas que no contenían buenas noticias: una de mamá, anunciando que Alicia no seguía bien y que su marido y ella estaban preparando un viaje a Europa, y la otra de la madre de Joaquín, hablando también de enfermedades y penurias y pidiendo cien pesos, con la expresa recomendación de que no se enterara de ello su esposo. Los cien pesos fueron girados en el acto de recibir la carta. Era la primera vez que mi suegra se atrevía a pedirle a su hijo, después de nuestro matrimonio; y aunque Joaquín y yo esperábamos el asalto de un momento a otro y no nos cogía desprevenidos, me contrarió un poco, porque atrasaba en un mes la cuenta de mis ahorros. Por la noche, mi marido, en un rapto de franqueza, se decidió a revelarme el secreto de la enfermedad de mi hermana, recomendándome que jamás hiciera la menor alusión a este delicado asunto. Lo que tenía Alicia era una enfermedad contagiada por su marido, que, probablemente, se casó creyéndose curado de antiguos padecimientos, y no lo estaba. Tuvo que hacerme ciertas explicaciones, porque era la primera vez que oía hablar de males de esta clase, y cuando comprendí, al fin, quedé tan aterrada que no me atreví siquiera a decirle a Joaquín lo que pensaba de toda aquella inmundicia.

No me decidí, sin embargo, a hacerle a mi marido confidencia por confidencia, hablándole de algo de su

223

hermana que mi deber me ordenaba decirle, aunque hubiera prometido a Georgina lo contrario. He aquí lo sucedido, cuyo origen se remontaba a algunas semanas antes. Entre los amigos de mi cuñada era el preferido un sobrino del presidente de la compañía propietaria del ingenio donde estábamos, muchacho rico, fino, bien educado y de gran porvenir, que desempeñaba en las oficinas de administración el cargo más alto que era compatible con sus veintidós años. No entraba en casa; pero veía a mi cuñada de visita en el vecindario, y por las noches solían cambiar algunas palabras, de codos en la baranda de nuestro portalito, aunque manteniéndose siempre él respetuosamente en el exterior. Aquella asiduidad chocó a algunas personas, y la señora del maquinista, con su habitual seriedad y su franqueza, llamó mi atención hacia el hecho de que la elevada posición del joven, unida a la manera insidiosa de acercarse a una señorita como Georgina, no hacían presagiar que fueran muy santas sus intenciones. Además, supe por aquella excelente mujer y por Facunda, la negrita, que, en los días de la enfermedad de Joaquín, mientras yo estaba recluida en el cuarto en su compañía, Georgina y su enamorado disfrutaban a sus anchas del portal, mostrando a veces una proximidad un tanto escandalosa tratándose sólo de simples amigos. Mi alarma y mi perplejidad fueron grandes, al enterarme de todo eso, no sabiendo qué partido tomar durante muchos días y contentándome con observar atentamente los movimientos de Georgina, cuando la víspera, precisamente, había acaecido algo que sirvió para aclararlo todo.

224

Como era noche de guardia, Joaquín se despidió de mí, media hora después de la comida, provisto de su recio chaquetón de paño, su bufanda de lana y de un libro para no aburrirse en el laboratorio. Me quedé en el cuarto, como todas las noches en que mi marido se marchaba, y me entretuve en leer los periódicos que habían llegado en el tren de la tarde, sin saber si Georgina estaba en la casa o andaba de visita por el vecindario. Prefería leer en mi cuarto, porque a un lado de la cómoda había una bombilla eléctrica de cien bujías, que era la más potente de la casa. Después de los diarios de La Habana leí dos o tres capítulos de una novela, que acabó por aburrirme, y concluí yendo a buscar mis libretas de gastos y de ahorros, enfrascándome en una contabilidad complicada, que hacía que mi piel se estremeciera con pequeños espasmos de gozo. Maquinalmente pensaba que si mi marido me hubiera sorprendido en aquella actitud de avara, se habría burlado de mí como otras veces, llamándome judía incorregible y qué sé yo qué otras lindezas, y me reí yo misma de mi fiebre, sin dejar por eso de alinear cifras, sumar columnas de guarismos y proseguir mis cálculos con imperturbable ardor. De pronto, me pareció oír en el portal un murmullo de voces apagadas, y recordando las palabras de la señora del maquinista, me levanté muy quedamente, hice girar la falleba con precaución y entreabrí la persiana que daba al exterior. Había a un lado del portalito una red de alambre por donde se extendía el frondoso ramaje de una planta trepadora, destinada a defender del sol el frente de la casa. Las voces salían de entre las hojas, y, aguzando la mirada, distinguí a Georgina y a su amigo, envueltos los dos entre el follaje que los ocultaba del batey intensamente iluminado, pero que no podía protegerlos sino muy débilmente si se les observaba del sitio en que me hallaba. Debían considerarme dormida, porque el joven estaba dentro del portal, como si se encontrase en su propia casa, y sostenía a Georgina con las dos manos por el talle, inclinándose sobre el abultado busto de la muchacha. No tardé en oír el estallido de algunos besos, y vi en desorden el corpiño de Georgina, que se echaba hacia atrás, murmurando: «Déjame! ¡Déjame!», como si le hicieran cosquillas, y riendo con risitas ahogadas. Quedé, al principio, como inmovilizada por el horror, el asco y la vergüenza, y sin atreverme a dar crédito a mis propios ojos. Después hice ruido con la falleba y moví una silla con fuerza sobre el entarimado del cuarto, sintiendo enseguida los pasos de él que se alejaba, y los de ella, que se refugiaba en su habitación, entrando a tientas por no encender la luz. Entonces me quedé algo más tranquila, aunque estuve largo rato sin poder dormir y aguzaba con frecuencia el oído, cuando creía percibir un ruido del lado donde dormía mi cuñada. Me preocupaba sobre todo con lo que habría de hacer en presencia de aquel escándalo.

Así fue que, por la mañana, después de haber tomado mi resolución, y aprovechando un momento en que estábamos solas, le hablé dulcemente a Georgina del mal rato que había pasado al oír que hablaba en el portal con un hombre cuando todos dormían en la casa y en la vecindad. ¿Qué le diría yo a su hermano si llegase a «sucederle una desgracia» como a tantas jóvenes

a quienes los hombres engañan con falsas promesas..?
Ella enrojeció primero, me miró audazmente después y
acabó por echarse a reír de mis temores, cambiándose de
tal modo los papeles que se hubiera dicho que era yo la
jovencilla y la inocente y ella la consejera y la avisada.

—¡Hija, ni que me hubiera caído de un nido!
—exclamó con un gran aplomo— A eso viene él sin
duda: a divertirse. Pero una cosa piensa el caballo y
otra el jinete... Para llegar conmigo a la *diversión* que
él pretende, es preciso antes pasar por la sacristía...
Puedes estar tranquila: «con ése» no me sucederá «ninguna desgracia», te lo aseguro...

Volvió a reír, mientras que yo, atónita, la contemplaba sin saber qué pensar de todo aquello y menos qué
decirle.

—¿Pero no es tu novio ese muchacho? —acabé por
preguntarle.

—Todavía no. Tú sabes: nosotras estamos apren-
diendo con las americanas... es mi *sweet heart,* mi flirt,
mi cortejo, que diríamos. Él da vueltas deseando mor-
der la carnada sin tocar el anzuelo, y yo me río, porque
esos mentecatos que las echan de tenorios son los que
más pronto caen... De seguro que, para que te hayas
decidido a hablarme, te ha dicho algo esa hipócrita
del maquinista...

Negué sin inmutarme, y obtuve después de una breve discusión en que mi cuñada me elogió dos veces la
sabiduría del viejo proverbio: «Ir por lana y salir trasqui-
lado», que me prometiera no dedicarse más a su extraña
pesca en la casa ni donde pudiese yo verla, a cambio del
compromiso, por mi parte, de guardarle el más absoluto
secreto. Concluido nuestro convenio, hablamos todavía,

durante algunos minutos, del «sistema» de Georgina, sin que me atreviera a calificarlo por temor a inferirle una ofensa irreparable, y ella con mucha dulzura, insistió en preguntarme si la mujer del maquinista había intervenido en sus asuntos.

—Bueno, Victoria, ahora que estamos de acuerdo en todo, dime la verdad: ¿te dijo algo la del maquinista, no es así?

—No.

—¡De veras!

Vacilé.

—¡De veras!

—Entonces, ¿cómo, sospechaste...? Porque sólo por haber oído que alguien hablaba conmigo en el portal a las nueve de la noche...

Resolví terminar de una vez, dejándola conocer un poco más de la verdad, y dije, casi sin mirarla y rápidamente:

—Es que abrí la persiana, y, sin quererlo, oí y vi...

—¡Ah! —dijo Georgina, haciendo ademán de cubrirse el rostro con las dos manos y apartándose un paso de mí, roja como la grana.

Pero enseguida se repuso, y me dijo, con la valerosa franqueza que había, a pesar de todas sus astucias, en el fondo de su carácter.

—Está bien, Victoria. Ahora lo comprendo todo. Tú dirás que soy una loca, porque no pensamos lo mismo. No quiero saber lo que crees de mí; pero ahora más que nunca te agradezco la promesa de no decir ni una palabra de esto a Joaquín. ¿Convenido, verdad?—concluyó estrechándome efusivamente una mano.

—Convenido.

Barajé durante muchos días el recuerdo de aquella aventura, el de la enfermedad de Alicia y el de mis íntimas impresiones de casada, con una especie de melancólica aversión del mundo y de la vida, a cuyas prácticas no creía que mi naturaleza se adaptaba. ¿Habría nacido con algo de más o de menos en el alma, al igual que ciertas criaturas contrahechas desde la cuna que no podrían gozar jamás de la alegría de las otras? Las tardes en que hacía crochet o bordaba en el portal, cerca de la enredadera que había servido de amable refugio a Georgina, se prestaban, no sé por qué, al desarrollo de estas tristes reflexiones. Eran las horas más pesadas de aquellos días siempre iguales. Subía recto el humo de las altas chimeneas, en el aire inmóvil. Se quedaban desiertas las avenidas de asfalto del batey, por acercarse la hora de la comida, y la atmósfera cargada de olor de mieles y perfumes de azúcar recién elaborada parecía condensarse y hacerse más espesa y como pegajosa, a medida que el crepúsculo avanzaba. Sólo en esos momentos solía ser franca conmigo misma, aunque fuese únicamente un instante, y decirme, suspirando, que no era completamente feliz. Algo parecido a un grave silencio o a una impresión de vacío se apoderaba de mi alma momentáneamente; y como a la luz de un destello interior, que, por fortuna se extinguía pronto, me parecía entrever la semejanza entre la monótona sucesión de hechos de mi vida y aquella otra monotonía del trabajo industrial que rimaban las máquinas con sus sordos resoplidos y su trepidación lenta, inexpresiva e inacabable de autómatas de hierro.

IV

Pronto, sin embargo, había de echar de menos la actividad de la zafra, aun contando con la tristeza de sus tardes de labor silenciosa. Joaquín y yo resolvimos quedarnos allí, por economía, durante el «tiempo muerto», aprovechando la casa, que nada nos costaba, y las ventajas de un servicio ya instalado y bastante cómodo para nosotros. Antes de decidirnos pesamos cuidadosamente el pro y el contra de cada determinación. No tendríamos luz eléctrica, porque en los meses de inacción no se elaboraba fluido en la fábrica, pero nos alumbraríamos con acetileno. Calculamos el precio de adquisición del generador de gas y el costo mensual del carburo de calcio. Nada se abandonó al azar ni dejó de considerarse y discutirse con minuciosidad en el seno de la familia. Georgina opinó como nosotros, y quedó resuelto que continuaríamos viviendo lo mismo que hasta entonces.

Lo que no presentí fue la verdadera melancolía de los días de ocio, frente al batey abandonado, por donde sólo circulaban de vez en cuando, como autómatas, los empleados de la administración, bajo el sol del verano que amenazaba fundir el asfalto de las calles. Las casas, vacías y cerradas, a excepción de tres o cuatro, cuyos moradores habían hecho lo mismo que nosotros, añadían al cuadro un tinte de tristeza más desoladora que el aspecto del batey desierto y los enormes salones de los talleres abandonados. De noche, las calles aparecían alumbradas por mortecinas luces de acetileno que el viento agitaba; y bajo las altísimas techumbres de acero que cubrían las máquinas danzaban grandes sombras y parecían deslizarse fantasmas desde el oscurecer hasta el alba. Algunas veces, para hacer más completa la semejanza de aquellos lugares con ciertas descripciones de leyenda, resonaban a todas horas, terribles martillazos en el interior de la fábrica, sin que se viera a los misteriosos trabajadores, perdidos en la inmensidad de las salas desiertas. Eran las reparaciones que se llevaban a efecto en las maquinarias y que no se interrumpían un momento, ni de día ni de noche, durante el «tiempo muerto». El cielo, casi siempre gris, y los días lluviosos, aumentaban mi tedio. Aquella lluvia, que nos hacía el efecto de un llanto continuo de la naturaleza, contribuía al rápido renacimiento de la vida en los campos de caña que nos rodeaban prolongándose hasta el horizonte: mar inmenso de vegetación que iba haciendo cada vez más anchas sus verdes olas, a medida que sobre el amarillo pajizo de los tallos tronchados por la siega y el rojo de la tierra brotaban los retoños rectos con sus penachos de hojas nuevas.

Joaquín se pasaba la mayor parte de los días leyendo, en pijama, en su cuarto, con las ventanas abiertas de par en par. De vez en cuando algún habitante de los alrededores, que pasaba a pie o a caballo, vestido con la clásica chamarreta y llevando al cinto el machete, se detenía al verle y charlaba un momento con él, interrumpiendo su lectura. Se asombraban de verlo todavía en el ingenio, cuando había concluido ya su trabajo y podía vivir en la capital, dándose gusto.

Mi marido sonreía y seguía la conversación de buena gana, contento de que vinieran a distraerlo un rato. Otras veces, cansado momentáneamente del libro, se entretenía en observar durante horas enteras el ir y venir de las gallinas que removían con sus patas la tierra, cerca de la ventana, buscando la sombra de las paredes. Yo cosía o leía también a su lado, cuando no tenía otra cosa que hacer en la casa. Con frecuencia bostezaba. Un gato blanco dormía casi siempre, desde el mediodía a la tarde, en la bifurcación de las dos ramas gruesas de un arbolillo que crecía a pocos pasos de nosotros. Veía su cuerpo de seda, hecho un ovillo en el lecho que había sabido improvisarse, y envidiaba la indolencia con que encarnaba su espinazo, sin abrir los ojos, para acomodarse en el lugar más cómodo. En algunas ocasiones pensé que cambiaría gustosa mi vida por la de aquel animalito, libre y apático, reprochándome enseguida, como una necedad, la concepción de esa clase de ideas.

La secreta tirantez entre mi marido y yo se agravaba, a causa de la forzada intimidad de los días de ocio. Muchas veces, durante las bochornosas horas de la siesta, podía seguir paso a paso en el semblante de Joaquín el desarrollo de la lucha que sostenía ordinariamente consigo mismo. Mi presencia irritaba sus deseos, con la misma intensidad de los primeros días, y su orgullo le ordenaba reprimirlos, ya que yo no los compartía. De ese modo transcurrían horas enteras.

Me miraba de reojo, casi rencorosamente, y su piel se estremecía; pero apretaba los dientes, y, observándolo con disimulo, podía distinguir con claridad la contracción de los músculos que oprimían una contra otra sus quijadas. Con frecuencia la tentación lo arrastraba y me hacía una caricia, que parecía fundir como por encanto todos sus rencores. El deseo era entonces más fuerte que la voluntad, y casi siempre acababa apelando a la misma fórmula. Me miraba largamente, con una expresión suplicante que significaba: «Ya vez, no puedo resistir más» y me decía, un poco avergonzado, mientras en sus pupilas, detrás de los cristales de sus lentes, brillaba aquella lucecita movible que yo conocía tan bien:

—Nena, cierra esa ventana, ¿quieres?

Jamás me resistí ni dejé que mi semblante expresara el menor signo de contrariedad o de fastidio. Cerraba, sonriendo con mi más dulce sonrisa, y algunos minutos más tarde devoraba él su despecho y yo la pena de no haber podido complacerle enteramente, sin atrevernos a confesar lo que sentíamos.

Algunas veces, en sus momentos de mayor sosiego, hablaba él del amor y de las personas que han nacido para «comprenderse», oponiéndolas a otras que «jamás se comprenderían». Entonces se manifestaba fatalista y con inclinaciones hacia el pesimismo. Me parecía que sus frases envolvían alusiones y hasta recriminaciones encubiertas, que me lastimaban por su injusticia. Su carácter, por lo general tan dulce, se agriaba y se volvía caprichoso y a veces un poco duro. Una vez dijo, refiriéndose a su constante obsesión de las relaciones entre hombres y mujeres:

—Las mujeres tienen casi siempre un concepto equivocado de lo que nosotros queremos. Creen que les basta ser bonitas y hermosas para cautivarnos, y no están en lo cierto. Un hombre de espíritu un poco refinado —los demás, claro está que no se cuentan— prefiere mil veces una fea que se entrega con toda el alma, a una belleza que se ofrece sólo como una estatua.

Temió, sin duda, haber dicho más de lo conveniente y guardó silencio de pronto, mordiéndose los labios. Estábamos en la mesa. Georgina, sorprendida por el singular acento con que fueron pronunciadas aquellas palabras, levantó la vista del plato, y en vez de mirar a su hermano me miró a mí con tal expresión de inteligencia, que la sangre se agolpó a mis mejillas, como si hubiese recibido un ultraje de los dos.

Por primera vez el odio de familia a familia, que late oculto en el seno de todos los matrimonios, lanzó a mi cerebro, agitado por el enojo, una idea ofensiva para mi marido. Pensé, con un sarcasmo que a mí misma me asombró después: «Sin duda estaría más satisfecho si yo fuera como su hermana». Y este pensamiento vengador me produjo momentáneamente tal alivio, que durante algunos segundos saboreé a solas mi victoria. El almuerzo terminó entre el malestar de todos. Apenas acabado, Joaquín tomó un libro y fue a sentarse en su sillón favorito, frente a la ventana de su cuarto.

Poco a poco me fui calmando, aunque tenía el firme propósito de no dejar pasar aquel día sin tener con mi marido una explicación categórica. Joaquín estaba, desde por la mañana, de mal humor y como inquieto. Yo, impaciente.

Al fin me paré delante de él y tuvo que bajar el libro, dejándolo abierto sobre las piernas.

234

—Joaquín, ¿cómo querrías tú que yo fuera? —le dije resueltamente.

Me miró con asombro.

—¿A qué viene esa salida, mi hijita?

—Viene a que es preciso que hablemos hoy mismo de estas cosas, hijo. Tú me reprochas algo; demuestras que no te hago feliz, y apenas hace unos meses que nos hemos casado. Quiero que seas franco conmigo, aunque sea una sola vez; que me dirijas, que me guíes, que me enseñes... Para eso soy tuya y lo seré toda la vida.

Joaquín me contemplaba, moviendo dulcemente la cabeza, en señal de duda.

—¿Vas a decirme por fin lo que tengo que hacer para que me quieras... completamente?

Sonrió, vacilando, y dijo después, sin abandonar su calma, tal vez un poco irónica en aquel instante:

—Esas cosas no se enseñan, hijita: ¡se sienten! Nacen del corazón sin que nadie las sugiera... Únicamente entonces tienen valor...

Me quedé anonadada, sabiendo que no vencería jamás la terquedad de un hombre que se envolvía en sus pequeños resentimientos de enamorado como en una cota de malla, y sentí a mi vez la mordedura del despecho al considerarme también «no comprendida». Había acudido a él como una niña ansiosa de conocer el secreto de la vida, con el alma abierta y el corazón palpitante de angustia, y me recibía como a una mujer ante cuyos desvíos el amante se considera justamente irritado y quejoso. ¿Qué hacer? Acabé por encogerme de hombros, diciéndome: «¡Peor para él!», con un sentimiento de cansancio y de enojo que nunca había experimentado con respecto a Joaquín.

Desde aquel día dejé correr los acontecimientos, sin tratar de oponerme a su curso. Mi marido tenía horas de exquisita ternura, en que parecía que nada nos separaba, y días de mal humor, donde yo adivinaba el trabajo sordo de su obsesión de maniático en lucha contra los arrebatos de su amor. Pero no hubo nuevas crisis en el espacio de varias semanas. Yo era siempre la misma, complaciente y dulce ante todos sus caprichos. Aunque ya no había guardias nocturnas, seguía quedándome en el lecho, por las mañanas, un día de cada dos, y cosiendo a su lado, en el cuarto, durante las horas más calurosas del día, mientras él leía, tendido en la mecedora y con los pies sobre el respaldo de una silla. Algunas veces, a una indicación suya, dejaba la costura y venía a colocarme a su espalda para jugar con sus cabellos, peinándolos y despeinándolos con los dedos, lo que constituía uno de sus placeres favoritos. En tales momentos una completa armonía reinaba entre nosotros. Era como la unión íntima y tierna de nuestras almas en los días en que, por mandato periódico de la naturaleza, el amor de mi marido se veía obligado a encerrarse en muy estrechos límites. Entonces nada nos dividía, nada nos separaba. Desde que Joaquín me veía caer en la cama, presa del dolor que desgarraba mis entrañas durante cuatro o seis mortales horas, sus sentimientos dulcificábanse de tal suerte que me parecían casi paternales. Hubiera sido muy difícil adivinar la contrariedad que experimentaba, al verse privado temporalmente de mí, detrás de la delicadeza con que ocultaba todas sus impaciencias. Se informaba solícitamente, muchas veces al día, del curso de «mi enfermedad»; y cuando a su pregunta invariable: «¿Cómo sigues ahora, nenita?», respondía por fin: «Estoy casi bien ya», sólo la mirada sagacísima de una mujer que acecha podría descubrir en su semblante el ligero temblor de alegría producido por la noticia. Llegué a amar la serena placidez de esos días sin sombras, y a desear que llegaran, a pesar de haber sido tan aborrecibles para mí en otro tiempo. ¡Quién se hubiera atrevido a decírmelo entonces!

Sin embargo, todo tiene en la vida su pro y su contra. Las horas de armonía encendían el deseo: la calma preparaba la tempestad; llegué a saberlo por experiencia. La primera rencilla en que no pude contenerme y lloré en presencia de mi marido, sobrevino unos dos meses después de mi inocente tentativa para buscar en un cambio de íntimas confidencias el remedio de nuestros males; y fue precisamente a continuación de uno de aquellos períodos de tres o cuatro días de amor platónico en que mis nervios reposaban y mi corazón se entreabría al soplo de nuevas esperanzas. La víspera, al acostarnos, Joaquín me preguntó, por vigésima vez desde que cuatro días antes había empezado «mi indisposición», mirándome con profunda ternura y aprisionando mi mentón entre sus dedos:

—¿Cómo estás, nena?

—Bien. Ya no tengo nada.

Brillaron sus ojos, con rápido destello, me besó en la frente y se durmió.

A la mañana siguiente, mucho antes de la salida del sol, me despertó con otro beso cálido y prolongado. Estaba locuaz, casi alegre, y empezó a contarme riendo los detalles de un gracioso equívoco que había sucedido dos noches antes entre un vecino y uno de los guardias jurados del batey. Probablemente hacía mucho tiempo que no dormía cuando se decidió a despertarme. Por desgracia, tenía yo aquella mañana un sueño invencible. Quería ser amable con él, y se me cerraban los ojos. Mientras tanto, ni sus labios ni sus brazos permanecían ociosos. Me estrechaba, me oprimía y murmuraba a mí oído súplicas y gentilezas, que apenas le entendía, entremezcladas a sus relatos. Estaba insinuante y cariñoso como nunca, y parecía haber olvidado todos sus amargos recelos de otras veces. Recuerdo muy bien el esfuerzo casi desesperado que hice varias veces para sobreponerme al sueño.

De pronto Joaquín, que había empezado a tomar posesión de mi inerte cuerpo, me rechazó violentamente y se echó a un lado, exclamando con reconcentrada ira:

—¡Es inútil, hija! ¡Eres de mármol!

Quedó casi vuelto de espaldas, murmurando palabras ininteligibles y resoplando como una bestia enfurecida. Yo, como aplastada bajo una losa, y mi inoportuno sueño disipado de repente sin dejarme ni un resto de su pesadez. Con los ojos muy abiertos, permanecí inmóvil y sin atreverme a cambiar de postura. No sentía sino la brusquedad de su trato, a la cual no estaba acostumbrada, y una especie de estupor en que, durante unos cuantos segundos, mis ideas vacilaron y se confundieron lastimosamente. Y de improviso algo se rasgó dentro de mí, estalló como un huracán de lágrimas y de sollozos y me sacudió en una convulsión tan honda que me hizo pensar que la vida se me escapaba. Joaquín se precipitó sobre mí, desolado, arrepentido. Se llamaba bárbaro y loco, se mesaba los cabellos y me pedía perdón. Inútil. Estaba como bajo el imperio de una crisis histérica, en que cada palabra de consuelo provocaba la explosión de un sollozo más profundo. Joaquín lloró a su vez, y concluimos mezclando nuestras lágrimas en un apretadísimo abrazo que nos reconciliaba, mientras nos prodigábamos mutuamente al oído las ternezas con que nos esforzamos por ahuyentar el pesar del corazón de los niños.

Siguieron otros dos meses, en los cuales el recuerdo de aquella escena hizo razonable a Joaquín y nos mantuvo unidos como en los mejores días de nuestro amor. Sin embargo, yo veía conjurado el peligro por el momento, pero no extinguida la causa de nuestras desazones. Mi marido atribuía su mal humor a la falta de un hijo, y hablaba de eso con exaltación, como si sólo de ello dependiera nuestra felicidad. Así pasaron los días monótonos y ociosos del «tiempo muerto», y llegó la actividad de la zafra, que yo esperaba con impaciencia como el más seguro medio de ofrecer una distracción a Joaquín. Por lo demás, yo misma me decía con frecuencia que era una gran contrariedad el que no hubiese concebido un hijo en todo el tiempo que llevaba de casada. Fue ésta, pues, la obsesión de los dos, en aquellas largas semanas de tregua entre dos crisis. Mi marido me poseía a veces rabiosamente, como si pretendiera clavar en mis entrañas la semilla, con un supremo esfuerzo de la voluntad y de los músculos. En sus momentos de mayor calma hablaba de la necesidad de los niños para consolidar la dicha del matrimonio. Por lo demás, procuraba dominar sus nervios cuando estaba a mi lado y evitaba cuidadosamente la provocación de nuevos episodios sentimentales.

En los días tranquilos, mi alma retornaba a la esperanza de que el tiempo, que todo lo modifica, llegaría a hacer desaparecer lo que yo llamaba «la locura de mi marido». Pasados mis primeros arranques de someterme a su capricho y desear que me condujera adonde quisiese, empecé a robustecerme en la creencia de que, en el pleito que veníamos sosteniendo, era yo quien tenía toda la razón. ¿Era siquiera decente pensar que una muchacha honesta y educada en las buenas costumbres se entregase a ciertos entretenimientos con la misma complacencia que podría experimentar en ellos un hombre? En realidad, ignoraba muchas cosas que hubiera necesitado saber para formar un juicio exacto acerca de mi esposo y de mí misma; pero acudían a mi memoria fragmentos sueltos oídos aquí y allá, del código que rige a la casta en que me crié, y acababa refiriendo la divergencia de criterios mostrada por Joaquín y yo a una sencilla causa de educación y de familia, en que desde luego quedaba admitida la superioridad de las mías. Siendo mansa, obediente y cariñosa, cumplía con mi deber. Todo lo demás que se pretendiera de mí era indignidad y corrupción, y había hecho muy mal en querer transigir con aquellas abyecciones, por darle gusto a mi marido. Recordé, entre otras cosas, esta frase de mi madre, pronunciada no sé con qué motivo: «para recrearse de cierta manera no se casa uno, sino se va con *esas mujeres*». Estas palabras parecían contener casi toda la solución del misterio. Y una noche, en que estaban de visita en casa la señora del jefe de máquinas, de que ya he tenido ocasión de hablar otras veces, y la del inspector de colonias, lo que le oí a la primera acabó de consolidar mi convicción de un modo definitivo.

Hablaban de uno de los matrimonios jóvenes que no gozaban, al decir de Georgina, de muy buen concepto entre los vecinos del batey. La señora del inspector encontraba a la esposa más provocativa que hermosa, con sus trajes demasiado adornados y sus actitudes desenvueltas, y expresaba su creencia de que, sin duda, había sido «artista» antes de casarse. La del maquinista, moviendo gravemente la cabeza, habló a su vez, no sin antes cerciorarse de que ningún extraño la escuchaba.

—Desde que llegaron no me gustó —dijo—. Al principio vivían a dos puertas de casa, y me alegré mucho cuando se mudaron a otra parte... La mujer estaba a todas horas encima del marido, besándolo y estrujándolo. ¡Un asco! Es lo único que he visto de ella y me basta para imaginarme cómo es.

—Pues si no fuera más que eso —apuntó la otra con un mohín despectivo.

—Pero si con lo que vi tengo bastante, hija. Yo no soy gazmoña, ni puedo serlo, casada y casi vieja ya como soy. Claro está que los matrimonios jóvenes tienen que tener sus expansiones; pero deben tenerlas bien encerraditos en el cuarto, y de cierta manera... Precisamente el casamiento le impone a la mujer el respeto a sí misma, y en algo han de diferenciarse las honradas de las perdidas.

Se interrumpió para dirigirse a mí.

—Usted es joven, y a pesar de eso me entiende, ¿verdad, hija mía?

No lo entendía, tal vez, muy bien; pero creí comprender lo suficiente, e hice una señal afirmativa, irguiendo el busto para darme mayor importancia. Después dije:

—Yo no la conozco. Sólo la he visto una o dos veces, y eso de lejos. ¡Salgo de casa tan pocas veces...! Pero Georgina, que anda por todas partes, me ha contado algunas cosas...

El nombre de mi cuñada desvió el tema de la conversación. La señora del inspector exclamó:

—¡Qué no sabrá Georgina! Y, a propósito: está muy formal, ¿verdad?

—Mucho —respondí, convencida—. No baila, casi no habla con los jóvenes y se acuesta a las ocho y media. ¡Una verdadera monjita!

En efecto, como su enamorado se pasaba los meses del verano fuera de Cuba, ella se impuso, durante ese tiempo, la más austera regla de conducta, sabiendo que no faltaría quien se lo dijera a su regreso. Y cuando volvió, quince días antes de empezar la nueva zafra, halló cambiados los papeles: la joven afectaba entonces una modestia y un recato extraordinarios, y era él quien tenía que perseguirla encarnizadamente, para conseguir que consintiera en hablarle algunos segundos.

La del inspector, que era un poco mordaz, sonrió maliciosamente y dijo:

—¡Humm! Ella sabe muy bien lo que hace...

Cuando se fueron, me quedé pensando solamente en las palabras de la señora del maquinista, sin acordarme más de Georgina. Eran las mismas de mamá,

242

al aludir al recato de las esposas. Aquella señora, que no era vieja por cierto, tenía, sin embargo, el mismo pliegue severo entre los ojos y la misma voz grave que mi madre adoptaba para hablar de la conducta de las mujeres. En mi mente acabó de dictarse el fallo contra la sinrazón de mi marido, y quedó resuelto que no debía torturarme buscando solución a un problema que sólo resolvería el tiempo. Callada, pasiva y dulce siempre, proseguiría mi camino, sin abusar de mi triunfo haciéndoselo conocer imprudentemente. Resolví continuar como si nada hubiera decidido, afectando una absoluta ignorancia, y firme, sin embargo, en «mi derecho». Mi pensamiento podía expresarse así: «El amor de una esposa es siempre púdico, como el que yo le profesaba a Joaquín; y el que él deseaba que yo sintiera era el otro, el de las queridas». Acerca de esto sí que no tenía dudas, entonces.

Un acontecimiento inesperado vino a trastornar nuevamente nuestra vida, dejándonos primero entrever un rincón de la gloria, para sumirnos enseguida en un malestar peor que aquel de que acabábamos de salir. Al empezar el mes de enero, todo me indujo a creer que estaba encinta. La alegría brilló súbitamente en el semblante de Joaquín, que, más delicado y más solícito conmigo, me envolvía sin cesar en una profunda mirada de gratitud y me cuidaba como si fuese yo el globo de cristal que encerrara su dicha. Duró varios días la especie de embriaguez de aquella ilusión, y al cabo de ellos el mentís de la naturaleza nos dejó consternados y como abatidos bajo la impresión de un triste presentimiento.

A pesar de mis convicciones, que creía tan sólidas, tuve miedo otra vez. Joaquín, más sombrío que nunca, se apartaba ahora francamente de mi lado. Desde que empezó la zafra, con el pretexto de la comodidad, se acostaba en su cuarto cuando volvía de sus guardias nocturnas. Los demás días se quedaba en mi cuarto y me abrazaba aún apasionadamente muchas veces; pero su entusiasmo disminuía y sus ardores desvanecíanse rápidamente. ¿Qué hacer? Mis ideas vacilaban, y lloraba con mucha frecuencia, estremecida por crueles angustias. No podía pensar, como casi había llegado a hacerlo, que Joaquín hubiera sido capaz de tratarme de un modo inconveniente y depravado; y, lejos de eso, empecé a considerarme culpable de aquella gratuita acusación formulada antes por mi conciencia. Sabía muy bien cuál había sido su vida, para seguir atribuyéndole un temperamento vicioso que jamás tuvo. En su casa no conoció jamás sino la escasez y las enconadas quejas de los suyos, que intentaban devorarse unos a otros. Después vino la época de sus estudios, hechos entre sacrificios inverosímiles, llevando siempre un gran ideal de amor en el pecho y muy poco dinero en los bolsillos: vida oscura y relativamente casta de escolar aleccionado, por la miseria y acostumbrado a confiar solamente en su propio esfuerzo, sin borracheras, sin queridas, casi sin amigos y mantenida solamente por el ardor que engendra la feroz conquista del título. Éste primero y yo después, fuimos los dos grandes ideales de su existencia. El presentimiento de perder su amor me hizo clarividente y me obligó a pensar en estas cosas, que antes no se me habían ocurrido. Me juzgué mala muchas veces, e hice insensatos proyectos de arrojarme a sus pies y pedirle que no me arrebatara su cariño, que se desvanecían tan pronto como me encontraba en su presencia y en ocasión propicia para llevarlos a efecto. ¿Por qué era tan difícil de ejecutar lo que tan fácil me parecía cuando ordenaba en la imaginación los menores detalles de la noble y necesaria entrevista? Los días pasaban en aquella cobarde inacción de mi alma, sin que pudiera explicarme cómo la voluntad es tan débil que todo su esfuerzo es impotente para desatar la rigidez de un músculo, y no consigue arrancarnos del cuello ese collar de la emoción que nos impide hablar en los momentos decisivos de la existencia.

Entre tanto, Joaquín no disimulaba delante de mí el odio que había llegado a inspirarle el ingenio donde estábamos. Como todos los seres cavilosos y concentrados en sí mismos, tenía la manía supersticiosa de atribuir a los lugares una influencia favorable o nefasta en los acontecimientos. Aquella antipatía fue contagiosa. Yo misma llegué a desear que, al terminarse la zafra, mi marido no renovara su contrato de trabajo, experimentando un sordo rencor contra aquellos lugares donde no había llegado a ser nunca completamente feliz. Un día, sin embargo, mi corazón latió violentamente, al oírle exponer lo que tenía en proyecto para el próximo año.

Se fomentaba en Oriente un gran central, cerca de la costa, y no le sería difícil, según afirmaba, obtener allí una plaza con doble retribución. La nueva fábrica estaba en plena selva, lejos de todo lugar civilizado, entre bosques inmensos de caobas y júcaros por un lado y grandes extensiones cenagosas cubiertas de mangles por el otro. No debía ser muy agradable la vida en esos sitios casi salvajes; pero, en cambio, la fortuna sc cncerraba en ellos. Habló de su ambición con una fiebre que hasta entonces no le había conocido, y acabó diciendo que se iría solo, mientras que yo, en La Habana... No lo dejé concluir.

—¡Solo! ¡Nunca! ¡Eso nunca!

—Será preciso, nena mía —replicó sonriendo tristemente—; por lo menos mientras no haya allí comodidades para ti. Te dejaré libre de mis majaderías durante cinco meses, y tal vez así aprenderé a quererte de otra manera.

Me eché en sus brazos llorando, y por un momento me pareció que aquel torrente de confidencias, que tantas veces me había propuesto dejar correr de mi corazón al suyo, se escapaba por fin con mis sollozos en un desbordamiento de todas las fuentes de mi dolor y de mi ternura. Joaquín, muy dulcemente, me acariciaba los cabellos, como a un niño a quien se pretende calmar.

—Es una prueba, mi vida —prosiguió—; una prueba que envuelve también todo un programa de reformas económicas. Lejos de ti un poco de tiempo aprenderé a tener cordura y dejaré de mortificarte con mi necio empeño de que seas como yo lo deseo y no como Dios te ha hecho. Además, esto contribuirá a que pensemos un poco en hacer un capital... Y no hay ni despecho, ni soberbia en ese propósito, mi nena querida. No he dejado de quererte con toda mi alma, ni te quitaré un adarme de mi amor en lo que me reste de vida. Se trata de un plan de regeneración moral; de algo que he meditado mucho y que ensayaremos... Pero no llores así; no me hagas perder la serenidad con tus lágrimas. Óyeme y verás...

Por espacio de un cuarto de hora siguió colmándome de paternales caricias y haciéndome observaciones razonables, a las cuales no podía oponer ningún argumento. Me hablaba de él, de mí, de nuestro porvenir, de las grandes explotaciones modernas y de la facilidad de ganar mucho dinero en esos lugares en que la naturaleza virgen prodiga sus tesoros a los hombres audaces. Lo que me ocultaba es que un ingeniero acababa de morir de paludismo, en aquellos sitios cuya bondad preconizaba él con tanto entusiasmo. Su voz era tierna, persuasiva y firme, como si su resolución, que no podría ser quebrantada por nadie, estuviese tomada desde mucho tiempo antes. Y a veces sonreía con una expresión que no podía saberse exactamente si era de tristeza o de recóndita esperanza.

Me quedé consternada.

V

No fuimos directamente a La Habana, al acabarse la zafra, como había dicho Joaquín. Yo no conocía a mis padres políticos ni a la mayor parte de mis cuñados; y como teníamos que pasar forzosamente por Matanzas, acordamos detenernos allí una semana con la familia de mi marido. Entre ellos y yo no había habido sino cambio de retratos y de cumplidos. Mi suegra me llamaba «mi querida hija» en sus cartas dirigidas a mí, y me prodigaba los más cariñosos epítetos en las que escribía a Joaquín. No me era antipática, a juzgarla por su correspondencia. Tampoco por lo que sabía de su carácter, a pesar de que no ignoraba que era dominante y egoísta. ¿Qué queréis? Las simpatías y las aversiones son instintivas y desprovistas de fundamento la mayor parte de las veces, y, además, Georgina me había enseñado a no aborrecer a la autora de sus días, por lo menos conocida al través de sus descripciones.

Antes de abandonar el ingenio me entretuve en observar atentamente a mi cuñada, admirándome de que no experimentara pesar alguno al despedirse del escenario de su conquista. Tenía, en verdad, aquella chiquilla, un aplomo que me desconcertaba. El año anterior, cuando Joaquín y yo determinamos quedarnos en el ingenio durante el tiempo muerto, creí que ella no se resignaría a acompañarnos, toda vez que su presunto novio se iba al extranjero, y me equivoqué por completo. Ahora me pareció que se separaría de aquellos lugares con tristeza, y también me equivocaba. Hasta creí adivinar que estaba segura de su poder y que se complacía en ponerlo a prueba. No pude resistir al deseo de hablarle de aquello y le pregunté, en broma, la víspera de nuestra partida:

—Y tú, locuela, ¿no sientes ninguna emoción al dejar atrás a tu enamorado?

Se encogió de hombros, muy risueña.

—¿Por qué? Si es de ley irá adonde yo esté; y si no lo es, ¿para qué quieres que me sirva ese posma?

En el mohín desdeñoso de su linda boca leí todo un curso de feminismo práctico, e involuntariamente recordé a Graciela, que también afectaba, cuando era soltera, aquella ligereza y aquel tono francamente despectivo al hablar de los hombres. Pero tuve que rectifi-

248

car enseguida: Graciela era todo corazón, a pesar de su aparente frivolidad, y aun ésta sólo le servía para ocultar los verdaderos arranques de aquél. Su misma caída —si es que cayó— cuando era casi una niña seducida por aquel oficial del cuento, corroboraba este aserto; y su papel ulterior de esposa abnegada y amante hasta el delirio concluía de confirmarlo plenamente. Georgina, en cambio, calculadora, fría y egoísta, no se hubiera dado sin sólidas garantías, en uno y en otro caso. Su belleza, su juventud y sus gracias eran valores que tenían de antemano señalado el precio. Se acicalaba cuidadosa y delicadamente, concretándose al exterior, lo mismo que una gata alisa su pelo, y tenía todos los mimos complacientes de estos animalitos cuando deseaba agradar. Pero también, como las gatas, escondía uñas afiladas en estuches de terciopelo, según había tenido ocasión de ver las pocas veces en que Joaquín se había atrevido a contrariarla en mi presencia. Su aspecto felino era más completo cuando, frente al espejo, pasaba y repasaba suavemente la borla de los polvos por su cuello y sus mejillas, absorta en su contemplación e indiferente a cuanto no fuese ella misma. En esos instantes hubiera dado yo cualquier cosa por descifrar el misterio de su alma.

Y a propósito de Georgina: no he visto jamás nada comparable en simpleza a la credulidad de los hombres, con respecto a nosotras, cuando somos sus más próximas allegadas. Joaquín consideró siempre a su hermana como una muchacha inocentona, a quien su propio candor perjudicaba en muchas ocasiones y a quien había que tratar a menudo como una chicuela. Decía algunas veces: «Esa bobalicona de Georgina», con la mayor inocencia del mundo. Yo me quedaba, con frecuencia, muda de asombro ante estas demostraciones de ceguedad, y me decía que, a pesar de su experiencia y de su malicia en otras cosas, los señores varones tienen, por lo general, acerca de las mujeres, ideas bien singulares.

Me solía decir Georgina que su mamá se parecía a ella mucho más que lo que podía colegirse por el retrato, y, a pesar de esta afirmación, me sorprendió tanto el parecido cuando la vi, que apenas pude dar crédito a mis ojos. Mi suegra era una mujer no muy alta, de talle erguido y de seno opulento, con la cabeza casi blanca, el cutis fresco, y bien cuidado, las manos y los dientes lindos y una manera peculiar de llevar las canas, mezcla de gravedad y de coquetería, que mostraba a las claras que su corazón no había dejado de ser joven. Era la misma Georgina, con la cabeza blanca, las caderas más anchas y la cintura menos delgada. En la estación, adonde fueron a esperarnos a la llegada del tren, me besó y me abrazó con verdadera efusión. Era alegre, viva y locuaz como una muchacha de veinte años. Su marido, al lado de ella, muy derecho también, con el bigote y la perilla canos y una franca sonrisa de bienvenida en los labios, esperó su turno, y cuando llegó éste, me besó a su vez en la frente con un beso que, aunque ceremonioso en demasía, me pareció mucho más sincero.

Examiné también a hurtadillas, pero no por eso menos atentamente, a este hombre de quien tanto había oído hablar con motivo de las contiendas domésticas que se desarrollaban bajo su techo. Antiguo jefe de estación, tenía el aire militar y la pulcra compostura de todos los viejos empleados de ferrocarriles, y llevaba vigorosamente sus setenta años, que pocas personas, al verlo, le hubieran atribuido. De un solo golpe de vista advertí su actitud digna y correcta, su pelo cortado al rape sobre la frente, su cuello y su pechera muy blancos, sus manos muy bien cuidadas y su calzado brillante; y me pareció singularmente bondadoso, bajo la rígida cubierta oficial que lo envolvía. En cuanto al traje, la americana abrochada hasta el cuello y la especie de gorrilla de corta visera, que conservaba en la mano, completaban el aspecto marcial de toda su persona. Quedé satisfecha de mi examen, y confieso que me sentí entre aquellas gentes mucho mejor que lo que había supuesto. Enseguida besé y abracé a toda la tribu, que se apretaba, atolondrada y curiosa, detrás de sus progenitores. Joaquín y su padre se saludaron a la inglesa, estrechándose larga y efusivamente las manos, como dos viejos amigos que se encuentran después de larga ausencia.

Por el camino, mientras nos dirigíamos a pie de la estación a la casa, volví a pensar en la estupidez de tratar de conocer a las personas por sus fotografías y por los relatos de los demás. Me había imaginado a mi madre política como una mujer seca, avinagrada y antipática, aunque buena moza todavía, y a su esposo como a un desgraciado sin voluntad y sin carácter, y me encontraba con una señora que tenía la alegre juventud de sus hijas y con un anciano cortés y robusto, de aspecto y modales de coronel retirado. Delante marchaba el grupo de los hijos —una verdadera escala de edades—, muy limpios por lo menos exteriormente: las hembras con sus ligeros vestidos claros y las medias muy estiradas por encima del calzado nuevo y lustroso, y los muchachos, sencillamente, mostrando las piernas desnudas y sus graciosas gorras de escolares. Me admiró el orden que revelaba aquella pulcritud de toda la familia, precisamente donde yo esperaba encontrar incuria, abandono y malos gestos que denunciasen la guerra sorda que los devoraba lentamente. Mi suegro, sobre todo, no tenía el aire de mártir que me había imaginado antes de conocerlo, parecía orgulloso de la frescura de su mujer, de la que hablaba siempre en tono de galante deferencia, haciéndolo como si, después de veintisiete años de matrimonio, aún le complaciese mostrarse a las gentes como único dueño de aquella guapa hembra de cincuenta y dos otoños.

Caminábamos entre el bullicio de una charla incesante, sostenida por el viejo matrimonio y por los hijos, que se dirigían constantemente a Joaquín y a mí para festejarnos, y hablaban, a menudo, todos a la vez.

—¿No estuviste nunca antes en Matanzas? —me preguntó mi suegra, tuteándome desde el primer instante.

Hice con la cabeza una señal negativa, y ella repuso, con un gesto displicente que le era familiar:

—Los alrededores son bonitos. No tanto como dicen, desde luego; pero se ven con gusto una vez. Te llevaremos al valle y a las cuevas, que es todo lo que hay que enseñar...

Georgina, que iba a tres pasos delante de nosotros, se volvió, al oírlo, palmoteando de alegría:

—¡Eso es! ¡A las cuevas! Estoy segura de que a Victoria le gustarán mucho...

Había enlazado con el brazo el talle de su hermana Susana, que tenía un año menos que ella, y se adelantaban a todos, hablándose ambas al oído y riendo frecuentemente, cual si tuvieran prisa en cambiar sus confidencias. Más delgada que ella, Susana se hacía visible a su lado por el contraste, pues era rubia y dulce, con un lindo rostro ovalado de muñeca y ojos rasgados de soñadora que parecían dos discos azules flotando en enigmáticos abismos de candor. El talle flexible de la jovencita se balanceaba al andar, con un delicioso ritmo, acomodándose al paso de su hermana, y su cuello se henchía, a cada momento, por las risas que jugueteaban en su garganta como trinos. Me parecía encantadora aquella chiquilla, la más interesante, sin duda, de todas mis cuñadas, y no me cansaba de mirarla.

—¿No es fea, verdad? —me dijo orgullosamente la madre, al observar la dirección de mis miradas.

—¡Oh, es muy linda! —le respondí con la mayor sinceridad. Mi suegra suspiró.

—E inteligente —añadió con una mezcla de satisfacción y de tristeza, envolviéndola a su vez en una tierna mirada—. ¡Si vieras cómo canta y toca el piano! En el colegio le daban premios todos los años, y eso que nunca fue aplicada... Desgraciadamente, no hemos podido educarla como yo hubiera querido.

Volvió a suspirar, al concluir esta frase, dicha con tan honda amargura que vislumbré detrás de ella la herida que hasta entonces me habían ocultado y el primer indicio de la enconada vida de aquellos seres, que harto conocía de oídas.

Ya lanzada en su tema favorito era difícil que mi suegra se detuviera. Hizo, pues, una pausa y continuó, con voz vibrante por el despecho:

—Si hubiésemos tenido recursos, hace tiempo que ella hubiera entrado en el conservatorio y los otros estarían estudiando con formalidad; pero lo que gana su padre es un milagro que nos alcance para comer. ¡Y ahí tienes mi calvario, hija mía! Tener hijos y más hijos para no poderlos educar, me parece un crimen horrible... Yo sé que se habla de mí; que muchos tal vez me critican. ¡Me importa un bledo...! Cada cual sabe adónde le duele; y lo que puedo asegurarte es que si los papeles se hubiesen distribuido al revés, es decir, si yo fuera el hombre, no me asustaría el trabajo y sabría dónde encontrar el dinero para mi familia.

Aludía sin rebozo al marido, y como alzaba la voz, volví instintivamente la cabeza, temerosa de que la oyera y se enfadase. Mi suegra vio el ademán y se encogió de hombros con indiferencia, como significando que para nada tenía en cuenta el que la oyese o dejara de oírla. Por su parte, mi padre político, que no había perdido, sin duda, una sola de sus palabras, no pareció inmutarse, y siguió charlando muy animadamente, cogido al brazo de Joaquín, a menos de media vara de nosotras.

Cuando nos detuvimos frente a la puerta por donde debíamos entrar, la madre de Joaquín y yo parecíamos excelentes amigas. La casa era grande y respiraba pobreza, a pesar del cuidado que se ponía en ocultar el deterioro de los muebles y la vejez de los adornos. La sala, dividida en dos por un tabique de madera, abandonaba su mayor porción a la oficina de telégrafos, quedando el resto convertido en un pasillo, especie de zaguán estrecho, que servía para dar entrada independiente a las habitaciones interiores. El verdadero salón de recibo era el primer cuarto, donde había un viejo piano de caoba y muebles antiguos, de respaldo en forma de medallón, con flores esculpidas en la madera y los fondos de rejilla de paja hundidos por el uso. Pero donde se reunía habitualmente la familia y se recibía a los íntimos era en el comedor, inmensa pieza rectangular que tenía un estrado y varios sillones en un extremo y en el otro la mesa de comer, el aparador y unas cuantas sillas de fabricación ordinaria. Atravesamos esa estancia para llegar al cuarto que nos habían destinado a Joaquín y a mí, que era el mejor de la casa. En las demás habitaciones, situadas en hilera en un solo lado de la casa, se amontonaban las estrechas camas de los muchachos, protegidas por mosquiteros blancos. El padre y la madre se refugiaron en el último aposento, al lado de la cocina, donde se guardaban ordinariamente los utensilios poco usados de la casa. En todos esos cuartos había una profusión de imágenes religiosas colgadas de las paredes y viejos lavabos de patas torneadas, con palanganas, jarrones y jaboneras de loza barata. En el nuestro, que era el que ocupaban habitualmente los dos esposos, se veía, además, en uno de los ángulos, un viejo altar con la figura moldeada en cera, de Nuestra Señora del Carmen, ante cuya urna de cristal ardían siempre dos velas y mostraban sus pétalos descoloridos grandes ramos de flores de papel. Era la devoción de mi suegra, que también se llamaba Carmen, y que se imponía así al respeto de todos, como si fuera una parte de ella misma lo que encerraba el pequeño altar.

Tuve que aceptar un puesto en la tertulia que a todas horas se formaba en el comedor, entre los chillidos de la cotorra, que se balanceaba en un aro pendiente del techo, y las disputas de los muchachos que se arrebataban los juguetes, prodigándose toda clase de injurias. La madre cosía y las niñas mayores aporreaban el piano, durante horas enteras, o se pulían las uñas con mucho esmero, frotándolas con distintas clases de polvos. Cuando estas ocupaciones concluían, iban de un lado para otro, tumbándose en todas las mecedoras y bostezando de fastidio. Las faldas se caían de las cinturas, arrastradas por el andar perezoso y lánguido. La madre no quería que hiciesen nada en la casa, para que no perdieran el matrimonio si llegaban a estropearse las manos. En cambio, por las tardes, cuando se aproximaba la hora de las visitas, el tiempo era siempre corto para distribuir armónicamente el colorete por las mejillas y para quitar de los cabellos los papelitos con que amoldaban artificialmente sus rizos durante todo el día. Me divertía observándolas de cerca, y pensaba que, entre todas, era sin disputa Georgina la más hacendosa. Cuando sonaban pasos en el pasillo, a horas en que todavía no estaban arregladas para presentarse, era de ver el tropel de sueltas chambras, de trajes demasiado transparentes y de cabezas cubiertas con rabos de papel de todos los matices, que huían a la carrera hacia las habitaciones interiores. El padre, que lo sabía y que casi siempre estaba en su oficina, se divertía muchas veces introduciendo de contrabando por la puerta de ésta a algún amigo de confianza, lo que le valía por lo general un diluvio de recriminaciones

256

y aun de insultos, de los cuales el buen hombre no hacía el menor caso.

Poco a poco fui conociendo los detalles de aquella vida que tanta curiosidad me había inspirado desde mi casamiento con Joaquín. Mi suegra no se mordía la lengua para hablar de sí misma y de los suyos, y se manisfestó, desde el primer día, pródiga en confidencias. Según ella, no se habían muerto ya de hambre gracias a que el Estado daba la casa y la luz, y a unas clases de telegrafía que su marido daba a los jóvenes aspirantes: ¡total, en conjunto, una miseria! Se había casado a los veinticinco años, tal vez un poco despechada al ver que su belleza no consiguió atraerle hasta entonces un buen partido, y aceptó el amor de un hombre de cuarenta y tres con la esperanza de que, siendo ya casi viejo su futuro esposo, no la importunarían los hijos en el matrimonio. El resultado se sabía: un parto cada año, y menos recursos cada día, pues Alvareda, por motivos difíciles de enumerar, había descendido en el escalafón y tenía entonces menos sueldo que cuando se casó y fue a desempeñar en Santa Clara una plaza de telegrafista del gobierno. Mi suegra afirmaba que sus hijos no tenían por qué purgar una falta que no era de ellos, puesto que nadie les había consultado antes de echarlos al mundo. Por eso no consentiría nunca en que las niñas trabajasen. Y se expresaba con dureza del egoísmo de los hombres, que son capaces de arar la tierra con las uñas cuando desean poseer a una mujer, y que piensan menos en ella que en el perro del vecino, después que han conseguido lo que ambicionaban...

—Al principio, fui boba, como todas, y no me defendí todo lo necesario. Pero ahora he aprendido a vivir. Que se reviente el hombre y que trabaje y que busque, puesto que para eso goza de otras ventajas. Por mi parte bastante he hecho con haber soportado mi suerte, como una burra de carga. Alvareda me sacó muy fresca y muy sana de mi casa, y ahora me ves hecha un adefesio y sin haberme divertido... ¿No se dio el gusto de tener todos los años un hijo? Pues que cargue con ellos y los atienda como es debido. No se les puede tener lástima, porque se apoltronan y acaban por burlarse de una. Yo se lo digo a todas horas: «Mis hijas tienen que vestirse decentemente, que ir al teatro y que presentarse de modo que no se rían de ellas, las pobrecitas...» ¡Si no lo hay, que lo busque! ¡Para eso es el macho! Y por cierto, que yo aleccionaré a las niñas para que no sean tan brutas como lo he sido yo...

La mañana en que me decía esto estaba furiosa porque el marido, lleno de apuros, se había negado en redondo a pagar dos guardapolvos, tres velos y un sombrerito de niña, que había encargado para nuestra excursión a las cuevas y que el dependiente del almacén se había vuelto a llevar. La escena había ocurrido una hora antes y fue harto borrascosa, terminando en que Alvareda, cansado de oírla gritar y no habiendo podido calmarla con buenas razones, se encogiera de hombros con mucha calma y fuese a buscar en su oficina un refugio contra el chaparrón.

Intenté disculpar a mi suegro, con una frase trivial, por decir algo, y me atajó sonriendo con su mueca sarcástica de desencantada.

—¡Querer es poder, hija mía! ¡No encuentran porque no quieren, desengáñate! Son egoístas y prefieren que el mundo se hunda a dejar la tranquilidad de sus costumbres...¡Claro! Como que ya obtuvieron de nosotras lo que deseaban, ¿qué les importa lo demás? Al principio, muchas zalamerías, muchos mimos, muchas adulaciones, y después... En fin, lo que te aseguro es que si hubiera tenido a los veinte años la experiencia que tengo ahora, me hubiese...

Se detuvo porque iba, sin duda, a decir una barbaridad. Las hijas intervinieron: lo hacían casi siempre, formando entre todas un coro de censuras contra el padre, y terminando, por lo general, con la afirmación de que ellas, por su parte, sabrían poner el remedio a tiempo cuando se casaran. Pero lo maravilloso para mí fue que, a la media hora, ya no se hablaba más que de un paseo que tenían en proyecto para aquella tarde, entregándose todas a los preparativos con la mayor alegría y como si nada hubiese sucedido. Mi mamá política, más animosa y más risueña que sus mismas hijas, daba el ejemplo y hacía, por sí sola, más ruido que todas las demás.

Ya antes había tenido ocasión de observar lo poco que duraban allí las más rudas tormentas. Aquellos seres, que vivían en perpetua guerra, lejos de odiarse, se amaban a su manera, con una especie de áspera ternura. En realidad no pensaban más que en divertirse, y esta excelente disposición de espíritu alejaba todo residuo rencoroso. La tiranía de mi suegra llegó hasta a prohibir a su esposo el uso del tabaco, que resultaba muy costoso, y él no parecía menos feliz por eso. ¿Qué clase de gentes eran, que de tal modo sabían acomodar los ángulos entrantes y salientes de sus respectivos caracteres? No vi nunca enfadado a Alvareda, cuando la madre le lanzaba al rostro, sin consideración alguna, sus sarcasmos, y las hijas se reunían para increparle, todas a un tiempo, armando, a veces, una algarabía de mil demonios. Se reía de eso, a menudo un poco socarronamente, y dejaba que los instintos belicosos se gastaran por sí mismos, faltos de réplica, me pareció adivinar que era feliz sólo con haber conquistado, para sí únicamente, una hermosa mujer que hubiese podido aspirar, por su belleza, a la mano de un potentado, y a la cual podía perdonarse mucho, a cambio del rico regalo de su persona. En la sencillez de su pasión tal vez creía haberla defraudado, al casarse con ella. Así, la única represalia que solía emplear contra las jugarretas de sus hijas consistía en hacerles saber irónicamente que no podrían resistir la comparación de sus cualidades en general con las de la madre, porque saldrían perdiendo mucho en ella.

—Cuando tengan veinticinco años —decía— estarán arrugadas, feas y horribles como unas verdaderas viejas. Todavía, si salen juntas, las gentes se fijan más en su madre que en ustedes. Y es que, en nuestro tiempo, las personas andábamos más sanas de cuerpo y de alma.

Las muchachas acogían estas frases con un gesto burlesco hecho a sus espaldas, en tanto que la fresca jamona rara vez dejaba de recompensarlas con una mirada acariciadora de sus ojos, por lo general esquivos. Algunas veces se valía él de este recurso en los momentos de crisis, y con frecuencia obtenía buenos resultados.

A los cinco días de encontrarme entre ellos estaba ahíta de diversiones y con un gran deseo de que transcurrieran las cuarenta y ocho horas que aún teníamos que permanecer allí. Salíamos casi siempre por la mañana y por la tarde, y todas las noches se bailaba en casa de mi suegro. No me atreví a rehusar las invitaciones de mis cuñadas, por temor a disgustarlas, pero me aburría extraordinariamente con todo lo que a ellas les gustaba. «Pensaba a la antigua», como decía Georgina, y tal vez por eso no me era posible aceptar sus costumbres. Sin poderlo remediar, padecía al ver cómo aquellas niñas destrozaban las ropas, tomando para andar en la casa el primer vestido que les caía en las manos y ensuciándolo o rompiéndolo sin el menor escrúpulo. Además, no eran limpias más que en lo visible, por lo que tuve que rectificar muchos de mis primeros juicios acerca de ellas. Por último, la lucha entre unas y otras era casi constante y acababa por aturdirme. Las más descuidadas cogían, sin reparo, los objetos de las hermanas y los usaban, armándose enseguida homéricas contiendas. Varias veces hicieron conmigo lo mismo, pero lo sufrí con calma, sabiendo que duraría poco el abuso.

La víspera de nuestra partida, Georgina recibió una carta, y supo arreglárselas de manera que se encontró a solas conmigo, a los pocos minutos de abrirla.

—¡Eh! ¿No te lo dije? —exclamó, mostrándome triunfalmente el sobre— ¡Es de *él*! Me escribe y me anuncia que vendrá a verme. ¡No ha podido resistir más que cinco días! Decididamente no me voy a La

Habana con ustedes. Llévense a Susana, que, de paso, podrá ir a su conservatorio. A mí me conviene más quedarme para redondear mi asunto. Y como no he tenido secretos para ti, quiero que, en pago, me ayudes, siendo tú la que digas a mamá y a Joaquín que deseas que te acompañe Susana...

Se lo prometí, admirando, como siempre, su aplomo y su astucia. En el fondo, no me desagradaba el llevarme a la linda figurilla de ojos de porcelana, por quien había experimentado cierto interés desde el primer momento. Y por la tarde, en la mesa, quedó acordado el nuevo plan, a gusto de todos. Sólo mi suegra, por el buen parecer, manifestó un ligero escrúpulo, diciendo:

—Lo siento por la pobre Georgina, que es mayor y se hubiera divertido mucho en La Habana...

—¡Oh, no, mamá! —se apresuró a replicar la avispada muchacha— La Habana me aburriría. Prefiero quedarme aquí con ustedes.

¡Actriz asombrosa! Ni la voz, ni el gesto de una perfecta modestia, podían merecer el menor reproche. Subyugada por su arte no pude sustraerme al deseo de cambiar con ella una mirada de complicidad que nadie advirtió.

Antes de los postres, mi madre política aprovechó la conversación de nuestro viaje para desencadenar una vez más la tormenta sobre la cabeza de su esposo. Dijo a Joaquín que, al llegar a La Habana, debía mover algunas influencias para tratar de conseguirle a su padre un destino del gobierno, fuera del ramo de comunicaciones, que le permitiese vivir en la capital y con más holgura. Y añadió algunas lindezas, de las de ritual.

—Es preciso hacerlo así, porque él no se mueve —dijo con su aire despectivo—. Ni hace política, ni pide, ni deja su endemoniada apatía por nada de este mundo. ¡No he visto jamás un hombre semejante! Por eso lo posponen en su carrera y lo engañan y pasan por encima de él hasta los muchachos que entraron ayer en telégrafos. No creo que sea tan difícil arrimarse a un grupo político y conseguir otra clase de puesto, cuando tanta nulidad se ha encumbrado y goza de verdaderas canonjías...

Mi suegro se encogió de hombros, sonriendo, y repuso, irónicamente:

—¡Claro! Y mucho menos difícil que, al día siguiente, me echaran a la calle para darle mi flamante destino a otro político más astuto. ¿No es eso?

Su acento tranquilo y lo razonable de su argumento exasperaron a la mujer, cuyos ojos despidieron llamas, a pesar del esfuerzo que hizo por contenerse delante de mí.

—¡Anda! —exclamó en un tono de indefinible desprecio— No quiero decirte ahora lo que te mereces, por respeto a tus hijos. Pero da vergüenza lo que sucede aquí... No sé lo que hubiera sido de esta casa si, desde el principio, no hubiera sido yo quien llevase los pantalones.

Las niñas empezaban ya a murmurar entre dientes, por lo que Joaquín, viendo acercarse otra tempestad, intervino, invitándonos a ir todos al teatro esa noche, si éramos capaces de vestirnos enseguida. Por lo general llevaba la paz a los ánimos sacrificando el bolsillo, y rara vez dejaba de conseguirlo cuando lo intentaba. La buena señora se apaciguó en el acto.

—Si nos esperas —respondió con amable sonrisa— te aseguro que no tardamos ni diez minutos. Puedes sacar el reloj.

¿Cómo podían vivir así? Me fatigaba la mente el tratar de seguirlos al través de sus luchas, y contaba los minutos que aún me quedaban de estar entre ellos. Experimentaba la doble impaciencia de huir de aquella casa y de acercarme a los míos, a los cuales no había visto desde hacía dos años. Además, a pesar de los halagos que me prodigaban a porfía, adivinaba que yo era allí la «intrusa», como Trebijo fue para mí el «intruso», cuando lo vi por primera vez instalado en mi familia; tal vez más intrusa que mi cuñado, puesto que a mis parientes políticos les arrebató el casamiento de Joaquín una parte del dinero con que contaban mensualmente para sus gastos. Y era precisamente ese mismo dinero lo que, sin duda, los tornaba amables, obligándoles a disimular sus rencores, y lo que más me irritaba contra ellos, pues mi suegra se las arreglaba para saquear a su hijo de mil maneras distintas, mientras estuvimos en su casa, y yo temblaba por nuestros ahorros, que habíamos destinado ya a la compra de un solar para nuestra futura vivienda, y que el carácter demasiado débil de Joaquín ponía en peligro, al lado de la voracidad de los suyos.

No estuve, pues, tranquila hasta que, al día siguiente, a las diez, me encontré en el tren y éste hubo partido, dejando atrás el grupo de blancos pañuelos que se agitaban sobre el andén. Susana, muy seria, en frente de nosotros, se había enjugado, un poco teatralmente,

264

dos lágrimas. Yo no iba alegre, aunque ansiaba abrazar a mis padres, sobre todo al pobre papá, que no gozaba de muy buena salud. La actitud de Joaquín me entristecía y me inquietaba. Creía que, al salir del ingenio, se encontraría mejor, y aunque se distrajo un poco con los suyos, estaba más preocupado y más hosco al acercarse a La Habana. Por otra parte teníamos delante de nosotros el problema de crear nuevamente nuestro hogar. Mamá quería mudarse a una casa más amplia para que viviésemos juntas; pero Joaquín se opuso, y yo lo ayudé con cierta solapada intención, porque estaba resuelta a no dejarlo partir sin mí a Oriente y pensaba que se vería obligado a llevarme consigo ante el temor de dejarme completamente sola. Nuestro plan consistía, por lo tanto, en alquilar una vivienda pequeñita e independiente, lo más cerca posible de la de papá, y consultar más tarde a Pedro Arturo y aun a Graciela acerca del mejor lugar en que podríamos fabricar nuestra casita. Precisamente, en su última carta, mamá me hablaba de análogos proyectos. Mi padre quería vender nuestra vieja casa de Santa Clara, con el fin de adquirir un solar de esquina en la nueva ampliación del Vedado, hacia la calle veintitrés. Aquello hizo volar nuestra imaginación en pos de nuevos proyectos. ¡Si pudiéramos fabricar dos casas, una al lado de la otra...! Parecíamos millonarios que se preparan a revisar planos y presupuestos, y sólo teníamos dos mil duros...

Al llegar a La Habana, nos esperaban en la estación mis padres, mi hermano, Graciela y su marido. Encontré a mi padre muy envejecido y a Gastón mucho más guapo. Por su parte Graciela, al separarse de mis brazos, no pudo contener su asombro:

—¡Qué hermosa estás, Victoria! ¡Casi el mismo cuerpo de Alicia! ¡Eres otra!

En efecto, el matrimonio y la vida en el campo habían aumentado mis carnes en una proporción que conocía bien por las veces que había tenido que dar por inservibles mis vestidos. En cambio, Graciela era poco más o menos la misma, a pesar de su nueva posición, que se advertía en su traje y en sus joyas, y Pedro Arturo se mostraba como siempre, delgado, moreno y vivo, con su fealdad simpática de hombre inteligente y su movilidad de mico.

—¿Y Alicia? —le pregunté a mamá— ¿Se tienen nuevas noticias?

—Volverá el mes que viene —repuso mi pobre madre, moviendo la cabeza tristemente—. No ha querido operarse lejos de nosotros; aunque dicen que tendrá que hacerlo de todas maneras, porque no sigue bien.

Empezó entonces para Joaquín y para mí una vida de actividad física que no excluía por completo la mortificación producida por la idea fija que roía poco a poco nuestras existencias. El negocio de los solares adelantaba, y comenzamos a visitar repartos y a examinar planos y presupuestos. Pedro Arturo aprobó el proyecto de adquirir terrenos próximos a la calle veintitrés. No tardó mamá en asociarse a nuestros conciliábulos, llevando a ellos la plena representación de mi padre, que delegaba siempre en ella su jefatura en todo lo que se relacionaba directamente con el hogar. Graciela también deliberaba con nosotros. Pedro Arturo nos propuso que adquiriésemos los dos solares y nos prometió edificarlos a plazos, reconociendo a su favor una hipoteca sobre las nuevas propiedades y amortizándola mensualmente con el precio de los alquileres. Casi rico ya, no se contentaba con la venta de terrenos, sino que se proponía edificar a plazos pequeñas viviendas destinadas a los pobres, y acababa de organizar una compañía constructora de casas, de la cual era el presidente. Nosotros seríamos los primeros en utilizar las ventajas de esta compañía, y en atención a que Graciela era como de nuestra familia, se nos ofreció un contrato en condiciones excepcionales, que nos apresuramos a aceptar. El mal estuvo en que no fue posible encontrar los dos solares contiguos, y tuvimos que aceptarlos, a buen arreglo, con una faja intermedia que pertenecía ya a otra persona. Joaquín y yo adquirimos la costumbre de ir dos o tres veces por semana a pasear por aquellos sitios, deleitándonos en la contemplación de «nuestra propiedad», aun mucho antes de que estuvieran emplazados los cimientos.

Desde nuestra llegada nos instalamos en casa de mis padres aunque sólo por pocos días; pero como la casa que fabricábamos estaría lista antes de cuatro meses, determinamos quedarnos allí hasta que estuviese concluida. Nos habían preparado el cuartito de donde Alicia y yo salimos para casarnos, cada uno de cuyos rincones estaba, para mí, lleno de recuerdos. Esta resurrección de lo pasado se me ofrecía entonces como algo doblemente melancólico, puesto que no podía hacerme ilusiones respecto al amor de mi marido, a quien veía encerrarse más en sí mismo cada día y absorberse apasionadamente en todo lo que podía distraerlo de la obsesión de mi persona. Mi cerebro batallaba sin cesar, buscando en vano una salida a este laberinto de nuestros sentimientos; y cuando me quedaba sola en la casa, procuraba sumergirme en el mar de aquellos recuerdos, que me refrescaban el alma y me llenaban al mismo tiempo de tristeza. Uno de mis entretenimientos consistía en revolverle el cuarto a Gastón, como cuando éramos solteras Alicia y yo y nos encerrábamos allí llenas de curiosidad por averiguar los secretos de mi hermano. La habitación no había cambiado. En las paredes había banderines triangulares con nombres de universidades americanas y de sociedades deportivas, Yale, Columbia Atletics, entre trofeos y panoplias de todas clases. En un cajón del armario, cuya llave dejaba siempre en la cerradura, descubrí cartas, retratos de mujeres, flores secas y una liga azul, de bastante mal gusto por cierto. Pero una vez, al llevar un poco más lejos mis pesquisas, encontré un libro horripilante, con láminas. Tuve el cruel valor de examinar éstas y de leer algunos párrafos, y lo arrojé enseguida, con asco. Desde aquel día sentí cierta aversión por el cuarto, y no entré más en él, pensando que mi hermano era tan puerco y grosero como casi todos los hombres.

Joaquín salía ahora solo la mayoría de las noches. Otras me invitaba y salíamos juntos. Íbamos al teatro o nos paseábamos por el Prado y por la explanada del malecón, acosados por el calor. Los días de moda se aglomeraban allí las gentes, mientras una doble fila de carruajes daba vueltas monótonamente alrededor y una banda de música tocaba en el feísimo templete que cierra la avenida por el lado del mar. Las mujeres, muy elegantes, se exhibían con aire lánguido de odaliscas. Los hombres miraban con cinismo, y algunos, conocedores de todas las paseantes que hacían de aquellos lugares su punto de reunión habitual, se fijaban en mí con cierto asombro, encontrando que era un nuevo ejemplar no clasificado en sus nomenclaturas. Por lo visto, tenía razón Graciela al elogiar mi hermosura: causaba impresión, sin que mi pobre marido advirtiera las miradas envidiosas que le dirigían. No me sentía halagada con esto, como otras veces, ahora que sabía exactamente lo que los hombres desean de una. Por el contrario, experimentaba algo de la antigua repugnancia con que acogía, cuando era soltera, los piropos callejeros. Y me complacía, al volver a casa, somnolienta y aburrida, en considerarme vieja ya, harto prematuramente, e incapaz de reaccionar ante ningún humano estímulo.

La llegada de Alicia vino a distraerme un tanto de la monotonía de estos sentimientos. Llegó precisamente el día en que se colocaron las primeras piedras de nuestras casas. No había perdido mucho de su hermosura, y estaba más bella con su palidez de marfil, sus grandes ojeras y el aire de cansancio que se notaba en toda su persona. Pensé que si hubiera sido coqueta hubiese sacado un gran partido de aquella interesante languidez que tan bien sentaba a sus naturales encantos. Encontré, en cambio, a mi cuñado más grueso, más satisfecho de sí mismo y hasta con mayor apariencia de juventud en el ancho rostro, como si el aire de los países del norte hubiese renovado su sangre. Traían un automóvil, y mi hermana, cuyo ingenuo optimismo no decaía nunca, me habló de las excursiones que emprenderíamos juntas, a pesar de que los médicos de Europa le aconsejaron que no abusase de este ejercicio. Aquella noche, al regresar de su casa, Joaquín y yo nos quedamos en el balcón de la nuestra, huyéndole al calor horrible de las habitaciones interiores. Nos sentíamos un poco más alegres que de ordinario, él por la emoción de la fábrica empezada y yo por la llegada de mi hermana. Este doble estado de ánimo, muy propicio para la ternura, nos impulsaba a acercarnos el uno al otro, como hacía algún tiempo que no lo efectuábamos. Joaquín habló largamente del ideal de tener una casa, un nido propio, que estábamos próximos a realizar. De pronto se detuvo, suspiró, y dijo después de una corta vacilación:

—¡Es lástima que la vida no sea nunca como uno la sueña! Con esa casa, que será un poco mayor que una caja de bombones, y con el cariño tuyo que yo había ambicionado, nadie sería hoy más feliz que yo.

Sentí que el reproche indirecto envuelto en estas palabras penetraba en mí como una hoja de acero, y repliqué, entre tierna y ofendida:

—¡Dios mío! ¿Dudas tú de que yo te quiera, Joaquín?

—Sí —respondió sin vacilar, con voz sorda y como a pesar suyo.

Hubo un momento de silencio, durante el cual nos miramos ansiosamente. Joaquín movió después la cabeza, y dijo:

—Sí; dudo que me quieras como yo a ti. Me quieres de otra manera... como si yo fuera tu hermano. Y yo no he podido cambiar la naturaleza de mi cariño hacia ti, como mi razón y mi amor propio me aconsejan... No he concebido nunca la entrega por deber. Desde

270

niño he sido orgulloso: he querido recibir, en materia de sentimientos, lo mismo que doy. Por eso mi carácter nunca se amoldó bien a la manera de pensar de mi familia, y me llamaban sentimental y romántico... Tú eres la única mujer a quien he querido por encima de todas las cosas; y no puedes imaginarte lo que me hace sufrir el pensamiento de que te molesto, de que te fastidio, de que no sentirás nunca a mi lado el ansia inmensa de posesión que a mí me atormenta en cuanto te tengo cerca...

Su voz temblaba, como arrancada de la garganta por un supremo esfuerzo de la pasión. Me acerqué a él, profundamente conmovida ante aquella queja que él no había podido contener, y pasé con mucha dulzura mi brazo alrededor de su cuello.

—¡Oh, hijo! ¡Fastidiarme! ¡Molestarme! —protesté, en un sincero arranque de mi alma— ¿De dónde sacas esas cosas? Tal vez no te comprenda bien; pero es que tampoco tú eres completamente explícito conmigo; y te entretienes en pensar atrocidades... Enséñame, dime lo que quieres que haga, muéstrame lo que deseas, y no sufras. ¡Yo no quiero que te apenes por mí!

Se secó la frente con el pañuelo, sonriendo tristemente.

—No, vida mía. Ya te lo dije otra vez: esas cosas ni se improvisan, ni se aprenden: nacen espontáneamente del corazón... o no existen... ¡Si tú supieras! Esta noche, al ver a tu hermana y a José Ignacio, he sentido envidia... Tal vez por eso te he hablado como acabo de hacerlo.

—¡Celoso! —exclamé, besándolo en ambas mejillas, como a un niño malhumorado por un capricho.

En mi conciencia renacieron de golpe todas las antiguas dudas. Me confesé que era cierto que lo quería con un cariño muy semejante al que le profesaba a Gastón; de ahí la confusión y la vergüenza que en ciertas ocasiones me producían sus caricias... ¿Era éste un verdadero crimen contra las leyes del amor, como él pretendía? En ese caso, con nuestro matrimonio se había realizado un error tremendo e irreparable que acabaría por envenenar la existencia de los dos. Fue aquélla una noche cruel, en que mi marido y yo, fingiendo dormir para engañarnos recíprocamente, permanecimos inmóviles uno al lado del otro casi hasta el alba, mientras nuestras mentes se dejaban abrasar por pensamientos devoradores.

Al día siguiente había tomado, por fin, una resolución: hablaría a Alicia y a Graciela claramente y sin ambages, dejando a un lado mis necios pudores, y procuraría que estuviesen las dos reunidas en el momento de la entrevista. Era viernes. No tendría más que esperar al domingo y tendría ocasión de hablar con ambas, sin moverme de casa. Estuve el sábado nerviosa y agitada, como si del paso que iba a dar dependiera una parte de mi vida. Era menester que supiese, sin ningún género de duda, si debía considerarme como una mujer incompleta, hecha de una materia distinta a la de las demás, y en tal caso Joaquín tendría razón, o si, por el contrario, mi marido perseguía algo que no era natural, y entonces el desequilibrio residía en él y no en mí. Llegué a pensar en una posible enfermedad, que un médico acaso podría remediar a tiempo... Y cuando me encontré a solas con mi hermana y con mi amiga, a la hora de vestirnos, abordé a esta última, casi brutalmente, con una pregunta directa y precisa que la hizo reír.

—¡Ésas tenemos! La niña, a los dos años de casada, no sabe todavía lo que experimenta una mujer con su marido... Hija mía, a ese paso me figuro que pensarás que el primer niño te lo mandarán de París en una cestita...

Alicia también se rió de mi salida y del trastorno que expresaba mi semblante al dirigirme tan inesperadamente a Graciela. Pero yo no estaba para bromas. Tenía como una rabiosa necesidad de acabar de una vez, e insistí en mis preguntas, indiferente ya a la vergüenza que me producía la confesión de mis miserias íntimas y de mi ignorancia, con tal de que las otras me revelasen su experiencia personal en aquel asunto. Graciela, un poco asombrada, repuso al fin:

—¡Claro, boba! ¿Crees tú que tengo la sangre de horchata? Si no fuera por esos momentos, serían muy difíciles de soportar las penas de la vida...

La respuesta, sin embargo, no me dejó satisfecha.

—No, hija; ésa no es la respuesta a mi pregunta. Óyeme bien: quiero saber si, en esos momentos de que hablas, tú sientes... de la misma manera que siente tu marido...

La joven, un poco encarnada ahora, sonreía, sin volver de su asombro.

—¡Claro que sí! ¿Cómo quieres que te lo diga? ¡Tanto como él y quizás más que él! Me atrevería a asegurar que mucho más, sin temor a equivocarme...

—¿Y tú? —dije, mirando a mi hermana con angustia. Alicia se turbó un momento, y pareció vacilar.

—¡Oh, hija! ¡Vaya un capricho el tuyo! Yo también siento; pero no como dice Graciela... Es como un vértigo, ¿sabes?, una excitación que no se acaba... En realidad mi goce consiste principalmente en ver a mi marido gozar, y en saber que soy yo quien le proporciona eso...

Entonces fue Graciela la que se encaró con ella.

—¿Y nada más? —le preguntó, mirándola fijamente.

—¿Qué más quieres, chica? Yo no te niego que haya placer; lo que te digo es que las mujeres no lo sienten igual a los hombres. Yo, por ejemplo, al principio no experimentaba nada; tuve que aprender, que acostumbrarme...

Graciela acabó por encogerse de hombros, con un gesto irónico, y resumió su pensamiento en una sola frase:

—Hijas mías: son ustedes de mármol. El mal parece que es de familia.

¡De mármol! Lo mismo que me había dicho Joaquín una vez. Y Alicia era, a lo que parece, de mármol como yo, a pesar de que mi marido había envidiado la suerte del suyo... Después de aquel esfuerzo, como al final de todas las tentativas que había hecho para cambiar el curso natural de los acontecimientos, me quedé moralmente fatigada y como sumida en aquella especie de apático fatalismo en que se adormecían mis energías. Afortunadamente la casa que fabricábamos me distrajo, y alejaba también a mi marido de la preocupación que le invadía cuando estábamos solos y entregados a nosotros mismos. Desde que empezó la obra, íbamos todos los días a comprobar el progreso de los trabajos. Algunas veces nos acompañaba Susana; pero la joven prefería pasarse los días en casa de Alicia, buscando la alegría y la animación del prado y huyendo de la tristeza de nuestra morada y de la misantropía creciente de nuestros caracteres. Mamá, en cambio, no parecía advertir las nubes que se formaban, a dos pasos de ella, en el cielo de nuestra dicha. Tengo la seguridad de que para ella, acostumbrada a amar, obedecer y sufrir, siempre siguiendo la dirección de una línea recta, ciertos problemas psicológicos no existían, a juzgar por la perpetua serenidad de su alma.

Los dos meses que siguieron fueron, poco a poco, acercándome a un estado de intranquilidad y de sobresalto que los cuidados de la fabricación no lograban ya contrarrestar. Empecé a perder la esperanza de que Joaquín desistiera de su viaje a Oriente o de que, al menos, me llevara consigo. Lo más que pude obtener fue su promesa de que me permitiría ir a reunirme con él, si, después de estudiar las cosas sobre el terreno, advertía que no era peligrosa mi estancia en aquellos lugares. Por lo demás, tampoco me quedaría con mis padres, sino en la casa nueva, pues sobre este punto mi marido tenía ideas de una extraordinaria firmeza y ni aun los celos, si los sentía, eran capaces de destruirlas. Mi plan, por consiguiente, fracasaba en toda la línea. Mamá propuso que, por lo menos, viviese con Susana y conmigo una «persona de respeto», y Joaquín, encontrando razonable el proyecto, autorizó para que buscase una a su gusto. Mientras tanto, yo veía acercarse el momento de la separación con una inquietud que muchas veces adquiría la forma imperiosa y punzante de un presentimiento.

Una tarde, al regresar de la calle, mamá nos dijo, sin tratar de ocultar su satisfacción:

—Ya tengo a la persona que buscábamos, y no puede pensarse en nada mejor.

—¿Quién es? —pregunté con cierta ansiedad.

—Julia Chávez.

Todos aprobaron con un ademán de absoluto asentimiento, y yo me sentí menos molesta por aquella elección que por cualquier otra.

Los días pasaron con abrumadora rapidez. Ahora solía llorar, cuando nadie me veía, ocultando después, con el mayor cuidado, las huellas de mis lágrimas. Joaquín, en cambio, se mostraba cada vez más animoso. Su pasión por mí parecía transformarse en un afán de lucha, en un febril deseo de enriquecerse, que acababa por desorientar completamente mis pensamientos. ¿Me amaba todavía? ¿Empezaba a odiarme? Las más contradictorias alternativas son posibles en esas naturalezas concentradas en sí mismas, en las cuales la timidez acumula enormes fuerzas pasionales todos los días. Por aquel tiempo me poseía con más frialdad, y hablaba casi siempre de sus proyectos económicos. ¿Iba a ser sustituida por esa rival temible de las mujeres que se llama «la ambición»? Jamás creí que los celos pudieran llegar a atormentarme de esa manera, ni pensé que hicieran tanto daño.

Mi rencor recayó, sobre todo, en los ingenios, y en particular en ese lejano y misterioso central que iba a arrebatarme a mi marido. Me sabía de memoria los más pequeños detalles de su instalación, por haber oído cien veces las entusiasmadas descripciones de Joaquín. Se llamaba Central Fraternidad, y no pertenecía a una empresa anónima, sino a un particular, aristócrata y rico, que vivía, por lo general, en Europa, y apenas se dignaba venir a Cuba una vez cada cuatro o cinco años para dar un vistazo a sus propiedades. El propietario llegó a inspirarme el mismo odio que el central. Se llamaba don Fernando Sánchez del Arco, y aunque Joaquín no hablaba nunca de él sin prodigarle los más calurosos elogios, me complacía en imaginarlo vanidoso, tieso y antipático como un reyezuelo salvaje y en dejar crecer mis deseos de insultarlo a gritos.

Una noche soñé que Joaquín se separaba de mí para siempre y que moría allá, en la inhospitalaria soledad de la selva virgen donde estaba enclavado el ingenio, comido por las fieras y los mosquitos; y me desperté sollozando, abrazada a él, con tan convulsivos espasmos y tantas lágrimas que acabó por alarmarse seriamente y habló de ir a buscar a mamá y a Susana para que me cuidasen. Me calmé poco después, a fuerza de reflexiones y de caricias, pero quedé profundamente afectada, y le supliqué, casi de rodillas, que rompiese su compromiso con aquellas gentes, haciéndole saber que mi sueño era tal vez un aviso del cielo, que no era prudente desoír. No dormimos en el resto de la noche, y aunque Joaquín se burlaba cariñosamente de mi superstición y me renovó todas sus promesas anteriores, amanecí nerviosa y llena de secretas zozobras, sin poder sustraerme a la horrible impresión de aquella pesadilla. ¡Qué extraños mensajes suele enviar el destino a los seres a quienes amenazan sus rigores!

VI

«Mi nena queridísima:

»Hace dos días que llegué, y todavía no había tenido tiempo de escribirte. Lo hago ahora, sin saber cuándo llegará ésta a tus manos, pues sólo tenemos comunicación con el resto del mundo por medio de una lancha de vapor, que, según me dicen, está descompuesta desde ayer.

»El Fraternidad es una finca muy hermosa; pero es necesaria mucha abnegación para encerrarse aquí, tan lejos de toda vida civilizada y en plena selva. Aunque la organización del trabajo deja todavía mucho que desear, las fábricas son modernas y las instalaciones, magníficas, prometen un buen rendimiento para todos.

»Lo que siento decirte, mi nena adorada, es que ni es posible soñar siquiera con que vengas aquí este año. El paludismo hace estragos entre los trabajadores, y se necesitan muchas semanas para terminar los trabajos de desecación y saneamiento que se han emprendido. Ten paciencia, y piensa que seis o siete meses se pasan pronto.

»No tengo necesidad de decirte lo que te echo de menos en mi destierro; pero me sostiene la esperanza de llegar un día a ser rico, para hacerte un estuche digno de la joya hermosísima que tú eres para mí.

»Adiós. Cuídate y procura distraerte. Saluda a tus padres y hermanos; abraza a Susana y recibe tú otro muy fuerte y cariñoso de tu amantísimo

Joaquín.»

«Mi queridísimo Joaquín:

»Tu carta ha venido a aumentar mis zozobras.

»¿Cómo tu egoísmo puede dictarte mi sentencia de alejamiento, sólo por preservarme de una hipotética fiebre palúdica, que, en definitiva, se resuelve con un poco de quinina?

»Te advierto que sufro mucho y que lloro casi continuamente. Te lo digo para que pienses que no has procedido bien al dejarme sola. Cuando vuelvas me encontrarás fea. ¿De qué le servirá entonces la riqueza a ésta, que tú calificas de joya, y que no es más que una pobre mujer que te quiere más que a todos los tesoros del mundo?

»Desde que te fuiste, he meditado y puesto en práctica grandes reformas en nuestra casita. El cuarto que íbamos a dedicar a mi tocador será en adelante tu despacho. Ya compré la mesa, con cristal encima, y sobre ella coloco todas las mañanas un ramo de rosas, a falta de otros muebles y a falta de ti, sobre todo. Ya ves que también yo quiero fabricarte un "estuche" para que te halles en él muy confortablemente y no te escapes otra vez.

»La pobre Julia Chávez me ayuda mucho en todo. Es un hermoso corazón que cada día me enseña nuevos rasgos de actividad y de ternura. Parece que ha amado y sufrido mucho en su juventud esta mujer, y que, al perder la esperanza de ser correspondida, ha vaciado sobre la humanidad entera los tesoros de amor que acumulaba avaramente para una sola persona. Me imagino que hay alguna gran novela oculta en su vida. Y de todas maneras le agradezco a mi madre que haya sido ella la "persona de respeto" en quien pensara para ponerla a mi lado.

»Tu hermana Susana, buena y encantadora como siempre. Creo que te escribirá también hoy y que me dará su carta para enviártela junto con ésta.

»Alicia está en cama desde ayer, desgarrada por los dolores y otra vez con hielo continuamente sobre el vientre. No puedo pensar en su enfermedad, sin recordar lo que tú me dijiste, en secreto, acerca de la participación de mi cuñado en ella, y sin sentirme indignada por la maldad de ciertos hombres capaces de envenenar así la salud de las pobres muchachas que se casan con ellos. Por cierto, que mi infeliz hermana nada sospecha, y su cariño es tan ciego, que no hace más que ocuparse en atender y cuidar al marido desde la cama. Cuando presencio esto, me dan ganas de arañar al hipócrita.

»Por supuesto, que estas cosas y otras muchas que veo a diario sólo me impulsan a quererte más, a ti, tan bueno, tan noble y tan diferente de la mayoría de los hombres. No quiero pensar en que te has ido, y procuro aturdirme y no estar nunca ociosa. Por las mañanas me dedico a arreglar el jardín, con la ayuda de tu hermana, que me ha resultado más loca por las flores que yo misma. Lo peor que sucedería es que, al volver, me encuentres tostada por el sol y convertida casi en una mulata.

»Pero no; no quiero que "vuelvas", sino que "me lleves contigo". Usaremos mosquitero y le echaremos a la comida quinina, en vez de sal, si es necesario, para preservarnos del paludismo. No creo que tenga fuerzas para esperar los seis o siete meses, y el mejor día, aunque te disgustes, me voy allá y te sorprendo con mi llegada.

»No te digo adiós, porque es muy triste. Me contento con devolverte tu abrazo, junto con los recuerdos de mamá, papá y mis hermanos y enviarte además un beso con toda el alma de tu

Victoria.»

«Nena mía queridísima:

»Tu carta llegó a mis manos con cinco días de retraso. Cuando empezaba a inquietarme seriamente la demora, me la trajo el cartero.

»La he leído varias veces. Escribes bien, nenita. Si te dedicaras a hacerlo para el público, tengo la seguridad de que te aplaudirían. Figúrate lo orgulloso que estaría de ser el marido de una literata este pobre catador de mieles que muchos días no tiene tiempo ni para lavarse bien las manos.

»Dices bien en lo que se refiere a Julia Chávez. A mí no me es enteramente simpática, porque la encuentro demasiado vehemente en la práctica de sus obras piadosas; pero reconozco sus méritos y me inspira una gran compasión la soledad en que vive cuando no la atraen sus parientes para sacarle partido.

»Escríbeme largo de ti. Yo lo haría en estos momentos en el estilo con que Napoleón escribía a Josefina cuando lamentaba la frialdad de su lecho de campaña. Pero sé que tu carácter serio no comprendería estas debilidades del cariño y me reprimo.

»De ningún modo llegues a cumplir tu amenaza de venir aquí inesperadamente. Algunas personas han muerto de paludismo, a pesar de la quinina y el mosquitero, y sólo con pensar que podrías enfermarte estaría inquieto y sin ánimo para trabajar. Dentro de tres meses creo que podré traerte, pues el ingeniero que hace los trabajos de desecación de una ciénaga que tenemos cerca, me ha asegurado que los terminará en ese tiempo.

»Estos lugares no te gustarían mucho, de seguro. Son demasiado agrestes y su naturaleza salvaje te daría miedo muchas veces. Puede decirse que apenas el hacha ha empezado a entrar en los bosques, y que sólo la seguridad de ganar mucho en poco tiempo puede mantener aquí a trabajadores y empleados.

»He sentido una viva emoción al imaginar tus flores sobre mi mesa todas las mañanas. Gracias, nena mía querida; pero no olvides que mi mejor flor eres tú misma. Ninguna otra tendrá para mí ni tu belleza, ni tu perfume.

»Te devuelvo centuplicado tu beso, y va en ellos envuelta el alma entera de tu amantísimo

Joaquín.»

«Mi queridísimo Joaquín:

»Te equivocas al pensar que no habría de gustarme aquello por agreste. No conozco esos lugares, pero me encantan, porque me los he imaginado al leer las descripciones de viajeros y novelistas. Te doy sólo el plazo de tres meses que me indicas, y ni un día más, ¿lo oyes bien? No quiero que te acostumbres a vivir lejos de tu mujercita, y que luego dejes de quererla.

»Lo de mis aptitudes literarias, como broma, puede pasar. Pero no creas que me envanecen tus elogios y que llegue a creerme capaz de escribir para el público. Además te he oído decir muchas veces, y en eso comparto enteramente tu opinión, que te desagradan las marisabidillas. Tú sabes que no soy feminista y que creo que la mejor ocupación de las mujeres es el cuidado de su casa. No hay temor, pues, de que llegues a ser el marido de una literata.

»Cada día estoy más satisfecha de la elección que hicimos al fijarnos en esta calle. Hay aquí una tranquilidad envidiable, y ahora tenemos, en la casa de la otra esquina, la que estaban terminando cuando te fuiste, una vecina encantadora. Es una viejecita con todo el pelo blanco, viuda, y que tiene por única familia a una sobrina, nada linda por cierto, y algo contrahecha y enfermiza, pero que toca el piano y canta como un ángel. El marido de la viejecita era español, Goma de apellido, dueño de una ferretería, según creo, y murió hace algunos años, dejándole una modesta fortuna. La sobrina se llama Enriqueta, es soltera, y según dice, la pobre, difícilmente encontrará quien quiera casarse con ella, a pesar de su admirable temperamento de artista.

»Mamá ha simpatizado mucho con esta familia y yo también. En pocos días hemos llegado a tener una gran intimidad, tanto más agradable para mí cuanto que, en aquella casa, no se reciben más visitas que nosotras. Las dos mujeres son muy buenas y muy dulces, y Enriqueta, sobre todo, está encantada con

Susana; piensa, como yo, que es imposible hacer, de porcelana, una figurilla más linda.

»Te hablo de todo esto para hablarte de mí, señor curioso. Me levanto a las siete, como siempre, coso, bordo, toco el piano, arreglo mi jardín, y llego a la hora del almuerzo casi sin haber tenido tiempo de pensar en que estoy sola y en que mi marido no quiere llevarme a su lado. Cuando estoy ociosa, me dan ganas de llorar, sin que pueda evitarlo. En la mesa, me entristezco siempre un poco, aunque tu hermana charla sin cesar y me entretiene con sus ocurrencias. Luego viene mamá o yo voy a casa, sin cambiar de traje, porque no hay nadie en la calle a esa hora. A las cuatro el baño, y después un paseo con Susana y Julia, hasta la puerta del cementerio muchas veces. Desde el portal de casa, el bosque de cipreses de aquél nos da la ilusión de que está más cerca; pero tardamos más de diez minutos en llegar a la magnífica portada, que he visto cien veces y no me canso nunca de admirar.

»En fin, por las noches nos vamos a casa de la viuda de Goma a oír cantar a Enriqueta, hasta las diez, hora en que invariablemente nos acostamos todos. Si estuviéramos todavía en La Habana, nos sería imposible hacer esta vida, pero tú sabes que aquí estamos como en el campo. Lo malo será cuando Susana empiece a ir al conservatorio, que ocurrirá probablemente el mes entrante. Entonces veremos...

»No quiero que me escribas como Napoleón a Josefina. Encontré sus cartas entre tus libros, y las leí en una noche de aburrimiento. Napoleón me ha parecido siempre un militarote grosero, y sus arrebatos pasionales no impidieron que luego sacrificase a esa misma mujer a la razón del Estado. Tal vez así acaban siempre ciertos materialismos demasiado vivos. Prefiero recordarte, como te quise, por tu rectitud, tu dulzura y tu inteligencia, que tanto te distinguen, a mis ojos, de los demás hombres.

»Alicia sigue mal. El doctor Argensola opina que no debe esperarse otro ataque para operarla. Cuando salga de éste y se reponga habrá que pensar seriamente en eso. Probablemente se lo quitarán todo, matriz y ovarios; pero a ella sólo le han dicho que se trata del ovario izquierdo, que es el más enfermo.

»¿Podrás creer que nada, en lo absoluto, sospecha del origen de su mal? El otro día se hablaba delante de ella de la pobre Eloísa de la Avena, que perdió el pelo y se llenó de úlceras a los dos meses de su matrimonio, y fue mi inocente hermana la primera en poner de oro y azul al marido de esa infeliz muchacha, que ha dado, en la buena sociedad, el escándalo más grande de que se habla en estos días. Yo tuve que salir del cuarto, por temor a no poder contenerme. Por lo demás, a Alicia todo se le vuelve buscar lindos gorritos blancos y camisas con muchos encajes para que su marido la encuentre linda en la cama... ¡Si la vieras! Me parece que ha perdido más de veinte libras en quince días.

»Voy a terminar porque si sigo voy a acabar con todo el papel de la casa y me dirás con más razón literata. El hecho es que tengo muchas cosas que decirte, y cuando concluyo, veo que sólo te he escrito la décima parte de ellas y he llenado cinco pliegos. Para las próximas tendré que hacer una especie de resumen y ordenar mis ideas.

»Adiós; cuídate mucho y abrígate, porque por aquí hace frío. Sobre todo, no olvides que ni un día más de los tres meses; ni uno solo. Y recibe, con un fuerte abrazo, el inmenso cariño de tu

Victoria.»

«Mi nena idolatrada:

»Hace tres días que tengo el propósito de escribirte y hasta hoy no he podido hacerlo. Terminaba, a horas extraordinarias, un trabajo urgente que me encomendaron y del cual voy a hablarte, porque vas a ser mi colaboradora en el mismo.

»Voy a darte, pues, algunos detalles; pero es necesario que rompas ésta en cuanto la leas, porque el asunto es secreto y delicado.

»Don Fernando, el dueño de esta finca, habló conmigo largamente antes de que viniera yo a tomar posesión de mi cargo de jefe del departamento de elaboración. Me dijo que sabía que era yo uno de los hombres más peritos en los modernos métodos de fabricar azúcar, y que me encargara de redactarle, en privado, un informe de las ventajas y deficiencias que encontrase en sus instalaciones y manejos de la administración. El motivo de su reserva es que el actual administrador es pariente de su esposa, de la cual está separado desde hace años, y no quiere lastimarlo con su desconfianza, ni indisponerlo conmigo, que soy subalterno suyo.

»No me gusta esta clase de encargos; pero es una distinción que me hace y he tratado de cumplirla lo mejor posible. Mas como me recomendó que hiciera llegar directamente el informe a sus manos, por un conducto seguro, he pensado que podías hacer que Julia lo llevase a su oficina, preguntara por él y se lo entregase de mi parte. Te lo remito en sobre certificado. La oficina está en la calle de Mercaderes 304, y a él lo encuentra, con toda seguridad, de dos a tres, los días de trabajo.

»Siento darte esta pequeña molestia, que te obligará a ocuparte en un asunto ajeno a tus gustos, y a pedirle este favor a Julia; pero quedaré completamente tranquilo sabiendo que el encargo está encomendado a tu discreción.

»No puedo escribirte muy largo hoy. Estoy rendido por haber trabajado los últimos tres días con sus noches consecutivas. Tomo nota de lo que me dices de los tres meses, ¡ni un día más!, y mantengo mi promesa.

»Mis cariñosos recuerdos para todos, y para ti, con un abrazo muy fuerte, el alma entera de tu

Joaquín.»

Cuando llegó el voluminoso sobre, con sus múltiples sellos y sus grandes cierres de lacre rojo, experimenté nuevamente la ligera contrariedad que me produjo la lectura de la carta en que me lo anunciaba mi marido. «Iré yo misma y será mejor», me dije atolondradamente enseguida. Pero aquel día era sábado, y me alegró el pensar que hasta el lunes no tendría que ocuparme en aquel asunto. Guardé, pues, cuidadosamente el informe, y aguardé, orgullosa de prestarle a Joaquín este servicio.

En el fondo, sentía cierta vaga curiosidad de ver de cerca a aquel don Fernando, de quien se hablaba mucho en sociedad por sus riquezas y por ciertas excentricidades y aventuras, algunas de las cuales llegaron a convertirse en escándalos de buen tono. Joaquín hablaba de él como de un personaje afable y sencillo, a quien la calumnia y la envidia trataban de manchar; pero yo, que sabía a qué atenerme acerca de los cándidos juicios de mi esposo, me lo imaginaba altivo y afectado, con la llaneza hipócrita de los grandes señores que pretenden engañar con sus sonrisas a los inferiores. La curiosidad y algo de inexplicable temor hicieron palpitar a ratos mi corazón durante todo el día del domingo.

Tuve que decirle a mamá y a Julia que iba a cumplir un encargo de Joaquín, sin explicarles la naturaleza de la comisión, para que no extrañasen mi salida, y el lunes, a la una, con un traje sastre gris oscuro y un sencillo sombrero de invierno, sin plumas ni adornos, tomé el tranvía en la calle Veintitrés, llevando el sobre cuidadosamente encerrado en mi bolsa de mano.

Subí a un coche de plaza en San Juan de Dios, y diez minutos después me detenía ante una antigua casa de la calle de Mercaderes, convertida en oficina de tres o cuatro importantes compañías y algunos particulares. En el viejo patio de honor, embaldosado, había grupos de hombres, que hablaban animadamente de negocios. Un conserje, con uniforme azul galoneado de oro, se inclinó ante mí, y a una tímida pregunta, me indicó la monumental escalera de mármol, entre dos estatuas de bronce que sostenían lámparas.

—Primer piso, a la izquierda.

Pasé rápidamente entre los grupos de hombres, sin mirar a nadie, pero sintiendo en mi espalda ese efecto desagradable que me producen las miradas que se fijan en mí al pasar. Debía de tener el rostro encendido, y traté de serenarme, en el descansillo, antes de emprender nuevamente la ascensión. Estaba cohibida, y temía que la voz me faltara en el instante oportuno.

Mi mano, cubierta con el guante gris perla, empujó una mampara de resortes, y entré resueltamente en una vasta pieza cuadrangular llena de pupitres, donde trabajaban seis o siete empleados. La habitación estaba empapelada de oscuro, con finas varillas doradas, y el mobiliario era severo y lujoso. Vi un gran reloj en el fondo, cuyo péndulo dorado se balanceaba majestuosamente detrás del cristal. Un empleado se levantó y vino hacia mí con una cortés reverencia.

—¿Está el señor Sánchez del Arco? —balbuceé.

—¿A quién debo hacer anunciar, señora? —se limitó a preguntarme a su vez el interpelado.

Recordé que no tenía tarjeta, y me turbé.

—Soy la esposa de un empleado del Fraternidad—repuse tímidamente—, y vengo a verlo en su nombre.

El empleado volvió a inclinarse cortésmente y me indicó que pasara a una pieza contigua, donde había varias mecedoras y poltronas cubiertas de cuero negro, y en el medio una gran mesa con periódicos y revistas. El decorado era el mismo, sencillo y severo, y los cuadros que pendían de las paredes representaban fotografías y dibujos de maquinarias de instalaciones de ingenios. Mi acompañante me dejó allí sola, diciéndome al retirarse:

—Puede sentarse, señora. Haré que le avisen enseguida.

Tomé una revista al azar y me entretuve en leer los anuncios de sus primeras páginas. Quería dominar la emoción que me inspiraban la solemnidad de aquella oficina y la idea de que pronto iba a aparecer ante mí el hombre a cuya voluntad estaban sometidos todos aquellos empleados silenciosos y el lujo de aquellos salones en los cuales no se percibía el menor ruido. Casi me arrepentía de la locura de haber ido en lugar de Julia.

De pronto tuve que incorporarme precipitadamente. Delante de mí estaba un hombre, inclinado con gracia, y sonriendo ante mi sobresalto, como si se hubiera propuesto de antemano ocasionarme aquella sorpresa. Vi primero la raya irreprochable de su pantalón oscuro, luego el pecho ancho, cubierto por el chaleco del mismo color, y la fina cadenilla de oro que lo cruzaba de lado a lado; y por último el rostro completamente rasurado, joven todavía y expresivo en todos sus rasgos, a pesar de la corrección impecable de su máscara de sociedad.

Aquella aparición acabó de trastornarme, e hice ademán de ponerme en pie, que él contuvo con un gesto. Entonces pregunté sin titubear:

—¿El señor Sánchez del Arco?

—Soy yo. ¿En qué puedo servirle, señora?

Tenía un ligero acento extranjero, apenas perceptible; pero la voz era suave y hermosa, voz de barítono, que vibraba insinuantemente en el oído.

—Soy la esposa de Joaquín Alvareda —le dije— y vengo a entregarle personalmente...

—¡Oh! ¡Perdón, señora! No sabía... Tenga la bondad de pasar conmigo a mi despacho, y allí se servirá informarme. ¿Por qué no me hizo saber desde el principio su nombre?

—Pero si no es más que para entregarle esto.

—¡No importa! Este saloncito es para los importunos y para otras personas; no para usted. ¿Me permite que le indique el camino?

Echó a andar delante, empujando mamparas y sosteniendo galantemente las hojas mientras yo pasaba. Su busto erguido se adelantaba a la vez con firmeza y flexibidad, adivinándose el juego de los músculos bajo el corte irreprochable de la americana.

Atravesamos un salón, donde la enorme caja de hierro se mostraba entreabierta, rodeada de una fuerte verja y alumbrada, en pleno día, con bombillas eléctricas. Un empleado, provisto de visera verde sobre los ojos, daba vueltas entre el enrejado, como en una cárcel. Luego, la oficina de contabilidad, con sus grandes libros sobre atriles de madera y el ruido activo de las máquinas de escribir y de sumar. Más allá, dos o tres habitaciones más, con escaso número de empleados y algunas jóvenes mecanógrafas atareadas junto a sus mesillas, que tenían el aire púdico y reservado de las mujeres obligadas a vivir entre muchos hombres. Debían de ser aquéllos los despachos del alto personal de administración porque sólo se veía uno o dos grandes escritorios en cada cuarto y era más completo el lujo del decorado. Un señor grueso y elegante, con aspecto de diplomático, se levantó de una de aquellas mesas, al ver al amo, y salió a su encuentro, llevando un papel en la mano.

—Un momento y perdóneme, Jiménez —dijo don Fernando, apartando con un leve gesto al importuno—. Estoy ocupado ahora.

El empleado de rostro de embajador se inclinó profundamente, sin hablar, y volvió a su puesto. Yo sentí un cosquilleo inconsciente de vanidad a lo largo del espinazo, y maquinalmente erguí el busto y acabé de atravesar el salón, con aire de importancia.

—Hemos llegado —murmuró el galante conductor, sosteniendo la última mampara, y dejándome pasar esta vez delante de él.

Estábamos en una vasta pieza rectangular, mitad despacho y mitad biblioteca, amueblada con sobria elegancia e iluminada por cuatro grandes ventanas que se abrían a la calle. Los muebles eran de caoba, lisos y brillantes, y el tono malva de las paredes y los visillos de las ventanas contribuían a que se destacara con más firmeza, sobre el fondo claro, el rojo negruzco de la madera. La pared que se alzaba delante de mí aparecía totalmente cubierta por un gran tapiz de los Gobelinos, representando escenas caballerescas. Allí estaba la gran mesa de trabajo del dueño y a entrambos lados dos pequeños estrados con sillones y sofás, de la misma estructura maciza que el resto del mobiliario y forrados con oscuro cuero de Córdoba. No había cortinajes ni cuadros en las paredes. Un estante corrido, de la altura de un hombre, daba vuelta a toda la estancia, exceptuando el fondo, ocupado por el tapiz, y contenía millares de libros, finamente encuadernados, y esculturas de bronce colocadas de trecho en trecho sobre la repisa. Junto a uno de los ángulos, un juguetero, de forma original, guardaba un misal antiguo, de inestimable precio, y algunas curiosidades parecidas coleccionadas por su propietario en los cuatro extremos del mundo.

Me dejé conducir a uno de los estrados y tomé asiento, haciéndolo después don Fernando frente a mí y a respetuosa distancia.

—Veamos ahora, señora, ¿cómo está su esposo? ¿Satisfecho? Dígame la verdad, porque muchas veces, por ocultármela, no puedo hacer todo lo que quisiera en beneficio de mis amigos.

Vi los cielos abiertos ante aquella invitación, y me atreví animosamente:

—Él sí lo está, señor Sánchez; yo no. Mi marido me dice que no podrá llevarme antes de tres meses, a causa del paludismo, y eso me tiene bastante disgustada.

Sonrió discretamente, y dijo:

—Y tiene razón su esposo, señora. Aquello, por ahora, sería muy peligroso para usted. Nosotros, los hombres, somos más duros; tenemos más resistencia para las enfermedades y los climas. En cambio, las señoras... ¡Oh, oh! Sé lo que usted va a decirme: que el cariño al esposo hace heroínas a las mujeres. ¡Es muy natural! Pero tres meses forman un espacio tan corto, tan corto... Piense en lo que son, en realidad, tres meses.

Hablaba con vulubilidad y aplomo, dando a las palabras un énfasis breve, por su costumbre, de hombre de mundo, de hacer atractivas las más triviales conversaciones. Yo, un poco confusa, no me atrevía a mirarle de frente, y veía solamente el alfiler de su corbata: un diminuto camafeo, primorosamente cincelado, donde no se vislumbraba ni huella de metal precioso.

293

—Además —añadió casi enseguida—, yo me encargaré de acortar ese plazo. No me perdonaría jamás el no haber contribuido a reunir a dos esposos que se quieren, pudiendo hacerlo. Mañana haré que escriban al ingeniero, ordenándole que active los trabajos de desecación, empleando, a ser posible, doble número de obreros. No serán tres meses; serán dos y medio; tal vez dos. ¿Está usted contenta ahora? Ya ve usted que no perdió el tiempo de su visita, y puede escribírselo así a su señor esposo.

—¡Oh, señor Sánchez! —exclamé conmovida—, ¡cómo podremos pagarle...!

—De ningún modo —me interrumpió riendo benévolamente—. Usted me presta un servicio molestándose en venir aquí, cuando podía yo ir a recoger ese informe, y procuro corresponderle de la misma manera. Eso es todo. Servicio por servicio, y estamos en paz, o todavía quedo yo obligado.

Se detuvo un momento para contemplarme con afectuoso interés. En mi creciente confusión daba vueltas al sobre, lleno de manchones de lacre, que aún conservaba entre las manos, sin saber qué decir. Don Fernando acabó por mover la cabeza, y exclamó con voz ligeramente velada por la tristeza:

—Es tan difícil la felicidad de dos, que, si en eso consiste la de ustedes, nunca me alegraré bastante de haber contribuido a ella.

Me puse en pie para despedirme, y le alargué el sobre. Él lo tomó doblándose cortésmente, pero me contuvo con un ademán.

—Un momento. Voy a hacer que la lleven a usted donde desee.

Antes de diez minutos estará aquí el carruaje.

Sin hacer caso de mis tímidas protestas, se dirigió a un ángulo del salón y apoyó el dedo en un botón hábilmente disimulado en la madera. Hecho esto, aguardó, cruzado de brazos, semejante a un dios joven que tuviera en sus manos los hilos que mueven el universo.

Un lacayo, vestido de azul como el conserje, se presentó en el hueco de la mampara, gorra en mano. El dueño le dijo, brevemente:

—Pida el Panhard cerrado para que lleve a esta señora y avise cuando esté.

El criado se inclinó y salió. Don Fernando había echado negligentemente el sobre encima de la mesa, y volvió a ocupar su puesto frente a mí.

—Es usted muy joven, señora, y yo sin duda demasiado indiscreto, ¿verdad? Pero no lleva usted seguramente mucho tiempo de casada.

—Un poco más de dos años —respondí, pensando que debía de creerme tonta.

—Así me explico su deseo. ¿Y niños? ¿Tienen?

—No, señor —murmuré bajando la vista, un poco molesta de que me hablara como a una colegiala.

Él sonreía, sin embargo, divertido, al parecer, con mi turbación. Y de pronto cambió de tono:

—Su rostro me recuerda el de un antiguo amigo, pariente de usted, según creo, que vivió mucho tiempo en Londres: un tal Dionisio García. ¿Lo conoció usted?

—No, señor, pero sé que era medio hermano de mi madre. Murió en el Brasil, hace algunos años.

—Ya ve usted si tengo buena memoria. Vivimos juntos, cuando aún no había muerto mi padre, y solía hablarme de su hermana y de ustedes, que entonces eran pequeñitos. No debe, pues, extrañarle a usted mi interés; somos casi amigos, viejos amigos, mejor dicho, y tengo el derecho y el deber de devolverle a usted las atenciones que recibí de mi antiguo camarada.

—Nada me extraña de sus bondades, señor Sánchez. Mi marido me tiene acostumbrada a oír hablar de ellas.

Yo misma me asombré del aplomo con que había pronunciado estas palabras, y no fue menor la sorpresa de don Fernando. Sin duda pensó: ¡ Ah! ¿Pero también sabe hablar esta bobita? Y ante su mirada enigmática, casi me arrepentí de mis palabras.

—¡Pero si no hago nada por los hombres que trabajan conmigo! —protestó con un aire de ingenua modestia— Sin duda usted no sabe que yo soy aquí ave de paso; que apenas paso en La Habana unas cuantas semanas de tarde en tarde y que esta habitación está casi siempre cerrada y desierta. Los negocios no me preocupan: me distraen, y por eso no los abandono totalmente. Yo soy un hacendado muy singular: demasiado mundano y perezoso para ser un buen industrial, y lo suficientemente conocedor de la vida para concederle al dinero un justo aprecio... Mis bondades son las de mis administradores; a ellos solos corresponde el mérito, si lo hay. En cuanto a mí, esto me ocupa en algo, y me hace olvidar muchas cosas que son desagradables.

El tono confidencial con que un hombre como aquél se dirigía a una chiquilla como yo, me impresionó profundamente. Las mujeres tenemos la tontería de querer ver en todas partes desgracias que aliviar, y yo creí adivinar en las últimas palabras de mi interlocutor cierto dejo de amargura, revelador de un pesar oculto, noblemente soportado. Y hubiera imaginado aún nuevas majaderías, si don Fernando, acercándose a un tubo acústico, que acababa de silbar, no hubiera dado otro giro a la conversación.

—¿Qué? ¿Ya llegó...? Está bien, dígale que aguarde, que la señora bajará enseguida... ¿Qué? ¡No, no! A su casa o adonde quiera.

Se acercó a mí, con su aire reposado y el andar firme que distribuía el movimiento por todo su cuerpo. Su sonrisa era siempre insinuante y cortés.

—Tal vez tenga que contestar el informe de su esposo, por el mismo conducto. En ese caso no será necesario que se moleste: iré yo personalmente a su casa.

Me tendió su mano, fina y cuidada, donde no brillaba más joya que un ancho anillo de oro mate.

—¿Amigos, verdad? Viejos amigos, por antiguas relaciones de familia... No quiero que usted lo olvide.

Quise salir por donde había entrado; pero me condujo por otra puerta directamente al pasillo y por éste a la gran escalera de mármol que subí media hora antes. Permaneció en pie en lo alto, mientras bajaba; y cuando llegué al último peldaño aún vi su elevada estatura inclinada en una postrera reverencia de despedida, inmóvil y respetuosa.

La portezuela abierta del Panhard me esperaba, y al pie de ella otro lacayo azul, con la gorra en la mano, se mantenía erguido y solemne como una estatua. Di la dirección de mi casa; la figura hierática giró, cual movida por un resorte; sonó el de la portezuela, y caí en los cojines que me recibieron con blanda impresión de caricia.

¡Qué extraña emoción experimentaron mis sentidos, al encontrarme sola, en la caja cerrada y acolchonada como un estuche de joyería, y envuelta en el traidor perfume de un ramo de violetas recién cortadas que veía delante de mí en su pequeño búcaro de cristal! Parecióme que mi vida se fundía en una nueva encarnación; que ya no era la misma y que sobre esta otra existencia tendían sus varas mágicas los genios de las leyendas orientales. Cerré los ojos y me dejé mecer por el suave balanceo de los muelles, con la mente vacía y una vaga ambición de vida incorpórea, entre nubes que volaran con la misma rapidez con que la máquina me conducía.

No los abrí sino cuando las ruedas se detuvieron y vi al través del cristal la diminuta fachada de mi casita y la delgada silueta de Julia, que tejía medias de estambre para los niños pobres en un rincón del portal donde no daba el sol. La portezuela estaba abierta y el lacayo, rígido, esperaba al pie de ella. Entonces bajé de un salto y entré corriendo, sin dirigir una mirada al carruaje, cuya portezuela sonó otra vez, antes de ponerse en marcha aquel, con un leve ronquido del motor.

—¡Hola! Ya estás aquí... ¡y en auto! —exclamó Susana, alegre, saliendo a mi encuentro— Te esperaba para saber adónde vamos esta tarde.

—A ninguna parte, chica; estoy cansada.

—¿No querías tú que fuésemos hasta la orilla del río?

—No; hoy no. Mañana.

—¿Salió todo bien? —me preguntó Julia, interrumpiendo un momento su trabajo.

—Todo bien —le respondí brevemente.

298

—¡Vaya, hija mía! ¡Gracias a Dios! —exclamó con un suspiro la solterona, que, en realidad, no sabía de qué clase era el asunto que Joaquín había confiado a mi intervención.

Pasé toda la tarde silenciosa, sin que mis pensamientos tuvieran una orientación definida. Por la noche vino Enriqueta y cantó, con su hermosa voz de contralto, algunos trozos, acompañándose al piano ella misma, las gentes se detenían en la acera para oírla y se apretaban contra la verja del jardín. Yo estaba displicente, sin saber por qué, y a menudo miraba con disimulo el reloj, aburrida de lo mismo que las noches anteriores constituía mi encanto. Exhalé un suspiro de alivio cuando todos se fueron y me quedé sola en mi cuarto.

No pude dormir durante algunas horas, lamentando, en mi fuero interno, las desigualdades sociales, que acumulan a favor de unos cuantos todos los esplendores amables de la existencia. Jamás, en toda la mía, había ambicionado riquezas, y, sin embargo, pensaba en que muchas mujeres conquistan, con el matrimonio, una posición en la que la vida entera debía de ser como aquellos minutos de sensual olvido que pasé mecida por los muelles del automóvil, entre suavidades de seda y perfume de violetas. Sabía que la esposa de aquel mismo don Fernando había huido, muchos años antes, en Bruselas, en compañía de un acróbata; y me encolerizaba contra aquella viciosa desconocida, que así abandonaba lo que hubiera sido el paraíso de cualquier mujer decente. Mi imaginación se desbordaba locamente, sin que pudiera detenerla el severo juicio de la otra yo, que en el seno de mí misma me incitaba a dormir y se burlaba de mis tonterías. ¡Hacía tanto tiempo que no soñaba! Y lo raro era que mis sueños, que no adquirían la forma de un deseo preciso, tendían a transportarme muy lejos del ambiente en que vivía, haciendo borrosas las siluetas de mis padres, de Joaquín y de la casita nueva en que con tanto afán había trabajado aquella misma imaginación un año antes. Me dormí al fin, fatigada, después de un decrecimiento lento de la excitación que me mantuvo despierta.

Al día siguiente me mofé de mi amargo desvelo de la víspera. Reía el sol en el jardincito de diez metros cuadrados que se extendía al frente de nuestra casa, y ya Susana, con las alas de su gran sombrero de paja graciosamente recogidas con una cinta bajo la barba, andaba entre los pequeños cuadros de plantas, podando, arrancando y riendo cuando se pinchaba los dedos con las espinas. Me acogió con un grito de júbilo.

—¡Ah, perezosa! ¡Cómo has dormido!

Me sentía dispuesta y ágil, como nunca, y quería convencerme a mí misma de que era la seguridad de reunirme más pronto con mi marido lo que me alegraba. Ayudé a Susana con ardor, lanzando exclamaciones ante los rosales llenos de flores, como si los viera por primera vez. Después examinamos juntas varios figurines. Quería hacerme un traje nuevo de calle, y hablamos de modas largo rato.

—Los trajes *princesa* —dije una vez— son muy elegantes; pero es necesario tener un cuerpo magnífico para que luzcan.

—Como el tuyo, picarona —repuso mi cuñadita con acento de sincera admiración.

Sonreí satisfecha porque sabía que era verdad, y un leve cosquilleo de orgullo me retozaba por dentro, lue-

300

go hablé del paseo al río, aquella tarde, sin acabar de decir sobre el traje. A cada momento venían a mi mente los recuerdos de la víspera, y los rechazaba dulcemente, como contrariada por su persistencia. Al mediodía, por hacer algo, escribí a Joaquín una larga carta, refiriéndole el resultado de mi embajada y haciéndole una descripción minuciosa de lo que había visto. Después, sin saber por qué, rompí aquella carta, que me disgustó al leerla, y le di cuenta de mi comisión en cuatro líneas.

Mamá llegó por la tarde, y el paseo quedó nuevamente aplazado. Después de comer, mientras Julia se entretenía enseñando a leer a dos chiquillas de la vecindad, Susana y yo nos fuimos a casa de Enriqueta. Cuando llegamos, la viejecilla estaba sentada en un gran sillón de brazos, y la sobrina, en una silla baja, a sus pies, leía con su linda voz un poco hombruna, las últimas páginas de una novela que la tía escuchaba embelesada. No quisimos distraerla, y oímos también. Se hablaba en aquel libro de pasiones románticas, de lindas mujeres soñadoras, de amores contrariados. Al terminar la lectura, los ojos de Enriqueta brillaban, como encendidos por la fiebre. Era lo único bello que había en su pobre rostro, de tez demasiado morena y marchita antes de tiempo. La conversación se generalizó sobre los mismos asuntos tratados en el libro, y nuestra amiguita habló de ellos con un calor que hacía afluir la sangre a sus labios de anémica.

—Eres romántica de veras, chica —le dijo una vez Susana, que la escuchaba embobada.

—Oh, sí —replicó fogosamente la pobre fea—. Los sueños forman la felicidad de los que no pueden vivir de realidades.

Después cantó, y me pareció que su voz, impregnada en la inmensa melancolía de su alma, era más profunda, más dulce y más bella, como si por la garganta de la artista se escaparan las pasiones comprimidas, que, de no encontrar aquella salida, concluirían por ahogarla.

Al encerrarme en mi cuarto para dormir, llevaba la impresión desoladora de aquellas palabras y de aquel canto. ¡Pobre Enriqueta! Su fealdad, era cierto, le cerraba las puertas del amor, del matrimonio. Jamás encontraría quien quisiese compartir con ella su vida. Pero, ¿sabrías acaso que esa realidad de que hablaba es sosa y mediocre y que los sueños la superan siempre en esplendor?

Entonces los míos se precisaron con una claridad que no tuvieron la noche anterior. Evoqué por centésima vez la imagen de aquel don Fernando, tan lleno de cortesía y de distinción, y me sentí orgullosa de que me hubiera hablado como a una amiga, a mí que a su lado era una pobre criatura sin importancia. Él lo había dicho con su voz clara y honrada que no tenía por qué mentir: «¿Amigos, verdad? No quiero que usted lo olvide...» ¿Por qué no podía yo gritar aquello, contárselo a todo el mundo, para que vieran que era posible una amistad así entre él y yo? Recordaba luego, una a una, sus palabras, sus gestos, me había dado a entender alguna pena, algún pesar oculto. ¿Podría tenerlos un hombre colocado en aquella altura? Y si la amistad pudiera aliviarlos, ¡qué orgullo para una mujer... o para un hombre el conseguirlo!

Pensé enseguida que semejante amistad era imposible, que era una verdadera locura, porque jamás nuestras vidas, tan desemejantes, se encontrarían; y sentí tristeza por aquella injusticia de las desigualdades sociales que no tienen para nada en cuenta las afinidades y las simpatías. Pero mi anhelo de entonces no necesitaba hechos reales: le bastaba con lo que había visto y recordaba para nutrirse; y así duraban poco las ideas pesimistas en mi cerebro. Empezaba a experimentar claramente los síntomas de una enfermedad del espíritu, que me llevaba a gozar y sufrir reviviendo sucesos acaecidos, con rasgos y detalles que resultaban a cada nueva evocación más brillantes; volviendo siempre a los mismos en una obsesión persistente, que excluía todo pensamiento extraño y todo razonamiento desapasionado. Ni por un instante una idea culpable. Ni por un momento la presunción de que pensando tanto en un hombre ofendía al que Dios y los otros hombres me habían entregado para siempre. Era un goce nuevo el que sentía soñando así y me abandonaba a él ingenuamente, como a un sencillo juego mental sin consecuencias, que mi otro yo burlón y razonador toleraba ahora, sabiendo de antemano que nada serio habría de traer aquel pasatiempo.

Y aquella noche mis ojos se cerraron plácidamente, sin la exaltación y el cansancio de la anterior, dejándome dormir hasta las siete, con sueño de niña a quien la idea del ángel de la guarda, en pie y silencioso junto a la cabecera, ahuyenta los sobresaltos de la noche e imprime en los labios inmóviles la curva dulcísima de una sonrisa.

VII

He llamado al estado en que me encontraba «principio de una enfermedad del espíritu», y nada más exacto ni más en consonancia con los extraños sentimientos que fueron poco a poco enseñoreándose de mi alma. La enfermedad se presenta sin contar con nosotros y sigue una marcha inexorable hacia la curación o la muerte, sin que puedan detenerla los esfuerzos de la inútil voluntad. No hay una disculpa envuelta en esta observación. Me he propuesto decirlo todo aquí, y continuaré hasta el fin, simple narradora de un drama que se ha desarrollado dentro de mí misma y al que he concurrido como actriz y única espectadora.

Tuve tres o cuatro días de humor variable: con frecuencia alegre, sin motivo que justificara mi contento, y a veces huraña e inconforme, hasta sentirme aburrida de mí misma y de los míos y sin ánimo para distraerme con los pasatiempos que antes me gustaban. Y no fue sino al cabo de esos días, cuando tuve la intuición brusca de que rodaba por una pendiente moral peligrosa y se pusieron en juego los frenos de mi voluntad para prevenir el peligro. Mi imaginación volaba sin cesar hacia la oficina donde sólo había estado veinte minutos y hacia el hombre que la habitaba, cuyos menores ademanes estaban ya fijos con tanta precisión en ella, que me hubiera atrevido a hacer su retrato de memoria, si hubiese sabido pintar. ¿Estaba enamorada del principal de mi marido? La primera vez que, crudamente y sin ambages, me hice esta sencilla pregunta, retrocedí indignada, como si, de improviso, otro que no hubiera sido yo me hubiese cruzado el rostro con el latigazo de una sospecha infame. La firmeza con que me respondí después, me tranquilizó casi completamente. No; no podía estarlo una mujer casada; pero sí podía aceptar la amistad que le ofrecieron, y sentir el infinito desaliento de no poder cultivarla, a causa de la imposibilidad de seguir manteniendo unas relaciones que no tenían razón de ser. Como mujer, yo no tenía ni tendría jamás otra inclinación que Joaquín, aunque éste lamentase el que «la mujer» no hubiera participado jamás en la perfecta compenetración que debe existir en el matrimonio.

Pero, ¿había algún mal en que, firme en este propósito, yo soñase, sin que ninguna mirada extraña penetrara en el santuario de mis pensamientos? Tuve necesidad de responderme que no, y mis escrúpulos se disiparon. Dejé, pues, que mi fantasía se desbordara, puesto que sentía con ello un placer, y a nadie le hacía daño. Acaricié con delectación la idea de lo que habría sido yo si el destino me hubiese unido a un hombre semejante, cuya superioridad hubiera encadenado para siempre el ansia de sumisión que vivía intacta en mi alma. Era el ideal de eterno príncipe ambicionado por todas las cenicientas del orbe. Mi corazón latía con violencia durante las peripecias imaginarias de este juego mental. Pero cuando pensaba que podía encontrarme nuevamente ante aquel hombre sentía la impresión contraria: me parecía que iba a detenerse. Temblaba ante la idea de que viniera a entregarme la contestación del informe, como me había anunciado. ¿Sería capaz de conocer en mi rostro lo que había pensado de él? Me moriría de vergüenza, si esto sucediera, pensaba. E involuntariamente recordaba al dentista a quien, por fortuna, no había vuelto a ver, y que me hubiera hecho caer, perdido el conocimiento, en la calle, si la casualidad hubiese hecho que nos cruzáramos en ella.

Los días pasaban, sin embargo, y el príncipe no llegaba. Casi iba perdiéndole el miedo a que se presentase de improviso. Recibí carta de Joaquín, y la contesté con otra casi apasionada. Cuando la leí, antes de meterla en el sobre, me sorprendí de las cosas que le decía, al anunciarle que mi destierro se acortaba; pero esta vez no vacilé y la dejé tal como estaba, sonriendo al imaginar el asombro y la alegría que mi marido experimentaría, a su vez, al leerla. Y aquella misma noche tuve una noticia desagradable: Enriqueta me dijo que la casa en que vivían se había vendido dos días antes y que la señora que la compró les había suplicado que se mudasen, pues deseaba vivir en ella. Su tía lo sentía por tener que alejarse de nosotras; pero justamente había a seis cuadras de allí una casa desocupada que les convenía, y pensaban alquilarla.

El anuncio de que se iban más lejos mis amigas, y de que yo no tendría donde pasar el tiempo después de comer, me tuvo triste dos días, hasta el punto de hacerme casi olvidar las tonterías que me tenían vuelto el seso por aquellos días. Era tan cómoda la comunicación entre ambas casas para Enriqueta y para mí, que vivíamos como si estuviéramos en la misma, pues el fondo de la que ellas habitaban, casi tocaba al costado de la nuestra, y penetrando por la cochera, como yo lo hacía, ni siquiera tenía necesidad de salir a la calle. Además, temía que aquella otra señora fuese una mala vecina, y sentía despertarse en mi ánimo la prevención que siempre tuve a crear relaciones con personas desconocidas.

Estábamos una mañana Enriqueta y yo comentando este suceso, que era el tema entonces de nuestras conversaciones, de pie ella en el muro de la cerca divisoria y yo en mi jardín, donde acababa de trasplantar unos rosales, cuando, de improviso, un automóvil, que ni una ni otra sentimos llegar, se detuvo ante la puerta de mi casa. No era el mismo carruaje que me trajo, pero reconocí al mecánico y al lacayo, y me quedé como petrificada de espanto. Tenía las manos sucias de tierra y el cabello en desorden, e instintivamente quise huir y refugiarme en la casa, pero ya el caballero, que vestía ese día un temo claro y un fieltro gris, había saltado ligeramente a tierra, y habiéndome divisado sin duda, se detenía a pocos pasos de donde estábamos, saludándonos con una mano, mientras conservaba en la otra los guantes y un delgado bastón. No pude dejar de salir a su encuentro, olvidando, en mi aturdimiento, el despedirme de Enriqueta. Don Fernando sonreía y me miraba, encantado, sin duda, por el apuro que me hacía pasar.

—¿De jardinera, eh? —dijo alegremente— ¡ Ah! No esperaba seguramente encontrarla tan ocupada, y le pido perdón por haberla sorprendido sin avisarle.

Me tendía la mano, que yo miraba aterrorizada, no atreviéndome a enseñar las mías, que mantenía ocultas detrás de mi cuerpo. Por fin, mostrándoselas con una brusca decisión, exclamé, toda confusa:

—¡Mire cómo estoy! Permítame siquiera lavármelas en un instante.

Y sin esperar su respuesta eché a correr hacia el portal como una chiquilla, no sabiendo exactamente lo que hacía.

—¡Deliciosa! —me pareció oír que el caballero murmuraba a mi espalda.

En la sala encontré a Julia y después a Susana, y, sin detenerme, les dije que era don Fernando el que llegaba y que me había sorprendido en el jardín. Un doble «¡ah!» de asombro, y las dos mujeres salieron a su encuentro, solícitas, con el fin de proteger mi retirada.

Ya en mi cuarto, cepillé febrilmente mis uñas, me puse polvo y arreglé el cabello, tumbando, en mi atolondramiento, una silla, que cayó con estrépito, y volcando en la palangana la polvera. Me miré largamente al espejo, tenía los labios pálidos por la emoción, y me los froté varias veces con la toalla. Ni dos minutos había invertido en todas aquellas operaciones.

Cuando le tendí la mano a don Fernando, me la sentía helada. La estrechó afectuosamente entre la suya.

—Le decía a estas señoritas que he venido para devolverle a usted su amable visita y para entregarle algunas observaciones al informe que se sirvió llevarme y que me ha dejado completamente satisfecho.

Julia y Susana, al saber que iba a tratarse de negocios, se retiraron discretamente, sin advertir la señal que les hacía con disimulo para que se quedasen.

Sánchez del Arco me miró larga y profundamente, y dijo, en tono más bajo:

—¿Me perdona usted la inoportunidad de la hora?

Hice un vago signo de asentimiento. Debía de encontrarme boba y torpe. El continuó, completamente seguro de sí mismo:

—Hay acontecimientos en la vida que parecen insignificantes y son, en realidad, trascendentales. Hace diez días que pienso constantemente en esto; diez días justo que cuenta de existencia nuestra amistad, y que, sin embargo, me parecen diez años. Porque somos amigos; me lo dice el corazón, y mi corazón no me engaña nunca.

Me eché a reír, ocultando con la risa mi emoción, y exclamé, para quitar toda importancia a sus palabras:

—Es usted bromista, señor Sánchez, y como broma lo acepto. ¿Cómo podría creerse que existiese esa amistad entre personas que sólo se han visto una vez?

Él, afectando siempre el tono ligero, que tan bien le sentaba, repuso, sin desconcertarse:

—Es curioso que las mujeres, en general, guarden siempre un compás en sus cabezas para medir exactamente el tiempo y las distancias; como si los sentimientos pudieran sujetarse a la marcha de un reloj. Por mi parte, le aseguro que soy su amigo, y amigo de veras; y lo seré aunque se oponga a ello. Si usted me conociera a fondo, comprendería hasta qué punto es verdad lo que le digo. Un pasional en todo, que se burla de las conveniencias. Usted piensa que es casada, que su esposo es empleado mío, y que la amistad entre usted y yo sería el colmo del absurdo. ¿Verdad que es así? Pero yo me río de eso, como de todo lo que es artificial y hecho a molde, y cometo, como usted ve, la gravísima inconveniencia de decirlo. ¿Qué tienen que ver todas esas cosas, aprendidas de memoria, con la realidad de las simpatías y de los afectos?

Me puse seria y en guardia, e instintivamente dirigí una mirada al interior de las habitaciones, molesta por la tontería de Julia y Susana que me abandonaban a esta extraña intimidad. Y repliqué, casi severamente:

—Pero hay también la realidad del mundo y de la sociedad, a la cual no es posible sustraernos.

Don Fernando, cambiando de tono, se inclinó en señal de respetuoso asentimiento.

—Esa es su opinión y la respeto: es la primera condición para que la amistad subsista el acatar recíprocamente las diferencias de criterio. El mío es otro, porque conozco más a fondo la vida. En el nombre de esos augustos valores de que usted me habla se cometen a diario grandes canalladas y hasta crímenes, en los cuales las personas de su sexo de usted son casi siempre las víctimas. Invocándolos se santifica el matrimonio, que es, la mayoría de las veces, un tráfico infame. ¡Qué horrible parodia del amor la que ofrecen una pobre muchacha llena de ilusiones y un imbécil, poseedor legal del tesoro de sus gracias, que la lastima, la mancha y le hace concebir finalmente una tristísima idea de la vida y del hombre! Cuando pienso en eso, me confirmo en el propósito de aislamiento y de excentricidad que me echan en cara todos los mentecatos. Ya ve usted que empiezo a ser su amigo, acatando sus ideas y dejándole ver las mías más queridas; cosa que no hago ciertamente con todo el mundo.

Yo estaba anonadada y sin fuerzas ante la singular situación en que me hallaba. También a mí me subían del corazón a los labios dolores y confidencias que reprimía enérgicamente. A hurtadillas había mirado la boca y los ojos de aquel hombre, llenos de fuerza y de pasión, y me prometí no mirarlos más, temerosa del poder sugestivo que ejercían sobre mi alma. Hubiera permanecido siglos enteros encadenada al poder mágico de su presencia, y deseaba al mismo tiempo que se levantara y que se fuera.

—Usted es feliz sin duda —continuó el hipnotizador—; tiene usted un marido a su gusto; quiere y es querida. Y la felicidad es egoísta. Yo, en cambio, aborrezco a casi toda la humanidad, a pesar de que la fortuna ha sido pródiga conmigo y posea todos los medios para gozar en su seno. De ahí que sintiera una extraña satisfacción, cuando, por un impulso irreflexivo, le ofrecí a usted, con mi mano, mi amistad, y me pareció leer en sus ojos su aceptación, con la misma sinceridad que se la brindaba. Pero he aquí que, a los cuarenta años, todavía carezco de experiencia, y he cometido una nueva tontería viniendo aquí alegremente a decírselo tal como lo sentía, sin fijarme en el mandato todopoderoso de las conveniencias. Usted me rechaza, con delicadeza que le agradezco, y...

—Pero si no le rechazo a usted —dije imprudentemente—. Pienso solamente que todo esto es muy extraño y que las mujeres, como usted dijo antes, somos muy desgraciadas.

Hacía un momento que buscaba desesperadamente una salida, y no encontré sino ésta, en que se escapaba una parte de lo que llevaba oculto en el alma. Sánchez del Arco, envolviéndome en su mirada dominadora, se apresuró a responder:

—Aquí sí; en otras partes no. Vivimos en el país de la malicia, de los escrúpulos tontos y de las ideas hechas. ¡Y son tan pocos los que tienen la elevación de alma necesaria para sobreponerse! En las sociedades cultas a nadie le llama la atención el que las personas de distinto sexo se liguen por medio de un sentimiento menos interesado que el amor. Por eso yo huyo de todo este ambiente y no vengo aquí sino como le dije a usted: como ave de paso. Pero usted, en quien yo he adivinado un espíritu superior al medio; usted que es capaz de comprender la necedad de esos prejuicios, ¿por qué no rompe con ellos? Por alguien allegado a usted supe que se educó usted en los Estados Unidos, y ya sabe cómo entienden allí el valor y la independencia las mujeres. Sería horrible que, después de esa educación, continuara usted pensando como nuestros compatriotas.

Bajé los ojos sin responder. Él, conociendo sin duda la turbación de mi ánimo, se puso en pie para despedirse. Tendió la mano, se apoderó de la mía, que retuvo un momento en la suya, caliente y suave, y preguntó imperativamente, obligándome a mirar al fondo de sus ojos oscuros:

—¿Amigos?

—Sí —musité dominada, con ganas de llorar y de morirme.

Lo vi, desde la puerta, alejarse gallardamente, saltar al auto y hacerme un respetuoso saludo con el sombrero. Y huía hacia mi cuarto enloquecida y ansiosa de soledad, cuando tropecé con Susana, que salía de él y que me detuvo para decirme con entusiasmo:

—¿Se fue? ¡Qué figura y qué aire de hombre! ¡Es muy simpático! ¿Verdad, chica?

—¡Es insoportable! —le respondí casi groseramente, cerrando de un modo brusco la puerta y dejándola estupefacta en el pasillo.

Me dejé caer en una silla y quedé largo rato agitada, rendida, como si acabara de realizar una dura jornada o hubiese sufrido un ultraje. Mi primer impulso fue de ira contra mí misma, por la estupidez con que había procedido. Ni siquiera aquel hombre me había dejado la contestación al informe, que justificaba su visita. ¡Se olvidó de él, como si sólo lo hubiese tomado como pretexto! ¿A qué vino entonces? ¿Y de qué medios se valió para trastornarme de tal modo que le dije y le prometí lo que quiso, como una verdadera idiota? Miré el reloj. Apenas si habría durado diez minutos la visita. Y en ese tiempo había hablado de amistad, de afectos, como si hubiese venido expresamente a recitar su papel. Me sentía un poco humillada por aquel tratamiento, y me culpaba de ligereza. Don Fernando era demasiado sagaz y habría adivinado que no me era indiferente, al sorprenderme así de improviso. Esta idea me ponía fuera de mí.

Y cosa inexplicable, mientras me recriminaba y me retorcía de despecho, una emoción indefinible, mezcla de alegría, de vanidad y de agradecimiento, se levantaba del fondo de mi ser y subía hasta mi garganta, apretándola como un dogal agradable. No sólo le había visto otra vez, sino que había sentido vibrar en mi oído la música de sus palabras, dichas para mí sola y en una especie de intimidad que no esperaba. Tampoco yo le era indiferente; ahora lo sabía. Un hombre como él, acostumbrado a la lisonja, que podía escoger entre el amor de cien mujeres, había implorado el favor de mi amistad. ¿Por qué no había de ser sincero? Mi corazón latía con violencia, al solo pensamiento de que aquel sueño de amistad pudiera realizarse.

Pero un nuevo reflujo de las ideas me lanzó de pronto hacia un escollo que hasta entonces no había divisado desde la barquilla de mis quimeras. ¿Y Joaquín? ¿Sería posible una amistad así en su presencia y con su consentimiento? ¿Aceptaría como bueno el argumento de que mi educación norteamericana lo autorizaba? Fue un brote súbito de luz en el tumulto de mi conciencia, que me hizo detener en seco y aterrada. Me di cuenta rápidamente de mi locura y de sus consecuencias. Una cosa eran los sueños inofensivos y otras las realidades que aquella mañana habían tenido efecto. Por primera vez vislumbré el amor bajo el disfraz de la amistad. Y temblé. Era preciso concluir con aquel peligroso juego, y concluiría. Me lo juré solemnemente a mí misma, antes de salir del cuarto, serena ya, empolvada y peinada.

Pasé una semana de horrible mal humor. Cuantas veces venían a mí los recuerdos torturadores, los rechazaba sin piedad al fondo de mi memoria. Representé conmigo misma el papel de heroína, y hasta ensayé ante el espejo actitudes de mártir. He aquí un nuevo entretenimiento, en que mi espíritu se iba impregnando cada vez más sin saberlo, del sutil veneno que lo corroía. En la lucha estéril que sostuve entonces conmigo misma, sólo conseguí gastar inútilmente mis fuerzas.

Una tarde llegaron juntas dos cartas: una de Joaquín y la otra de Georgina. La de Georgina decía así:

«Mi querida hermana Victoria:

»Te escribo para darte una gran noticia: hoy pidieron formalmente mi mano. Vino a hacerlo expresamente el tío de mi novio, y la ceremonia revistió toda la solemnidad que podrás imaginarte.

»Como tú conoces el principio de este *idilio,* te escribo antes que a nadie, para que veas cómo va acabando. Mi novio parece que se figuró al principio que las cosas iban a seguir aquí como en el ingenio; pero tuvo que convencerse de que no es lo mismo el campo que la ciudad; o lo que es igual: de que *no todo el monte es orégano*. Cuando no tuvo otro recurso, bajó el cuello y se dejó poner el yugo.

»Creo que me casaré dentro de pocos meses. Si es así, te lo deberé en parte, porque supiste conducirte aquella vez con mucha discreción. ¿Te acuerdas?

»Rompe esta carta enseguida que la leas.

»Te besa tu hermana,

Georgina.»

La de Joaquín reflejaba la sorpresa que yo había previsto. Hela aquí:

«Mi Victoria idolatrada:

»Desde ayer, que la recibí, he leído cien veces tu querida carta. No puedo creer en la realidad de mi ventura, y tengo necesidad de leerla y releerla para convencerme de ella.

»No puedes imaginarte lo orgulloso que me pone el que la mujercita que yo adoro y que siempre se me mostró esquiva, me hable de que "extraña mis besos" y que tiene ansias de que el tiempo vuele para "darme todos los que me tiene guardados".

»Si yo hubiera podido estar ahí en el momento en que escribías eso, ¡cómo te hubiera cogido la palabra y te hubiera hecho vibrar al calor de los míos, que tan insensible te dejaban antes! Tú ves, amor mío, cómo era

315

verdad lo que te he dicho tantas veces: que tú despertarías algún día al amor y al placer natural que éste trae consigo, porque no es posible dejar de sentir ese placer cuando se quiere de veras y se tienen veinte años y una buena salud.

»Por mi parte, te aseguro que sólo el verte cariñosa, con ese cariño que me demuestras por primera vez en tu carta, era lo que faltaba a mi felicidad, desde que tengo la dicha de poseerte.

»Guardo esa carta como un talismán; la llevo conmigo; la beso como si te besara a ti, y creo que dentro de poco la habré puesto de tal modo que no podrá leerse. ¡Si supieras cómo te la he agradecido en mi soledad!

»Adiós, nena mía. Por cada uno de tus besos te devuelvo un millón, y aún te guarda también muchos, muchos, tu amantísimo esposo

Joaquín.»

Al concluir de leer estas líneas me quedé meditando largo rato. La carta a que se refería mi marido la había escrito yo, *pero no se la había escrito a él.* Me horroricé del cúmulo de traiciones que encerraba mi alma, que antes era recta y simple y ahora tornábase de tal modo sinuosa y complicada que a veces me era, a mí misma, imposible leer en ella. A pesar de la quietud aparente de mi espíritu, donde la voluntad reinaba despóticamente, un cambio profundo se había realizado en mi vida, y lo advertí cuando tuve que escribir nuevamente a Joaquín. Si mi carta anterior había sido sincera, aunque inspirada por un

316

sentimiento bien distinto de los que expresaba, la que entonces le escribí fue consciente y deliberadamente fingida y sus efectos calculados de antemano. No podía negarme a mi propia, ante estos pequeños relámpagos de evidencia, el verdadero estado de mi alma en aquellos instantes, y aunque lo deploré, como una mancha y una desgracia, ni por un momento cruzó por mi mente la idea de que las cosas pudiesen llegar más allá de donde habían llegado. Afortunadamente faltaban las ocasiones de encontrarnos don Femado y yo y de experimentar, por mi parte, aquella rara impresión de embeleso que me dejaba hecha una tonta delante de él. Yo salía muy pocas veces de casa, y él no podría venir a ella con nuevos pretextos. Y sin embargo, aun alegrándome con toda sinceridad de este forzoso alejamiento, mis nervios seguían padeciendo de aquel mal de exaltación continua, que los llevaba a extrañas explosiones de gozo y de abatimiento, y por mis venas circulaba el mismo ardor desconocido que me mantenía en grata y constante zozobra interna desde los primeros días de «mi enfermedad».

La carta de Georgina llegó también en momento propicio para aclarar la naturaleza de mis sentimientos. Envidié sencillamente a aquella muchacha experta y calculadora, que se conocía a sí misma y a la vida lo suficiente para trazarse al través de ella un camino y seguirlo sin desviarse. Yo, en cambio, no había podido hacer lo mismo, porque lo ignoraba todo, hasta mis propias inclinaciones. Cuando Joaquín me hacía el amor no sentía lo que ahora en presencia de don Fernando, que sólo me había hablado de amistad. ¿Sería por eso, porque nunca estuve enamorada de él, por lo que consideraba sucias e insípidas las intimidades entre el hombre y la mujer? ¿Obedecería a esa causa también mi frialdad con mi marido, y la lástima que me inspiraban las solteras que se deshacían por probar al fin aquello que a mí me producía aversión y asco? ¿Estaría enamorada Georgina del hombre a quien, con tanta habilidad, supo inclinar hacia el matrimonio? Este problema moral me entretuvo en una multitud de comparaciones amargas con mi propio caso, que me llevaron a pensar que, si me hubieran educado de otra manera, acaso hubiese podido ser feliz, como Graciela y tantas otras, a pesar de haber cometido ésta «una falta» antes de casarse.

De mis reflexiones me distrajo la despedida de Enriqueta y de su tía. Las dos pobres mujeres nos abrazaron con lágrimas en los ojos. Sus muebles no habían acabado de salir de la casa, y ya entraban los de la nueva propietaria: una señora gruesa, fresca y de aspecto simpático, que Susana y yo nos entretuvimos largo rato en observar, al través de nuestras persianas, mientras se paseaba por su jardín. Sentí el corazón oprimido también, al despedirme de aquellas dos criaturas, buenas y sencillas, en cuya casa se pasaban horas tan apacibles. La nueva vecina era viuda y sola, y por eso Susana, un poco despechada, pues hubiera deseado que viviesen allí hombres jóvenes y solteros, le llamó desde entonces a la de al lado «la casa de las solitarias». La criada nos dijo que la recién llegada se llamaba señora de Montalbán y que su nombre era Úrsula. Me mandó a decir que vendría personalmente a ofrecerme su casa.

Tres días después, hallándonos Susana y yo cerca de la puerta del cementerio, en uno de nuestros paseos de la tarde, tuve una violenta sorpresa: nos encontramos bruscamente delante del señor Sánchez del Arco, que salía por la monumental portada, buscando con la vista su auto, que había ido a situarse a la sombra. Fue mi cuñadita quien lo vio primero y me dio disimuladamente con el codo para llamarme la atención. Me quedé fría y como clavada en el sitio. Don Fernando, al vernos, se acercó afectuosa y galantemente, con el sombrero en la mano.

—¡Oh, qué encuentro! ¡Qué agradable encuentro! Lo más lejos que tenía era la idea de que iba a verlas a ustedes hoy. Hay que creer que la casualidad es amiga mía desde hace mucho tiempo.

Parecía tener un especial empeño en hacernos creer, a Susana sobre todo, que no había habido premeditación alguna en aquella entrevista.

Nos estrechó la mano en silencio y se colocó a mi lado. Susana lo contemplaba ávidamente, a hurtadillas.

—¿Siempre tiene usted las manos tan frías? —me deslizó al oído, mirándome con fijeza.

Me estremecí, pero dije lo más ingenuamente que pude:

—Creo que sí, siempre.

—Lo he notado dos veces —repuso en el mismo tono de discreta confidencia—. Es cosa que me encanta porque indica delicadeza de sentimientos. He observado que todas las mujeres de manos frías son sentimentales.

Desde aquel momento generalizó la conversación, dirigiendo algunas galanterías a Susana que, muy complacida, las contestaba, sin perder su aplomo. De pronto se detuvo.

—No hay duda de que soy un indiscreto. Las entretengo a ustedes sin preguntarle adónde iban y si podía...

—Volvíamos a casa —le interrumpió Susana—. Ya habíamos terminado nuestro paseo.

Don Fernando tuvo, al parecer, una idea súbita, pero vaciló un momento antes de exponerla, mirándonos alternativamente a mi cuñada y a mí.

—Es temprano —dijo al fin—. Si me atreviera les propondría a ustedes otro paseo... en automóvil... por ejemplo hasta Marianao.

Susana palmoteo de alegría.

—Es verdad, chica —exclamó dirigiéndose a mí—. Tenemos tiempo antes de comer, ¿quieres?

Yo me había puesto seria, y respondí casi secamente:

—No, hija. Debemos dar las gracias a este caballero; pero tenemos que estar temprano en casa hoy.

Los lindos ojos azules de Susana bailaban de impaciencia en su alegre rostro de muñeca.

—Pero si no tiene nada de malo, Victoria —insistió indiscretamente, fijándolos en mí para animarme con la vista.

—Ya lo sé, hija mía. No es por eso. Es que no podemos ir.

Mi acento no admitía réplica, y Susana se quedó como una niña a quien le arrebatan un juguete, mientras don Fernando, disimulando su contrariedad, me decía:

—No insisto, puesto que usted no lo desea; pero ¿sería también indiscreto que las acompañara un momento a pie en su regreso?

No tuve fuerzas para negarme, aunque quise hacerlo, y consentí con un vago ademán. Entonces don Fernando se colocó más resueltamente a mi lado, en tanto que Susana entretenía su mal humor alejándose sola de nosotros y dando con la punta de la sombrilla en las piedras.

—¿Por qué es usted mala conmigo? —murmuró casi rozándome la oreja— Me ha ofrecido usted su amistad, y me trata como a un extraño. Yo aprecio este instante más que todos los tesoros del mundo. Cuento los segundos uno a uno, y me muestro avaro de ellos; yo que no he sido avaro de nada en mi vida. Por eso quería prolongar el paseo, y propuse una inconveniencia que no me hubiese atrevido a proponerle a otra persona; pero a usted era distinto, porque suponía que usted iba a darle más valor a las intenciones que a las apariencias. ¿Dónde y cómo encontrar a menudo momentos como éste?

Turbada hasta el fondo de mi alma, había encontrado, sin embargo, en los restos dispersos de mi voluntad, una resolución que se me antojó heroica. Detuve un instante el paso, y dije, con la voz serena que pude producir, mirando esta vez frente a frente a aquel hombre:

—Estos momentos, señor Sánchez, son precisamente los que no pueden ni deben repetirse.

—¿Por qué? —preguntó él, simulando una perfecta ingenuidad.

—Usted debe saberlo.

—No, no; yo no sé nada —repuso él, mientras echábamos a andar de nuevo—. Yo no sé otra cosa, sino que encuentro una infinita dulzura en hablar con usted y en oírla, y que el deseo de volver a experimentar esa dulzura me acomete en cuanto me separo de usted, como si fuera ya una necesidad de mi espíritu más fuerte que yo y más fuerte que todo... ¡Oh, no se alarme usted! —añadió dulcemente, al notar en mí un leve sobresalto— No es una declaración de amor. Nada hay en mis sentimientos que pueda ser ni ofensivo para usted, ni reprochable. Es algo que no me explico, y que, sin embargo, nada tiene que ver con las violencias y los arrebatos de la pasión. Algo que ha cambiado por completo mi ideas y mi vida. Yo no me guío en el mundo por la opinión de los necios, que ven el mal en todas partes. Tengo mi moral más alta y un concepto más verdadero de las cosas. Y quisiera que usted, que es mi amiga, que es la persona a quien elegí para depositar toda mi confianza, se elevara conmigo un poco por encima de las vulgaridades convencionales y perdiera de vista ese concepto estrecho del deber, que es la norma de todos los mentecatos.

—¡Dios mío! Bien sé que así debía de ser, y por eso he aceptado que nos acompañe ahora. Pero señor Sánchez, en nombre de esa misma amistad se lo suplico: déme su palabra de que no tratará de que estos momentos se repitan. Ya ve usted que no se lo impongo; que tal vez no tenga fuerzas para imponérselo... Vea mi franqueza, absoluta, como yo la entiendo en estos casos, y procure corresponder a ella del mismo modo... Es preciso que esto no se repita, y de usted depende también. Si fuera necesario se lo imploraría de rodillas...

Sentía que las lágrimas subían a mis ojos, y me aferraba a esta súplica como al único medio de apartarme del abismo que veía abrirse a mis pies. Él me miró, con tan honda emoción en el fondo de sus negras pupilas, que mis rodillas flaquearon.

—¡Pobre ángel! —murmuró enternecido— Usted quiere huir de lo único que podría llevar a su corazón un poco de la verdadera alegría a que tiene derecho y que no ha disfrutado ni disfrutará tal vez en la vida... Porque yo lo sé, y lo he adivinado —prosiguió tratando de desentenderse de mi súplica—: su alma está sola, como la mía; no la han sabido comprender, no la han sabido cultivar, y vive también ansiosa de la parte de dicha a que tiene derecho, en este mundo donde tan mal distribuidas están las cosas...

Quise protestar, aun sintiendo que sus palabras removían en mí una infinidad de esas cosas amargas y dulces al propio tiempo, y me cerró los labios con un gesto de enérgica convicción.

—¿Para qué negarlo? Yo nada le pregunto. Lo sé casi desde el primer día que nos vimos. Usted pertenece al número de las mujeres que yo llamo *incomprendidas*, que son muchas, muchas más de lo que la gente se imaginan. Cuando la mujer es una pobre bestia, que cree lo que le dicen, y no piensa, ni juzga, se somete fácilmente a su triste papel, y hasta puede llegar a fabricarse una especie de felicidad a su manera, dentro de ese inmenso grupo de las incomprendidas. Pero coloque usted una mujer de sus condiciones en esta situación; coloque usted en mi mano un magnífico Stradivarius, y pídale a la mujer y al violín que den los tesoros de armonía que guardan en su seno a la mano ruda e inexperta que se posa sobre ellos... Yo tengo la gloria de haberla descubierto a usted, como se adivina el diamante en el carbón, y no sabe usted qué orgullo me produce el haberlo hecho...

Yo escuchaba, sintiendo que mi pecho se levantaba acompasadamente, como a impulso de un vendaval interno. Había perdido la noción del lugar en que estaba, de la proximidad de Susana, y aun de mí misma, y advertía la penetración en mi sangre del sutil veneno que poco a poco iba nublándome la conciencia. Don Fernando, sin duda, se daba cuenta de mi locura, porque su voz era ahora ronca e insinuante y no se recataba ya para mirarme ávidamente. Se detuvo y cambió de semblante cuando vio que Susana, cansada ya de desempeñar su papel de chiquilla enfadada, volvía a reunirse con nosotros, coqueta y sonriente. Entonces, con un esfuerzo desesperado, logré romper otra vez el encanto que me encadenaba y le dije al mago, con mi más tierno acento de súplica:

—¡Por Dios, no me martirice más! ¿Me promete lo que le he pedido; sí o no?

Susana estaba ya a nuestro lado. Él no pudo sino murmurar entre dientes, para que sólo yo lo oyera:

—Trataré de hacerlo.

Y se apartó de mí, frío, galante y correcto, para decirle al oído a mi cuñadita unas cuantas majaderías, que la hicieron sonrojarse varias veces y reír como si le hicieran cosquillas. Yo caminaba cerca de ellos, silenciosa, sombría y todavía jadeante de la emoción. El automóvil seguía a su amo a cierta distancia.

Llegamos a la vista de nuestra casa. Don Fernando se detuvo, descubriéndose, y nos dijo jovialmente:

—No es necesario que las lleve hasta la puerta, ¿verdad? Nada malo puede sucederles ya en el camino.

Nos dio la mano, y sentí que imprimía en la mía inerte una disimulada presión que no pude evitar. Susana me preguntó, en cuanto el auto se hubo perdido, entre una nube de polvo:

—¿Por qué no quisiste que fuéramos en automóvil? No tenía nada de particular, y además nadie nos hubiese visto en el coche cerrado.

La miré, asombrada de su descaro.

—No solamente no quise —le repliqué con firmeza—, sino que ya no saldremos más a pasear por las tardes.

—¿Por qué? ¿Te dijo alguna inconveniencia?

—No; pero no estará bien que nos encontremos otra vez con ese hombre. ¿No te das cuenta de eso?

Mi cuñada se encogió de hombros, y exclamó despectivamente, por toda respuesta:

—¡Uf! ¡Chica! Tú sigues siempre pensando a la antigua.

Me impuse la obligación de apartarme de un peligro, de cuya verdadera magnitud no podía dudar ya. Tenía motivos para tenerme miedo a mí misma, y temerle sobre todo a una nueva entrevista con el hombre que, no sólo anulaba mi voluntad con su presencia, sino que seguramente conocía el secreto de mi inclinación hacia él, mejor que yo misma. Me encolerizaba mi necedad al entregarme así, como una boba, a una persona a quien no conocía quince días antes; e imaginaba disparates: mudarme de casa, escribirle a Joaquín que viniera, fingiéndome enferma, o tomar el tren, sin decirle nada, y caer llorando en sus brazos. Me aterraba pensar que era realmente yo una *incomprendida,* una equivocada que al escoger, eligió el camino del sacrificio y de la eterna amargura; pero esta presunción de mi evidente infortunio, lejos de hacer flaquear mis buenos propósitos, tenía el poder de renovar mi energía excitándome al martirio. Y lo peor era que, lejos ya de buscar rodeos para disfrazar a mis propios ojos la naturaleza de los sentimientos que me agitaban, evocaba con delectación, en mis noches sin sueño, los ojos ardientes y trastornadores y la boca grande y fresca, de dientes anchos y blancos, que parecían acariciarme al sonreír y que me turbaban como si estuviera segura de que se apoderarían de mí cuando quisieran.

Encerrada en mi casa por las tardes, me aburría extraordinariamente, y devoré un gran número de novelas en pocos días. Sin embargo, la lectura acabó por cansarme, y estaba casi arrepentida de mi propósito de reclusión absoluta, cuando la casualidad vino a ofrecerme una distracción inesperada. La señora de Montalbán nos había visitado, y nosotras le devolvimos la visita. Era una mujer distinguida que, a los cincuenta años, aún conservaba la viveza y las gracias de la juventud. Poseía el secreto de cautivar a las gentes con su conversación, y me sedujo desde los primeros instantes. Cuando llegamos Julia y yo, pintaba flores sobre un trozo de terciopelo, con un gusto y una perfección que me dejaron maravillada. No usaba pincel, sino ocasionalmente, sirviéndose de plumas y rastrillos de metal, con los cuales distribuía la pintura en relieve sobre la tela. Admiré con toda sinceridad sus trabajos, y me propuso enseñarme su arte.

—No tiene nada de difícil —me dijo—. Venga usted, sin cumplidos de ningún género, a pasar conmigo una o dos horas diarias, y le prometo que, en dos semanas, hace lo mismo que yo.

Insistió con tales finezas, que tuve que aceptar, lo que me dio asunto para escribir aquella tarde a Joaquín una larga carta hablándole de mi nueva vecina y de la hermosura dc sus flores pintadas. Al día siguiente empecé mis lecciones. La maestra me encantaba. Hablaba de todo con una volubilidad fina y a veces un poco escabrosa, y refería anécdotas de muchas personas de la buena sociedad a quienes aseguraba haber tratado personalmente. Debía de haber sido una mujer en extremo interesante en su juventud, a juzgar por lo que de ella se conservaba. Y en materia de distinción y de modas su buen gusto era tan exquisito que resolvía siempre con una palabra o con un consejo apropiado cualquier asunto de esa índole que se le sometiese.

Una mañana nombró incidentalmente a Sánchez del Arco, en un tono tan familiar que experimenté un ligero sobresalto, y no pude dejar de preguntarle si era amigo suyo. Me refirió que el padre de don Fernando y el de clla fueron íntimos y que ella lo había sido del hijo siempre, pcro que el muy ingrato ya no la visitaba. Entonces me contó, a grandes rasgos, la historia de los Sánchez. El abuelo y el padre se enriquecieron en la trata de negros. El primero se llamaba Sánchez a secas; el segundo llevó el nombrc de Sánchez y Arco, pues Arco era el apellido de la madre, y Fernandito, como le llamaba, ennobleció el suyo, haciéndose llamar del Arco o del Aro, que de las dos maneras le decían. Salvo este pequeño achaque de vanidad era un hombre completo y de un gran corazón, a quien se calumniaba atribuyéndole imaginarias aventuras amorosas. Su sinceridad, por el contrario, le había perjudicado con las mujeres, y por ser demasiado bueno con la suya, ésta lo traicionó huyendo en compañía de un histrión vulgar.

—¿Y dice usted —pregunté con cierta zozobra— que no viene a verla ya?

Sin vacilar, la señora de Montalbán me respondió con la más perfecta naturalidad:

—El mes que viene se cumplirán dos años justos que no lo veo.

Respiré. Mis lecciones de pintura no tendrían que interrumpirse, porque estaba decidida a no continuarlas si había de encontrar allí a aquel hombre. Algunas veces su amiga me hablaba de él, como de tantos otros, y mi corazón latía con violencia al escucharla. Deseaba siempre que me dijera más de su vida y de su carácter, y no me atrevía a preguntarle, por temor de descubrir mi secreto. De este modo fui abandonándome a una especie de adoración platónica, que no trataba de combatir, por creerla inofensiva. Sánchez del Arco, que se parecía un poco al actor de quien estuve enamorada una vez, era el héroe de todas las novelas que forjaba mi espíritu, el paladín noble y gallardo que se complacía en crear, de mil variadas formas, mi pensamiento. A veces la señora de Montalbán, que era muy aficionada a fabricar confituras, después de haberlo nombrado en la conversación, me dejaba pintando y se iba a la cocina a dar un vistazo a sus calderos. Entonces cerraba los ojos y permanecía abstraída en mis sueños, hasta que los pasos de mi maestra me hacían ponerme otra vez precipitadamente al trabajo.

Hacía más de dos semanas que tomaba mis lecciones y había adelantado bastante, cuando un día en que la señora de Montalbán estaba atareadísima con no sé qué complicada labor de repostería y daba frecuentes viajes a la cocina, sentí que llamaban a la puerta y que la criada cambiaba breves palabras con el recién venido. La señora salió a enterarse y volvió a los pocos segundos bastante trastornada.

—Hija mía —me dijo casi al oído—, yo no la engañé a usted al decirle que hacía dos años que no veía a cierta persona... Pero ve usted las casualidades: ahora...

—¿Ahora qué? —grité fuera de mí arrojando al suelo el bastidor donde pintaba y poniéndome en pie— ¿Quién está ahí?

La señora vaciló, y luego dijo:

—Fernandito.

—Entonces me voy —exclamé casi enloquecida buscando la puerta con mirada de loca.

Estábamos en la saleta de comer, que era el lugar más cómodo y apartado de la casa y el que mejor luz ofrecía. Para huir, por lo tanto, tenía que saltar por la ventana al patio, de una altura de dos metros, o atravesar el hall en busca del jardín y pasar por el lado del visitante que no podría dejar de verme. Sin titubear elegí el primer medio, y ya me disponía a saltar por la ventana, ante la mirada absorta de la dueña de la casa, cuando Sánchez del Arco, entrando en la saleta me dejó paralizada por el estupor y la vergüenza. Estaba serio esta vez, y sin perder el tiempo en vanos cumplidos, se dirigió a mí y me obligó a sentarme con tanta firmeza como dulzura.

—Siento mucho, señora —me dijo después con acento irónico—, que el terror que le inspiro la haya puesto a punto de dislocarse un pie por huirme. Créame que, de haberlo supuesto, no hubiese dado lugar a ello.

Bajé los ojos sin encontrar qué decir. La señora de Montalbán me sacó del apuro inmediato en que me hallaba, fingiendo que de nada se había enterado, al decir jovialmente:

—Los dejo, puesto que ustedes se conocen. Tengo la idea de que mis flanes van a echarse a perder hoy.

Sánchez del Arco no se movió. Su actitud de muda reconvención pesaba sobre mí como una losa, y aunque no lo miraba, sentía que sus ojos se clavaban en mí severamente, produciéndome un malestar inexplicable. Al fin acercó una silla, en frente de mí, se sentó y me dijo con mucha dulzura.

—Vamos a ver, Victoria, ¿qué arrebatos son ésos?

No respondí, obstinada en mi hosca contemplación del suelo.

Entonces habló él lentamente de su pena al tener que juzgarme, por primera vez, distinta del ideal que se había formado de mí. Me había creído una mujer inteligente, superior a la multitud de hipócritas y gazmoñas que constituían la mayor parte de la sociedad. Por eso había concebido por mí un sentimiento delicado, mezcla de amistad y de ternura, que en nada podía ni rebajarme ni ofenderme. ¿A qué esas niñerías incomprensibles? Él no había venido aquel día creyendo que iba a encontrarme; era el destino el que lo disponía así. Vino para estar cerca de mi casa; para verme tal vez de lejos en mi jardín, puesto que era la hora en que yo cuidaba mis flores. Con esto le hubiera bastado, como le bastaba con hablarme un momento y oír el timbre de mi voz. ¿Había pedido algo más, por ventura? ¿Tenía yo el derecho de atribuirle una intención malévola? Quería que le contestase, y no pude sino hacer un signo negativo con la cabeza, casi ahogada por la emoción.

—¡Es usted una niña, Victoria! Y lo que usted no sabe —dijo audazmente— es que está usted ahí a merced mía; que podía apoderarme de usted, si quisiera, sin que su voluntad, rota, hiciese el más leve esfuerzo para impedirlo. No tendría más que alargar la mano para tenerla. Y, ya ve usted, ni lo hago, ni lo haría por nada del mundo. Mi cariño es respetuoso, y sumiso, porque es verdadero. No le pido nada, a no ser que no huya de mí: no quiero nada de usted, ¡nada, óigamelo bien, nada!, sino lo que libremente me otorgue. Y era necesario que hablásemos de esto serenamente y sin testigos. Por eso me alegro de que la casualidad me haya traído aquí hoy, poniéndola a usted otra vez en mi camino.

Desde hacía un momento, yo miraba aterrada la puerta por donde había salido la dueña de la casa, temiendo que volviera y me encontrase en aquel estado de turbación, que en vano hacía desesperados esfuerzos por dominar. En el vacío de mi alma no quedaba sino aquel terror y este esfuerzo erguidos frente a frente.

—¿Quiere usted que hablemos, Victoria? —dijo él después de una pausa, exasperado con mi silencio.

Dije que sí con la cabeza y con un leve movimiento de los labios secos.

—En ese caso, permítame que le pregunte: ¿persistirá usted en su propósito de huirme?

—No me obligue a contestarle, por Dios.

Me miró un instante fijamente, e insistió con crueldad, tan cerca que su aliento me tocaba en el rostro.

—Pero sí es menester que me conteste; es preciso que dejemos los dos, ahora mismo, sellado un pacto, jurando que lo cumpliremos al pie de la letra.

Seguí guardando silencio:

—Helo aquí —prosiguió implacable—: si yo no pido sino lo que voluntariamente usted me otorgue, ¿me jura que seguirá viniendo como siempre aquí, donde la veré y hablaremos de cuando en cuando, sin temor a suposiciones indiscretas?

Me atreví a mirarle por primera vez. Su semblante sereno y su voz tranquila me subyugaron. Tenía que agradecerle que no se hubiera permitido ni siquiera tocarme la punta de un dedo, aun en sus más violentos instantes de pasión o de contrariedad. Su mirada franca, que exigía una respuesta, me inspiró una súbita confianza. Y le dije, al fin, con la misma franqueza, incapaz de defenderme.

—Si es así, se lo juro.

Me tendió la mano, poniéndose en pie. La señora de Montalbán se acercaba, riñendo, desde lejos, a una criada, sin duda para anunciar su presencia.

—Es todo lo que ambiciono —murmuró sencillamente, al estrechar la mía; y se fue a la cocina, bromeando con la dueña de la casa, mientras yo tomaba nuevamente el bastidor y los tubos de colores para simular que pintaba.

Tenía un secreto que guardar, y lo guardé, acariciándolo voluptuosamente en mis horas de soledad. El que no haya saboreado en su vida el refinado deleite de una de esas situaciones, hechas de ansiedad, de alegría oculta y de fingimiento ante los extraños, mientras se agiganta interiormente el fantasma de un ideal querido, no comprenderá nunca el valor de las horas que pasé desde aquel día abandonándome a la dulzura de un sentimiento nuevo para mí, durante el breve tiempo que pasábamos juntos, y gozando con mis recuerdos en los largos intervalos de espera y de ausencia. Nos veíamos dos o tres veces a la semana en la saleta sombreada por enredaderas que crecían en el jardín y subían por alambradas fijas en los marcos de las ventanas. Él venía en el tranvía para llamar menos la atención de las gentes, y yo lo esperaba pintando. La señora de Montalbán entraba y salía, según su costumbre, y la conversación se generalizaba o se hacía íntima, de acuerdo con las caprichosas idas y venidas de lasdiscretísima dama.

Me había abandonado por completo a mi nueva vida, sin noción del tiempo que transcurría ni de las personas que me rodeaban. Delante de los demás era un autómata que reía, que hablaba y que escribía largas cartas a su marido, conservando el corazón y la mente lejos de aquellos cuidados y como mecidos en espacios lejanos. En mi casa nada sospechaban. Susana iba sola al conservatorio todos los días, adquiriendo allí nuevas amistades, y Julia tenía un alma demasiado recta, demasiado cándida, para sospechar siquiera mi secreto.

Poco a poco, mi intranquilidad desaparecía, como disuelta en aquel suave vapor de embriaguez que me embargaba. Fernando —así se había empeñado que lo llamase— cumplía fielmente su compromiso, y sólo me hablaba de cosas tiernas y delicadas, al dirigirse directamente a mí. Cuando quería referirse a escenas de pasión o de materiales transportes, lo hacía en tercera persona, nombrando a otros; pero dejaba en mi sangre el germen de confusos deseos no experimentados jamás en aquella forma, y en mis labios el ansia de expresarlos tímidamente sobre otros labios. De tiempo en tiempo, venía a torturarme, como un pinchazo, la idea de que Joaquín vendría o tendría yo que abandonar la placidez de aquella existencia, para reunirme con él; pero la apartaba, pensando también en la muerte, de un modo afectuoso y dulce, como en una solución posible que tenía el poder de destruir en un instante todas las dificultades.

Una mañana, en que estábamos solos en la saleta, Fernando tomó delicadamente una de mis manos que pendía a un lado del sillón, para examinar mis sortijas. Sentí un brusco temor y quise retirarla; mas eran tan dulces su ademán y la expresión respetuosa de sus ojos suplicantes, que se la abandoné sin recelos. Desde entonces, cuando la señora de Montalbán salía, se entrelazaban maquinalmente nuestros dedos, buscándose en un impulso espontáneo de los dos deseos. Permanecíamos así silenciosos muchas veces, mirándonos al fondo de los ojos y sintiendo yo el martillar de mis arterias en las sienes. Éramos como dos novios, a quienes el encanto de la mutua proximidad abstraía hasta el punto de hacerles olvidar a los demás y a sí mismos, bastando para llenar por completo sus corazones.

Otro día el sagaz envenenador de mi alma llevó mi mano hasta su rostro, y la tuvo así, largamente apoyada en la mejilla, sin que yo me atreviera a moverme. Lentamente se volvió después y la mano quedó apoyada cerca de uno de los extremos de su boca. Yo sonreía lánguidamente, seducida por la delicadeza de aquel juego, en el que no se imponía ninguna violencia a mi voluntad. Sentía en el dorso de mis dedos el contacto ligeramente

334

áspero de la piel rasurada, y mis párpados se entornaban dulcemente. El juego continuó. Fernando oprimía, con pequeños transportes, mi mano contra su cara. Luego extendió mis dedos entre los suyos y se entretuvo en pasear sus labios con mucha suavidad de un extremo a otro del borde de cada uno de ellos. Una cálida corriente parecía cruzar por mi brazo y un extraño adormecimiento seguía invadiéndome. Cuando vine a darme cuenta de mí misma, mis dedos se habían vuelto y acariciaban los labios y la barba, mientras los blancos dientes codiciosos mordisqueaban aquí y allá, sobre la piel y las sortijas...

¿Deberé confesarlo? Mi sexo se despertaba bajo la muda e insinuante solicitación de la caricia. Lo noté con sorpresa y vergüenza por ciertos signos inequívocos, de los cuales no había experimentado anteriormente, en toda mi vida, sino leves indicios.

VIII

Un domingo por la mañana fui a mi lección de pintura, mientras Julia y Susana se preparaban para asistir a una gran fiesta de la iglesia donde se había anunciado el sermón de un predicador famoso. La víspera recibí la noticia de que los trabajos de desecación estaban a punto de terminarse, y había llorado una gran parte de la noche, sin saber qué resolución tomar. Ahora era Joaquín el que se empeñaba en llevarme a su lado, y me escribía largas cartas llenas de pasión, en contestación a las mías. Cuando llegué al lugar de mis entrevistas con Fernando, la señora de Montalbán notó mi tristeza y el ancho círculo amoratado que rodeaba mis ojos. Le dije que había tenido jaqueca toda la noche, y fingí alegrarme con su charla.

Un cuarto de hora después llegó Fernando. Venía en automóvil, lo que me extrañó, y la máquina se quedó en la puerta de la casa. Enseguida notó en mis ojos las huellas del llanto.

—¿Qué tienes? —me preguntó con ansiedad— ¿Ha sucedido algo?

Me tuteaba desde hacía varios días, sin que hubiera podido conseguir que hiciese con él otro tanto. Yo estaba nerviosa, y mi mano temblaba entre las suyas. Cuando pude explicarle el motivo de mi tristeza, palideció ligeramente primero, y luego me trató como a una niña, entre mimos y ternezas.

La señora de Montalbán entró, muy erguida entre el corsé que aprisionaba su enorme busto y luciendo un severo traje oscuro de calle.

—¿Cómo es eso? ¿Vas a salir, Úrsula? —preguntó Fernando sorprendido.

—Sí; un momento. Y cuento contigo, es decir, con tu auto, porque supongo que no tendrás inconveniente en prestármelo.

—De ningún modo. Llévatelo, y no te ocupes de mí. Me iré en el tranvía.

Yo había hecho un movimiento para levantarme; pero Fernando me contuvo con la mirada, y volví a caer en la silla, dominada enteramente por la voluntad de aquel hombre. La dueña de la casa también se apresuró a tranquilizarme.

—No, hijita, no; estáte quieta. Vuelvo tan pronto, que es como si los dejara un momento para dar una vuelta a mis dulces.

¿Por qué tenía miedo? Difícil me sería explicarlo. Me encogí en mi asiento, y esperé intranquila, con el corazón palpitante y la mirada recelosa.

Cuando todavía se escuchaba el roce de la falda de seda de la señora de Montalbán, ya Fernando tenía mis manos junto a sus labios.

—Están siempre frías, ¡pobrecitas! —decía besándolas y mordiéndolas— Deja que te las caliente, las dos juntas.

Sonreía embelesada, dejándome hacer. Estaba, en realidad, aquella mañana, necesitada de calor, de afecto, de una protección fuerte que me asegurase que todas mis negras ideas de la pasada noche eran infundadas y locas. Mis nervios, sobrexcitados, sentían con más intensidad que nunca la inocente caricia.

—¿Lloraste mucho anoche? —volvió a preguntarme Fernando, hundiendo en mis ojos aquella mirada suya que me enloquecía.

Hice un signo afirmativo con la cabeza, inclinado el cuerpo hacia adelante y con el rostro vuelto hacia arriba para anegarme por completo en aquel efluvio emanado de él, que permanecía en pie delante de mí.

Era suya; él lo comprendía, y prolongaba voluptuosamente el martirio de nuestros anhelos, en aquella deliciosa espera, donde las palabras no podían expresar más que necedades.

Entonces ocurrió lo que no podía dejar ya de suceder. Echando hacia atrás sus manos, cada una de las cuales aprisionaba una de las mías, fue alzándome lentamente de la silla, más por la atracción de su mirada que por la verdadera fuerza de sus brazos. Quedé en pie junto a él, pegada a su cuerpo y echada hacia atrás con todo el peso del mío, que sostenían mis brazos obligados a cruzarse sobre su cintura. Él, inclinándose casi hasta tocar mi boca, seguía atrayéndome suavemente y hablándome a dos pulgadas de los labios, sin besarme.

—¿Mía, verdad? ¡Toda mía! Esa boca y esos ojos y tu cuerpo y tu alma, ¿es todo mío?

Cerré los ojos sin responder, esperando el beso que no llegaba.

—¡Contéstame!—ordenó imperiosamente el cruel, abrazándome con su aliento.

—¡Sí! —exclamé con un suspiro, en el que parecía ir envuelta mí vida.

Alargué los labios y recibí ávidamente el beso, largo e intenso como una succión lenta del alma. Era el primero que recibía de él, y lo devolví sin reserva, pegada también a su boca, con una sed de ella que no se calmaba y que jamás había sentido antes.

Estábamos solos en la casa, pues la señora de Montalbán se había llevado consigo a una de las criadas, y la otra, según me dijo la señora, había sido despedida la víspera. Fernando me arrastraba suavemente hacia las habitaciones interiores, ceñida por el talle y sin dejar de besarme los ojos, las sienes y la boca.

Cuando llegamos al aposento de la dueña de la casa, cerró con toda tranquilidad las dos puertas, sin dejar de llevarme casi suspendida y pegada a su cuerpo, y corrió las persianas, dejando la habitación en una suave penumbra.

—¡Oh, por Dios! ¡Si viene! —dije, por toda protesta, con un estremecimiento de angustia.

—No tengas miedo. No vendrá hasta las diez —me respondió con voz casi ahogada por la emoción.

Me había abrazado de espaldas, y me besaba la nuca y las orejas, hablándome apasionadamente y tratando de provocarme cosquillas con sus labios.

—¡Ah! Estos ricitos de tu cuello, ¡si tú supicras cl deseo de ti que me despertaban! No podía mirarlos sin sentirme trastornado, y evitaba el fijar en ellos mis ojos. Por eso ahora es lo primero tuyo que tomo... y luego las orejitas...

Me sentía como suspensa en el aire y mecida por aquellas locas trivialidades, por aquellos mimos casi infantiles que me adormecían, endulzando la rudeza de la posesión. Y fue como por arte mágico el que me encontrara desnuda en el lecho, sin haber sentido cómo mis ropas se desprendían una a una y caían en desorden sobre las sillas y en el suelo. ¡Desnuda! Sólo las medias negras y las ligas azules, manchando la blancura de los cuerpos y de las sábanas. Las carnes que temblaban, sacudidas por un pudor enfermizo, a la idea de que pudiesen llegar hasta sus misterios las miradas de la madre o del marido, se mostraban al amante con la pagana indiferencia de los mármoles, reveladores de la ingenuidad del amor primitivo. Las manos expertas, diestras en desatar cintas y soltar broches automáticos —manos de prestidigitador y de artista— habían realizado el prodigio dc arrebatarme, con los vestidos, la conciencia de mi desnudez, para enloquecerme luego, al recorrer mi cuerpo con rápidas caricias, huyendo de los lugares en que el contacto despertaba sensaciones poco gratas y eligiendo aquellos cuya excitación me enloquecía hasta arrancarme pequeños gritos y suspiros de angustia.

Tuvo el capricho de besarme toda, sin dejar, como decía él, «un solo poro de la piel que no recibiese un beso», y me presté al juego, volviéndome varias veces, estremecida y cosquillosa, a fin de que sus labios completasen la obra de sus manos. Reía como una loca, en espera del beso, que amenazaba un lugar para caer inesperadamente sobre otro, y me encogía temblorosa, encantada de un retozo que me transformaba en niña, sin adormecer uno solo de mis sentidos de mujer. Su desnudez de atleta, dura, elegante y flexible, me producía vértigos, al apoyarse en la mía. Cuando mis brazos la estrechaban, para buscar una tregua a las excitaciones demasiado vivas, la amplitud y la firmeza musculosa de sus carnes me asombraban. Deseaba que se tendiese sobre mí y me aplastase con el peso de su cuerpo, y deseaba también que me arrebatase poco a poco la vida, extrayéndola de mis labios con un beso interminable de vampiro.

Él se complacía en provocar mi deseo hasta la angustia, siguiendo su táctica acostumbrada de empezar una excitación, dejándome luego la iniciativa en el acto próximo, para asistir con ávida curiosidad al nacimiento de mis emociones. Tendido de espaldas junto a mí, con mi cuello sobre su brazo, me atraía, mirándome fijamente, sin besarme, y me torturaba así hasta infundirme ganas de morderle. Entonces se reía y me besaba, buscándome los dientes y la lengua con los labios. Después jugaba a envolverme el seno con la cadenilla de platino de que pendía mi medalla de la virgen del Carmen, y con el pequeño disco de oro frotaba los puntos más sensibles, dejándome retorcer de impaciencia y de rabia. Pero cuando inició una caricia más íntima, con aquella mano incansable de escamoteador de sensaciones, mientras me obligaba a sufrir el martirio de un beso interminable, no pude resistir más. Mi cabeza, desmayada, se movía sobre su brazo de un lado a otro, como si se hubiesen roto sus resortes, y creí morirme, por la fuga del corazón que quería escapárseme con el aliento; se me nubló ligeramente la vista y me aferré a su mano, arrancándola con violencia de mí.

—¡Oh, por favor! ¡No me martirices más! ¡Acaba!

—¿Qué quieres? —me preguntó, fijando de cerca en los míos sus ojos irónicos, que la pasión también trastornaba.

No respondí. Apretaba los dientes y clavaba las uñas en la carne de sus brazos.

—Pero, ¿qué quieres? ¡Di! ¿Qué quieres? —insistió implacable y curioso, sin dejar de mirarme.

—¡Qué sé yo! ¡No me hagas sufrir! ¡Todo! ¡Todo tú!

Y lo tuve todo, en efecto, aterrorizada al principio ante el tumulto de sensaciones nuevas, que me hacían pensar en algo precursor de la muerte, mientras gemía suplicante: «Fernando mío; Fernando mío», con voz enronquecida por la emoción y el espanto. Fue como un vértigo llevado a límites extremos de angustia por la vibración de cuerdas internas cada vez más tendidas y más vibrantes, hasta hacerme presumir la pérdida de la razón y la vida. Y luego, bruscamente, la descarga súbita, entre sollozos y besos de agradecimiento; la insólita explosión de los nervios, aflojados de pronto, incapaces de resistir por más tiempo la exaltación máxima de un doloroso placer, y rotos al fin en un espasmo supremo, en una agonía dulce, apenas sacudida por los últimos estremecimientos de los músculos en relajación.

Cuando me hallé sola, bajo el sol de la calle, en camino de mi casa, que distaba apenas cuarenta pasos de la puerta cochera por donde había salido, noté que me tambaleaba como una ebria. Hasta entonces no pude darme cuenta de lo que había hecho, del profundo cambio que acababa de realizarse en mi vida, de la falta gravísima que manchaba para siempre mi existencia de mujer honrada y que me haría tal vez indigna de ostentar en lo sucesivo ese título. Todavía jadeaba mi pecho y vibraban mis nervios por las últimas angustias del placer. Tenía en las manos y en el pecho el perfume suave de los cabellos de Fernando, pero la luz del día, al herir mis pupilas acostumbradas a la oscuridad de la alcoba, me arrojaba brutalmente en plena realidad. Adúltera, como cualquier mujerzuela vulgar; con un amante, con quien me revolcaba en la cama casi a la vista de los míos, ¿qué redención podía ya esperar en el mundo? Pensé torcer a la derecha, en vez de tomar a la izquierda, y huir de mi casa para siempre; y sin embargo, la impulsión maquinal de la costumbre me llevó a franquear la puertecilla de hierro, como todos los días, y a penetrar en ella, mostrándome tranquila por un gigantesco esfuerzo de la voluntad.

Mi primera impresión fue alentadora. Julia, sentada junto a su canastillo de costura, zurcía ropa blanca, y no levantó la vista al oír mis pasos; Susana se desnudaba en su cuarto, de vuelta de la iglesia, de donde habían llegado las dos un cuarto de hora antes. Pude llegar a mi habitación sin ser observada, y dirigirme después al baño, donde el agua fría calmó la agitación de mis nervios, dejándome como lavada en parte de mi falta. El espejo me mostró un rostro pálido y fatigado, con grandes ojeras, y los labios pálidos, cual si acabara de sufrir una gran pérdida de sangre. Fue necesario arreglar todo aquello, a fin de evitar sospechas, y lo hice con arte, quedándome apenas un aire de languidez que bien podía ser efecto de una neuralgia.

No se me ocultaba la enormidad de mi culpa, y aún sentía vergüenza al recordar, allí en mi casita tan honesta y tan tranquila, que un hombre acababa de tenerme desnuda entre sus brazos. Pero en el fondo de mi alma brillaba, sin quererlo yo, el júbilo de la pasión compartida y del deseo satisfecho. Había también allí no sé qué brote de amarga acusación contra los que habían torcido y echado a perder mi vida, impidiendo que legítimamente hubiera podido disfrutar los goces que ahora le robaba al adulterio. Maldita, mancillada o víctima del error de otros, era evidente que un mundo nuevo y desconocido se había abierto ante mis pasos. Y poco a poco mi plan moral quedó hecho; no sería traidora, no engañaría a Joaquín compartiendo con otro mis caricias, no podría hacerlo aunque quisiera; pero hasta que no llegase el momento de decidir, huyendo lejos de allí con mi amante, permanecería en aquella casa, donde me era muy fácil disimular ante las dos únicas personas que podían sorprender mi secreto.

Lo que más me había sorprendido, y lo que acaso contribuyó con mayor fuerza a calmarme, fue que el universo no se hubiera desplomado con mi falta. Todo seguía igual, sereno y sonriente, al lado mío. Luego la caída de una mujer no repercutía con eco siniestro ni en el mundo ni en el corazón de los suyos. Todavía me quedaba el temor de encontrarme frente a frente con mi madre, y el escrúpulo de tener que abrazarla o de tocar con mi mano impura la suya inmaculada. Pero, al mediodía, llegó ella, como siempre, y tampoco su rostro dulce y severo revelaba haber sufrido golpe alguno con mi deshonra. Yo pensaba, al mirarla de reojo: «Si supiera lo que he hecho, no me miraría de un modo tan tierno». Y me estremecía al imaginar la descomposición de su semblante, por el dolor y por la cólera, si llegara a sospecharlo. Luego pensé: «Afortunadamente, cuando huya de aquí no presenciaré su enojo, y me perdonará, sin ninguna duda, con el tiempo».

Aquella complicidad discreta de las cosas, que en nada habían cambiado, acabó de lanzarme en el torbellino de mi pasión. Durante muchos días, no quise pensar ni sentir nada que se opusiese a la embriaguez de mis sentidos, que apenas calmaba la posesión frecuente de mi amante y que anhelaban siempre tenerlo junto a mí. Es cierto que tuve que soportar, al principio, una pequeña humillación, al saber, por boca de Fernando, el subterfugio de que se había valido para acercarse a mí, comprando la casa en que nos veíamos, al precio que lo exigieron, y haciendo pasar por su propietaria a la señora de Montalbán, que era una antigua amiga «muy decente y muy discreta», venida a menos económicamente, a causa de ciertos malos negocios. Sospeché que acaso ni se llamara Montalbán ni fuera tal vez una señora «decente», aunque sí discreta, y me sentí herida en mi delicadeza, al ver mediar en nuestro amor la ingerencia de un proxenetismo vulgar. Pero Fernando me hizo comprender que no había otro recurso más seguro, y acabé por aceptarlo, aunque me molestase un poco. Lo esencial era tenerlo a él, y la casa de Úrsula nos venía muy bien para conseguirlo a todas horas con mil pretextos distintos. A veces, después de habernos separado a las once de la mañana, lo llamaba después del almuerzo, a su oficina, por el teléfono de nuestra amiga, y él venía enseguida, radiante y encantado por la sorpresa, para repetir las locuras, de que nuestros corazones se mostraban insaciables. La señora de Montalbán, sin abandonar su previsora vigilancia, a fin de impedir que nos sorprendieran, nos dejaba la casa para nosotros solos, refugiándose con su única criada de confianza, en la cocina o en el cuarto de ésta. Entonces cerrábamos, despreocupadamente, la puerta que daba a aquellas dependencias, y la dejábamos incomunicada, mientras permanecíamos en su cuarto.

Me refinaba, me hacía sensual y audaz, a medida que nuestra intimidad crecía. Al pudor enfermizo de mis primeros años, siguió el culto pagano de la desnudez que mi amante me infiltraba. Ahora, como cuando era niña y estaba sola, extasiábame en la contemplación de mi cuerpo, pero mi autoadoración presente tenía una tendencia muy distinta. Antes era la única manifestación de sensualismo de un alma inocente, lo que después fue el orgullo de poseer en alto grado lo que a Fernando le gustaba. Tenía bellezas íntimas que vivieron en mí hasta entonces como adornos inútiles y a veces enojosos; y estos dones, en los que apenas me fijaba ya, adquirieron de pronto una importancia extraordinaria a mis ojos, sólo porque delante de cada uno de ellos habían estallado el entusiasmo y la admiración de mi amante, en horas inolvidables. Quería ser hermosa para agradarle siempre, para que no encontrara jamás en otras lo que hallaba en mí.

Y me entregué con más esmero que nunca a refinamientos inverosímiles de limpieza y de adorno, puliéndome las uñas de los pies diariamente, porque solía tener el capricho de verme sin medias; haciendo desaparecer el tenue vello de las piernas, para dar a mis carnes la blanca uniformidad de las estatuas, y mejorando mi ropa interior, con sedas y encajes que contribuyeran a realzar el encanto de lo que poseía naturalmente y que él solo debía contemplar en lo sucesivo, puesto que era total la donación de mi persona.

Surgía en mí una mujer nueva. Sin duda tenía razón Fernando, aunque la idea no era suya, al decir que somos instrumentos delicadísimos, cuyas cuerdas no dan sus verdaderos sonidos sino a las manos expertas que saben hacerlas vibrar. Su pasión me transformaba: me hacía coqueta, atrevida, tímida y sentimental, según sus deseos. Aprendí a echar hacia atrás la cabeza sobre el respaldo de la silla en que me sentaba, para mirarle, poniendo en tensión el cuello y desenvolviendo todo el poder de una limpia dentadura y de unos ojos brillantes que pueden decir muchas cosas sin hablar.

Él asistía embelesado a mi cambio, y ponía especial empeño en formarme a su gusto, conviertiéndome en una obra suya. Por mi parte, lo admiraba vestido y desnudo, encontrándolo siemprc bcllo, espiritual y elegante, a pesar de sus cuarenta años cumplidos y de las pocas hcbras de plata que brillaban en su hermosa cabellera oscura. Encontraba linda sobre todo su cabeza, y me entretenía en peinarla, sentada en sus rodillas, cuando, ya vestidos, nos disponíamos a separarnos. Mi audacia crecía al encontrarme sola, después de dos horas de esta íntimas expansiones. Entonces sentía locos deseos de gritarle a todo el mundo que era su querida y me parecía demasiado estrecho el escenario en que encerrábamos nuestros amores.

Un día me dijo:

—Tú no puedes imaginarte, Mía, lo que has cambiado. Eras una mujer hermosa y ahora eres encantadora. Yo te he enseñado a ser mujer, al poseerte por primera vez, aunque otro haya sido el autor de tu desfloración material. Si mañana nos separásemos, a mí solo tendrías que agradecer el milagro de tu transformación.

Lloré mucho sobre su pecho al oír de sus labios que era posible que algún día llegáramos a separarnos. Repetidas veces le había propuesto que me llevara consigo adondequiera que fuese, y siempre lo aplazaba para más adelante, cuando fuera indispensable. Aquel día, después de sentirme tranquila ya con sus caricias, tuve el capricho de que comiésemos juntos, lo que no habíamos hecho nunca. Trató de disuadirme de esta idea, y fue inútil. Inventé pretextos, forjé mentiras, para que no extrañasen en casa mi ausencia a la hora de la mesa, sabiendo que no estaría ni en casa de papá ni en la de Alicia, y conseguí lo que deseaba.

Fue una comida alegre, en el reservado de un restorán conocido, al que entré de prisa y con el velo echado sobre la cara, palpitándome el corazón como si acudiera a una primera cita. A los postres, tomé champán, y fui poseída sobre una silla, como en el epílogo de una cena entre una horizontal y un estudiante. El anhelo sentimental que existe siempre en el alma de la mujer más positivista nos impulsa a cometer muchas necedades en la vida.

Desde entonces, pareciéndome poco el tiempo que estaba con Fernando y queriendo abrir nuevos espacios a nuestra pasión, inventé paseos y excursiones al campo en automóvil. Íbamos en carruaje cerrado, y me dejaba arrebatar por el vértigo de la velocidad reclinada en el hombro de mi amante. Joaquín se quejaba de la frialdad de mis cartas y de la poca prisa que me daba en resolver el viaje. Pero esto me inquietaba menos que la actitud un poco recelosa de Susana, que empezaba, sin duda, a darse cuenta de que algo anormal sucedía. En cuanto a la pobre Julia, era tan inalterable el fondo de candor de su alma que, aun viéndome abrazada a Fernando, difícilmente hubiese dado crédito a sus ojos.

Cierto día me preguntó, al concluir de almorzar:

—¿Y tus lecciones de pintura, hija mía? ¿Adelantan?

Me estremecí sin poderlo remediar, y salí del paso con una mentira.

—Y tanto, que te tengo dedicado mi primer cuadrito de flores.

Susana intervino, cortando la frase de gratitud que iba a salir de los labios de la solterona.

—No sé qué amor le ha tomado Victoria a la vieja de al lado —dijo con un ligero mohín despreciativo—. Ya no le falta sino llevar la cama para allá. En cambio, a mí la tal señora de Montalbán me revienta. Por eso evito lo más posible ir a su casa, y acabaré por no volver nunca.

La observé atentamente, con el fin de saber si sus palabras encerraban algún sentido oculto, y quedé tranquila de mi examen. Si Susana sospechaba algo, no era seguramente que yo viera a mi amante tan cerca de mi casa. Odiaba a Úrsula, porque ésta, prudentemente, había tratado de alejarla, mostrándose poco comunicativa con ella y recibiéndola en la sala. Dos veces mi cuñada había llegado mientras me encontraba en el cuarto con Fernando, y tuve que arreglarme de prisa y salir a reunirme con ella, en tanto que la dueña de la casa la entretenía con mil pretextos, asegurándole que la ayudaba a hacer dulces en la cocina. De todas maneras, la actitud de la jovencita me inquietaba un poco, y por eso procuraba no perderla de vista.

Para Joaquín encontré una excusa en la enfermedad de Alicia, a quien los médicos preparaban para operarla tan pronto como la considerasen con fuerzas para resistir la operación. El último ataque de su mal la había dejado muy extenuada, y aunque no estaba ya en cama, apenas se hubiera podido reconocer en ella a la hermosa mujer que había sido tres años antes. Llegué a adquirir la costumbre de ir a verla todos los días, por la compasión que me inspiraba, y porque de allí me escapaba más fácilmente con Fernando, advirtiéndole a mi hermana que iba a las tiendas o a casa de la modista, por si llamaban de la mía por teléfono. Hice que la misma Alicia le escribiera a mi marido una carta, suplicándole que me dejara en La Habana hasta dos días después de su operación, y quedé tranquila. Mi propósito era únicamente ganar tiempo, mientras Fernando se decidía a resolver de una vez nuestra situación. Entretanto, mi vida continuaba desenvolviéndose entre mentiras que urdía sin cesar para justificar mis citas.

Una vez me pareció que Graciela me había visto sentada al lado de Fernando en el interior del automóvil. Fue al doblar una esquina, cuando regresábamos de una de nuestras excursiones al campo, y creí ver la cara de sorpresa de mi amiga, en el instante de reconocerme. No le temía a Graciela, pues sabía que era discreta y se callaría; pero me mortificaba tener que compartir con otra mi secreto. Fernando aprovechó el incidente para reñirme por lo que llamaba «mis imprudencias». Era la primera vez que lo hacía y lloré, con profundos sollozos, como una niña a quien reprenden injustamente. Mi amante me abrazó, llamándome «chiquilla» y «loca», y mis lágrimas secáronse como por arte de magia.

Sin embargo, fui un poco más cauta en lo sucesivo. Mi sentimiento se componía de sumisión, de ilusiones y de celos, en partes iguales, como el de todas las mujeres verdaderamente enamoradas. El instinto de obediencia me aconsejaba no hacer lo que una vez había motivado el enojo de Fernando; los celos me impulsaban a procurar tenerlo cerca constantemente, y a ver en cada minuto de tardanza a una cita la obra de otro amor; en cuanto a la ilusión, mostrábame sin cesar el cuadro de la vida que haríamos, cuando juntos los dos, para siempre, no tuviera que ocultarme para quererlo. ¿Por qué no había querido así la primera vez, ya que entonces la sociedad y la familia, de acuerdo con mi pasión, hubieran contribuido a formar una dicha perfecta? En mi exaltación de ahora, el recuerdo de Joaquín perdíase lentamente en las brumas de mi memoria, quedando en mi corazón sólo como un punto doloroso. Ya no me molestaba la conciencia de mi falta, puesto que al abandonar a un marido que no había sabido hacerse amar como se aman los hombres y las mujeres, mi única acción consistía en haber atrapado la felicidad al paso. Lo único que me contrariaba algo era la falta de entusiasmo con que Fernando acogía la larga enumeración de mis proyectos para lo futuro y mis sueños de amor eterno. Una vez bostezó disimuladamente, y tuve que callarme, un poco avergonzada. Desde entonces le hablaba menos de estas cosas, y me acometían, en cambio, accesos de desaliento y de tristeza pasajeros, sin que acertara a comprender aún de donde procedían.

Antes de cumplirse los dos meses de mi caída, tuve una sospecha, que pronto se convirtió en realidad: estaba encinta. Fernando no se dio cuenta por sí mismo de la anormalidad reveladora, porque los hombres son siempre poco avisados en materia de fechas, hasta el punto de que, fuera de las exigencias de los negocios, para ellos casi no existe el calendario. Por mi parte, no quise llamar su atención hacia el hecho insólito. Temía que se tratase de una indisposición pasajera y que no llegara a confirmarse después mi presunción. Pero, de todos modos, la emoción que sentía era tan intensa que se desbordaba de mi corazón convertida en ternezas prodigadas al hombre amado. No podía creer que el cielo me colmara de tantas dichas a un mismo tiempo; porque además del placer indescriptible de llevar a mi seno un fragmento de la vida de él, tenía la seguridad de que un hijo de los dos sería en adelante el más fuerte lazo de unión para nuestras almas. Mi secreto me quemaba como un ascua, y sin embargo, lo escondía, acariciándolo voluptuosamente aun en los momentos de pasión y de delirio. Quería más a Fernando y lo abrazaba con un fuego nuevo, más concentrado, mezcla del ardor de mis sentidos y de mis nacientes instintos de madre. Él me observaba, a veces, con curiosidad y sorpresa, asombrado de aquellos transportes. Por la mañana, a la hora de nuestras habituales citas, las náuseas empezaron a molestarme un poco. Hacía un esfuerzo para dominarlas a su lado; pero a menudo palidecía entre sus brazos, y él, notándolo, volvía a mirarme con inquietud y extrañeza. Así pasaron dos semanas, las más dulces y confiadas de mi existencia hasta entonces.

Llegaba, tras tempestades y congojas, a lo que yo llamo «armonía interna», que antes no había disfrutado nunca y que comenzaba a mostrárseme como la entrada del paraíso de mis sueños. Ya no veía los pequeños síntomas de cansancio y despego que, sin saberlo interpretar bien, creía notar en mi amante y nublaban mi frente con una rápida sombra. La venda de la felicidad cubría mis ojos, trocándose a veces en una lente, al través de la cual el mundo se me representaba como yo quería que fuese.

Un día, una sacudida fuerte del automóvil, que saltó un bache a gran velocidad, me arrancó mi secreto, cuando menos pensaba revelarlo. Creí sentir un choque brusco en mis entrañas, y mis facciones debieron alterarse de tal modo que Fernando me preguntó un poco alarmado:

—¡Qué! ¿Te hiciste daño?

—¡Oh, no! —me apresuré a decir, ya repuesta del susto— Pero he tenido mucho miedo. No volveremos a salir en automóvil, ¿sabes?

Todavía estaba un poco nerviosa. Fernando me miró, sonriendo.

—¿Por qué, bobita?

—Por... porque...

Me ruborizaba y no podía decirlo. Al fin, lo solté todo, abrazada a su cuello, con un ansia inesperada de mimos y de besos, que no podía reprimir.

—Tú, cielo, no te has fijado, porque los hombres no advierten muchas veces ciertas cosas... Y hacen bien, porque no son agradables, por cierto... Pero estoy en estado, de ti. No tengo ya dudas de ninguna clase.

Se puso serio, de repente.

—¡En estado! ¿Tú, en estado?

—Sí; tengo la seguridad.

Él se quedó inmóvil y pensativo un instante, como si lo inesperado de la revelación lo hubiese clavado en el sitio. Después cambió de postura en el asiento, con un gesto de mal humor, y guardó silencio. El corazón comenzó a latirme aceleradamente.

—¿Te contraría, alma, lo que te he dicho?

—murmuré acercándome a él y haciendo un sobrehumano esfuerzo para no comprender lo que me parecía adivinar en su actitud.

—Sí —repuso con voz cuya firmeza se acercaba a los linderos de la crueldad—. Ésa es una complicación grave y tonta, a la que habrá que buscar remedio enseguida. Afortunadamente me lo has dicho a tiempo... En fin, ya veremos, con calma...

Entonces vislumbré la verdad, como al resplandor de un relámpago. Y fue lo mismo que si me hubiera visto detenida por un precipicio en mitad de una carrera sin freno. Sentí el impulso irresistible de abrir la portezuela y arrojarme de cabeza sobre el pavimiento de la carretera, que huía bajo las ruedas. Y no tuve más que un sollozo, uno solo, que pareció que me rompía el pecho, dejándome adentro como el temblor de infinitas congojas, capaces de ahogarme, sin lágrimas ni gritos, si mi boca abierta no hubiese buscado ávidamente el aire, moviéndose de un lado a otro con la angustia de la agonía.

Fernando se espantó de su obra.

—¡Mía! ¡Mía! ¡Por Dios, serénate! No me oíste bien; te juro que no me comprendiste... Lo que te dije no es para que te pongas así. Lo que quiero es que nadie te pueda hacer sufrir... ¡Óyeme y mírame! Mira a tu Fernando, y no pongas esa cara de loca... ¡Así! ¡Así! Que yo te sienta firme sobre mi pecho y no desmadejada y fría como una muerta... De lo demás no hablaremos, si tú no quieres...

Volví lentamente a la vida al calor de sus caricias e hice lo posible por restaurar lo que quedaba de mi fe; mientras el auto devoraba kilómetros, con la indiferencia de su alma de hierro, y corrían atropelladamente, al través de los cristales de sus puertas, los árboles del camino.

IX

Alicia iba a ser operada un lunes, en la clínica del doctor Argensola. Desde el sábado anterior, los días se habían sucedido llenos, para mí, de disgustos y zozobras. Ni en mi casa, ni en la de mamá, ni en la de mi cuñado, hubo sosiego en aquella horrible semana. Y por añadidura mi corazón sufría torturas de otra índole que nunca había imaginado siquiera antes de esa épo-

354

ca. Estaba celosa y desesperada. Fernando se cansaba de mí harto visiblemente, y aun reconociéndolo así, mi alma se obstinaba en alejar de sí la evidencia, sabiendo que de aquel débil hilo dependía mi vida y queriendo retardar el desastre. A partir del día en que se enteró por mí del estado en que me hallaba, mi amante fue alejándose poco a poco, sin imponerse el trabajo de disimularlo con mucho empeño; y yo, consternada, sintiendo que la locura me invadía por momentos, tenía que compartirme entre la pena y el dolor de los míos y la agonía de mi propio corazón que moría asesinado lejos de allí, y en tales circunstancias que jamás mi angustia podría sumarse a las otras angustias para buscar un alivio en la común pesadumbre.

La víspera de la operación de Alicia, hablé brevemente con Fernando en casa de la señora de Montalbán, donde sólo habíamos estado dos veces, y eso durante breves minutos, en toda la semana que acababa de transcurrir. Mi amante me trató con la cortesía afectuosa que empleaba conmigo desde que dejó de quererme y que me exasperaba hasta el punto de inspirarme deseos de arañarle. Me había convencido ya de que nada podría hacer mi humildad y mi ternura contra esta blanda coraza que su egoísmo le había fabricado, y dominé mis lágrimas para intentar aún un esfuerzo desesperado y estrechar al ingrato en sus últimos reductos.

—Tenemos que hablar, y hoy no tengo tiempo —le dije por fin con una firmeza que él no me conocía—. Quiero que vengas aquí mañana a las dos.

Él hizo un leve ademán de sorpresa.

—Pero, hijita, sé razonable. Mañana me harías venir inútilmente. ¿A qué hora se opera tu hermana?

—A las doce. A las dos puedo estar aquí.

—¿Y por qué no lo dejamos para otro día? Estará mal que te separes de tu familia después de la operación.

No pude hablar más, a causa del nudo que tenía en la garganta. Miré un instante con desaliento a aquel hombre que parecía estar a cien leguas de la agonía de mi alma, y dos gruesas lágrimas cayeron silenciosamente de mis ojos a las mejillas.

—Está bien, caprichosa —me dijo entonces Fernando, reprimiendo un gesto de impaciencia—. Vendré mañana a las dos. Pero a las dos en punto, ¿eh? No olvides que estoy muy ocupado estos días y que no podré esperarte mucho...

Unas cuantas semanas antes ni me hablaba de sus ocupaciones, ni le faltaba el tiempo. Nos separamos con un beso casi frío y corrí a mi casa a llorar un poco y a vestirme para ir a la clínica, donde ya había ingresado mi hermana.

Aquella noche, mientras la acompañaba en el cuarto de blancas paredes y blancos muebles, en que todo era triste como la enfermedad y frío como la muerte, no pude pensar sino en ella, sintiéndome incapaz de sustraerme a la horrible influencia de aquel ambiente. Reinaba en la casa un profundo silencio, turbado sólo por el quejido incesante de una mujer operada hacía algunas horas, que ocupaba una habitación cercana. Nos dijeron que no la retiraban de allí, porque todas las habitaciones estaban ocupadas. Era una contrariedad; pero aun sin ella, ni Alicia ni yo hubiéramos podido dormir. Las horas me parecieron interminables. De vez en cuando, entraba una enfermera, andando sin ruidos sobre sus zapatillas de goma, y al vernos despiertas nos sonreía en silencio, con su amable sonrisa profesional encuadrada por el gorrito blanco. En los intervalos, el tic tac del reloj, colocado sobre la mesilla de cristal, llegaba a parecerme, por momentos, intolerable.

La luz del día vino a sacarme de este suplicio del insomnio y de la espera. Empezó a animarse la clínica. Circulaban los internos y los sirvientes, con caras de sueño, envueltos en sus largas blusas blancas, mientras el airecillo de la mañana barría la atmósfera cargada de emanaciones de éter, de ácido fénico y de yodoformo que habíamos aspirado durante la noche. Entraban los criados en los cuartos, provistos de cubos y gruesos paños montados en largos mangos de madera, para lavar silenciosamente el piso y la franja de azulejos que revestía la parte inferior de las paredes; y salían llevando en vasijas tapadas todos los residuos de las curas y las excretas de los enfermos. Me distrajo un poco este ir y venir de la limpieza matinal, donde todos trabajaban sin ruido y metódicamente, como autómatas. Después empezaron a llegar los médicos que tenían clientes en la casa, gentes alegres, acostumbradas al dolor ajeno, que bromeaban y reían en los pasillos, como en los de un teatro. Empezaba a encontrar monótono y un poco macabro todo aquello, cuando entró mi cuñado, a quien Alicia no le había permitido que se quedara la noche anterior, alegando que la emoción y el insomnio lo enfermarían. Eran las ocho. Se había levantado a las siete, renunciando a su masaje y a su gimnasia sueca por una sola vez, y venía fresco, recién afeitado y con un semblante de hombre saludable que daba apariencias de ironía a los cuidados de

357

su mujer. Besó a Alicia en la frente y bromeó con ella afirmando que la palidez de sus mejillas no era efecto de la enfermedad, sino del miedo de la operación.

Nos trajeron el desayuno en dos pequeñas bandejas, con servicio aparte para cada uno; pero José Ignacio aseguró que ya lo había tomado, y yo apenas lo probé, invadida por súbita repugnancia al pensar que tazas, cucharas y platos rodaban por los cuartos de los enfermos.

Un cuarto de hora después se oyó en la calle la bocina de un automóvil, en cuyo sonido reconocí el carruaje del doctor Argensola, y en efecto, entró éste, de prisa, según su costumbre, repartiendo saludos a derecha e izquierda y observándolo todo con sus ojillos movibles, casi ocultos por la redondez de los pómulos. Ni alto ni pequeño de cuerpo, luciendo el vientre un poco abultado bajo su habitual chaleco blanco y el bigote gris sobre la faz rubicunda de vividor satisfecho de la existencia, aquel famoso cirujano era de los escépticos que sonríen siempre, comprendiendo, sin duda, con su clara intuición de hombre de mundo, que la sociedad en que le era forzoso vivir muy rara vez acoge benévolamente a los misántropos. Tenía un excelente sanatorio, un nombre a la moda y una buena fortuna, y se burlaba plácidamente de la humanidad, cuyas flaquezas conocía, disculpándola la mayoría de las veces en atención a las cosas provechosas y agradables que encierra.

Entró un momento en nuestro cuarto, y le dio a Alicia las palmaditas en las mejillas con que saludaba a todos sus enfermos.

—Mala noche, ¿eh? Como la de los condenados en capilla... ¡Es natural! El rato no es agradable. Pero después de esto, «buena y sana». Óigalo bien; ¡buena y sana para siempre!

Dio media vuelta y salió para dirigirse a otro cuarto y repetirle probablemente lo mismo a un nuevo enfermo; pero en la puerta lo detuve, aprovechando el que mi cuñado no estaba allí en aquel instante...

—Doctor —le dije resueltamente—: tengo una curiosidad. Perdónemela. ¿Puede usted decirme con entera franqueza la causa de la enfermedad de mi hermana?

Se caló los lentes, para mirarme un instante entre irónico y bondadoso.

—¡Mujer al fin! —murmuró; y repuso luego con mucho aplomo—: Ciertos órganos muy delicados de la mujer se enferman, por infección, a consecuencia de parto o aborto mal atendidos o por contagio directo y causas múltiples... La primera forma tiende a desaparecer, gracias al progreso creciente de las ciencias. Y en cuanto a las que figuran en segundo lugar, si no existieran, no podríamos vivir los pobres ginecólogos, como yo...

Rió, dejándome con un palmo de narices, aunque fue lo bastante explícito para dejarme entrever la verdad, y se alejó a buen paso, entre un interno y una enfermera que lo aguardaban.

La actividad de la clínica aumentó a partir de aquel momento. Era la hora de las operaciones, las curas de importancia y las visitas de los médicos. Pasaba de un lado a otro el carrito blanco empujado por un sirviente, trasladando enfermos, que parecían muertos, rígidos y tapados de la cabeza a los pies con sábanas y cobertores. Se multiplicaba el personal de ayudantes y enfermeros , dando y recibiendo instrucciones y entrando casi a la carrera en los cuartos de los enfermos, para salir luego con la misma rapidez. Aquella actividad, nueva para mí, me aturdía un poco. El doctor Argensola tenía en turno a varios enfermos de cirugía antes de operar a mi hermana, que sería la última por ser «de pus», según nos explicó amablemente. Por eso había fijado la operación para las doce. La espera era cruel. Con frecuencia consultaba el reloj, y mi corazón latía con violencia al ver avanzar las manecillas, aunque me parecía que iban muy despacio. Alicia me había exigido que no me moviese de su lado, ni aun en el momento de la operación. Temía morir en el cloroformo, y obtuvo, no sin trabajo, de Argensola, que me permitiera estar junto a ella constantemente. A las diez llegó papá. El pobre tenía entonces el pelo y la barba completamente blancos; pero se encorvaba además, al andar, mucho más que de costumbre, herido por una brusca decadencia de toda su persona, que no era seguramente obra exclusiva de la edad. Mamá, enferma de la emoción y de la pena, no había podido moverse de la cama aquel día. Casi no me acordaba de Fernando, embargada por la desgracia y el dolor de los míos. Sin embargo, la visita de Graciela, que llegó poco después que papá, en compañía de su marido, me produjo cierta vaga ansiedad; pero mi discreta amiga me besó en ambas mejillas con mucha naturalidad, sin darse por enterada del encuentro que tuvimos. Venía vestida con lujo y sencillez, luciendo pendientes de brillantes, que valían una fortuna, en ambas orejas, mas su carita redonda y picaresca, sembrada de lunares y de hoyuelos, era siempre la misma mezcla de ingenuidad, malicia y optimismo que tenía en su niñez. Cuando pudo encontrarse a solas conmigo, en un ángulo de la habitación, me dijo alegremente: ¡Gran noticia! Se ha levantado la cuarentena y los buques entran ahora «a libre plática». ¿Qué te parece? Mi marido y yo deseamos ahora tener un hijo a todo trance.

Echóse a reír, al ver mi cara de enferma y mi sonrisa amarga, y concluyó, dándome una palmadita en la cara:

—Eso es lo que te hace falta a ti, bobona: tener un muchacho para que te distraigas.

A las doce aún no habían venido a buscar a Alicia. Operaban a los otros en el gran salón lejano, adonde afluía entonces toda la actividad de la casa. Mi corazón latía con más fuerza, al contar los minutos. Alicia se estremecía bajo las sábanas y sus dientes chocaban violentamente cuando quería hablar. Papá y José Ignacio, sentados frente a frente, a entrambos extremos del lecho, inclinaban silenciosos la cabezas y hacían grandes esfuerzos para aparentar serenidad.

Por fin, a las doce y media se produjo cierto movimiento en la puerta del cuarto: entraban un sirviente, conduciendo el carrito, y detrás el anestesista y una enfermera. Alicia fue colocada, medio muerta de miedo, sobre el ligero vehículo, y la careta cayó enseguida encima de su boca, entre frases de aliento prodigadas por el médico y por la joven del blanco gorrito.

—Respire sin temor. Así, profundamente. Verá que no siente nada.

Me hicieron salir, antes de que acabara de dormirse, para conducirme al salón, por encargo del doctor Argensola. Tuve que atravesar casi toda la casa, siguiendo al criado que me servía de guía. En la sala de esterilización, donde hervían tres grandes calderas niqueladas, envueltas en ligeras nubes de vapor, me hicieron poner sobre mis vestidos una blusa blanca acabada de sacar de uno de aquellos aparatos y todavía humeante. Después me llevaron a lo que llamaban «el salón» y me dejaron allí sola. Era una vasta pieza, iluminada por anchísimas ventanas cubiertas de vidrio mate, que proyectaban una luz cruda sobre los blancos anaqueles llenos de instrumentos y las mesillas de cristal, encima de las cuales se veían misteriosos útiles cubiertos con paños muy limpios. El piso y las paredes, muy pulidos, brillaban como si acabaran de ser barnizados. Y en el centro, la gran mesa de operaciones, toda de níquel, se alzaba, solitaria y siniestra, con su complicado mecanismo de llaves y palancas, como un bello instrumento de tortura concebido por el cerebro de una civilización enferma.

Agucé el oído. En la habitación contigua se escuchaba el ruido de los cepillos frotando las manos de los cirujanos y el del chorro de agua de un grifo abierto. De pronto llegó hasta mí la voz de Argensola que hablaba con un desconocido, al parecer médico, al cual no había oído hasta entonces.

—Estoy rendido. Ésta es la quinta operación en la mañana de hoy.

—¿Qué hiciste antes?

—Colecistectomía, por cálculo.

—¿Y ahora? ¿Qué vas a hacer?

—Piosalpinx doble. ¿Te interesa?

Hice un esfuerzo para no perder una sílaba de aquel diálogo, puesto que se trataba de mi hermana. El desconocido continuó preguntando:

—Reliquias de un parto, ¿verdad? Ignorancias de las comadronas, viejas metritis, descuidos y...

—Nada de eso.

—¡Ah!

—¡Es lo de siempre! —exclamó el famoso cirujano con su indolencia irónica de descreído— «Cositas» de los maridos, que no nos consultan al casarse y «revientan» a una pobre mujer para toda su vida... Si quieres ver la operación, pide una bata.

Aunque lo sabía ya, me estremecí al oír las palabras del doctor Argensola, sin poderlo evitar. Y me juzgué menos mala, ante aquella irrecusable prueba de la maldad de los hombres. ¡Pobre Alicia y pobre mujeres en general, entregadas sin defensa al brutal egoísmo de sus amos!

Entró el carrito conduciendo a mi hermana inerte entre las frazadas que la envolvían con el bello rostro vuelto hacia un lado y la expresión de un sueño tranquilo. Las enfermeras se apresuraron a colocarla sobre la mesa de operaciones, atándole enseguida las manos y los brazos, para que no pudiese estorbar con ellos la operación. Después le descubrieron el vientre, que quedó expuesto a la viva luz de la sala, terso y pálido como una semiesfera de marfil. Estaba toda rasurada y mostraba sus más íntimos encantos ante la mirada indiferente de médicos y enfermeras. El anestesista, sentado en un banquillo junto a su cabeza, le hacía aspirar cloroformo incesantemente.

Las dos enfermeras lavaron el vientre inmóvil con jabón y cepillos; luego con alcohol y con éter. A continuación, lo pintaron con yodo, quitando nuevamente con éter la gran mancha rojiza, y pusieron sobre él un paño blanco. Yo no perdía un detalle, y, aunque mi cabeza vacilaba, hacía esfuerzos para no perder el sentido. El joven anestesista, que miraba de reojo, me dijo, advirtiendo sin duda mi palidez:

—¿Podrá usted resistir, señora?

—Trataré de hacerlo —respondí, tragando saliva e irguiéndome para dominar mis nervios.

Entraron Argensola y sus ayudantes, ataviados como siniestras máscaras, cuya vista, en cualquiera otra ocasión, me hubiera hecho reír. Blanco el casquete de lienzo que les ceñía la frente; blanco el tapabocas, tras el que escondían la mayor parte del rostro, y blancos las blusas y los paños con que habían envuelto sus zapatos, sólo vivían los ojos en aquellos fantasmas de albura inmaculada, que se colocaron automáticamente y sin decir palabra a los dos lados de la mesa. Con un movimiento instintivo, me apoderé entonces de una de las inertes manos de mi hermana, como si pudiera verme y le infundiese de ese modo valor. Una enfermera le había quitado las ligas, descubriendo un instante sus bellas formas, y otra le extrajo la orina con una pequeña sonda. El ayudante, por su parte, acababa de limitar con paños sujetos entre sí por medio de pinzas la parte de vientre que iban a operar, y hecho esto, le alargó al doctor Argensola el bisturí, cogido por la hoja. Temblé. Las manos de los dos cirujanos, calzadas con guantes de goma oscura, se movían como negras aves de rapiña sobre el cuerpo de Alicia.

El bisturí trazó con la punta una línea roja sobre la piel, casi desde el ombligo hasta donde el pubis se hundía en graciosa curva entre los muslos unidos. Un nuevo trazo, y la herida se abrió, dejando ver una masa blanda y amarilla sembrada de gotitas de sangre, que el ayudante se apresuró a enjugar con un rápido movimiento. Aparté la vista, horrorizada, oyendo sólo el crujido seco de las pinzas que se cerraban y los monosílabos de los operadores. Cuando la curiosidad me impulsó a fijarme nuevamente en lo que hacían, vi una cosa horrible: los labios de la enorme herida se mantenían separados por dos anchos garfios de níquel, y las manos enguantadas de Argensola se introducían en el vientre, hurgando y moviéndose con una calma que sembró mi frente de heladas goticas de sudor. Los paños blancos, en torno de la herida, apenas estaban ligeramente manchados de sangre.

—¿Hay adherencias? —preguntó el ayudante.

—Muchas —dijo Argensola, sin interrumpir su trabajo.

No quise seguir mirando, pues me sentía próxima a caer, y traté de fijar la vista en las vitrinas, donde la luz intensa del mediodía arrancaba vivos reflejos al níquel de los instrumentos. Me molestaba una extraña tirantez bajo el seno, algo así como si estuviesen volviendo al revés mi estómago vacío, y procuraba respirar poco porque el olor del cloroformo me producía mareos. Sin embargo, mi voluntad se mantenía resuelta a no abandonar la sala, jurando interiormente que no lo haría, aunque tuviese que retroceder hasta la pared en busca de apoyo.

Recuerdo que, entre las brumas de mi conciencia, distinguía claramente por el oído los incidentes de la operación.

Argensola resoplaba, como arrancando algo que estuviese fuertemente sujeto al cuerpo de mi hermana.

—Dame una pinza de Kocher para coger un vaso que me estorba —decía.

Y un momento después:

—Ahora la tijera curva.

Pasaron dos minutos, durante los cuales se oyó el ruido de la tijera mordiendo la carne. Al cabo de ellos Argensola habló otra vez.

—Dame el *termon*.

Sentí el chirrido de la parte quemada y llegó a mi nariz el olor nauseabundo de la carne que ardía. Apreté los puños y cerré los ojos apoyándome en la mesa. Nadie se fijaba en mí.

—¡Ya está libre! —exclamó por fin el cirujano con un suspiro de alivio.

Se oyeron luego cuatro estallidos secos, como si cerraran unas pinzas mucho más potentes que las otras. Entonces me deslicé hasta la pared para respirar con más amplitud, lejos de aquel horrible ambiente de cloroformo y de carnicería que estaba a punto de volverme loca. Allí me sentí mejor, teniendo la espalda apoyada en el muro. Los cirujanos, con las cabezas inclinadas, trabajaban febrilmente y me ocultaban casi por completo el cuerpo de Alicia. Podía pensar que no era mi hermana quien estaba allí, y que aquellas personas se entretenían en cualquier cosa, menos en abrirle el vientre a una mujer viva. Además, visto de lejos, aquello no era tan horrible.

Vi como retiraban una masa informe y rojiza, del tamaño del puño, y la ponían en una bandeja que alargaba la enfermera para recibirla. Enseguida comprendí que cosían, por el movimiento de las manos y por el hilo que preparaban los ayudantes. No había duda de que estaban terminando, pues el doctor Argensola y su compañero empezaron a hablar tranquilamente de música y de óperas, como si el trabajo que realizaban no exigiese ya sino una atención secundaria.

Un momento después el anestesista retiró la careta del cloroformo, y abandonando su banquillo fue a reunirse con los operadores para charlar de la última función de abono en el teatro Nacional. Los dos cirujanos hablaban sin levantar las manos del trabajo.

—¿Crin? —preguntó la enfermera, revolviendo entre los objetos que había en una mesilla.

—No; puntos metálicos —respondió Argensola.

Estaba casi tranquila ya; pero no me atrevía a acercarme, por temor de que volviera a invadirme aquel mareo que estuvo a punto de hacerme perder el conocimiento. Esperé, pues, sabiendo ahora que no tardarían en concluir. Argensola se volvió para buscarme y me vio en el ángulo donde me había refugiado, apoyada todavía en la pared.

—¡Ah, qué valiente! —exclamó burlándose— Venga; puede acercarse ahora sin temor, porque ya hemos acabado.

Se había despojado del tapaboca y del casquete y aparecía su ancho rostro sudoroso y con el cabello y bigote erizados.

Me acerqué poco a poco. Ya no había herida; no había sangre. En mitad del vientre, de nuevo pulido y pálido como una bola de marfil, se veía solamente una línea de pequeños ganchos metálicos que se hundían en la piel. Dos enfermeras lavaban suavemente con agua oxigenada los alrededores de esta línea, mientras se preparaban los vendajes.

Repuesta completamente de la emoción, mi curiosidad se dirigió a la bandeja donde estaban los órganos extraídos. Argensola adivinó mi deseo y se mostró complaciente: hizo que acercaran la bandeja y fue mostrándome el contenido con la punta de unas tijeras.

—Vea, usted: aquí está todo, menos el cuello, que se lo hemos dejado. Éste es el cuerpo de la matriz. Aquí están los ovarios, que estaban hechos una miseria. Véalos envueltos por la inflamación de las trompas. ¿Se fija usted? Están convertidas en una masa informe estas trompas; pero conservan todavía algo de su forma de flor. ¿Sabía usted que las mujeres tienen flores por dentro? Mire si hay poesía en ustedes, que los poetas ignoran... Pero estas pobres flores estaban marchitas, inservibles ya. Era imposible conservar nada de eso...

Yo no veía sino un montón de carne violácea y amarillenta, algo lamentable y sucio, cuya forma no podía reconocer, a pesar de las explicaciones del cirujano, y cuyo recuerdo me persigue todavía como el de una pesadilla.

Abandoné con gusto aquel salón, con su olor de cloroformo y de matadero, a fin de seguir el carrito donde Alicia, otra vez envuelta en frazadas, era transportada de nuevo a su habitación. Cuando llegamos a ésta, vi que era la una y media. Mi padre estaba más bien caído que sentado en una silla, y tan abatido que se hubiera dicho que dormía; en tanto que Trebijo se paseaba nerviosamente a lo largo del cuarto, sin apartar los ojos de la puerta. Al entrar nosotros, papá levantó el rostro y pude ver sus ojos enrojecidos, comprendiendo que había llorado.

—¿Salió bien? —dijeron al mismo tiempo los dos hombres, precipitándose hacia el carrito.

—¡Bien! ¡Muy bien!

Nos abrazamos entre lágrimas y besos de alegría, confundiéndonos todos en la misma efusión; mientras las enfermeras colocaban a la operada en su lecho y abrían de par en par las ventanas.

El reloj señaló las dos menos cuarto, sin que mi hermana hubiese vuelto en sí de la anestesia. Le daban aire con un abanico, y de tiempo en tiempo le tomaban el pulso. Me cruzó por la mente un pensamiento insensato. «Si muriese, ¿sería mía la culpa?» Y después otro: «Si había Dios, tenía que castigar la impiedad de una mujer que pensaba en su amante, mientras su hermana se hallaba en peligro de muerte». Pero no podía dejar de torturarme con la idea de que Fernando iría a la cita sin encontrarme. Y llegué a padecer tan cruelmente con aquel irrealizable anhelo de estar en dos lugares al mismo tiempo, que acabé por abandonarme desesperadamente a mi destino, imaginando lo dulce que sería morir en medio de un sueño como el de Alicia y flotar inconsciente por encima de un mundo donde los seres se hunden siempre en abismos de dolor después de infructuosas luchas...

A las dos, Alicia hizo algunos movimientos, sin abrir los ojos todavía. Agitaba los labios, cual si paladease una sustancia de sabor extraño, y crispaba los dedos arrugando las sábanas. Nos acercamos todos a la cama, sin que dejaran de darle aire con el abanico. Sus párpados temblaron entonces. La llamamos suavemente: «¡Alicia!» «¡Alicia!» Al fin abrió los ojos y paseó la vista por la habitación, sin reconocernos. Un momento después, brillaron al fijarse en mí, y me tendió una mano desmayada.

No esperé más: corrí al teléfono, casi perdida la cabeza, y llamé a Úrsula. Eran las dos y cuarto. No me atreví a nombrar a Fernando, porque había dos o tres personas cerca de mí. Dije sencillamente quién llamaba, y la señora de Montalbán me respondió, con voz melosa, que «una persona» había estado allí a las dos y acababa de marcharse, no sin suplicarle que la disculpara conmigo. Tiré con rabia el receptor, dejando con la palabra en la boca a Úrsula, que me preguntaba por mi hermana. Bruscamente había sentido que un negro abismo se abría en mi alma; en esta alma que no creía, que no había querido creer en su infortunio. En el instante en que mi espíritu, conturbado por las crueles escenas que acababa de presenciar, necesitaba consuelo, mimos y palabras tiernas, y echaba de menos el eco de una voz querida que me confortase; en ese momento de angustia hondísima, lo que más amaba en el mundo, mi anhelo, mi dicha, mi condenación y mi remordimiento huía de mí con el vano pretexto de unas ocupaciones urgentes, en las cuales yo no creía... Si tenía un adarme de delicadeza, ¿podría ignorar este inmenso afán de echarme en sus brazos, que siguió a los horrores que había presenciado? En cualquier otra ocasión le hubiese perdonado, tal vez, su desvío. En aquélla, la ira y el despecho hicieron que mi dignidad de mujer se impusiera a mi congoja de amante. Y mi voluntad aprovechó la enérgica reacción del amor propio para trazar con firmeza la línea de conducta a que había de ajustarme, al menos mientras Alicia estuviera enferma.

Entré de nuevo en la habitación de mi hermana, erguida, firme, sostenida por un orgullo, en el cual no podía confiar mucho, y por no sé qué maquinal esfuerzo de los músculos y del deseo, empeñados en no dejar que adivinasen mi abatimiento. No quería pensar en el horror de mi situación; no quería ocuparme en mí, mientras Alicia estuviera en peligro de muerte. Y evitaba el mirar las canas de mi pobre padre, que me parecían colocadas ante mis ojos como una terrible acusación. Así, con la plena conciencia de mi irremediable infortunio, viví impasible las horas que siguieron, corriendo hacia la enferma cuando la veía hacer un movimiento en el lecho, esperando ansiosa la visita del médico, mimando a mi hermana y adivinando sus deseos, como si sólo el interés de su salud ocupara mi pensamiento en aquellos angustiosos momentos de espera.

Al día siguiente, el doctor Argensola salió del cuarto con una sonrisa llena de halagüeñas promesas. El pulso y la temperatura no habían abandonado su curva normal, y sólo entonces mi padre consintió en apartarse del lecho de Alicia para volver a casa y descansar un poco. Mamá había venido la tarde anterior, a pesar de sus achaques, y pasó con nosotros la noche en la habitación contigua, atenta a los lamentos de la enferma, que se quejaba de grandes dolores en todo el cuerpo. En cuanto a mi cuñado, durmió toda la noche en una butaca, después de haber recomendado que le avisáramos «si había alguna novedad». Cuando llegó Argensola, por la mañana, José Ignacio se había afeitado ya y tomado su baño templado de costumbre; y entretuvo algunos minutos al médico, cortés y afectuoso, hablándole de la gimnasia sueca y de los admirables resultados que este método, unido al masaje manual, había producido en su naciente obesidad.

Alicia había amanecido con la mente despejada y casi aliviada de sus dolores de la noche, y seguía amorosamente con la mirada las idas y venidas de su esposo por la habitación, lamentándose con frecuencia de su enfermedad que dejaba al pobre marido abandonado, sin tener quien le templase a su gusto el agua para afeitarse, al salir de la cama, ni quien le arrugase las camisas demasiado almidonadas antes de ponérselas. Suspiraba a menudo, y nos decía a mamá y a mí, con su voz quejumbrosa:

—¡Cuídenme a Pepe! El pobre debe estar pasando muchos trabajos con mi enfermedad.

Aquella misma mañana, al verlo llegar, después de hora y media de ausencia, recién rasurado y vestido con un traje de lanilla gris acabado de planchar, tomó una de sus manos del borde del lecho y lo interrogó con interés, olvidando sus propios padecimientos.

—¿Te afeitaste, hijo?

—Sí; en casa.

—¿Quién te calentó el agua?

—La criada.

—¿Y quién te cambió los gemelos de la camisa?

—Yo.

—¡Pobre! ¡Pobre! —exclamó ella conmovida, mientras acariciaba la mano de él entre las dos suyas— Te ha tocado la lotería al casarte con una mujer tan achacosa como yo...

Sentí el corazón como oprimido en una argolla de hierro. Ya no pensaba en mi caso, ni en el de ella, ni en los de las demás mujeres, ignorantes y candorosas, obligadas a sufrir y callar bajo todas las torturas. Consideraba el mundo como una fatídica asociación de inmundicia y de farsa, y me encogía instintivamente para no mancharme con el sucio contacto de las cosas.

A las diez me llamaron al teléfono. Era Úrsula. Me saludó muy afectuosamente, preguntándome por Alicia, sin que aparentara recordar mi grosería de la víspera. Después me preguntó prudentemente si no había alguien que oyese cerca de mí, y segura acerca de este particular, se arriesgó a decirme que deseaba verme en su casa a las tres, para «algo que me convenía». Sentí renacer de pronto la emoción con que me acercaba siempre a mis citas; se disipó como el humo la resolución de mi dignidad, y, sin poderme contener, le pregunté a Úrsula si estaría sola a esa hora.

—No, picarona; no —me respondió con su acostumbrada zalamería—. Mejor dicho: si me das la seguridad de venir, le avisaré enseguida a «alguien» que espera mi aviso para venir también. ¿Estás contenta?

— Sí; iré sin falta —le respondí, temblando de esperanza y de miedo.

Y fui. Fernando me esperaba ya, acomodado en una mecedora del cuarto y fumando cigarrillo tras cigarrillo para entretener su impaciencia. Al verme, se levantó sonriendo con una sonrisa que no había visto en sus labios desde que huyeron los buenos tiempos de nuestra dicha. Luego me hizo sentar en sus rodillas y me colmó de aquellas caricias, a la vez suaves e imperiosas, que me dejaban sin fuerzas y como sometida a un poder hipnótico. Es inconcebible cómo la pasión ciega a las mujeres, aun a las más dadas a la reflexión. Maquinalmente mis manos fueron hacia sus cabellos, alisándolos con arrobamiento para descubrirle la frente, como otras veces.

Cuando me consideró completamente sometida a su voluntad, mi amante empezó a hablarme con dulzura; de la manera con que se habla a los niños a quienes se pretende hacer juiciosos por medio de la persuasión. Comprendí, sin embargo, que estaba preocupado y que ordenaba sus ideas con arreglo a un plan dispuesto de antemano.

—Hijita mía, quiero que hablemos con formalidad unos momentos. Pero nada de exaltaciones, ni de nervios, ni de llanto, ¿eh?

Así fue el comienzo. Habló enseguida, con el aire un poco desdeñoso que le daba la conciencia de su superioridad, de la dificultad de entenderse los hombres y las mujeres. Rara vez unas y otros pensaban del mismo modo, y esto era un mal, porque si no fuera así se querrían mucho más. Por eso, él, que me amaba siempre, temía algunas veces hablarme con entera franqueza.

—Si no tuviera ese temor —añadió— te haría conocer muchos de mis proyectos, y te diría que, aunque dentro de pocos días tendré que irme...

Hice un movimiento de espanto, tan brusco, que casi pareció de huida, y me deslicé de sus rodillas, teniendo él que retenerme con sus dos brazos, mientras se apresuraba a añadir:

—Para volver, desde luego. Volveré para encontrarte «mía» siempre y para quererte como ahora, ¿no es así?

Bajé la cabeza sin responder, conteniendo el llanto, puesto que me había exigido que no llorara. Él me levantó el mentón con un dedo, obligándome a mirarle y me dijo, ya con el entrecejo ligeramente fruncido:

—No es así como deseo verte, Victoria. Quiero que me hables, que razones conmigo... y que me escuches, sobre todo, porque creo que ni siquiera me estás oyendo...

—¡Dios mío! ¿Y qué quieres que te diga, Fernando? —exclamé al fin en un violento estallido de todo mi dolor— Tú mandas y te obedezco; hablas y me callo. ¿Cómo voy a obligarte a que me quieras, si te canso ya; si estás aburrido de mí, y no quieres decírmelo de una vez por delicadeza o por compasión? ¿Crees tú que no lo noto, que mi alma no se desgarra cada vez que pienso en ello...? Sé que he sido una loca; que lo soy todavía, porque no puedo ni quiero vivir sin ti... Sé también que recibo mi castigo, bien merecido, por cierto... Todo eso hace tiempo que es mi martirio diario, y, ya ves, lo soporto; pero no me exijas que te olvide ni que oiga con calma los horrores que seguramente vas a decirme...

Fernando reprimió un gesto de impaciencia.

—Pero, ¿has reflexionado tú en nuestra situación: en «tu situación», mejor dicho?

—Demasiado he pensado en ella.

—¿Y no has pensado también en que, al fin y al cabo, tu marido...?

Me erguí, con un valor y una firmeza que no hubiera podido presumir que aún existieran en mis pobres nervios agotados.

—Desde que fui tuya, Fernando, no he creído ni pensado que tenía más marido que tú. Si hubiese tenido que compartirme entre dos hombres me hubiera muerto antes de horror y de vergüenza.

Hubo un momento de embarazoso silencio. Él me miraba, un poco desorientado, buscando la réplica, y yo bajaba la vista, esperándola, pero sin sentirme abandonada por la energía. Al fin me dijo, haciendo un esfuerzo para conservar todavía el tono dulce y persuasivo.

—Está bien, hijita mía. Ésa es la parte sentimental del problema, que, desde luego, no puedo censurarte. Pero la realidad es otra. Yo no tengo hogar; no vivo en mi casa, sino en hoteles; lo que quiere decir que no puedo llevarte conmigo. Tampoco sería capaz de arrastrar el escándalo de raptar a la esposa de un empleado mío. Reflexiona en esto y te darás cuenta de que tal proceder traería el ridículo para todos... Me sería muy fácil sostenerte en casa aparte, durante el tiempo que estuviera alejado de ti; pero, aparte de que el escándalo sería el mismo, porque todo se divulga a la larga, de ninguna manera me perdonaría el haberte hecho romper con tu familia, para dejarte sola y casi abandonada la mayor parte del tiempo. No queda, pues, sino el único camino sensato: dejar las cosas como están y que tú me esperes hasta que vuelva y podamos ordenar de nuevo nuestro amor... Y aun para eso es un obstáculo el estado en que estás... Sobre eso precisamente quiero hablarte.

No me moví. Esperé el golpe sin pestañear siquiera. Hubo otra breve pausa.

—Vas a hacer lo que voy a decirte —me ordenó, sin conceder mucha importancia a mis anteriores protestas y concentrando en los míos todo el fuego de sus ojos dominadores—, única manera de que podamos seguir queriéndonos como hasta hoy, por ser ésta una prueba que te exijo.

Pronunció la última frase con un énfasis peculiar, y añadió:

—¿Lo harás como te lo pida?

Encogiéndome cuanto pude sobre sus rodillas le manifesté sin palabras mis sentimientos. Él pudo interpretar mi ademán como indicio de sumisión absoluta. Sin embargo, creyó necesario insistir antes de exponer claramente su deseo.

—Piensa además que lo que voy a decirte es por el bien de todos; que no hay otro arreglo posible, y que es indispensable hacerlo, ¡absolutamente indispensable! ¿me estás oyendo?

—Sí.

—Pues bien: he aquí lo que «he resuelto»: es menester que, antes que me vaya, hayas ido con Úrsula a casa de una comadrona que ella conoce, para hacer que te quite «eso».

Me puse en pie de un salto, mirándolo por primera vez frente a frente y resuelta a escupirle al rostro mi desprecio.

—¡Nunca!

Se sonrió con desdén, y, levantándose a su vez, avanzó con calma hacia mí, hasta ponerme sus dos manos sobre los hombros.

—¡Es preciso, Victoria! Nada de gestos trágicos ni de tonterías... Te conviene más ser razonable...

—¡Nunca, nunca y nunca!

No pude decir más, y me desplomé, sin fuerzas ya, en una pequeña otomana, que había sido, más de una vez, teatro de nuestros juegos. Él, con mucha tranquilidad, se encogió de hombros y se puso a dar paseos por el cuarto con las manos en los bolsillos del pantalón. Después, fríamente y sin descomponer con gestos airados su imperturbable corrección de hombre de mundo, se detuvo delante de mí y me dijo:

—Ya sabía yo que esta necia aventura acabaría con «una escena». Me lo temía y la esperaba desde aquella otra famosa explicación del automóvil... Pero óyeme bien: si tú quieres el escándalo, yo no estoy dispuesto a provocarlo. Si las gentes se enteran de que he sido el héroe de un drama provocado por haber salido encinta la esposa de mi maestro de azúcar, en ausencia del marido, el ridículo no me dejaría volver a Cuba... No eres tú sola, por lo tanto, soy yo también el perjudicado. Por eso tengo el derecho de exigirte lo que te exijo, ¿me entiendes ahora? Es mi delicadeza la que está por el medio. Tengo el derecho de defenderme y el deber de ampararte hasta el fin, ya que tuve la debilidad de dejarme arrastrar hasta aquí. Después si tú lo deseas comprométete a tu gusto y provoca las murmuraciones que quieras; pero no será, desde luego, por mí ni conmigo...

—¡Oh, Dios mío! —gemí, cubriéndome el rostro con ambas manos para huir de aquel último y abominable ultraje.

Fernando emprendió de nuevo sus paseos de un lado a otro de la habitación, oprimiendo nerviosamente el pañuelo, hecho una bola, en el hueco de la mano.

Hasta aquel momento no comprendí toda la extensión, todo el horror de mi caída. Él no se tomaba ya ni siquiera el trabajo de ocultar lo que había sido para él, egoísta buscador de sensaciones nuevas, ni lo que podía esperar de su piedad la que fue juguete agradable en sus libertinas manos. Todo su fingido amor se redujo a eso: espasmos del seductor que se complace en la iniciación de una ingenua... Y ahora, que su pasatiempo se convertía en una amenaza para su tranquilidad, el hipócrita cedía su lugar al cínico que me proponía un crimen sin el menor escrúpulo... ¡Ah, Dios! ¡No muere una criatura de dolor, ni de cólera, ni de vergüenza, cuando no caí, como fulminada, allí mismo, sobre el inmundo diván de la celestina...!

¿Podía herirme una afrenta más entre tantas afrentas? Que un hombre como aquél pensara que quien se entregó a él podía de igual modo, entregarse a otro, ¿qué tenía de extraño? Me sentía morir, y el último golpe arrancó a mis carnes el débil estremecimiento provocado por el puñal que se hunde por postrera vez en el cuerpo de un agonizante.

Fernando se paró de pronto junto a la otomana, para preguntarme nuevamente, con su horrible calma:

—Vamos a ver, Victoria; sé razonable y decide: ¿Me complacerás haciendo lo que te he pedido?

—¡Oh, déjame! —murmuré— Te juro que «esto» no ha de causarte una preocupación, ni una pena. ¡Déjame y no me tortures...! ¡Si es necesario morir, moriré! ¿Qué más quieres? ¡Déjame y vete!

Caí en una especie de marasmo dulce, sin ideas y sin dolores, como invadida ya por la inmovilidad de la nada, y no sentí, sino mucho tiempo después, las caricias de la señora de Montalbán, que me llamaba «pobre hija mía», con voz dulce y una solicitud que esta vez no me pareció fingida.

Estaba sola con ella en la habitación.

X

No fue mía la culpa, si dejé que el crimen se cometiera, quince días después. En el aniquilamiento absoluto de mi voluntad, he andado, me he movido, he cuidado a mi hermana con solicitudes de madre hasta dejarla completamente fuera de peligro, y he vivido, uno a uno, todos los momentos de mi existencia habitual, con la mecánica regularidad de un autómata al que la cuerda inexorable impulsa siempre en un mismo sentido. Llevaba como un cadáver en el pecho, envuelto en lúgubre silencio, en una frialdad de vacío. No había vuelto a ver a Fernando, ni quería verlo. Pero estaba tan sedienta de afectos, de confidencias, de pequeños consuelos y de los consejos de una experiencia mayor que la mía, que me abandoné a las zalamerías de Úrsula, como a la única mano amiga que podría guiarme a través de la densísima oscuridad de mi vida.

Ella me llevó dulcemente a lo mismo que mi conciencia había repudiado antes con horror. Me recibía todos los días en la sala de su casa, cerrando previamente la puerta del hall, para ahorrarme el mal rato de volver a ver los lugares donde se había desarrollado y muerto mi amor. Allí me hablaba, con acento compasivo, no exento de verdadera ternura, de la inmoralidad del mundo, que yo veía confirmada en todo, y de la necesidad de adaptarse, transigiendo con ella, a unas costumbres que no dejaban a la mujer más que dos caminos: o hipócritas o perdidas. Tenía conmigo cuidados de amiga y de enfermera, que me confortaban un poco. Lo que yo sufría era, a su juicio, efecto de mi inocencia, de mi absoluto desconocimiento de la vida, que me dejaba sin defensa frente a la maldad de los otros. No le sucedería lo mismo a mi cuñadita, Susana, ¡una alhaja, a sus quince años!, que sabía ya tanto como una mujer de treinta. ¡Si supiera que aquella niña había supuesto entre ella, Úrsula y yo, una cosa... en fin, una abominación que ni siquiera yo entendería! Afortunadamente no había descubierto la verdad. Pero a Susanita no le sucedería sin duda lo que a mí. Y evitando nombrar a Fernando, pintaba a los hombres como unos canallas, unos sucios de alma y de cuerpo, que destilaban miel para engañar y cansarse enseguida, y que no valía la pena de tomarlos en serio.

La poca energía de mi voluntad que podía quedarme, tras el naufragio de mis ilusiones, quedó ahogada bajo aquella ducha amarga vertida sobre mi alma día por día. Así es como me fue arrancando, poco a poco, el consentimiento de acompañarla con el mayor sigilo, a casa de la partera. Tal vez yo odiaba algo al fruto de mis amores, como aborrecía el recuerdo del padre. Además, Úrsula le quitaba importancia al acto que iba a realizarse. Lo hacían todas: solteras, casadas y viudas. El mundo no era hoy como cincuenta años antes. Ahora las mujeres sabían defenderse, y aquello era moneda corriente. Sobre todo, ¿a quién se hacía daño? Allí no había vida todavía; quitar el estorbo era lo mismo que no haberlo colocado en aquel sitio. ¿Entendía? Muchas mujeres, con un buen lavado de bicloruro, inmediatamente después... Pues bien, el caso era casi el mismo, puesto que aún no había en el embrión ni personalidad ni conciencia. ¡Pobres mujeres, si no hubieran descubierto los médicos ciertos procedimientos salvadores! Después de libertada de este contratiempo, podría pensar con calma lo que me convenía hacer.

Una hermosa mañana de abril, llegamos Úrsula y yo, en un coche de alquiler, a la puerta de la comadrona. Vivía en los altos, y tuvimos que subir la estrecha escalera de piedra, gastada por el uso de muchos años. Ni el barrio ni la casa me gustaron. En la puerta había una plancha de metal, donde se leía, en letras negras: «Adelina Silvestre, Comadrona Facultativa», y en la escalera una reja de hierro y el botón de un timbre. Llegamos. La reja se abrió automáticamente, dándonos paso. Me ahogaba, y tenía que detenerme en cada peldaño para respirar, sujetándome al pasamanos. Tuve un momento el ciego impulso de huir; pero me lo impedía el cuerpo de la señora de Montalbán, que subía detrás de mí.

—No olvide que le he dicho, para despistarla, que es usted una señorita de Matanzas —me murmuró al oído, mientras subíamos.

Arriba nos salió al encuentro una linda criadita, vestida de blanco. Sin hablar, nos hizo seña, discretamente, de que la siguiéramos, y nos introdujo en un saloncito donde no había nadie. Debía de estar acostumbrada al paso misterioso de muchas clientes a quienes les interesaba no ser vistas, y había adquirido con su trato aquel aire de modesta reserva que era como el anuncio de la casa.

No tardó la comadrona en presentarse. Era una mujer joven y guapa; tendría treinta años, un cutis fresco, dos hermosos ojos negros y un cuerpo aceptable. Me saludó como si me conociera desde mucho antes, tratando, sin duda, de inspirarme confianza. Yo pensaba: «La suerte es que no volveré a verla más en la vida»; y esta idea me daba valor, mucho más valor que el que yo misma me había propuesto tener.

—Todo está preparado —dijo la comadrona dirigiéndose a Úrsula—; pero tendrá que esperar diez minutos. Hay allí una señora que está vistiéndose y debemos esperar que salga. No es mucha molestia, ¿verdad?

Era simpática y tenía en el rostro una expresión de seriedad que me agradó. Debió notar que la miraba, porque, volviéndose a mí, me acarició el mentón maternalmente, diciéndome con una sonrisa:

—No tenga miedo, hijita. Lo que va a hacérsele es menos que nada.

Enseguida, con mucha viveza, se dirigió a Úrsula, que le preguntaba si tenía ahora mucho trabajo.

—Más que el que puedo atender —repuso—. Es incalculable el número de personas que vienen aquí, sin contar las que voy a ver a sus casas. Usted sabe: se trata a veces de cosas muy delicadas que no pueden ponerse en manos de una cualquiera.

Enseguida, dio detalles, muy complaciente. La mujer cubana cada día era menos aficionada a tener muchachos; en esto no hacía más que seguir una práctica universal, hija del progreso de la cultura. Y es que la mujer es siempre la víctima, dentro y fuera del matrimonio. El hombre pasa volando, como las mariposas, se detiene, siembra y se va. Las consecuencias desagradables son invariablemente para ellas; nueve meses de achaques, los peligros del parto, la cría; luego la esclavitud: ni bailes, ni diversiones, ni paseos; la mujer en la casa, si es casada, atendiendo al niño, y el marido solo por la calle en busca de otra. Algunas eran descuidadas, se entretenían con píldoras de apiolina y purgantes de aguardiente alemán y venían tarde, a los cinco o los seis meses de gestación. Era una grave imprudencia; pero todavía otras, muy pocas, lo hacían peor: dejaban que llegase el parto, para gritar después que no querían aquello, que era menester librarlas de la abominación de un muchacho, mientras el marido o el amante gritaban también, apostrofando a las mujeres, a la comadrona y a todo el mundo. Había que cortar el cordón, sin ligarlo, dejándo que la pobre criatura se desangrase... Era un horror: por más que los infelices recién nacidos no sufriesen con aquel tránsito suave de la vida a la muerte... Claro está que esto lo hacían otras; ella no...

384

—¿Y usted no tenía un niño, Adelina?—le preguntó la señora Montalbán.

—Una niña. ¡Monísima! Tiene cuatro años ahora, y es mi encanto. ¡Si la vieran ustedes! Usted sabe, Ursulita, que mi marido estuvo casi siempre enfermo y murió pronto.

—Pero usted se casará, sin duda, otra vez...

—Puede ser; no digo que no, pero no lo creo... Yo sufrí mucho en mi matrimonio, entre pobreza y enfermedades. Cosía para las tiendas de día y estudiaba de noche, porque sabía que iba a quedar viuda pronto y quería antes recibirme de comadrona. ¡Tres años horribles! Mi hija nació dos meses después de la muerte de mi marido.

Suspiró, deteniéndose, y su bella frente se contrajo, en una ligera abstracción, para añadir:

—Luego, usted sabe que también he tenido que hacerme cargo de mis hermanas, trabajo desesperadamente para ellas y para mí, porque quiero que se casen y que no se burlen de ellas, desgraciándolas por un pedazo de pan. Claro está que también yo me casaría, si encontrara un hombre bueno, lo que es difícil; porque el matrimonio es la carrera de la mujer. Pero «casada», ¿eh? ¡Nada de tonterías, ni de promesas! Las comadronas tene¬mos mala fama, y algunos vienen a probar... ¿sabe usted? —agregó inclinando maliciosamente la cabeza y guiñando un ojo— ¡Pero se dan chascos! Si trabajo es para seguir siendo honrada, y no valdría la pena hacerlo, para dejarse arrastrar por cuatro palabras bonitas.

En una de las habitaciones interiores sonaba un piano, golpeado por una mano torpe que repetía sin cesar el mismo ejercicio.

385

—Es mi hermana Luisa, la menor —dijo Adelina—. Se pasa el día entero aporreando las teclas; y la dejo, porque así se entretiene y no piensa en otras cosas.

Yo guardaba silencio, cautivada por la placidez de aquel ambiente doméstico, que no turbaban los horrores que allí se cometían. Casi había olvidado el motivo vergonzoso de mi visita, al ver que de todo se hablaba menos de mí, aceptándose mi situación como la cosa más natural del mundo. El saloncito en que nos encontrábamos era risueño y discreto, como el resto de la casa: muebles de mimbre, y oleografías y platos pintados en las paredes. No tenía ventanas abiertas al exterior, manteniéndose todos los objetos que allí había envueltos en una suave penumbra, que invitaba a las confidencias.

Sonaron dos ligeros golpecitos en la mampara.

—Ya estamos listos —dijo la comadrona, levantándose—. La señora que estaba allí se ha ido —Y dirigiéndose a Úrsula—. Dígale a esta señorita que no tiemble así, porque después que haya visto de lo que se trata, se tendrá que reír de sus temores.

Me había puesto, en efecto, a temblar, cuando vi que se levantaba la comadrona, y permanecí inmóvil en mi sillón. Todo mi valor me abandonaba de repente. Tuvo Úrsula que acercarse a mí y tomarme dulcemente por un brazo.

—¡Vamos, hija mía, para salir de eso!

Me dejé conducir a otro saloncito, iluminado plenamente por una gran ventana, defendida, de alto a bajo, por una vidriera mate. Había allí una vieja mesa de cirugía, que había sido blanca y estaba manchada, por todas partes, de color de vino. Un armario con frascos e instrumentos, en cuya parte superior se veían varios fetos, nadando en enormes depósitos de cristal, y algunos irrigadores y cojines de goma, colgados de las paredes, completaban el interior de la estancia. No había allí la brillantez, dura y fría, pero agradable en su conjunto, que había admirado en la clínica del doctor Argensola. El ajuar era pobre y feo, y me pareció que no estaba en armonía ni con lo demás de la casa, ni con la dueña.

—¿Tiene corsé? —preguntó ésta.

—No; viene preparada —dijo Úrsula.

Entonces me hicieron tender de espaldas sobre la mesa, después de haber colocado en ella uno de los cojines de goma. Adelina me cubrió, enseguida, púdicamente con una sábana blanca, y con mucha destreza me levantó las ropas, hasta colocarlas debajo de mis riñones. Sentí el frío de la goma en las caderas, y me estremecí. La comadrona se echó a reír.

—¡Ah, qué cobarde! ¡Qué cobarde! —repitió— ¡Tenerle miedo a esto!

Colocaba mis pies, al decirlo, en los estribos de hierro que estaban fijos a entrambos lados de la mesa, y hablaba siempre, como los prestidigitadores, sin abandonar su trabajo. «¿Está usted cómoda? ¡Ajajá! Así, así; no se mueva: es un lavado. ¿Lo encuentra frío?» Me sentía penetrada por el chorro del irrigador, cuya cánula, movida por la mano de Adelina, se revolvía de un lado a otro en el interior de mis órganos. «¡Vamos! ¡Ya está! Ahora, quietecita, ¿eh?» Vi en sus manos el espéculo, ancho y brillante y me encogí toda llena de terror. «¡Oh! ¡Si no es nada! ¡Si no es nada!

Un momentito nada más... ¡Las piernas quietas! ¡No las cierre! Así, así... Así, ¿ve usted? ¡Eso es todo!» El hierro, engrasado, sc hundió en mi interior, mientras me inmovilizaba el espanto; enseguida oí el ruido áspero de la cremallera y me sentí rudamente abierta por dentro, mientras apretaba nerviosamente una mano de Úrsula, clavando las uñas en su piel.

—Vamos, vamos: ¡un poco de valor! —me decía a su vez la señora de Montalbán, acariciando con su otra mano los rizos de mi frente sudorosa.

La comadrona, inclinada sobre el espéculo, exclamó de pronto, sin poder contener su asombro:

—¡Oh, qué cuello, hija mía! Es un milagro que hayan podido fecundarla. En ateflexión y estrecho como el de una recién nacida... Nos veremos en un apuro para colocar la sonda. ¿Sus reglas eran dolorosas, al comienzo?

—Mucho. Desde niña.

—¡Ah, me lo explico! —exclamó revolviendo sus instrumentos, en busca de algo.

Necesité de todo mi valor para soportar lo que siguió a estas palabras. Desgarrada, con las carnes violentamente dilatadas por el hierro, oía la respiración jadeante de la operadora, que se encarnizaba contra el obstáculo. Tres veces, cuatro veces intentó fijar la sonda blanda de goma, y otras tantas tuvo que desistir, para dilatar, para desgarrar de nuevo. Yo suplicaba y gemía, sujeta por las manos de Úrsula, que murmuraba sin cesar a mi oído: «¡Valor, valor!; un poquito de paciencia, enseguida se acaba». ¿Cuánto tiempo duró? No sabría decirlo. Empecé a sentir vértigos, y comprendí que me desmayaba. La comadrona exhaló, al fin, un suspiro, y

comenzó a rellenarme de gasa; después sentí el desliza-
miento lento del espéculo, que se retiraba.

—¡Listo! —exclamó triunfante, acercándose a mí
para acariciarme.

—¿Ya?

—¡Ya! Pero mucho cuidado, ¿eh? Después que salga
eso, que será antes de cuarenta y ocho horas, el camino
queda abierto, y es muy fácil otro embarazo. Si quiere,
véame después, le aconsejaré las precauciones...

Tuve una sacudida nerviosa, al recordar, como al
través de una bruma, el anhelo de mi marido y el mío
por aquel hijo, que no llegó a tiempo, y rompí a llorar desesperadamente, con hondos sollozos, que me
ahogaban, cual si, bruscamente, la certeza de una realidad implacable se impusiera a mi conciencia, para
mostrarme el total fracaso de mi vida. Sabía que,
deshonrada por el adulterio y mancillada por aquellas
lindas manos criminales que acababan de hurgar en
mis entrañas, no podría ver más a Joaquín; lo había
determinado irrevocablemente la rectitud de mi corazón, que no había muerto por completo. Y entonces,
de improviso, venía la visión dulce de lo pasado a
aniquilar el último resto de mi entereza. Tuvieron que
sacarme de allí, medio loca, y Úrsula me detuvo en su
casa unas horas, hasta que estuve en estado de presen-
tarme en la mía.

El duro tapón de gasa, que me molestaba y me do-
lía, fue, durante la espera de mortal ansiedad que siguió a mi delito, como un fiscal implacable, dispuesto
a no dejarme un punto de reposo. Quise arrancármelo
y no me atreví, temerosa de que detrás se presentara la
hemorragia. ¿Por qué, si deseaba la muerte; si estaba

dispuesta a morir? No soy dada a la filosofía, y por nada del mundo quisiera parecer pedante; pero hay problemas de la conciencia que me han dejado muchas veces y me dejan absorta a cada momento. ¿A qué se debe la insinceridad del ser consigo mismo? Porque es evidente que nos decimos muchas veces: «Creo tal cosa o voy a hacer tal cosa», sin que sea cierto que lo creemos, ni posible que lo hagamos. Así, resuelta a morir, temblaba ante la posibilidad de la muerte. Tenía en mi armario un frasco con polvos de arsénico destinado a matarme; pensaba en ellos, como en la única salvación honrosa; me decía: «La semana que viene estaré enterrada», con mucha seriedad, y *sabía* una parte de mi propio yo que no iba a tomar jamás aquellos polvos. He ahí uno de los complejos estados de mi ánimo en aquellos momentos de terrible angustia.

En lo que no había farsa era en mi dolor, en mi arrepentimiento, en el hondo desprecio que sentía hacia mí misma. ¿Por qué me había dejado arrastrar a cometer acciones tan vergonzosas? Le había servido de juguete a un hombre, que podía jactarse de haberme tenido desnuda en sus brazos, y para colmo de humillaciones, antes de separarnos para siempre, hube de oír de sus labios el desdén que me profesaba. ¿No sabía, antes de caer, que, fuera del matrimonio, ese desdén y aquellas humillaciones es lo único que las mujeres podemos esperar de la mentida piedad de nuestros tiranos? Entonces, ¿porqué había caído? Y me revolvía contra mí misma en furiosos accesos, que me extenuaban, porque nada podían ni mi voluntad ni mi furia contra la inexorable realidad del «hecho consumado».

Por otra parte, me estudiaba atentamente, espiando el menor movimiento de mis entrañas. Fingí una jaqueca y me refugié en la cama, donde Julia venía a verme a cada instante, juzgando, por la demacración de mi semblante, que se trataba de algo mucho más serio. La presencia de aquel rostro dulcísimo junto a mi lecho me hacía daño. Tenía deseos de gritarle que se apartara, porque estaba maldita, y me reprimía con gran trabajo. Mientras tanto, mi sorpresa era grande al advertir que nada sentía, fuera de la molestia del tapón de gasa. ¿Iría a fracasar aquello? No sabía si alegrarme o sentirlo; pero maldecía interiormente a la comadrona, cualquiera que fuese el resultado de sus maniobras.

A las diez de la noche el agotamiento nervioso cerró mis ojos con un sueño poblado de sobresaltos y de pesadillas. A media noche me pareció sentir un cólico que me obligó a incorporarme en el lecho; pero la pesadez que sentía en la cabeza me hizo caer de nuevo sobre la almohada, como si estuviese bajo la acción de un narcótico. Sin embargo, a las tres, los dolores fueron tan vivos, tan punzantes, que corrí al baño y me agarré fuertemente al tubo niquelado del agua, queriendo clavar en él mis uñas. A partir de este instante, empezó el drama, que tuvo por escenario el pequeño recinto de aquel cuartito. Cada acometida de dolor me arrojaba sobre el banquillo, desgarrada interiormente y con la frente sudorosa por la angustia. Creía morir en uno de aquellos ataques, y me espantaba la idea de caer allí sola, en la frialdad de la noche y el silencio de la casa dormida. Después me serenaba lentamente y trataba de cansarme, andando, descalza, de un lado a otro, como una bestia enjaulada, tres o cuatro veces en una hora se repitieron los espasmos y mis temores. Por fin, una contracción más fuerte, que me arrancó un ligero grito, hizo caer las gasas, entre un torbellino de sangre y de coágulos, en el recipiente de loza. Quedé aniquilada sobre el asiento, luchando un instante con el vértigo que trataba de invadirme. Comprendía vagamente que todo había terminado, y me felicitaba de que la escena hubiera ocurrido a una hora en que no podía tener testigos.

Al amanecer estaba acostada en mi lecho, y el baño en orden, sin una mancha ni una huella de lo que había sucedido un poco antes. Me había prevenido también contra la hemorragia, que sentía fluir lenta y tibia bajo mis ropas. Los párpados me pesaban, y experimentaba una laxitud enervante, muy parecida al bienestar. Julia entró evitando hacer ruido.

—Hija mía, ¿sigues mala?

Hice un movimiento afirmativo.

—Hace un rato oí ruido en el baño y comprendí que seguías enferma.

Pero, cuando me levantaba, sentí que volvías para tu cuarto. ¿Qué tienes?

—No sé... el estómago... algo muy raro... que pasará.

—¿Por qué no le avisas al médico?

—¡Oh, no! —repuse vivamente— Esto pasa. No es nada... Ahora lo que quiero es dormir.

—Voy a dejarte entonces. ¿Quieres que haga algo?

—No, Julia, gracias.

Me pulsó, me tocó la frente, como mujer acostumbrada a asistir a enfermos, y salió lo mismo que había venido, con su paso menudo y discreto de resignada, resuelta a molestar en el mundo lo menos posible. Dormí seis horas seguidas. Cuando me desperté, había sobre la mesa de noche una carta de Joaquín, traída por el cartero una hora antes. La conocí por el sobre y la guardé debajo de la almohada, sin leerla: no quería que nada interrumpiese la gran placidez de mi espíritu, en aquellos instantes.

Salía como de una horrible pesadilla, que me hubiera mantenido muchas horas encerrada entre las tablas de un sarcófago, y saboreaba la vuelta a la vida con un goce instintivo de animalidad satisfecha. La debilidad producida por la pérdida de sangre mantenía en mis sienes una presión dulce, casi agradable, que me incitaba a entornar los párpados bajo la impresión de la luz. Era una sensación de bienestar, en que las ideas desaparecían, como disueltas en la vaga bruma del pensamiento. Respiraba con avidez, y comprobaba con secreto regocijo que, por momento, la hemorragia iba haciéndose menos intensa.

No me levanté en todo el día. Por la tarde, al sentirme más fuerte, experimenté la necesidad de leer la carta de mi marido. Dos o tres veces, antes de ese momento, mi mano había tropezado distraídamente con el sobre, bajo la almohada, y la retiré siempre como al contacto de un ascua. Cuando me decidí, rasgué bruscamente la envoltura y leí de un tirón, a la última claridad de la tarde. Joaquín se quejaba, con amargura e inquietud, de no haber recibido en veinte días una letra mía. No me esperaba ya, porque hubiera sido una locura hacer el viaje por un mes escaso que todavía duraría la zafra, tal vez quince días; pero no creía que voluntariamente dejara de escribirle y temía que ocurriese alguna novedad en casa. Quise escribirle enseguida, bajo la impresión de la lectura; pedí luz y redacté, desde la cama, una carta dulce, impregnada de cierto tinte de melancolía, donde, con la abnegación de una madre moribunda que oculta al hijo ausente sus padecimientos, le prodigaba consuelos y esperanzas. Al fin le pedía que de ningún modo dejara de avisarme con anticipación su llegada, para ir a esperarlo a la estación. Pensaba al escribirle: «Cuando reciba el aviso de su llegada, le escribiré pidiéndole perdón, y me mataré en el acto»; llenándome de asombro mi propia serenidad.

Mamá vino tres o cuatro veces, inquieta por mi enfermedad; pero por la noche se retiró tranquila. En cambio, Úrsula no dio en todo el día señales de vida. No lo sentía, porque me daba cuenta de que su visita vendría a romper el estado de seminconciencia en que me encontraba. ¿Para qué recuerdos y luchas? Procedía como una mártir, próxima a abandonar la vida, y dejaba caer mi fatigada indulgencia sobre todas las cosas que me rodeaban, como exaltada ya al umbral de la justicia eterna. Mi casa, mis padres, mi propia existencia se me antojaban pequeñeces, ante la augusta serenidad de la expiación que me aguardaba. Y tenía sonrisas, posturas y frases profundas, llenas de misteriosa reticencia, que veía con sorpresa ignoradas o mal comprendidas por la inconcebible ceguedad de los míos.

Por la noche, los ensueños lúgubres hicieron más honda presa en mi mente desequilibrada; veía a Joaquín lloroso sobre mi tumba recién cerrada, y lo consolaba, desde el fondo del ataúd, prodigándole ternuras infinitas. No sabía algunas veces si estaba dormida o despierta, y pasaba del sueño al estado de vigilia, sin darme cuenta del cambio. El sol vino a sacarme de aquel marasmo: un lindo sol de abril, que sonreía en los cristales y hacía cantar a los pájaros. Lo contemplé largo rato, asombrada de la belleza del mundo que iba a dejar para siempre, y me levanté despacio, con ademanes reposados, para rodar todo el día sobre las mecedoras, en actitudes lánguidas, las palabras «desengaño», «eternidad», «reposo», resonaban sin cesar en la oquedad de mi cerebro desierto de ideas sanas. De este modo dejaba transcurrir los minutos y las horas, sin contarlos, segura ya del desenlace y de la inexorable majestad del destino, cuya marcha no se detenía jamás.

Al día siguiente me levanté con más pesadez en la cabeza y menos agilidad en los miembros. Tenía la boca seca y bebía agua con mucha frecuencia. Además experimentaba en el vientre una impresión rara, como de abultamiento, de tirantez y de sensibilidad exagerada. A cada paso, me parecía que iba a despertarse allí una sensación dolorosa, y evitaba el caminar. Julia y Susana me miraban con inquietud. Al mediodía vino mamá y me obligó a recogerme en el lecho.

—Pero, ¿qué tienes, hija mía, di, qué sientes?

—Nada, un poco de malestar.

—¿Tienes fiebre?

—No.

Me encerraba en un mutismo completo, contestando sólo por monosílabos. Mamá trajo a casa su labor de costura, y se instaló cerca de mi cama, acompañada de Julia. Ambas guardaban silencio, mientras yo simulaba dormir para que no me preguntaran.

A las tres creí morirme. Un frío intensísimo, acompañado de estremecimientos convulsivos que hacían chocar mis dientes con extraordinaria violencia, me acometió de repente. Mamá y Julia soltaron sus costuras y acudieron a mí. La cama temblaba, como sacudida por una trepidación continua de la tierra. Pedí abrigo y me arroparon con cuanto de utilizable había en la casa, sin que aquella horrible sensación se calmara. Era la enfermedad real que llegaba. Tuve miedo, pensando en que la muerte, a quien había llamado tantas veces, venía al fin; y la idea de que esto fuese cierto, de que existiera más allá de la vida un poder misterioso, capaz de escuchar las peticiones de los mortales y regir sus destinos, me dejó aterrada, llevando a mis labios, sacudidos por la fiebre, frases incoherentes de súplica, que no llegaban a brotar. Mamá hablaba de avisar a un médico; pero me opuse con tal energía que, por el momento, no se atrevió a insistir.

Poco a poco el escalofrío fue calmándose, dejándome sólo una gran postración y un fuerte dolor en la frente, que notaba congestionada y ardorosa. La fiebre subía y el letargo aumentaba por minutos. Sin embargo, una idea brillaba con gran lucidez en mi mente: la de ocultar, por todos los medios, el origen de mi mal. A las seis, mi madre, sin consultarme, hizo llamar un médico, el primero que encontraron. Afortunadamente, el que trajeron era un viejecito, atildado y pulcro, que examinó mi lengua, me tocó el vientre, me hizo varias preguntas que contesté sin decirle la verdad, y acabó declarando que el caso no era grave y que diagnosticaría cuando me hubiese observado mejor. Tenía cerca de cuarenta grados, cuando se retiró el galeno.

A las ocho vino a verme Úrsula, que encontró manera de deslizarme al oído:

—Cuando supe esta tarde el accidente, corrí a casa de Adelina. Dice que es una infección y que es preciso hacer lavados; pero ¿cómo lo arreglaremos?

Me estremecí. Acudieron a mi memoria, casi anulada por el estupor de la fiebre, las palabras: «fiebre puerperal», «eclampsia», «peritonitis», que había oído al hablar de la muerte de algunas paridas. ¿Cuál de estas enfermedades tendría? Pero mi idea fija podía más que todos estos temores y repuse:

—Déjeme; yo arreglaré todo eso.

—¡Ah! —dijo la astuta dama, recordando de pronto— Dice que, si le mandan quinina, no la tome de ningún modo.

—Lo tendré en cuenta.

Al día siguiente amanecí un poco más despejada; pero el dolor de cabeza persistía y el vientre me molestaba mucho. El termómetro marcaba solamente treinta y ocho grados. Hice que mamá le avisara por teléfono a Graciela, que era la única persona con quien podía contar para ayudarme. El médico llegó poco después, mostrándose sorprendido por la marcha de la fiebre, cuyas temperaturas le había dicho mamá.

—Si hubiera alguna supuración no me extrañaría —murmuró como hablando consigo mismo—. Pero puede ser paludismo.

Y me mandó cápsulas de quinina, que tuve el cuidado de guardar en la boca, cuando me las daban, para ocultarlas después, al volver la espalda mis asistentes.

Graciela llegó dos horas después, toda agitada. ¿Qué pasaba? No estaba en su casa, cuando le enviaron el aviso, y había corrido... Me sentí como aliviada de un gran peso al verla entrar. Mamá le había dicho que tenía paludismo; pero al acercarse a mí, le dije en voz baja señalando a la parte inferior del vientre.

—Es de aquí; pero no lo saben. Necesito lavados, ¿entiendes?

¡Sublime muchacha! Vi su rostro redondo y simpático iluminado por un súbito destello de inteligencia y repuso, por toda contestación, mientras me acariciaba fraternalmente la mejilla:

—Ya sé; déjalo de mi cargo.

Y en alta voz:

—Voy a ser tu enfermera, chica; pero no vine preparada. Mi marido, que nada sabe, pensaría en un rapto, ¡qué sé yo! ¡En tantas cosas! Además necesito traer ropas y ciertos artículos de los cuales no puedo prescindir... Me instalaré aquí mismo, en tu cuarto. ¿Quieres?

Nos habíamos comprendido con una sola mirada, y le di las gracias efusivamente, apretándole la mano.

Hora y media después volvía en su automóvil, con dos maletas. En una de ellas traía irrigador, cánula, pastillas de oxicianuro de mercurio, de permanganato de potasa, dos frascos de aniodol: un verdadero arsenal quirúrgico, sin duda aconsejado por su madre, que había sido partera, de afición, en su juventud.

Llegaba a tiempo. Antes del mediodía el calofrío se repitió, y la fiebre empezó a ascender nuevamente. Graciela preparaba los lavados, como para ella, y me los administraba, cerrando un momento el cuarto con mil pretextos y dejándolo todo en orden en pocos minutos. Una vez me dijo, al retirar la cánula:

—¡Qué mal estaba esto, hija! Si no se te ocurre avisarme te mueres, de seguro.

Aquel fue todo el comentario que salió de sus labios con respecto a mi enfermedad, sobre la cual no me dirigió una sola pregunta.

Por la tarde el médico declaró que mi estado se agravaba, y habló de una junta, si ciertos síntomas persistían. Yo sentía que la fiebre aniquilaba mis fuerzas, y pasaba horas enteras inmóvil y sin dormir, con la mirada en el techo. No experimentaba ya ni remordimientos, ni vergüenza por haber tenido que hacer a Graciela partícipe de mi secreto, ni siquiera el temor de que Joaquín se presentara inesperadamente ante mi lecho. Pasaba el día como adormecida y la noche agitada por calenturientos insomnios. El recuerdo de mis faltas se borraba, al mismo tiempo que la plena conciencia de mi personalidad. En aquel estado, en que nunca llegué a perder por completo el conocimiento, ni aun en breves momentos de delirio, el pensamiento era nulo, los problemas morales no existían: sólo quedaba en mí la cobardía de la carne enferma, que se aferra a la vida con espasmos de terror y gemidos de angustia; el terrible egoísmo de la existencia amenazada, ante el cual enmudecen, ahogados por la universal necesidad de vivir, las leyes y los escrúpulos humanos.

Tercera Parte

I

Al cumplirse el octavo día de mi enfermedad, por la mañana, al abrir los ojos tuve una gran sorpresa: mi marido estaba allí, en pie, entre mamá y Graciela. Experimenté apenas una ligera sacudida, un leve movimiento de los ojos y le tendí instintivamente las dos manos, que él besó antes de inclinarse sobre el lecho y estampar otro beso, largo y ansioso, en mi frente. El día anterior había empezado a mejorar de un modo visible: la temperatura no llegó a treinta y nueve grados y la tirantez del vientre era menos fuerte. Además, hacía tres o cuatro días que Graciela me aseguraba que advertía signos favorables al hacerme las curas. El médico, sin salir de su perplejidad, aceptaba la mejoría. Sin embargo, sufría un profundo decaimiento, una laxitud extrema, que eran sin duda efecto del estado de postración moral en que me sorprendió la enfermedad, y pasaba largas horas sin hablar, fatigada al menor movimiento y esperando la muerte, que estaba segura de que llegaría.

Entonces empezó una convalecencia dulce, rodeada de cuidados, en que mis fuerzas renacieron, como engendradas por una vida nueva, serena y limpia, que en nada se asemejaba a la anterior. Tales fueron mis primeras impresiones de aquellos días. Me acostumbré a encontrar a Joaquín a mi lado, cada vez que abría los ojos, y lo buscaba cuando, alguna vez, no estaba allí. Me creía otra mujer, y aspiraba voluptuosamente la esencia de las cosas, aun de las que me eran familiares, con la profundidad con que se abre a la naturaleza el alma de los niños. Anhelaba mi debilidad el ser mimada, consolada, compadecida, con pequeñas ternuras, con discretas delicadezas que envolviesen mi cuerpo y mi espíritu ulcerados en algo parecido a un colchón de afectos que los preservara del choque demasiado rudo de mis primeras emociones de resucitada. Y me abandonaba a estos nacientes anhelos de paz, con la mano en las de Joaquín, que me hablaba largamente de sus proyectos, u oyendo la charla de Graciela, que procuraba alejar de mi mente los recuerdos y las ideas tristes.

Mi amiga y mi marido reñían a veces cómicamente, cuando la presencia de éste estorbaba las delicadas funciones de enfermera de aquélla.

—¡Ah! ¡Ya está usted ahí hecho un posma! Pues es necesario que vuelva a salir... Si se hubiera usted casado con una mujer achacosa como yo, ¡estaría divertido!

Joaquín salía refunfuñando y ella le hacía un gesto burlesco al despedirlo.

—No me lo trates tan mal, al pobre —le decía yo algunas veces, tomando parte en la broma.

¡Oh, mi discretísima Graciela! ¡Con qué exquisito tacto supo encauzar mis ideas y apartar las nubes de mi espíritu, cuando éstas empezaban a formarse en aquellos dificilísimos días de la nueva vida! ¡Y con qué maestría me curaba! Sus manos de hada llenas de sortijas, me tocaban sin que las sintiera, procediendo con tal rapidez en su faena que nadie sospechó jamás la clase de curas que me hacía. Una vez mi marido, un poco escamado, inquirió la razón de aquellos frecuentes encierros, y ella supo darse tal maña en sus explicaciones que lo dejó absolutamente convencido. A las mujeres de mi casa les dijo que se trataba de ella, que era la enferma, y que cerraba para disimular, delante de los extraños, pretextando que era yo la que necesitaba de ciertos cuidados. Se rieron de la mixtificación y del inocente engaño de que era víctima mi pobre marido, y una vez que estábamos solas me dijo mamá, refiriéndose a Graciela:

—Es lástima, ¿verdad?, que una muchacha tan joven y con tanta gracia tenga esos achaques tan... desagradables.

Mi pobre madre, a pesar de sus años y de su experiencia, tenía ideas bien candorosas acerca de muchas cosas de la vida, y una credulidad que muchas veces me dejaba maravillada.

En cambio Graciela estaba en todas, sin darse por impuesta de nada, y a ella seguramente le debo la serenidad de aquellas terribles horas de transición que siguieron a la llegada de mi marido. Cierto día, por ejemplo, hablaba Joaquín de las últimas semanas que pasó en el ingenio, y desde sus primeras palabras sentí como si una leve impresión de frío recorriera mi piel. Refirió que, cuando estaba desesperado y próximo a renunciar a su destino y embarcarse para La Habana, no sabiendo a qué atribuir mi silencio, le llegó la proposición formal que iba a hacer nuestra fortuna.

Otro de los ingenios de don Fernando acababa entonces de ser adquirido por una compañía extranjera, y la empresa compradora le ofrecía el mismo puesto que allí desempeñaba, añadiéndole la oferta de una colonia de cincuenta caballerías de caña, en tales condiciones de refacción y de precios que él se creyó en el caso de telegrafiar, creyéndolo un error y pidiendo la confirmación de lo ofrecido. Le contestaron, a vuelta de correo, que el propio señor Sánchez del Arco había redactado el contrato, antes de vender, exigiendo que los compradores lo respetasen en todas sus partes, durante cinco años por lo menos. Aquello era regalarle un dineral, y hasta tuvo ciertos escrúpulos para firmar la aceptación, creyendo que era un favor exagerado.

—Nadie ha hecho por mi nada semejante en la vida —agregó conmovido—, y pocos son los hombres que hayan sido objeto de una protección de esa clase...

Al oír aquello tuve una sacudida de terror, y, sin poderlo evitar, solté la mano de Joaquín, que tenía entre las mías. Graciela intervino entonces.

—¡Eh! ¡Deje los negocios a un lado! Ya hablarán de todo eso... No me ha dicho usted nada por lo linda que he dejado a su mujer hoy por la mañana. Vea usted ese peinado y esa cara, con el gorrito de encajes.

Sonreí, aliviada de un gran peso, mientras Joaquín, después de mirarme un instante, me tomaba nuevamente las manos y las besaba con transporte.

—Es verdad —dijo—; usted siempre tiene razón, Graciela. Aunque no me quiera bien a veces, mi mejor negocio será que Victoria acabe de ponerse buena, para que no vuelva a separarse jamás de mi lado.

Otra vez me preguntó Joaquín dónde estaban las pinturas sobre raso y terciopelo de que le había hablado en mis cartas y que una vecina me había enseñado a hacer. Las había echado al fuego de la cocina, junto con los pinceles y los tubos de color, una tarde, poco después de mi última entrevista con Fernando, y no supe qué responder. Graciela lo hizo por mí.

—¡Eran horribles! —exclamó—, y yo misma le aconsejé que las destruyera, sin que nadie las viese. A su mujer de usted no la ha llamado Dios por el camino de la pintura...

Lo original del caso es que nunca habíamos hablado ella y yo de estas cosas, y que tampoco sabía Graciela que yo había arrojado al fuego mis trabajos. El hecho de no verlos en mi cuarto era simplemente, de seguro, lo que le había inspirado la réplica.

Alicia vino a verme varias veces, y nunca sospechó que existiera en mi conducta la menor irregularidad. Se reponía rápidamente, y su semblante empezaba a adquirir el color de la salud. Pero se quejaba de aquella tiranía de la faja abdominal, que la obligaban a ceñirse desde que se levantaba, y de las recomendaciones del doctor Argensola, que la trataba todavía como si estuviese enferma. Ahora que estaba libre de padecimientos, tenía unos deseos rabiosos de pasear, y el médico le exigía que permaneciese mucho tiempo aún entre el sillón y la cama.

—El doctor quiere eso —nos dijo una vez—; pero veremos si lo hago.

—No digas simplezas, hija —intervino Trebijo en tono de paternal reconvención—. Tú sabes que no harás la menor cosa que te perjudique.

Ella enrojeció un poco, y enseguida volvió a sonreír. Su marido vigilaba siempre para que no dejara un momento de ser como él quería que fuese. Le decía: «Tú sabes que harás esto o lo otro», con la seguridad del mentor que no ha visto nunca discutidas sus indicaciones; y ella, acostumbrada a pensar con la cabeza del esposo, le agradecía, en el fondo, sus advertencias, cuando se las hacía sólo en presencia de la familia y no había extraños delante. Tengo la seguridad de que para mi hermana no había nada en el mundo más sabio y más digno de admiración que su José Ignacio.

No encontré, pues, a mi alrededor, al volver a la vida, sino corazones satisfechos, disipada la sombra de incertidumbre que habían hecho nacer entre nosotros la enfermedad y la operación de Alicia. Recuperaba la salud en este ambiente, el menos propicio para enconar mis heridas, y me abandonaba a él, no sabiendo a veces si mis miserias habían existido realmente o si acababa de salir de un horrible sueño. Se disipó la pesadez de aro de plomo que oprimía mis sienes y nublaba mis ideas y empecé a recobrar las fuerzas. Mamá estaba casi siempre a mi lado; Joaquín no me dejaba ni un instante. Y la sonrisa dulce de aquellos dos rostros, que había estado a punto de olvidar, y que ahora reconquistaba, me producía un estado de continuo enternecimiento, del que no quería salir, porque gozaba con él y porque temía que el bello cuadro de aquella dicha se desvaneciera, de un momento a otro, como el humo.

La presencia de mi marido no me molestó un solo instante. Es verdad que jamás hubo en su persona o en sus modales nada que me repeliera de su lado. Había engordado ligeramente y su tez estaba un poco más curtida por el sol; pero su expresión inteligente, su barba oscura, corta y un poco rizada, y su mirada de miope atraían siempre las mías, sin que jamás dejara de encontrarlo agradable e interesante. Era como si hubiera vuelto a ver a mi hermano Gastón, después de larga ausencia y cuando tal vez me hallaba en trance de morir. Sin embargo, algunas veces atravesaba mi mente, como una flecha hecha ascua, una de aquellas ideas que Graciela leía en un pliegue de mi frente y se apresuraba a disipar con alguna de sus salidas. ¡Qué lástima que aquel mundo risueño y dulce que entreveía estuviese destinado a deplomarse en breve! ¡Cómo comprendía entonces el secreto de sus encantos mi alma abrasada por la pasión y ennoblecida por el dolor, que era como un terreno ya abonado sobre el cual no permanecería infecunda en lo adelante la simiente del cariño!

Aquellas ideas poco tranquilizadoras me asaltaron con más frecuencia, a medida que con las fuerzas recobraba el conocimiento exacto de mi situación. El día en que la fiebre desapareció por completo y Graciela me anunció que pronto se iría a su casa, experimenté tal terror que tuvo que prometerme se quedaría a mi lado mientras yo lo quisiese. Al hacerlo, me estrechó la mano de un modo que significaba: «Ten calma y yo te aseguro que todo se arreglará». A pesar de este ofrecimiento no me sentía tranquila sino cuando ella me acompañaba. Temía encontrarme a solas con mi marido, y únicamente de pensarlo todas mis carnes se estremecían.

Cuando estuve mejor, me leyeron una carta en que Úrsula de Montalbán se despedía de mí, excusándose por no haber venido a hacerlo personalmente. El mismo día de la llegada de Joaquín se había mudado de casa, sin que le hubiera dejado a nadie la dirección de su nuevo domicilio. Aquél fue para mí un motivo de verdadero júbilo. Lo que sentía es que también no hubiesen destruido la casa, demoliéndola hasta sus cimientos. Pero, de todos modos, me encontré aliviada de un gran peso, y no pude prescindir de agradecerle un poco a Úrsula su delicadeza.

La compañía de Julia ejercía también sobre mis nervios un efecto sedante, produciéndome una impresión de bienestar. Nunca me había fijado como entonces en la belleza de aquella alma ingenua que parecía hecha de una sola pieza. Julia entraba poco en mi cuarto, temerosa de molestarme; pero Graciela y yo la llamábamos con frecuencia y la obligábamos a que hiciese sus labores de aguja hablando con nosotras. Para distraerme, nos refirió, por primera vez, la historia de sus amores. Era sencillísima y yo la conocía en parte por los relatos de mamá. A los veinte años, cuando aún vivían sus padres, tuvo un novio. El hombre era casado, y ella no lo supo hasta después de haberle entregado su corazón. Él no vivía con su mujer, la cual a su vez tenía amantes; pero para Julia era lo mismo, y determinó cortar de raíz aquellas relaciones, sin decirle el motivo a sus padres. Fue una ruptura dolorosa que le atrajo el desprecio de aquel hombre, que siguió frecuentando su casa, porque tenía negocios con su familia, y que la acusó de tener un alma demasiado seca. ¡No sabía él que la infeliz, compasión de coleccionista, guardaba hasta las colillas de sus cigarros y besaba deshecha en llanto, cuando se quedaba sola, los objetos que el adorado había tocado con sus manos...! Calmados con la separación los escrúpulos de su conciencia, Julia esperó sin que su amor sufriera el menor menoscabo. Seis años después su amado enviudó, y ella creyó un momento que todos sus sueños de ventura iban a realizarse. Ninguna caída ha sido más dolorosa que la de sus esperanzas. Aquella sublime esclava del corazón desconocía sus leyes. Cuando él comprendió que sería bien acogido, creyendo que lo que ella perseguía era solamente el matrimonio, acabó de apartarse con asco de la infeliz y se casó con otra. Julia, que no podía odiar, cerró su pecho como un cenotafio destinado a encerrar solamente una fría imagen, y consagró a todas las criaturas los tesoros de su abnegación, que el destino no quiso que dedicara a una sola.

—¿Y no lo volviste a ver, Julia? —le pregunté conmovida e interesada por aquel cándido relato.

—Muchas veces, hija.

—¿Y qué milagro que, siendo tan creyente, no te hiciste monja?

Movió la cabeza sonriendo con aire de duda y dijo:

—No he creído nunca ni en la virtud y ni en la utilidad de las monjas. Hermana de la Caridad, tal vez. Pero, de todos modos, no creo que para hacer el bien se necesiten una regla escrita y un uniforme...

Graciela le preguntó entonces, con una seriedad en que se traslucía apenas el fondo de malicia:

—Y ahora díganos, Julia, como si estuviera hablando con usted misma, ¿si pudiera darle una vuelta hacia atrás al tiempo, volvería a hacer lo que hizo? ¿No se ha arrepentido alguna vez de haber sido tan dura con su novio?

Se iluminó un instante la faz de la pobre solterona; luego bajó la frente y murmuró, con un suspiro:

—¡Tal vez!

Yo admiraba la rectitud de aquella conciencia, sencilla y grande hasta para confesar la duda que la corroía, y me dejaba adormecer por el relato de sus dolores, olvidando momentáneamente los míos. Graciela y ella eran mi coraza: me protegían contra mí misma y contra el despertar de algo trágico y sombrío que yo temía que ocurriera dentro de mi propio corazón.

La tarde del día en que Julia nos habló de sus amores experimenté una conmoción tan violenta que estuvo a punto de hacerme perder el conocimiento. Joaquín, que, desde que estaba enferma me trataba como a un objeto de cristal que al menor contacto fuera a quebrarse, me contemplaba medio adormecido y espantaba las moscas de mi cara con un periódico que tenía en la mano. De pronto abrí los ojos y un pensamiento llegado no se sabe de dónde, me asaltó al verle: «Si adivinara él; si alguien, un anónimo, un ser ruin le dijera...» Fue tan intenso el malestar que sentí, que tuve que incorporarme en la cama para cambiar el giro de mis ideas, y pregunté en alta voz:

—¿Qué hora es?

—Las cinco —respondió mi marido.

Y añadió:

—A esta hora estará saliendo el vapor en que se va don Fernando.

Quedé yerta de espanto, como si acabara de comprobar que su pensamiento respondía al mío por una secreta comunicación de fluidos, y me dejé caer otra vez en el lecho, con el semblante tan descompuesto que Joaquín se levantó alarmado y se incorporó sobre mí sacudiéndome para hacerme volver en mí.

—¿Qué es eso, nenita? ¿Qué tienes?

Hice un esfuerzo formidable para reponerme.

—Nada... un vértigo... un calofrío.

—¡Un calofrío! ¿Será otra vez la fiebre? Espera...

Corrió a la cómoda, registró nerviosamente las gavetas y trajo el termómetro, que me colocó él mismo en la axila. Pero ya Graciela estaba a mi lado, mirándome con ojos inquietos, como queriendo darse cuenta de lo sucedido, y yo me sentí más tranquila. El termómetro marcó solamente treinta y seis grados. Pasé nerviosa el resto de la tarde y por la noche, mientras comían Joaquín y mamá, cogí una mano de Graciela y lloré largo rato sobre ella, sin poder contenerme por más tiempo...

—Si tú supieras, Graci... Es preciso que yo muera... ¡Yo no puedo vivir ya...!

Aquello se escapaba de mi pecho, e iba a decirlo todo; pero mi amiga me puso con mucha calma la mano en la boca e impidió que la confesión se desbordase.

—¡Cállate! ¡Nada de boberías ni de llantos que a nada conducen...! Ahora es menester que vivas para tu madre y para tu marido. ¿Me oyes? Para tu marido también, que te adora y que no se sabe lo que sería capaz de hacer si... te viera así en este momento. ¡Vamos! ¡Sécate esas lágrimas!

Yo decía que no desesperadamente con la cabeza, aferrada a su mano, que no separaba de mis labios. Graciela me acarició la cabeza un buen rato, sin decir una palabra. Al fin, acercándose hasta apoyar el rostro sobre mi almohada, me susurró al oído embargada ella también por una emoción repentina:

—¡Valor, chica! Sé lo que sufres y puedo aconsejarte... Óyeme: yo también he querido, odiado y sufrido mucho... hace años, cuando casi una niña... Y, sin embargo, amo ahora a mi marido como no amé nunca a nadie en el mundo, ¡te lo juro...! Ya ves, te hablo ahora de algo que nunca me oíste, y que me enseñó a vivir...

El recuerdo de aquella vieja historia, así evocado por la propia protagonista, disipó un poco mi angustia y me hizo sentir una brusca necesidad de saber más, tal vez sospechando que encerraba ciertas analogías con mi caso.

—Y Pedro Arturo... tu marido... ¿sabe...?

—No —dijo Graciela con voz apenas perceptible, bajando la cabeza.

Nos miramos largamente y nos abrazamos en silencio, confundiendo nuestras almas.

Al día siguiente di los primeros pasos por la habitación y Graciela me anunció que su marido la reclamaba en su casa. Pensé con tristeza que un día u otro tendría que irse, y no me atreví a detenerla por más tiempo. Quedó acordado que se iría el sábado. Era un jueves. Pensé que aún me quedaban dos días de tranquilidad y respiré con más holgura.

¿Por qué seguía pensando aún en la fuga, en el suicidio, en qué sé yo cuántos dramáticos proyectos de expiación, que sabía muy bien que no iba a realizar? Es curiosa, repito, la falta de sinceridad del ser humano consigo mismo. Nos engañamos como si lo hiciésemos a otro; nos decimos: «Esta noche, a las doce, habré dejado de vivir, porque es seguro que antes tomaré un veneno». Y es una farsa indigna, una vil mentira de nuestra conciencia, que sabe que nada de eso realizaremos; un cobarde ardid de nuestro egoísmo que reclama una tregua a los remordimientos... Yo me había acostumbrado ya a la presencia de Joaquín cerca de mi lecho de enferma y de mi sillón de convaleciente, y no experimentaba la punzante inquietud que antes me acometía al encontrarme con sus miradas; pero temblaba ante la idea de estar algún día a solas con él y de reanudar nuestra antigua vida. Por eso volvía a mis ideas fúnebres y al recuerdo de aquel frasquito de arsénico que, dos meses antes, mamá había traído para los ratones... La próxima partida de Graciela me sumió de nuevo en el torbellino de estos descabellados pensamientos. Me decía que, con el adulterio solo, aún hubiera sido posible reconstruir mi vida; pero mi otro crimen era demasiado abominable para que pudiese lavarlo el arrepentimiento. Y cuando estaba sola en el cuarto sacaba el frasquito, lleno de un polvo blanco y fino, y me deleitaba mirándolo con feroz voluptuosidad.

Sin embargo, Graciela partió y yo seguí viviendo. Los besos que Joaquín me daba en la frente no me producían ahora aquella sacudida que estuvo varias veces a punto de denunciar mi secreto terror. Me acostumbraba también a ellos. Mi alma era como un líquido turbio que se sedimentara poco a poco y que de vez en cuando sufriere una breve sacudida. Afortunadamente Joaquín, al verme mejor, salía todos los días, con el fin de terminar sus liquidaciones, pagarle a Pedro Arturo, firmar las escrituras de cancelación y liberar nuestra casa de la hipoteca; después vinieron las firmas de los nuevos contratos con la compañía azucarera que iba a utilizar sus servicios, y mil prolijos asuntos de dinero que lo entretenían muchas horas. Por la tarde, llegaba cansado y satisfecho de sus gestiones, no atreviéndose a abrazarme por temor a que me deshiciera como una figurilla de azúcar. Exploté aquella delicadeza, para retardar el momento decisivo de una entrevista más íntima, fingiéndome débil y abatida cuando él estaba delante y quejándome de vagos dolores que no sentía. Joaquín dormía en su cama de soltero. A la hora de acostarnos, me besaba en la frente y se retiraba a su cuarto. Yo pasaba la noche entre vagos sobresaltos, despertándome horrorizada cuando sentía un ruido y pensaba que era mi marido que abría la puerta...

Una noche de cruel angustia, en que el sueño huía de mí, pensé que tal vez sería mejor que me echase a los pies de Joaquín y se lo contase todo; pero retrocedí en el acto, espantada de mi propio pensamiento. Imaginé el estupor de aquellos ojos que nunca me habían mirado con desconfianza, y la descomposición de aquel semblante que tan sereno aparecía siempre delante de mí. Era como si yo misma, después de traicionarle, le asestara una puñalada en pleno corazón. Aquel proyecto quedó juzgado y condenado desde el primer instante. Quedaban la muerte, que ya sabía yo que no vendría, y la aceptación de las cosas como habían venido, consagrándome a la felicidad de los míos con la mayor suma de abnegación que fuese capaz de desplegar mi alma... Por la madrugada, cuando mis ojos fatigados se cerraron, tenía la seguridad de haber encontrado la clave y me sentía más tranquila. El consejo de Graciela revivía en mi alma y me mostraba el único camino que podía, «que debía» seguir. No quiero hablar otra vez aquí de las hipócritas transacciones de la conciencia humana, porque dejo que cada cual haga acerca de esto sus propias observaciones. Para mí, todo el mundo moral se funda sobre una invariable mentira, que la elasticidad de ese verbo «deber» hace aceptable la mayoría dc las veces.

Tres días después, al levantarnos de la mesa después de la comida, Joaquín y yo tuvimos el capricho de sentarnos en la pequeña terraza que habíamos hecho construir al fondo de nuestra casita, y mi marido invirtió la posición de los sillones poniéndolos como los de los novios, lo cual me produjo una pequeña inquietud al principio y acepté después de buen grado. Aquella mañana me había levantado todo lo alegre que era posible, dada mi situación, y de esta última puede darse una idea diciendo que era mucho mejor desde que había encontrado una fórmula para restaurar mi existencia. Atravesaba uno de esos lapsos de optimismo, no muy raros en mí, en que no sabía si lo presente y lo pasado eran realidades o sueños, y en que me abandonaba con facilidad a la automática impulsión de la vida. Joaquín se apoyó en el brazo de mi mecedora y me tomó dulcemente una mano. Encima de nosotros el firmamento, cuajado de estrellas, brillaba con la profunda serenidad con que se muestra casi siempre en el trópico. Mayo nos envolvía con su caricia tibia, de un suave y ponzoñoso encanto, que parecía fluir de la tranquila inmovilidad de aquel cielo. Mi marido y yo estábamos solos en la casa, porque Susana había ido a comer con Alicia y llevó a Julia, a fin de no volver sola de noche.

Joaquín hablaba de sus éxitos con hondos estremecimientos de entusiasmo que lo transfiguraban. Había pagado ya todas las deudas, y después de separar el importe de nuestros gastos hasta diciembre, aún quedaban cinco mil pesos, que podíamos invertir en una nueva casa o en agrandar aquella en que vivíamos. Luchaba por mí, para mí, para tejer en torno mío la red de comodidades y placeres que había soñado. Su entusiasmo era contagioso; se propagaba a mis nervios, calmados por la muda serenidad de la noche, haciéndolos vibrar de una manera bien distinta de la que los había sacudido en los últimos meses, y acababa por extinguir hasta el recuerdo de mis heridas. El programa que mi marido esbozaba era la paz, la tranquilidad, la dicha futura. ¿Por qué no habían de existir ya para mí; pobre nave azotada por la borrasca y refugiada en el único puerto que le ofrecía seguridad en el mundo? Poco a poco a la admiración que me inspiraba el luchador abnegado, fue uniéndose una especie de lánguido enternecimiento, de dulce necesidad de humillarme, de sentir el peso de su voluntad y de su fuerza, en justa expiación de mis culpas. ¡Ah! ¡Si hubiera podido caer de rodillas delante de él y besar sus pies, y ungirlos con mi llanto para secarlos después con el cabello, como una nueva Magdalena, con qué deleite me tornara luego pequeñita, con un alma pura de niña, y recibiría sus caricias, hecha una bola sobre su regazo...! Experimentaba algo parecido a la emoción que me embargó una vez, en el ingenio, cuando Joaquín estaba convaleciente de las anginas y yo hubiera bebido en sus labios el contagio para padecer del mismo mal. Era como un enervamiento voluptuoso infiltrado en mi sangre por el destello de sus ojos, que empezaban a fijarse en mí con muda insistencia. Ahora que conocía los resortes de mi propia naturaleza, sabía bien lo que era aquello. Evitaba mirar de frente a Joaquín y respiraba con cierta ansiedad, sintiendo cómo subía y bajaba, con un compás ligeramente acelerado, el plano carnoso de mi seno.

Con mi enfermedad, el amor de mi marido se había transformado de impulsivo y un tanto brutal en apasionado y respetuoso. Suavemente sus dedos se deslizaron de la mano a la muñeca y de ésta al antebrazo, insinuándose hasta el hombro, bajo la ancha manga de la bata, con un cosquilleo suave que me estremecía toda la piel. Acabamos por callar, bajo el doble encanto de aquel juego y de la noche, cuya mancha negra se rompía agujereada por la luz de las dos ventanas del comedor, donde brillaba una bombilla eléctrica. Nuestros dos sillones huían de aquella luz, refugiados en el ángulo de la terraza. En aquel barrio, casi despoblado entonces, reinaba una soledad que le sugería a uno la ilusión de hallarse en pleno campo. Joaquín seguía mirándome con un tímido deseo sin atreverse a expresarlo de otro modo que por la discreta insinuación de sus dedos. Mis nervios vibraban sometidos al estímulo discreto de la caricia. Perdía poco a poco la noción de las cosas y entornaba los párpados. De pronto se encontraron nuestros ojos y nos besamos largamente en los labios, casi sin cambiar de postura en los sillones. Fue como una succión dulce, prolongada, con la cual nos aspirásemos mutuamente la razón y la vida... Un perro ladraba a lo lejos, perdido en el misterio de los campos vecinos.

417

Cuando vine a darme cuenta de mí misma estaba sobre las rodillas de Joaquín, y mis dedos inconscientes alisaban sus cabellos, que eran largos y partidos en dos crenchas en el centro, lo mismo que «los otros». Entonces me detuvo un brusco sobresalto de terror, y retiré las manos de su cabeza; pero él dulcemente las retuvo con las suyas sobre su frente y me obligó a dominarme. Fue la última sacudida de mi conciencia. Mi marido me acariciaba, me oprimía, y el roce áspero de su barba cerca de mis orejas me hacía encogerme toda sobre él, temblorosa y riendo nerviosamente. Así me dejé llevar al lecho, en brazos, como una niña, y sin dejar de reír.

Tengo, desde aquella noche, ideas concretas acerca de la unión de los sexos, que me parecen las únicas ajustadas a la verdad. El amor físico no es para la mujer una necesidad siempre igualmente sentida: requiere cierta preparación moral, por lo menos en las primeras aproximaciones, cuando no hemos encontrado, como yo digo, «los resortes secretos de nuestra propia naturaleza». Por eso, la mujer, y acaso todas las hembras de la creación, deben ser previamente conquistadas por sus poseedores. Más tarde, experta ya en el juego del amor, puede «buscar» las sensaciones y provocarlas muchas veces a su capricho. ¿A cuántas casadas se les presenta la oportunidad de ese «más tarde»? ¿Cuántos son los maridos que se creen obligados a «conquistar» a sus mujeres, después del «sí», que no puede ser jamás otorgado libremente, y del deslumbrador ceremonial que las hace suyas? He aquí cuestiones que no se resolverían, sino a condición de que todas las «honradas», reales y aparentes, escribiesen como yo, la historia de su vida íntima.

Mi inconsciencia al caer aquella vez en brazos de mi marido fue tan completa que ni él ni yo advertimos que no habíamos cerrado las puertas de la habitación. Afortunadamente la casa estaba desierta.

Cuando estremecida todavía y como inundada por una gran luz interior, reclinaba, algunos minutos después, mi frente sobre el pecho de Joaquín, oí que éste me decía, emocionado y tan cerca que sus labios, al moverse, acariciaban mi oreja:

—¡Qué feliz soy! ¡Nena mía querida! ¡Tan feliz como no creía ya serlo nunca! Tú no puedes imaginarte esto inmenso que siento y que parece que va a hacer que mi pecho estalle de asombro y de alegría. Si lo supieras, comprenderías que me has dado la vida, y que te la debo...

Y me besaba en los ojos, con besos suaves, de gratitud y de adoración.

II

—No, no, nena; tú no. Déjame a mí eso. Te puedes caer de la silla.

Era Joaquín, que me impedía coger de la última tabla de un armario las ropas que él iba colocando de prisa en tres o cuatro grandes baúles abiertos en medio de la habitación.

Me eché a reír, contemplando su cara de espanto.

—¡Ah! ¿Pero de veras que te has creído que soy de azúcar?

—De azúcar, no; pero «mientras estés así» no es prudente que te expongas... Un paso en falso; cualquier cosa...

Aludía a mis seis meses de embarazo, bien visibles ya, a pesar de las anchas batas, con muchos pliegues y cintas, y de los matinés, holgados y largos, que dejaban caer hasta medio muslo sus chorreras de encaje.

Me apartó suavemente a un lado, y en menos de un minuto dejó él desocupada la tabla en cuestión, alargándome uno a uno los objetos, con frecuentes recomendaciones: «Sobre la cama; en el baúl no, para que no te agaches. Yo lo envasaré todo a gusto». Acabé por sentarme y dejar que concluyera él solo de guardar lo que quedaba.

Nos íbamos el día siguiente para el nuevo ingenio que había contratado a Joaquín, uno de esos modernos colosos de nuestra industria, que, por sí solo, hacía el trabajo de cien de las pequeñas fábricas de otra época. Mi marido era ya oficialmente colono de aquel gigante. Había ido, el mes anterior, a tomar posesión de «sus tierras», ya sembradas en su mayor parte, y a ordenar que preparasen la casa para recibirnos. Al principio me mortificaba la idea de que aquella fortuna que nos ofrecían tuviera un origen del cual no podía hablarle a Joaquín; pero acabé por aceptarla, como había tenido que hacerlo con todos los hechos consumados hasta entonces. Había resuelto dejar que corriese la vida por sus nuevos cauces. ¿Qué otra cosa podría hacer ya?

Cuando Joaquín hubo cerrado el último baúl, vino hacia mí, y poniéndome confidencialmente una mano en el hombro, me dijo:

—¿Qué te parece lo de mi hermanita?

Hice un gesto vago, para eludir la conversación, como hacía siempre que se traían a colación aquellos asuntos de familia. Mi marido se refería a una escena violenta que había acaecido aquella misma mañana, hacía apenas dos horas, entre Susana y él. La muchacha, que no obedecía a nadie en la casa, recurría pocas veces, cuando la contrariaban, a los gestos enérgicos y las palabras fuertes, prefiriendo encerrarse en su fría indiferencia de muñeca, para hacer siempre lo que se le antojaba. Tenía una amiga, del conservatorio, con quien salía a todas horas, aun de noche, y se murmuraba que iban a reunirse con jóvenes desocupados con quienes solían pasear en automóvil por carreteras. Dos o tres veces la pobre Julia había intentado darle consejos, con mucha dulzura; pero la muchacha le había contestado con mucha tranquilidad que aquéllas «eran vejeces», sin alterar un sólo rasgo de su cara de ángel. Como es natural, Joaquín nada sospechaba y yo me guardaba muy bien de intervenir, hasta que, la víspera, alguien, en la calle, le sugirió que su hermana daba lugar a que hablasen de ella, y se decidió a amonestarla.

Susanita oyó la reprimenda sin inmutarse, según su costumbre, y acabó declarando que si no le gustaba así, las cosas irían peor, porque estaba decidida a que nadie restringiese su libertad. Joaquín se exaltó. Por un momento, creí que iba a pegarle. Ella calificó de «aspavientos» sus escrúpulos, y esperó con mucha calma a que se le pasase la cólera. Después afirmó categóricamente que, por nada del mundo, iría con nosotros al campo.

—¡Está bien! —replicó Joaquín—; pero mientras estés aquí, te prohíbo que salgas de la casa, ¿me oyes?

—¡Bah! No puedes hacer otra cosa que echarme de aquí, y si lo haces, me voy.

—¿Adónde? —gritó indignado el hermano.

—¡A cualquier parte! Ésa es cuestión mía —dijo la linda muñeca con un mohín displicente de sus rojos labios.

—Pero, ¿sabes tú el nombre que se le da a una muchacha soltera que, a la edad que tienes, piensa y obra de esa manera?

—Peor es pensarlas y hacerlas después de casada —repuso la chiquilla, con una intención tan marcada bajo el aparente candor de su voz, llena de tonos musicales, que me sentí palidecer bajo los polvos de arroz, y temblé, sin que por fortuna, mi marido lo notase.

Joaquín, delante de mí, repetía su pregunta, poniéndome en un aprieto.

—Dime, ¿qué te pareció lo de Susanita esta mañana?

—Hijo, ¿qué quieres que te diga? —le contesté al fin— Mañana, cuando nos vayamos, haremos bien en dejarla en Matanzas, con tus padres, y así te libras de la responsabilidad de tenerla con nosotros. Pero, en tu lugar, yo no les diría una palabra de lo que ha sucedido.

Me había producido una verdadera alegría el oírla decir que, de ningún modo, seguiría viviendo con nosotros. Con Georgina, tenía la seguridad de que hubiera podido estar años enteros sin que ocurriera el menor disgusto entre ambas, porque era más franca, más «vividora», como ella misma decía, y sabía disimularlo todo. En cambio, Susana me inquietaba, con su fino rostro de niña ruborosa, y su mirada enigmática. Me parecía que había demasiada frialdad y una dureza de roca en aquella delicada figurilla de dieciséis años. Sobre todo, después de su alusión, que demostraba a las claras que algo había logrado adivinar de mi secreto, su presencia me inspiraría siempre una inmensa zozobra.

—Sin embargo —insistió Joaquín—, es una verdadera desvergüenza la de esa chiquilla...

Hice un gesto de protesta, y traté de calmarlo, con el tono conciliador que empleaba siempre al hablar de aquellos delicados asuntos.

—Desvergüenza es una palabra un poco fuerte, hijo: malacrianza, sí... Pero, ¿qué quieres? Tú sabes las teorías sobre educación que profesan en tu casa, y ésas son las consecuencias, tratándose de niñas voluntariosas y aturdidas como Susana...

—Es verdad, vida mía, es verdad. ¡Hay tan pocas mujeres en el mundo que se parezcan a ti!

Enrojecí ante el elogio mucho más que si hubiese recibido un reproche. Iba directo al punto doloroso de mi alma, al que huía de la luz de los recuerdos y se concentraba en sí mismo, sangrando, al menor choque. Vivía feliz, mientras algo externo no venía a tocar en aquel rincón ulcerado de mi corazón. Ahora sabía que sólo en mi casa y al lado de aquel hombre que me poseía legalmente y que me idolatraba residían la lealtad y el amor. No me quedaba de Fernando sino un recuerdo odioso, que me era repulsivo, sobre todo, por dos razones: porque se había divertido conmigo, como con un juguete costoso, importándole poco mi pasión y mi dolor, y porque era el único hombre en el mundo que podía envanecerse de haber puesto a mi marido en una situación humillante y desventajosa, aunque éste lo ignorase. No pensaba en él, sin embargo, y procuraba consagrarme enteramente a mi marido, a quien había acabado por querer, con todos los cariños; pero me disgustaba que Joaquín me llamase «buena» y que me encontrara superior a las demás mujeres, por lo que sus frases adquirían de irónico dentro de mí misma.

En menos de un año, la exaltación y el sufrimiento habían madurado mi alma, había llegado a la posesión de aquel sano equilibrio del espíritu y de la carne, que antes llegué a creer un ideal quimérico, imposible de realizar en la vida, y aprendí también a conocerme a mí misma y a los demás. Desde nuestro primer día de amor, la luna de miel, que no tuvimos al casarnos, empezó para mi marido y para mí, de un modo suave y dulce que me hizo olvidar la mayor parte de mis desgracias. Aquello no era, al menos por mi parte, una pasión novelesca. Le faltaban los profundos arrebatos, los largos éxtasis y el extraño colorido de las grandes locuras amorosas. Pero era más tranquilo y más seguro el placer que ahora experimentaba: era como la satisfacción de navegar en un gran puerto, donde todo peligro de naufragio resultaba imposible. Comprendí el hondo secreto de la estabilidad de los matrimonios, obtenida siempre por la creación de un sentimiento complejo, mezcla de estimación recíproca, de hábito, de inercia moral, de apetitos físicos despiertos y satisfechos con regularidad, de egoísta sensación de reposo; de todos esos pequeños factores en fin, que, por sí mismos, explican la prodigiosa diversidad de aspectos que toma la pareja humana y la solidez que llega a adquirir la unión, a todas luces antinatural, de dos almas y dos cuerpos. Mi nuevo estado de gestación acabó de colmar la medida de mi alegría. Y sin embargo, no podía entregarme a ella sin sentir como una pequeña mordedura en el corazón, el dolor de aquel otro hijo perdido, que una mano cruel había impedido que naciera. Verdad es que el pensamiento de que era hijo del «otro» lo hacía odioso también a mis ojos y atenuaba una gran parte de mi pena y mis remordimientos; pero de todos modos el recuerdo de aquel aborto vivía latente en mí, y era como una de esas espinas clavadas a flor de piel que nos hacen sentir vivamente su presencia cuando algo las oprime. Pensaba con horror que tal vez este nuevo hijo, a quien idolatraba antes de haber nacido, atraería sobre él el castigo de mi falta, y que quizás el cielo apelaría a este cruel medio para herirme de soslayo.

En nuestra casa y en las de mis padres y mi hermana se empeñaron las discusiones acerca del probable sexo de mi futuro retoño. Joaquín tomaba parte en ellas con mucho entusiasmo y yo me reía de la simpleza de todos, afirmando que, niña o niño, sería, de todos modos, recibido con el mismo amor e iguales locuras por nuestra parte. Mamá concluía por darme la razón. Perdida la esperanza de llegar a tener un nieto de Alicia, después de la operación que la había mutilado, «toda su energía potencial de abuela en ciernes», como decía Joaquín, se concentró en mí y estalló ruidosa y apasionadamente cuando supo, por fin, la noticia de mi embarazo. Parecía rejuvenecida en diez años cuando trataba de eso, y como no hacía más que pensar en lo mismo resultaba constantemente transfigurada.

Mi estado, sin embargo, nos trajo algunas desazones. Según mis cálculos, daría a luz dos meses y medio

425

después de empezada la zafra, y Joaquín se oponía a que me asistiera un médico rural en aquel trance. Habló de dejarme en La Habana hasta que diera a luz y el movimiento de espanto con que protesté fue tan vivo, que se detuvo, mirándome un instante con extrañeza. Fue menester tomar informes del médico que había en el ingenio, y por fortuna resultaron favorables, pues se trataba de un joven serio y estudioso a quien Joaquín conocía. Mamá y Julia irían conmigo, la primera solamente para auxiliarme en mi cuidado y volver después, y papá se quedaría con Alicia. Así quedó todo arreglado, después de muchas semanas de indecisiones. Yo esperaba de aquellos cinco años, por lo menos, que pasaríamos en el campo, la calma que completaría mi curación moral, y que presentía que jamás iba a obtener allí, donde los lugares y los objetos despertaban a cada momento en mí recuerdos desagradables . Aunque no miraba nunca hacia allá, la sola existencia de la casa contigua a pocos pasos de nosotros me producía una sorda y casi constante irritación nerviosa. Ahora vivían allí unos alemanes, hombre solos, que los domingos bebían cerveza y reían en el comedor, del cual nos separaba solamente una franja del jardín y que era el lugar en donde empezaron mis clases de pintura... Por mi parte, jamás me asomaba a las ventanas que se abrían sobre ese lado, y cuando salía de casa volvía disimuladamente la cabeza para no ver ni el costado ni el frente de la vivienda maldita. Era un suplicio del que deseaba alejarme, y a medida que se acercaba el momento de la partida sentía que se aumentaba mi indefinible gozo.

Aquel día, por la tarde, fuimos a despedimos de Graciela y de su marido, quienes no vivían en uno de los famosos repartos que enriquecieron a Pedro Arturo, sino en lo mejor de la calle Diecisiete, en un suntuoso palacete que éste había adquirido, completamente amueblado, de un diplomático extranjero, célebre por sus prodigalidades. Abandonamos el tranvía en la esquina precisamente frente a la puerta de la gran verja que circundaba la propiedad. Un parque inglés, meticulosamente limpio, sin un arbusto, se extendía, en ligero declive, a un lado y otro de la avenida de asfalto que conducía a la casa. En el fondo, refugiada en un ángulo del terreno, levantaba ésta su doble fachada gris rodeada de columnas en la planta baja de una amplia terraza en la principal. Era como si, cediendo a un impulso de orgullo patricio, huyera aquella mansión señorial a lo más lejano y más alto del dominio, dejando la mayor cantidad de parque posible entre ella y las expansiones plebeyas de la calle. El sol caía oblicuamente sobre la fina hierba, uniformemente recortada, y partía la rigidez fría del frente, con sus severos adornos y sus transparentes corridos en todas las ventanas, con una viva franja de luz. No había nadie en el parque ni en el exterior del edificio, que parecía deshabitado. Solamente hacia el fondo, en el lugar destinado a las dependencias, algunos obreros derribaban, casi sin ruido, una pared, entre una nube de polvo de cal.

Graciela, su madre y Pedro Arturo se habían instalado allí desde hacía más de tres meses, sin que los dones de la opulencia hubieran alterado gran cosa los gustos y las costumbres de aquella extraordinaria familia. Tenían dos o tres coches, tres o cuatro automóviles, una instalación regia, una servidumbre numerosa, experta y bien pagada, y continuaban siendo, a pesar de todo, los mismos tres bohemios que el azar había reunido hacía

427

pocos años con el matrimonio de los dos jóvenes. Pedro Arturo se burlaba de sus riquezas y solía decir que estaban mejor cuando la vieja cocinaba y ellos dos se levantaban a las seis para ir a la oficina. Se había montado sobre aquel pie de lujo, como había hecho edificar una soberbia fachada a su casa de banca de la calle de Cuba, sencillamente porque la amplitud de sus negocios lo exigía así. Si vivieran como un pobrete lo abandonarían sus clientes. Agregaba algunas veces, en broma, que pronto tendría que empezar a jugar fuerte en el Unión Club y mantener a una querida, lo que le atraía, por lo general, un fuerte tirón de orejas dado por Graciela. Por su parte, la suegra, obligada a pasar los días mano sobre mano, se aburría con toda su alma; pero le tenía un gran miedo a los automóviles, y por nada del mundo hubiera consentido entrar en uno de aquellos horribles vehículos para distraerse. Prefería quedarse en la casa, cuando los otros salían, y la inacción la hacía engordar ligeramente, enmolleciendo un poco su vieja actividad. Los tres estaban de acuerdo en que, para ellos solos, sobraban las tres cuartas partes de la casa y las nueve décimas de sus lujos.

Por eso, seguramente, habían hecho de un sencillo gabinetito de costura que había al fondo del primer piso, detrás de la biblioteca y del salón de billar, el lugar predilecto de sus reuniones íntimas y donde recibían a las personas de confianza. La gran sala de recibo, decorada con un lujo exótico, en que predominaban el tono oscuro y los pesados cortinajes, permanecía casi siempre cerrada, llenándose de polvo y trasudando la humedad de sus paredes. Al gabinetito, que tenía el piso de roble encerado y las paredes de estuco rosa pálido, habían llevado todo lo que pudo ser utilizado de su instalación primitiva: cuadritos de poco valor, sillas esmaltadas de blanco y un pequeño juguetero de laca que le regalaron a Graciela cuando se casó. Era como un rincón de lo pasado, en medio de la ostentosa vida presente, en el cual se complacían en vivir, como si los recuerdos que encerraba tuviesen más valor que aquellos nuevos objetos a que no estaban acostumbrados y cuyo uso les embarazaba un poco. Allí tenía la anciana sus costuras y Graciela sus libros. Pedro Arturo no tenía nada; pero lo llevaba cuando era necesario, y solía redactar proyectos y contratos en un ángulo de la pequeña consola, después de apartar a un lado el reloj de mesa y las dos figurillas de bronce que la adornaban.

Al oprimir el botón del timbre, artísticamente disimulado en el marco, la puerta de caoba tallada giró sin ruido, y un criado, vestido de blanco, con un traje de corte militar abrochado hasta el cuello y botones dorados, apareció en el umbral, inclinándose profundamente al reconocernos. Había en el hall, ocupado en parte por la monumental escalera de mármol, que lucía en el centro de sus peldaños una alfombra roja sujeta con carillas doradas, una discreta penumbra. Preguntamos:

—¿Están los señores?

—En el saloncito, si los señores gustan... —repuso el lacayo con una nueva reverencia.

Conocíamos el camino: un ancho pasillo detrás del hall, entre el comedor y el despacho de Pedro Arturo; luego, la biblioteca, el salón de billar y a continuación el gabinetito. En el pasillo había una alfombra, al centro, que amortiguaba el ruido de los pasos, y a los lado el piso encerado relucía como un espejo. Graciela, la madre y Pedro Arturo, prevenidos por el tubo acústico, se precipitaron a nuestro encuentro. La joven palmoteo de alegría.

—¡Bravo! No creí que te atreverías a venir, con esa barrigota que debe de contener lo menos tres muchachos.

Le di un abanicazo cariñoso, para indicarle que no me gustaban esas bromas delante de su marido. Ella se echó a reír.

—¿Por éste? Pero si te ve con una gran envidia, boba. Ahora rabia por tener un hijo, y tropieza... con que ya estamos viejos para esas fiestas.

—¡Chica, qué descarada eres! —le dijo Pedro Arturo, fingiéndose escandalizado— En lugar de Victoria, te hubiera dado dos abanicazos en vez de uno.

—¡De veras que sí! —declaró sonriendo la suegra— Pero los descarados son los dos... Lo único que les falta es publicar en los periódicos lo que hacen... y lo que dejan de hacer.

Habíamos entrado en el gabinetito, entre los transportes de una franca alegría, un poco picante, como la que se respiraba siempre en aquella casa.

—¿Se van por fin mañana? —pregunto Graciela, poniéndose seria de repente.

—Sí, hija. Parece que nuestro destino es andar siempre, como los bohemios, con la casa a cuesta.

—Pero será el último viaje. Pedro Arturo cree que el contrato de tu marido con el ingenio es para hacerse rico en poco tiempo.

—Así dicen.

Hubo un momento de silencio, producido por el malestar de la despedida. Pedro Arturo lo rompió con una de sus bufonadas.

—¡Vieja!

—¿Qué?

—¿Sabe usted en lo que estaba pensando?

—¿En qué?

—En que he hecho una verdadera tontería casándome con Graciela.

—¿Por qué?

—Porque sí, en lugar de habérsela pedido en matrimonio, se la pido en concubinato, usted me la hubiera dado lo mismo.

La anciana hizo un gesto vago, y respondió ingenuamente:

—¡Oh! Graci puede decirlo: nunca la «cuidé», como otras madres, ni impedí que hiciese siempre su voluntad. Por eso no me hubiera opuesto a lo que ella considerase su felicidad... Y la hubiese seguido a cualquier parte, con tal que ella lo quisiera y me reservase un rincón a su lado.

Graciela intervino, riñéndola cariñosamente.

—¡Pareces boba, mamá! Le prestas atención a las payasadas de Pedro Arturo, y acabará por marearte. Dile que para eso hubiera buscado a alguien mejor que él.

Yo pensaba, entre tanto, en el fondo de verdad que encerraba la broma de Pedro Arturo, recordando los rasgos de adoración sin límites de aquella mujer hacia su hija, adoración tan extraña y tan conmovedora que vivía realmente fuera de las leyes del bien y del mal. Ciertamente que ella hubiera seguido a la hija al lupanar, si por allí hubiese querido dirigirse la muchacha. Y pensaba también en los caprichos del azar, que

431

había unido a estos tres seres, tan semejantes entre sí y tan valerosos en la lucha por la vida, a pesar de su volubilidad aparente, admirándome de que el destino pudiera hacer alguna vez con tanta perfección el papel de providencia.

Sonó el timbre de un teléfono ingeniosamente oculto en un ángulo del saloncito. Pedro Arturo acudió a él, con un gesto de fastidio. Su voz se dejó oír, enseguida, seca y lacónica, como si clavara las repuestas.

—Sí, yo soy... ¿Eh? ¿De cuáles? ¿De la Cervecera Insular? Las pago a veinticinco, a entregar los títulos mañana antes de las diez. Después de esa hora no las podré pagar tal vez ni a veinte... Tomaré todas las que me lleven... Bien. Convenido. ¡Adiós!

Podía contemplar su perfil, mientras hablaba, y vi al otro hombre que había en él y que se manifestaba en cuanto empezaba a tratar de negocios: la boca contraída y sería, los rasgos duros de aventurero que huele el botín, la frente estrecha y ligeramente convexa, como henchida por la voluntad, bajo el rudo cepillo de los cabellos cortados casi al rape. Se decía que en una especulación sobre acciones de los Ferrocarriles Unidos había ganado un millón, y que su crédito en plaza era enorme. ¡Me parecía increíble!

—¡Vayan al diablo! —exclamó, dejando descolgado el receptor— ¡No quiero más latas hoy!

Y se volvió sonriente, con su otra cara, con la que yo estaba acostumbrada a verle, enlazando el brazo de Joaquín y llevándoselo para mostrarle las obras que hacía ejecutar al fondo de la casa.

Respiramos más ampliamente al quedarnos solas: la presencia de los hombres siempre nos cohíbe un poco.

Graciela me miró un instante al fondo de los ojos y me estrechó una mano, conmovida.

—¡Ya ves, chica, cómo eres feliz al fin!

Sentí el impulso de arrojarme en sus brazos, y respondí también emocionada:

—Casi completamente... ¡Gracias a ti!

—¡Silencio! ¡De esas cosas no se habla! —repuso prontamente, deteniendo mi efusión, próxima a estallar, con una seña disimulada que me mostraba la presencia de la madre.

En efecto, la buena señora había hecho un ademán de extrañeza al notar nuestra actitud y al oír las enigmáticas palabras, y nos examinaba con repentina curiosidad.

Graciela, sin aparentar que la miraba, desvió la conversación, añadiendo:

—En cambio, tu pobre hermana opino que no ha hecho un gran negocio con el matrimonio.

—No lo creas, hija —repuse—; es muy dichosa. ¡Está ciega! No cambiaría su vida por la de una emperatriz...

Graciela mostró primero un mohín de incredulidad, y dijo luego, como convencida de pronto por una rápida reflexión:

—Más vale así, chica. Eso le sirve de mucho a la mayor parte de las mujeres... ¡Y el José Ignacio es un camastrón de primera...! Si tú supieras... Pedro Arturo no quería que te dijese nada, por pena; pero no tiene nada de particular y voy a decírtelo, si me guardas el secreto: de aquí, de esta casa, se llevó tu cuñado una muchacha hace dos meses.

Bajó la voz para hacer la confidencia, después de cerciorarse de que estábamos las tres solas. La madre aproximó también su asiento, para tomar parte en la murmuración. Yo experimenté una viva sorpresa.

—¡De aquí!

Sonrió:

—Sí, de aquí. Era la sobrina de una de las criadas, una muchacha de catorce años, bonitilla y avispada como un diablo... Verás; la aventura resulta chistosa. La chiquilla vino de España el año pasado, recomendada a la tía, y ésta me pidió permiso para tenerla en casa e irla enseñando a servir, porque deseaba colocarla bien. Estuvo aquí algún tiempo, trabajando poco, componiéndose mucho y recibiendo frecuentes reprimendas de la tía, que es una mujer formal y que le reprochaba su holgazanería. Fue necesario despedir una vez a un ayudante de chofer, por no sé qué historia de noviazgo con la muchachita, y el mayordomo le habló a Pedro Arturo de la necesidad de hacerla salir también de la casa para evitar un nuevo escándalo. Contemporizamos por consideraciones a la criada, que es buena, y un día desapareció la niña sin explicaciones. Le pregunté a la tía y se turbó un poco. «Pero, ¿está colocada?», le dije. «No, señora, no. La chica no era de buena cabeza, ¿sabe usted? Decía siempre que ella no había nacido para trabajar, que tenía otras aspiraciones, y yo temía que el día menos pensado se escapase con cualquier pelagatos. La señora no puede comprender bien estas cosas, porque la señora...» «Pero, ¿se colocó?», volví a preguntarle para cortar aquellos circunloquios. Ella vaciló, rascándose la cabeza. «No, señora; no. Está comprometida con un señor rico», acabó por decirme tímidamente. Y como no había visto nunca aquí a Trebijo, ni sabía que lo conocíamos, acabó por soltarlo todo, el nombre del seductor y el medio de que se había valido para llegar hasta la jovencita, empleando a una mujer que tiene la apariencia más honrada del mundo y que le sirve, según dicen, para esas cosas. Parecía al mismo tiempo contrariada y alegre por aquel desenlace que la libraba de una responsabilidad. «¿Y a usted no le dieron nada?», le pregunté picada por la curiosidad. «Cien duros nada más, señora, y otros cien para la madre de la chica, que es mi hermana y está en la miseria. Yo bien sé que no está bien lo hecho; pero me digo: para que se haya ido con un animalote cualquiera, como aquel José que echaron a la calle, vale más que sea con un señor...» No puedes imaginarte lo que me he divertido con esta historia, ni lo que nos reímos Pedro Arturo y yo cuando la recordamos. Figúrate la mueca que haría la pobre Alicia si supiera la clase de ocupaciones a que se dedica su hermoso José Ignacio, cuando sale todos los días después de almuerzo de su casa...

—¡Qué sucio! —murmuré, apretando los dientes con rabia.

Graciela soltó una carcajada.

—Pues si no fuera más que ésa —añadió—. Son muchas parecidas las que se le atribuyen muy calladamente... Parece que tiene un sistema de pesca perfectamente organizado... Te digo que es para morirse de risa.

—Pues yo no me río de sus indecencias —exclamé—. ¡Y hay que oírlo hablar de moral, frunciendo el ceño cuando se pronuncia delante de su mujer algo que huele a doble sentido! ¡Un Catón! ¡Y ha echado de su casa a la hermana, por una falta, el muy bárbaro...! Pero es mejor que la infeliz Alicia no llegue a vislumbrar nunca nada de esas porquerías...

—A mí me repugna más su hipocresía que su desvergüenza —declaró Graciela con su hermosa tranquilidad de mujer que conoce demasiado la vida para no escandalizarse ante ciertas bagatelas—. No me hago ilusiones; sé que todos nos juegan la cabeza cuando se les presenta la oportunidad; pero para eso no es necesario tratar de hacerse el santo delante de los demás.

De todo lo que dijo no retuve sino esta frase: «Sé que todos nos juegan la cabeza cuando pueden»; y repliqué asombrada, sin poder contenerme:

—¿Todos, dices? ¿Crees tú que Pedro Arturo, por ejemplo, te haría...?

Se echó a reír otra vez, sin inmutarse.

—¡Como todos, hija! No quiero pensar en eso, como es natural, ni que él sepa que yo lo presumo, ni me gustaría tampoco que me lo dijeran, si hay algo; pero, ¿quién evita una cosa así...? Lo que una mujer debe procurar es ser siempre la primera. Y yo sé —agregó con sincero orgullo— que si mi marido cae se arrepiente enseguida y vuelve a mí más mío que nunca; porque hasta ahora no hay mujer en el mundo que le guste más que yo...

La madre intervino, entonces, en defensa del yerno.

—¡Oh, Graci! ¡Se te ocurren unas atrocidades...! ¿Cómo puede hacer tu marido lo que hace ese farsante de José Ignacio? Metería la mano en el fuego...

—Y podrías quemarte, mamá... Pero yo estoy conforme así. ¡Al César lo que es del César...! Y a ti te aconsejo, Victoria, que hagas como yo; no le preguntes jamás a Joaquín dónde fue, ni lo que hizo en la calle. Si cometió una infidelidad no será capaz de decírtelo: tendrá que mentirte, aun a pesar suyo. Y he aquí que, en lugar de un pecado, le obligas a cometer dos... Te aseguro que, si todas las mujeres pensasen como yo, habría menos matrimonios desgraciados.

Yo me preguntaba, por centésima vez en mi vida, de dónde había sacado Graciela aquella experiencia y aquel sano equilibrio del alma, que le permitía mantener asida entre sus manos la clave de la dicha. Desde muy pequeña, hasta donde alcanzaban mis recuerdos de la infancia, la había visto con el mismo aplomo e igual optimismo. Era feliz «sin hacerse ilusiones», como afirmaba; es decir, sin salirse de la realidad de las cosas, aceptando cuanto podía ser útil a su bienestar y al de los suyos, con una absoluta indulgencia respecto al fondo de las acciones humanas. Y recordaba su confesión, casi completa, de aquel día en que me dio a entender que también había vivido su corazón horas sentimentales y dulces, de las cuales había salido con un conocimiento más completo del mundo y nuevas fuerzas para vivir. No podía mirarla con fijeza sin sentirme estremecida hasta lo más hondo del alma.

Ahora madre e hija desahogaban su resentimiento contra Alicia, por lo que llamaban su ingratitud, culpándola un poco de que se hubiera enfriado la amistad que las dos jóvenes se tenían. Por eso se habían limitado a ir dos o tres veces a la clínica, cuando se operó, y después cada cual a su casa. Cierto que José Ignacio era un majadero; pero ella no estaba exenta de su parte de culpa.

—El otro día la encontré en la calle —dijo Graciela—, y me llamó falsa, mala amiga y que sé yo cuántas cosas, porque no fui a su casa después que dejó la clínica; pero las tres hemos sido como hermanas, ¿verdad?, y tú misma dirás si es ella quien debe echármelo en cara.

La anciana aprobaba y añadía nuevos cargos contra mi hermana, mientras que yo guardaba silencio, comprendiendo que tenían razón. Al fin resumió la buena señora:

—Alicia y tú tienen caracteres completamente distintos.

—He aquí una gran verdad de Pero Grullo —exclamó su hija riendo; y volviéndose a mí me preguntó acariciando con ligeras palmaditas mi vientre:

—¿Varón o hembra?

—Pregúntaselo a él o a ella, directamente.

—Es varón.

—¿Por qué?

—Porque es muy grande *eso* para ser hembra.

Me eché a reír de la seriedad de su pronóstico, y ella continuó, voluble y burlona.

—Y te llevas a Julia Chávez de partera, según me han dicho. No es mala idea. Quisiera verla ruborizándose y bajando la vista al comprobar que los niños no caen del cielo envueltos en una hoja de col. Necesariamente tú has corrompido a Julia, cuando se decide a presenciar ciertas cosas... ¿Tienes madrina?

—Sí; mamá.

—Es natural. De no ser así sería yo, que tengo más derecho que tu hermana y que Julia —afirmó.

Seguimos hablando de esta última. Graciela hacía notar que no debía de haber sido fea en su juventud con sus ojos rasgados y dulces, su rostro ovalado y su blanca dentadura. Lo que la afeaba era la manía de ocultarlo todo con sus trajes apretados al cuello y a las muñecas y llenos de pliegues rectos como los vestidos de las religiosas. Y a pesar de aquel pudor feroz, tenía cierta

438

coquetería para peinarse, y por nada del mundo se hubiera dejado ver sin polvos de arroz en la cara y sin haber ordenado sus bucles, bien teñidos, sobre las orejas. Tal vez se vestía de aquel modo porque era demasiado delgada y un poco rígida de talle, para disimular discretamente estos defectos. Reímos indulgentemente, y recordamos sus excentricidades, sus caprichos y los detalles de la dolorosa historia que nos había referido ella misma. Aquello acabó por esparcir sobre nosotras como una sombra de melancolía, a pesar de nuestras bromas. Como quiera que fuese, era conmovedor aquel martirio de una pobre mujer inmolada en aras de un ideal romántico del amor y de la vida, especialmente a los ojos de otras tres mujeres; sometidas, como todas, a la cruel injusticia del mundo.

Graciela se puso seria, y dijo con un leve suspiro:

—¡Pobre Julia! Me río muchas veces de sus cosas, y me inspira, sin embargo, una gran compasión... A pesar de que nunca tuvo nada, los demás no han hecho sino explotar su bondad y sus manías; y si no fuera por ti, que la has llevado a tu lado, tal vez tendría ahora que dormir en la calle.

Nos miramos conmovidas ante la identidad de nuestros pensamientos; y la madre de Graciela concretó su opinión, con su acostumbrada sencillez de juicio, que llegaba a veces hasta la rudeza.

—Sí, hijas; es preciso tenerles lástima a las mujeres que han vivido siempre sin hombres. Por malos que éstos sean, ya ven si nos hacen falta. Ahí tienen a la pobre Antonia, que se morirá sin que nadie le cierre los ojos... ¡Lo que sufrimos, cuando vivimos juntas, sólo Dios y nosotras lo sabemos...! Y así son todas las solteronas: a unas les da por el bien y a otras por el mal; pero ninguna es completamente cuerda. Yo, por lo menos, no las he conocido así...

Entraron Pedro Arturo y Joaquín, con los hombros blancos de polvo de cal de la obra. Fue menester que la anciana se dirigiera en busca de un cepillo, no sin antes oponerse a que se llamara a un sirviente con un ademán en que se revelaba su odio a todo aquel aparato de lujo y de molicie, al cual no se habituaría jamás. Era ágil y hacendosa siempre, a despecho de la forzada inacción que la enmohecía, según ella, y que la iba poniendo más gruesa.

Cuando terminó de quitarles el polvo a los dos hombres, luchando con su yerno, que se empeñaba en cogerle la cara para darle un beso en pago de «su buena acción», la emprendió conmigo y empezó a darme consejos en voz baja sobre lo que tenía que hacer para salir bien de mi cuidado. Tenía un *Tratado de obstetricia* de Ribemont y Lepage, y lo leía sin cesar, recordando los buenos tiempos en que no había más comadrona que ella en su pueblo aunque no tenía título. Me costó un gran trabajo apartarme de ella, y tuve que sostener luego una lucha con los tres reunidos para que no nos obligasen a quedarnos a comer. Caía pesadamente la tarde sobre el silencio de la casa, envuelta en sus colgaduras como en una mortaja de rey. No sé por qué aquel aspecto de excesiva calma me produjo una vaga tristeza. Era, sin duda, el pesar de la despedida, la melancolía del crepúsculo, los restos de nuestra evocación sentimental de los dolores de Julia. Pensaba en ésta, en mi hermana, en José Ignacio, en todo lo que llora y sangra en el mundo, bajo la aparente serenidad de las cosas. Nos estrechamos las manos silenciosamente, después del bullicio de la última conversación, en que todos hablábamos a la vez. Graciela y su madre me abrazaron llorando.

Pedro Arturo nos condujo directamente al jardín por una corta escalinata de mármol que había al lado del edificio. Por el camino le dijo a otro criado, vestido de blanco y oro, como el que nos había abierto la puerta, y que se inclinó también profundamente a nuestro paso:

—Diga que saquen una máquina, para que lleve a estos señores, y ábranos la verja del costado.

Me estremecí sin poder evitarlo, recordando otra orden semejante, que me parecía entonces separada de mí por cincuenta años de intervalo, tropecé dos veces al bajar el último peldaño de la escalinata, y durante algunos segundos aparté mis ojos de Joaquín, fijándome en los surtidores giratorios, que de trecho en trecho regaban el césped, con finos chorros, torcidos silenciosamente en espiral, en el aire inmóvil.

III

¡Con qué rapidez pasan los años cuando el corazón reposa! Días, semanas, meses; una larga sucesión de horas iguales, tristes o alegres, según los acontecimientos exteriores, pero profundamente uniformes para el alma desprovista de grandes anhelos y de tumultuosas pasiones, que se proyectan hacia lo porvenir siguiendo una línea recta, invariable... De mis impresiones de dos lustros sólo se destaca vigorosamente un grupo de sentimientos, para revelarme ahora, mientras escribo, que el eje de la vida de la mujer es la maternidad. ¡Y qué variada, sin embargo, la escala de los otros, algunos de los cuales, al pasar, imprimieron tan honda huella en el espíritu! He cumplido ya treinta años, y acude con tal precisión el recuerdo de lo pasado a mi entendimiento, que me pregunto con cierta curiosidad si será ésta, como dijo el poeta, la edad clásica del resumen de las recapitulaciones clarividentes.

Mi vida, desde el día en que nos despedimos de la familia de Graciela, al pie de la verja de su nueva casa, hasta hoy, se representa dividida exactamente por la mitad en dos partes: los años de lucha por acumular la fortuna que la suerte nos deparaba y los años de reposo a la sombra del bienestar conquistado. A la primera parte están ligadas nuevamente escenas campestres: un cielo dilatado, una planicie verde, largos días de sol o de lluvia, en medio de una naturaleza tan feroz que desaparecíamos en medio de ella, como puntos perdidos y próximos a ser devorados por sus olas de vida. Vivíamos en «nuestra» colonia, en una casa moderna, edificada en lo alto de un pequeño cerro y rodeada de viviendas más modestas de trabajadores y empleados, sobre las cuales se destacaba como la iglesia en medio de una pintoresca aldea. La casa, demasiado grande para nosotros, estaba casi desprovista de muebles. El cuadro vive todavía en mi memoria con la exactitud de una impresión fotográfica. Desde el portal corrido que circundaba nuestra vivienda veía a todas horas el mismo panorama monótono: mares ilimitados de caña, y las manchas negras y movibles de los trenes que se cruzaban en todas direcciones, ensuciando el aire con sus nubecillas de humo. Como la única elevación en la llanura fertilísima la ocupaba nuestra casa, hasta la línea del horizonte la vista se fatigaba sobre la uniforme campiña verde, sin un repliegue del terreno, sin una nota viva de color o de gracia. Únicamente hacia el Norte, a unos dos kilómetros de distancia, se alzaban las cinco torres del ingenio, humeantes en la zafra, y se adivinaban, casi borrosos en una especie de niebla oscura, los amontonamientos de talleres y edificios que integraban el coloso.

En medio de aquel marco se deslizaron dolores y alegrías: fui madre, una sola vez por desgracia, murió la tía Antonia lejos de nosotros, murió mi pobre padre en La Habana, la infeliz Julia envejecía con la misma expresión de dulce flor que se marchita, mi hija, Adriana, dio los primeros pasos y empezó a crecer rodeada del éxtasis, casi religioso, de todos, y comencé a vislumbrar el verdadero sentido de la existencia. En estas sinuosidades complejas de la mente, ¿qué sitio ocuparon los remordimientos, el recuerdo de mis faltas, la mancha negra que oscurecía una parte de mi alma, y que tenía necesariamente que resaltar como un contraste al lado de la inalterable nobleza de Joaquín? He tratado muchas veces de determinarlo exactamente, estudiándome con ahínco, con objeto de establecer si mi estado de ánimo correspondía al que he visto descrito en poemas y novelas y que constituye el fondo de nuestra educación moral. También he estudiado atentamente a los hombres y a las otras mujeres, comenzando por los que tenía más cerca. El resultado ha sido conclusiones bien originales acerca de la verdad y de la vida que no sé si llegaré a consignar en estas memorias.

¿Mis remordimientos? Tuvieron tantas fases como horas los días sosegados y dulcemente iguales de mi nueva vida. Pero, ¿existieron en realidad aquellos remordimientos?, ¿fueron como los imagina en los demás la mayoría de las gentes? Al principio, el pensamiento de que residía en aquella tierra que había sido «suya», donde «él» había vivido y amado tal vez a otra, me producía un malestar persistente, agravado por el agradecimiento de mi marido, que hablaba de aquel hombre con mucha frecuencia, llamándolo su bienhechor. ¡Sí él hubiera sospechado qué aguda espina clavaba en mi corazón cada vez que lo nombraba delante de mí! Yo sola debía sufrir el martirio de mi humillación, porque sólo yo conocía que aquella liberalidad, casi inexplicable, era el precio de mis favores, concedidos en un arranque generoso de gran señor, que tenía que reconocer a pesar mío y me rebajaba aún más por la propia magnitud de la dádiva. Y he aquí la convencional diferencia de ciertos sentimientos. ¿Qué hubiera hecho, si, en vez de haber empleado aquel rodeo para pagar mi deshonra, Fernando hubiese sacado con mucha calma de su cartera unos cuantos billetes de banco y los hubiera puesto en mis manos, la última vez que nos vimos?

Acabo de exponer lo que había de inquietud, de vergüenza y de despecho en los primeros meses de nuestra estancia en la colonia; y debo añadir que aquellos brotes aislados de pena se diluían en la alegría inmensa de mi próxima maternidad y de mi dicha reconquistada, cual si fueran gotas de tinta caídas en la superficie de un gran estanque lleno de agua. Y ¡cosa singular!, mi malestar fue mayor mientras mamá estuvo cerca de mí, sobre la tierra indiscreta que avivaba mis recuerdos de impureza. Su rostro severo y dulce tenía el poder de aumentar la intranquilidad de mi conciencia. Cuando se despidió de mí, después del nacimiento de mi hija y de verme enteramente restablecida, sentí el dolor de su separación y una especie de alivio en mis recónditos pesares.

Los problemas morales que no tienen solución poseen la propiedad de acostumbrarnos pronto a la molestia de sus incógnitas, por una especie de adormecimiento de la conciencia, parecido al estado de insensibilidad que sigue a un dolor físico prolongado. Hay además en nosotros algo que inclina suavemente nuestras ideas hacia el lado que secretamente nos conviene, encargándose de allanar cuantos obstáculos se opongan al equilibrio de la vida interna. No encuentro nada que explique mejor, que estas dos leyes, la transacción entre mi pasado y mi presente, llevada a efecto por una especie de sedimentación sistemática e infalible. De mi amor por Fernando no hay que hablar: quedó muerto instantáneamente como derribado por un hachazo, desde el instante mismo de nuestra separación. Sólo quedaba de él en mi alma algo semejante a un fúnebre recogimiento y la herida del amor propio, cuyo escozor persistente de quemaduras no se calmaría sino con el tiempo o con la noticia inesperada de la muerte del que fue mi amante. No podía, pues, acusarme de ninguna deslealtad «actual» hacia mi marido. Por eso, cuando me mortificaba la idea de mi deslealtad «pasada», saltaba a mi mente esta frase: «¿Y qué remedio?», que tenía el poder de extinguir de un solo golpe mis escrúpulos. Entonces razonaba. Comparaba la alegría presente de Joaquín, su rostro siempre radiante y su franco optimismo, con el estado de espantosa desolación en que hubiera caído, si, cediendo a un impulso de mal entendida honradez, me hubiese matado o hecho aturdidamente la confesión

445

de mis faltas. Llegaba a más, aunque nunca me atreví a mirar acerca de esto cara a cara a mi corazón: llegué a pensar vagamente, recordando las palabras de la comadrona, que sin mi locura no hubiéramos llegado Joaquín y yo a saborear el inefable deleite de la paternidad. Y aquella locura de niña arrebatada por la imaginación estaba, lo repito, bien muerta y bien expiada. Ahora era una mujer completa, con el espíritu maduro y la plena conciencia de mis responsabilidades. Y esta mujer, que tenía a su vez el derecho de hacer grandes acusaciones a la sociedad, creía honradamente que la rectitud de lo porvenir podía lavar mejor que las lamentaciones románticas, los errores de lo pasado.

El nacimiento de Adriana acabó de anudar los lazos que me unían a mi marido. Desde nuestra primera noche de amor completo nuestros corazones se habían acercado y el verdadero matrimonio quedó hecho. Amé a Joaquín con amor tierno, no con amor apasionado y violento. Si he de decir la verdad, mis sensaciones voluptuosas no fueron jamás tan hondas como las que experimentaba en la época de mi vergonzosa pasión. Mi deseo respondía siempre a la solicitación del de mi marido, pero no lo provocaba nunca. Entonces procuraba retenerlo unido a mí y apuraba hasta el fin el goce de su caricia. Con esto me bastaba, me sentía satisfecha y no aspiraba a más. He sabido después, gracias al afán de averiguar lo que sucede en el corazón de los demás, que se despertó en mí después de mi caída, que las tres cuartas partes de las casadas no han experimentado nunca las tales satisfacciones de la intimidad. Ahora bien, al ser madre, este natural arreglo de nuestras efusiones amorosas se hizo más delicado, al paso que se consolidaba convirtiéndose en una especie de idealidad mansa, interrumpida por el juego casi mecánico de los sentidos, en los cuales ejercía una profunda influencia la fuerza de la costumbre. Joaquín, que se impacientaba antes, aunque sin demostrarlo, cuando tenía que estar tres días alejado de mí, soportó alegremente, durante aquellos primeros meses de paternidad, la larga separación de la lactancia, sin que, al parecer, echara de menos a la mujer en la divina función de la madre. Cuando Adriana dejó el pecho, la mujer recobró su doble carácter cerca de aquellos dos seres entre quienes se compartía su alma. Y esta mujer, aleccionada ya por la pasión, había aprendido a desplegar el poder máximo de sus encantos en presencia del hombre amado y a ofrecerse con un incentivo picante y dulce al mismo tiempo, en que palpitaban todas las coqueterías del sexo. Mi marido me lo había dicho, más de una vez:

—Victoria, eres como una fruta, que, al sazonarse, concentra todo su aroma y su jugo.

A lo cual le respondía, entregándome enteramente a él con una mirada:

—Me alegro sólo por ti, porque todo ese jugo y ese aroma son tuyos.

A veces la comparación entre esta vida que ahora hacíamos y la que hicimos, también en el campo, después de nuestro casamiento, me llevaba a pensar en Georgina, que se había casado en Matanzas, dos meses después de nuestra llegada a la colonia y había ido a pasar la luna de miel a Suiza. ¿Cómo se encontraría en aquellos momentos? Tal vez era completamente dichosa, puesto que lo que buscaba era el dinero y su marido era rico; y la creía también capaz de hacer dichoso a ese hombre a quien había sabido atrapar con tanta habilidad. En cambio yo, al acendrarse mi ternura, me ocupaba menos en los asuntos de dinero. Ya no recorría mis libretas de cuenta con espasmos de avara. Mi marido tenía en su mesa las del banco, y aunque jamás la llave estaba echada, pocas veces la curiosidad me llevaba a examinarlas. Nos enriquecíamos sin que yo me interesase mucho en ello. Joaquín era ahora quien manejaba los fondos, ordenaba las cuentas y remitía anualmente las cantidades sobrantes a Pedro Arturo, que era su banquero, para que las invirtiese. La felicidad multiplicaba sus energías. Se levantaba a las tres de la madrugada y se acostaba a las ocho de la noche, dando pruebas de una excelente salud. Durante el día recorría varias veces los campos de caña y la distancia que mediaba entre nuestra casa y el ingenio, en un automóvil de vía férrea que devoraba kilómetros. Dirigía los trabajos de elaboración, en los cuales llevaba un tanto de utilidad por cada saco de azúcar, siendo de su cargo el pago de los empleados necesarios; distribuía las tareas entre éstos, a distintas horas, y dedicaba el resto del tiempo a la administración de sus propios intereses. En los pequeños intervalos de descanso, cargaba a Adrianita y la hacía saltar locamente entre sus brazos, como si quisiese resarcirse del tiempo que tenía que vivir alejado de ella.

Los días pasaban velozmente sin dejar en mi alma el menor residuo de aburrimiento.

Al empezar el segundo año de nuestra estancia allí llegó la noticia de la muerte de mi tía, acaecida después de una larga enfermedad del corazón, de la cual nada nos habían escrito. No la sentí mucho, admirándome de la sequedad de mi corazón en aquel trance. La separación había hecho que los rasgos de aquella fisonomía imperiosa y un poco sarcástica se borrasen en mi memoria. Lloré un poco, casi por cubrir las apariencias, y dejé de hacerlo, avergonzada de mi hipocresía. En cambio, mi pobre padre, según me escribió mamá, recibió una profunda impresión con aquella muerte. Era el único pariente cercano que le quedaba, y su propia debilidad física, que se acentuaba más cada vez, lo predisponía al influjo de las ideas melancólicas. Las cartas de mi madre reflejaban, de día en día, mayor inquietud por el estado de aniquilamiento en que lo veía sumirse poco a poco. El médico, que lo vio varias veces, había prescrito yoduros y algún reconstituyente, sin mostrarse muy alarmado. Este último dato me tranquilizó, induciéndome a atribuir el pesimismo de mamá a recelos un poco aprensivos.

Sin embargo, diez meses después de la muerte de tía Antonia, llegó inesperadamente un telegrama seco, lacónico, desesperante: «Tu padre grave. Ven». Tuve que tomar precisamente el tren, en compañía de Julia y de mi hija, pues Joaquín en aquellos instantes, no podía separarse del ingenio. Fue como el derrumbamiento de un mundo dentro de mí, de cuyos estragos apenas me daba cuenta. Mi pobre padre había caído una noche, después de comer, con la lengua torpe y un lado del cuerpo paralizado. Hasta la víspera, a pesar de su creciente decadencia, había estado concurriendo a su oficina. Dijeron que aquello era una hemorragia en el cerebro, y me avisaron enseguida. Cuando llegué, ya no podía hablar el infeliz, aunque me reconoció en el acto. Pasé once días terribles, al lado de mamá y de Alicia, que me contemplaban, mudas, con los ojos enrojecidos. Papá, en lugar de reaccionar, se extinguía lentamente delante de nosotras, como una masa casi inerte, de la cual se escapaba la vida como las deyecciones y la orina que ya no podía retener. Mi madre se absorbía, a ratos, en la contemplación de aquel hombre, a cuyo lado había vivido treinta años, con los ojos inmóviles, y una trágica expresión de locura impresa en el semblante. Parecía pedirle cuenta a Dios y a las cosas del mundo de la enormidad de aquel desastre, que le parecía inverosímil, aunque lo esperase. Cuando cerró los ojos mi pobre padre, su dolor estalló formidable, empequeñeciendo el nuestro. Era la primera vez que yo veía tan cerca aquello frío y espantoso y quise morir también mientras duraron los crueles convencionalismos de las visitas y de la exposición del cadáver. Papá, entre las sedas blancas del féretro, parecía de cera. El entierro salió al fin, quitándome del corazón una parte del peso que lo agobiaba. Mamá se negó a ir con Alicia, cuya casa, llena de recuerdos, la torturaría horriblemente; y dos días después del entierro, me la llevé conmigo, enlutada y casi inconsciente, deseando llegar pronto a borrar de mi mente la siniestra visión de la agonía y del viejo hogar en ruinas, que acababa de desplomarse para siempre. Gastón, muy serio dentro de su uniforme, con un crespón negro en la manga izquierda, nos abrazó estrecha y largamente en la estación. Leía en sus ojos secos que también él tenía en el fondo de ellos aquella visión.

Se produjo en mí un fenómeno natural, a raíz de este triste acontecimiento: la destrucción del antiguo nido de mi niñez me aferró con más fuerza al nuevo, lleno ahora por completo con el dolor de mamá y con la alegría de Adriana, que se alzaban frente a frente como un conmovedor contraste. Desde que estaba entre nosotros, mi madre, siempre ensimismada y grave, hablaba poco y ofrecía el mismo aire de triste reserva cada vez que procurábamos distraerla. Sólo Adrianita tenía el poder de hacerla sonreír. Mi hija era delicada, de facciones finas y de temperamento vivo y bullicioso. Tenía algunos rasgos de su tía Susana: los ojos azules, sobre todo, y la suavidad de las líneas del semblante, que le hacían asemejarse a ratos a una linda muñeca de porcelana. Se había dado cuenta, con la clara intuición que los niños poseen, del dolor de su abuela, y extremaba con ella sus gentilezas, obligándola muchas veces a olvidar momentáneamente sus penas. Fuera de esos instantes de fugitivo gozo, mamá prefería la sociedad de Julia, única persona con quien le placía hablar largo rato, enfrascándose con ella en fúnebres coloquios. Suspiraba a menudo y se refería muchas veces al «turno» que pronto le llegaría. A mí me parecía que mi casa tomaba ahora un aspecto más definitivo; que amaba a mi hija y a mi marido más hondamente; como si temiera que también ellos me faltaran y que llegase a verme en la triste situación de mamá, y como si sobre los que quedaban tuviera que repartir la ternura que ya no podía dedicarle a mi padre. Un poder oscuro y desconocido, al herirnos, remachaba las cadenas que me unían al único asilo que podía ofrecerme un poco de paz en el mundo, y me dejaba arrastrar por su voluntad, con egoísta abandono.

Algún tiempo después, cuando acabábamos de quitarnos el luto, acaeció un incidente, que me colocó cara a cara con mi propio corazón, con respecto a lo pasado, y que debe ser referido por la importancia que tuvo para precisar el estado de mis sentimientos.

Alicia, que había escrito muchas veces acerca de un proyecto de visita a nuestra colonia, para ver a mamá, a quien no había abrazado desde hacía más de un año, se presentó de improviso, en compañía de José Ignacio, de una criada y de dos perros de caza que aquél había adquirido expresamente para el viaje. Alicia nos explicó que la criada era para ayudarla a preparar el baño y la gimnasia de su marido, porque ya estaba adaptada a sus costumbres. Además, despachados como equipajes, venían dos baúles y el tren completo de caza de mi cuñado, que fue menester transportar aquella noche de la estación a casa. Pensé que iban a permanecer con nosotros un mes, quedándome asombrada cuando supe que sólo venían por tres días; y recordé que José Ignacio nos había dicho muchas veces que era un formidable cazador de venados, por más que ni su mujer ni nosotros recordásemos haberle visto salir nunca de caza.

Encontré a mi hermana gruesa y siempre linda, con su blonda hermosura de diosa y su aire de tranquila dicha; aunque una observación minuciosa mostrara que su tez había perdido un poco la frescura de la juventud y que su mirada era más lánguida. Se quejaba también de periódicos achaques: golpes de calor, respiración angustiosa, vahídos... no sabía bien; pero era algo que no tenía antes de operarse y que la molestaba bastante. Su marido lo explicaba, doctoralmente:

—Es la falta de ovarios, ¿saben ustedes? Una cosa natural en todas las que están así... Y si sufre es porque siempre se olvida de tomar las píldoras de extracto ovárico que le recomendó el médico.

Con eso pretendía arreglarlo todo, sin que la más pequeña alteración de su semblante indicara que su

452

conciencia le reprochase el ser el autor de aquel mal. Por lo demás, no tenía oídos y ojos sino para extasiarse ante los rústicos detalles de nuestra instalación y ante las bellezas del campo. «Porque esto sí que es campo de veras, ¿verdad, hija?», decía mirando a su mujer, que aprobaba siempre. Y a continuación deploraba el no saber manejar una cámara fotográfica, para haber comprado una y sacar algunas vistas.

—No saben ustedes el trabajo que me ha costado arrancarlo de La Habana —nos decía Alicia a Joaquín y a mí—. Y, sin embargo, ahí lo tienes entusiasmado con el campo. Todos eran demoras y pretextos y vacilaciones. Pero yo no podía estar más tiempo sin ver a mamá... ¡La pobre! ¡Cómo le ha afectado la pérdida! ¿No se fijan en lo que ha envejecido y en lo desmejorada que está?

Se enjugaba dos lágrimas, y un momento después lucía en su rostro la ingenua sonrisa que habitualmente lo iluminaba; incapaz su alma de soportar mucho tiempo seguido el peso de una misma pena.

Los días no eran a propósito para la caza. Aunque estábamos en enero, llovía extremadamente y los caminos estaban llenos de barro, donde se atascaban hasta el cubo las carretas. Sin embargo, Joaquín, que era ya una especie de campesino endurecido a la intemperie, y que tomaba en serio las aficiones de Trebijo, preparó una batida, que mi cuñado pospuso con diferentes pretextos y que nunca llegó a efectuarse. Prefería levantarse al amanecer y pasearse por el portal, luciendo su elegante cazadora de paño claro y el fino panamá abollado, que daba a su rostro fresco y ancho de hombre sanguíneo una singular expresión de juventud. Las mañanas eran frías, y cuando el airecillo cortante de la llanura o el aburrimiento lo obligaban a entrar, daba vueltas por la casa buscando los rincones y el calor de la cocina, y concluía por llamar a Alicia, que se levantaba más tarde y que salía del cuarto, muy guapa, con su bata de lana y el hermoso busto moldeado bajo el *sweater* de fino estambre. Entonces volvían los dos al portal, y se paseaban muy gravemente, cogidos del brazo, ante la admiración de los criados y los campesinos, los cuales miraban, sobre todo, con cierto respeto, a aquel señor de brillantes botas, tan elegante y tan desdeñoso, que nunca les daba los buenos días. Como mi marido no podía desatender a todas horas sus obligaciones para hacerle los honores de huésped, José Iganacio acabó por hastiarse de la vida campestre, y nos veíamos obligadas su mujer y yo a oírle sus largos discursos sobre cacerías de venados y sobre la estupidez de aquellas grandes explotaciones industriales, que lo invadían todo con sus cultivos matando el placer de la caza y arruinando la fauna. Otras veces Joaquín podía dedicarle algunas horas, y mi hermana las aprovechaba para hablar a solas conmigo y darme noticias.

De estas nuevas, algunas conocía yo, por cartas recibidas con anterioridad. El padre de Joaquín había dejado su destino, a causa de la edad y de la falta de vista, cuyos efectos se agravaban rápidamente. Ahora estaba convertido en una especie de momia que su familia dejaba arrinconada en la casa para dedicarse a sus paseos habituales. El marido de Georgina había concluido por alejar de su casa a toda esta parentela voraz, limitándose a señalar a su suegra una pensión para que viviesen. Susana se había casado hacía varios meses. Consiguió atrapar a aquel Mongo Lucas de quien habló mi cuñado una vez y que era un antiguo petardista convertido por las bajezas de la política en un gran personaje. Creía la muchacha que iba a hacer su voluntad después de casada, como Georgina, que era la segunda edición de su madre y se equivocó, pues el marido «la tenía en un puño», y hasta se rumoraba que le había pegado varias veces. ¡Un mal negocio el matrimonio de la chiquilla! Pero la familia entre tanto, vivía bien, gastaba mucho y se divertía continuamente. Sólo les faltaba que acabara de morirse el viejo, que era una carga inútil, para que todos se sintiesen completamente satisfechos.

—A ver, dime una cosa —me preguntó una vez Alicia, de pronto—. ¿Cuánto les pasa mensualmente tu marido?

—Cien pesos.

—El marido de Georgina, otros cien, y Mongo Lucas, según sé de buena tinta, ¡ni un centavo! No quiere siquiera que le hablen de su familia política, y no los ayuda en nada, aunque dice en público que se arruina por ellos... Eso hace doscientos pesos justos al mes. Y gastan quinientos; tal vez más. Se visten todas mejor que nosotras, andan siempre en auto, se abonan a la ópera, ¡qué sé yo! ¡Un verdadero derroche de dinero, desde que viven en La Habana...! ¿No crees tú que hay algún misterio en todo esto?

Sonreí ante la candorosa malicia de mi hermana, y dije:

—O algunos misterios; porque son dos las solteras que quedan, y nada feas por cierto... En La Habana un gran número de familias vive con lujo sin que se sepa de qué... En todo caso, hay que reconocer que la de mi marido sabe hacer bien las cosas.

—¡Y tan bien! —exclamó Alicia— Si hay algo oculto, lo esconden con mucho cuidado, porque nadie sabe nada de ellas, en concreto. Las gentes suponen que todo eso sale de los cientos y miles que se dice que gana aquí tu marido y del bolsillo de los dos yernos, que son ricos.

—Sobre todo, el pillo de Mongo Lucas hace creer, usando de ciertas reticencias, que lo saquean ferozmente: lo que, según él, no le importa gran cosa, puesto que le basta dar con el pie en el suelo para que brote el oro.

Cuando Alicia concluyó de hablar, me quedé pensando, con pena, en todas estas cosas que de tan cerca afectaban a mi marido y que podrían tal vez ocasionarle disgustos algún día; pero, ¿qué derecho tenía yo de juzgar con severidad a mi familia política?

El último día que debía permanecer Alicia con nosotros, organizamos una pequeña excursión a la fábrica de azúcar, que José Ignacio aceptó con júbilo, a fin de que mi hermana viese por primera vez un ingenio. Se hizo traer de éste un carro automóvil de vía férrea, mayor que el que usaba Joaquín y que se destinaba generalmente a transportar al alto personal de la compañía al través de las colonias, y se dispuso una carreta, tirada por bueyes, para atravesar los doscientos metros de camino fangoso que separaban nuestra casa de la línea próxima. Cuando llegamos a esta última, pudo Alicia gozar del espectáculo de un trasbordador mecánico en funciones, que tomaba entera la carga de una carreta de caña —unos tres mil quinientos kilos, aproximadamente— para depositarla en los vagones que esperaban alineados en un chucho. Por mi parte, estaba tan cansada de ver aquellos trabajos, que ya no me inspiraban interés. Ni siquiera había tenido antes la curiosidad de visitar el ingenio, que, según me decían, era magnífico, y sólo iba por acompañar a Alicia. Seguimos. En el chucho le dieron paso al automóvil, y nos precipitamos velozmente por las rectas avenidas abiertas entre los cañaverales, deteniéndonos apenas brevemente en las curvas, para emprender después una carrera más loca a lo largo de los raíles brillantes por la humedad. Trebijo le recomendaba la prudencia al mecánico y se cogía con las dos manos a los brazos de hierro del asiento. Hasta que, diez minutos después, nos hallamos dentro del gran cuadrilátero que cerraban los edificios de la fábrica, no se sintió tranquilo mi cuñado ni apartó la mirada del camino que devorábamos. De nuestra casa al ingenio no había más de dos kilómetros; pero, por las líneas, habíamos andado más de quince para llegar a éste.

Preferí quedarme en la oficina, mientras los demás, guiados por un empleado, recorrían la fábrica, porque me mareaba un poco el voltear de las máquinas y el calor de las calderas. Pierdo la cabeza con facilidad cuando contemplo el suelo desde cierta altura, y me inspiraban un vago temor los estrechos puentecillos de acero que había que atravesar, por encima de poleas y volantes, para ir de un departamento a otro. Tomé un periódico, y me acomodé tranquilamente en la butaca, pensando en Adrianita, que se había quedado llorando al cuidado de mamá. Una hora después estaban de vuelta, José Ignacio, radiante, daba explicaciones y señalaba defectos, hablando con Joaquín y el empleado.

—¡Es admirable! —decía— Pero no me gustan los centrales de ahora: le han hecho perder todo su encanto al viejo ingenio de nuestros abuelos... Nací y me crié entre azúcar, porque mi padre era hacendado. Yo pude serlo también, y lo dejé. Por eso conozco bien los detalles de la industria y no haría nunca una instalación como ésta... Si me diera algún día la ocurrencia de hacer un ingenio, lo haría construir en declive, para que todo se realizara por el propio peso de la materia prima, con pocas bombas. Hay más economía en este sistema que en...

—¿Quieren ustedes visitar la antigua residencia de los dueños? —nos preguntó obsequioso el empleado, tal vez para liberarse de la charla de mi cuñado, que le obligaba a estar siempre atento.

No comprendí bien de pronto, y seguí a los demás, que aceptaron con gusto la invitación.

Era un pabellón aislado, de una sola planta, cuyo exterior se asemejaba al de un templo griego, construido al otro lado de la calle de asfalto y separado por ésta del macizo edificio de las oficinas. Nadie habitaba allí desde que la compañía había adquirido el ingenio, demasiado ocupados sus directores en la organización industrial del negocio para dejarse arrastrar por la molicie de aquella vivienda de recreo. Sin embargo, lo habían comprado todo, cuadros, muebles y objetos de arte, y se contentaron con cerrar el pabellón, como un museo curioso, para mostrarlo de vez en cuando a los visitantes que llegaban a la fábrica; aunque no dejaba de mostrarse orgullosa la compañía con aquellas riquezas destinadas a la exhibición. Cuando entramos, nos envolvió la atmósfera peculiar de las estancias largo tiempo cerradas. Casi nada veíamos. Un criado se apresuró a abrir las ventanas, y brillaron de pronto los artesonados, los tapices, las colgaduras y las artísticas lámparas suspendidas del techo, cuyos dorados parecían empañados por el continuo encierro. Experimenté la emoción súbita provocada por el lugar en que me encontraba y en cuyos objetos reconocí el gusto ostentoso y un poco falso de *alguien* que me era muy conocido. Tuve que hacer un vigoroso esfuerzo para no huir de allí. Aquella casa, cerrada como una tumba, estaba llena de *su* recuerdo, y era como si también una tumba se abriera ante mí. Eran *su* sala, *sus* muebles, *su* vajilla. Lo que yo creía muerto y olvidado revivía en mi alma con fuerza inesperada, lanzándome otra vez a todos los horrores de la vacilación y del espanto. Afortunadamente nadie se fijaba en mí, y pude seguir andando casi automáticamente al lado de los otros. ¿Se despertaría nuevamente en mi corazón la terrible llama que había estado a punto de abrasarlo? En esta pregunta consistía mi terror y mi angustia. José Ignacio se detenía ante cada objeto, con gestos de coleccionista; mientras el empleado, a quien impresionaba seguramente la blonda hermosura de mi hermana, se dirigía con preferencia a ella, mostrándole las curiosidades dignas de admiración.

—Vea usted, señora, se dice que este cuadrito es un Fortuny auténtico.

Hice un acopio de todas mis energías, y continué avanzando erguida, ahora detrás de todos, y aspirando con fuerza el aire húmedo, que mi mente poblaba de fantasmas. Tenía el corazón palpitante y una especie de nudo que me apretaba el cuello.

De pronto me quedé helada de terror y no sé cómo pude contener el grito que se me escapaba: delante de mí, a cinco pasos de distancia, estaba *él,* en pie, con la mano derecha suavemente apoyada en una consola y el cuerpo ceñido por el Príncipe Alberto de elegante corte, cuyas solapas, con vueltas de moaré de seda, relucían por encima de una condecoración que yo no conocía. No fue más que la sorpresa del encuentro imprevisto, pues se trataba de un retrato al óleo de tamaño natural, que cerraba el testero del fondo de la segunda galería, donde estában los mejores cuadros. Y, ¡cosa extraordinaria!, mi terror se disipó de repente en presencia de aquel retrato. Fue éste como una de esas visiones imaginarias que nos han atormentado una noche entera sin dejarnos mover en el lecho, y a los cuales nos acercamos, al amanecer, con una sonrisa, comprobando que era nuestro propio vestido colgado de una percha. Miré al retrato cara a cara, en señal de reto y de desprecio. Eran su frente recta, su boca imperiosa e irónica de labios estrechos, sus cabellos negros, su talle esbelto y el aire negligente con que solía inclinarse sobre el lado derecho para desenvolver toda la amplitud elegante del busto. Pero había tal expresión de frialdad y de egoísmo en aquella figura, artificialmente benévola, y tal doblez en aquella mirada, que el artista había sabido reproducir con pasmosa exactitud, que me pregunté asombrada cómo había podido dejarme engañar por un hombre semejante. Ahora ya no le temía. Podía encontrarme con él en la calle, sin que una sola fibra de mi corazón se conmoviese. Y lentamente le volví la espalda al retrato, cuando nos dispusimos a salir de allí, pensando que lo pasado estaba muerto, y bien muerto en mi corazón.

Aquella noche, de sobremesa y como incidentalmente, nos habló José Ignacio de su propósito de poner en venta la casa contigua a la que él vivía, que era también suya. Elogió la propiedad y señaló un precio, sin duda muy alto, afirmando que no podía encontrarse nada más barato. Mi marido se quedó pensativo un momento, y acabaron por hablar seriamente de la compra. Al levantarnos de la mesa quedó cerrado el negocio, como quiso Trebijo.

Dos horas después, en la cama, y bien arrebujados los dos entre las frazadas, Joaquín me decía:

—¿Sabes que creo que tu cuñado indujo a Alicia a que nos contara una fábula para explicar su visita? El verdadero motivo fue que José Ignacio se proponía vender bien la casa; pero, a pesar de todo, no me arrepiento del negocio.

Me eché a reír, asintiendo con un movimiento de cabeza, y le respondí, por todo comentario:

—Si yo fuera «literata», como tú me llamabas antes en tus cartas, y quisiera hacer una novela, escribiría la historia de mi hermana y le pondría por título: *La perfecta casada.*

IV

Los que acabo de referir fueron los episodios más salientes de lo que he llamado primera parte de los últimos diez años de mi vida. La segunda se desarrolló en La Habana, precisamente en aquella casa que Joaquín le compró a mi cuñado, al lado de la que éste y Alicia vivían, y que Pedro Arturo se encargó de embellecer y amueblar con arreglo a nuestra nueva posición. Aquél

461

era el puerto en donde anclaba por fin definitivamente nuestra nave, después de dilatado viaje y de haber sorteado terribles escollos.

Allí, como en la colonia, fui ante todo, madre, después esposa y finalmente hija. Estos tres sentimientos llegaron a distribuirse tan armónicamente en mi corazón que casi borraron la peligrosa personalidad de «mujer» de la cual se derivaron todos mis infortunios anteriores. Cada semana del desarrollo de mi hija me imponía un nuevo cuidado y me proporcionaba un placer diferente. No conozco nada semejante a esa angustia con que vemos correr al pequeño pedazo de nosotras mismas, temiendo que se caiga y se lastime, y al deleite de verlo contento, en ese mismo juego, y de sorprender en el niño una idea recientemente concebida, una travesura distinta a las otras; un nuevo progreso, en fin, de su inteligencia y de sus músculos. No quiero escribir sobre estas pequeñas emociones de las madres, porque llenaría volúmenes sin acabar de describir mi estado interno. Con mi Adrianita sola me bastaría para vivir, sin ambicionar nada más hasta el fin de mis días. Desde que nació empezó a mostrar las tendencias del sexo: era más delicada que los varones de su edad, tenía el carácter más dulce y sus movimientos eran menos vivos. Después empezó a desenvolverse el instinto de agradar, la inconsciente coquetería de las posturas y los ademanes, la flexibilidad del cuerpo, la gracia de los saltos y las carreras, la mayor amplitud de la imaginación, aficionada a los cuentos, aun antes de entender bien el idioma, el gusto por los objetos limpios y los trajes vistosos... ¡Un mundo en miniatura, para absorberme en él y no sentir jamás ni el hastío ni el cansancio! Por eso no salía de casa, sino cuando, algunas tardes, daba un corto paseo en automóvil con Joaquín y con la niña. Él, en cambio, se pasaba el día entero en la calle o en la refinería de azúcar que había establecido en sociedad con Pedro Arturo, y por la noche iba al club o al teatro. No sentía celos; aunque estaba acostumbrada, en el campo, a tenerlo a mi lado constantemente, fuera de las horas de trabajo. Joaquín volvía siempre a casa como a un oasis de paz, y las mejores vibraciones de su alma eran a todas horas para nosotras.

Nuestras relaciones íntimas eran ahora más mecánicas y menos prolongadas, por más que la ternura se manifestase inalterable. A veces mi marido entraba en mi cuarto sin anunciarse y me sorprendía en un estado de semidesnudez, que no me cuidaba ya de ocultar; pero, por lo general, no paraba mientes en eso, vencido también por la fuerza de la costumbre, y se dirigía al objeto que iba a buscar o me hablaba con la misma tranquilidad que si estuviéramos uno frente al otro, sentados en un salón y vestidos de etiqueta. En muy pocas de aquellas ocasiones, su imaginación, excitada bruscamente, le sugería un capricho, una vuelta a sus antiguos tiempos de locura, mas estos arrebatos iban haciéndose cada vez menos frecuentes. Éramos ahora personas serias y reposadas, que teníamos importantes misiones que cumplir en la vida.

¿Le sucedería lo mismo a mi marido con las otras? Este pensamiento me asaltaba de vez en cuando, y la pregunta quedaba sin respuesta, pero la duda no dejaba ningún residuo de rencor en mi alma. Ya conocía a los hombres y sabía cómo sentían con respecto a nosotras. Y me venían a la memoria las ideas de Graciela: «Me basta con saber que no me cambiaría por ninguna. ¿A qué pedirle peras al olmo?» Mi carácter había ido variando paulatinamente, y algunas veces me sorprendía al encontrar en mí misma rasgos que se parecían a los de mamá, cuando era más joven. En lo que no me asemejaba, en la actualidad, a ella, era en la intolerancia, la fe absoluta en Dios y la creencia en una bondad innata en la humanidad. Mis faltas maduraron mi espíritu, poniéndolo de acuerdo, al fin, con la verdad de la vida. No era severa sino conmigo misma, como con un muchacho indócil cuyas antiguas travesuras se conocen bien y a quien se vigila continuamente. Las pocas veces que hablaba con un hombre que no fuese Pedro Arturo o uno de los de mi familia, me mostraba fría y seca, como Alicia; con la diferencia de que a mí no me lo imponía mi marido y que no me costaba el menor esfuerzo hacerlo así. Mis ternuras eran sólo para mi casa y para este miope bonachón y simpático de Joaquín, que, al avanzar en edad, se hacía conmigo más zalamero (tal vez porque tenía algunos pecadillos que hacerse perdonar), y cuya barba corta y rizosa empezaba a encanecer prematuramente. No sé si procediendo de este modo, algo melancólico y ligerísimamente amargo se movía en el fondo oscuro de mi alma; pero sí sé que, desde que tenía una hija, desviaba de mí con más facilidad el pensamiento, para fijarlo solamente en ella.

¿No se proyectaban también, sobre mis ideas, a la manera de grandes sombras bienhechoras, la presencia constante de mamá y el espectáculo de su dolor eterno? Por eso he hablado antes del fuerte trípode en que descansaba mi dicha de entonces. Austera, dulce y siempre erguida a pesar de su obesidad, mi madre me ofrecía el ejemplo de su vida, como una prueba muda de la necesidad de inmolación y de sacrificio que hay en el destino de todas las criaturas de nuestro sexo que viven bajo las leyes del mundo. Ella fue en toda su vida la encarnación del deber, lo mismo que ciertos soldados son la personificación de la disciplina. Una vez pensé si habría sido como Graciela y como yo en su juventud, y si al llegar yo a vieja, con el propio aire de imponente matrona, no me juzgaría mi hija, de idéntico modo al que yo empleaba para juzgarla a ella. Mis creencias se embrollaron un poco, y acabé rechazando el sacrílego pensamiento, con una sincera indignación. Tenía la seguridad de que mamá no había vivido jamás en el infierno de la pasión, porque si hubiese sido así habría aprendido a ser más benévola con la debilidad de los otros. Y recordaba su existencia valerosa, unida a la de papá mientras éste vivió, con una cohesión tan perfecta que no podría pensarse en uno sin evocar en el acto la imagen del otro. El deber, rígido e inflexible, les imponía esa fusión absoluta de sus almas, como les impone a los buenos sacerdotes el olvido de sus pasiones, al héroe el sacrificio de su vida y al mártir la indiferencia ante el dolor. Era el mandato de Dios y la sanción de los hombres, unidos en un haz formidable de voluntades, contra las cuales ninguna fuerza ni interna ni externa, podría rebelarse, impotentes todas contra el escudo de la fe. Y así treinta años, encerrados dentro de un molde rígido y uniforme. Y cuando, acaso en un instante de distracción de aquel Dios omnisciente o por un oculto designio suyo, el golpe rudo, inesperado e injusto había derribado a mi pobre padre, ante la atónita mirada de sus ojos de creyente, rompiendo lo que ella creía indestructible en su candida apreciación de las cosas, quedó mamá, aturdida, anulada, incapaz de dirigirse a sí propia en la tierra y con los ojos del espíritu fijos en el cielo, donde al menos podía seguir manteniendo un secreto coloquio con el muerto amado; mientras la misma voz del deber la ordenaba vestirse de negro y llorar perpetuamente su viudez, con la propia inexorable energía con que antes le mandara amar, obedecer, educar y sufrir.

¡Pobre madre mía! A veces no se contentaba con esta lejana comunicación con el alma de papá, y cedía a la necesidad de exteriorizar su pena. Se detenía un momento delante de los juegos de Adrianita, y me decía en voz baja, con los ojos secos y la voz temblorosa:

—¡Lo que deseaba conocerla a ella cuando contemplaba su retrato! Se hubiera vuelto loco de alegría si la ve así...

Julia y nosotros la cuidábamos a porfía, agasajándola como a una niña y procurando hacerle olvidar un instante sus pesares; y ella, niña otra vez, después de la destrucción de su energía de esposa y de haber cumplido su misión de madre, se dejaba atender y acariciar, con una expresión de dulce agradecimiento, y solía decirnos conmovida:

—¡Ah! ¡Cómo procuran ustedes endulzarme lo que me queda de vida! ¡Y cómo debe agradecerles *él,* desde allá arriba, las atenciones que tienen con su pobre vieja!

Pero he dicho mal, al afirmar que su misión de madre estaba cumplida, a juicio de ella. Aún le preocupaba Gastón, que no acababa de casarse. Era comandante, estaba casi siempre de guarnición, lejos de nosotras, y se decía que tenía queridas. Para mamá eso de «tener queridas» significaba algo confuso y peligroso, que exponía a enfermedades, a venganzas y a hijos ilegítimos. ¿Cómo podría preferir un hombre

466

a una cualquiera que había sido de muchos, en lugar de la esposa honrada y pura que sólo era de uno? Yo sentía frío en el corazón al pensar en aquella concepción simplicista del mundo, conservada intacta en las postrimerías de la vida, y al advertir que había sido aplicada por la humanidad, a los códigos, la educación y las costumbres. Me enternecía, sin embargo, la ingenua fe de mi pobre madre. Ella resumía, a veces, su pensamiento acerca del hijo ausente con esta sola frase:

—No puedo morirme hasta que Gastón se case.

La familia de mi marido asustaba a esta alma recta, que veía siempre con disgusto a mi suegra y a mis cuñadas. Felizmente venían poco a casa, arrebatadas perpetuamente por una vida de paseos y de fiestas, mientras el infeliz viejo, casi idiota ya por los años, quedaba arrinconado en la casa, como un trasto inservible. Susana sólo había estado una vez a vernos, por cumplido; Georgina, dos o tres; la madre y «las niñas» apenas tenían tiempo para nada. Me pareció que Mongo Lucas exhibía a su mujer como a una linda querida, y que ella lo idolatraba, con un cariño servil de perra castigada. Georgina, en cambio, dominaba completamente a su marido, que era un buen muchacho, un poco simple. Desde mi balcón los veía pasar en automóvil por el Prado, todos los días de moda. Iban muy elegantes las niñas, muy provocativas las dos casadas y la mamá radiante, como no la había visto nunca, fresco el cutis todavía bajo los cabellos ahora completamente blancos. Los grandes sombreros con plumas costosas, cuyas anchas alas proyectan sobre los lindos rostros una voluptuosa sombra, y los minúsculos sombreritos, de una

467

pérfida sencillez, que dan al semblante de las jóvenes la expresión de una faz de pilluelo, parecían hechos ex profeso para aquellas locas encantadoras a cuyos ojos la vida era un jardín, en el cual las flores sólo esperaban a que lindas manos, como las de ellas, las cortasen. Pasaban envueltas en el humo de la esencia y el ruido de las bocinas, agitando, al verme, los abanicos, con un alegre saludo, y se perdían enseguida entre el torbellino del paseo, por la doble y anchurosa avenida, que invadía a esas horas un ardiente soplo de embriaguez. Graciela, que venía a verme con frecuencia, en compañía de sus dos niños, que habían nacido mientras estábamos en la colonia, me las mostraba al pasar, con una sonrisa de irónica indulgencia. «¡Saben vivir!, ¿verdad?» Alicia también se nos reunía, abriendo la puerta que habíamos hecho colocar entre los dos balcones para comunicarnos más fácilmente, y reíamos las tres, como en los buenos tiempos de nuestra juventud, cuando nos burlábamos de los paseantes domingueros desde nuestro pequeño balcón de la calle de Consulado.

Ahora desfilaban centenares, millares de Susanas y Georginas por aquel gran mercado de carne de mujer, abierto al aire libre. Nuestra ciudad, al civilizarse, se transformaba rápidamente. Una sed inmensa de amor y de oro henchía los corazones, mientras se alzaban palacios en todas las calles. Hombres y mujeres adquirían hábitos más libres y una alegre desenvoltura, que se hacía más provocativa bajo el sol brillantísimo del trópico. Las jóvenes, las mismas niñas, aprendían a mirar de un modo burlón y silencioso, que nada tenía que envidiar al de mis cuñadas. Su principal orgullo consistía en el peinado y en los pies, que cuidaban y calzaban con un refinado gusto. En menos de cinco años, las modas sucesivas puestas al servicio de la universal lujuria, habían desnudado, ante los ojos de los hombres, a todas las mujeres de la capital. Primero fueron los trajes Directorio, flotantes, transparentes y ligeramente abiertos por debajo; luego los corsés rectos, que proyectaban hacia atrás las caderas, y las faldas de telas vaporosas, ceñidas como mallas sobre la carne casi desprovista de ropa interior; y por último los talles cortos y las faldas bullonadas que ocultaban una parte del cuerpo, pero de tan poca longitud en ambas extremidades, que el seno, los brazos y las piernas se exhibían completamente, apenas disimulados los segundos bajo un tenue velo de tul. Fue necesario que se ingeniaran los modistos para hacer compatibles ciertos vestidos con algunas miserias de la naturaleza; se prescribieron depilatorios para las axilas demasiado pobladas, y se recurría a procedimientos químicos para suprimir el sudor de estos lugares, ya que era imposible usar impermeables, como antes, pues hubieran ocultado lo que se quería mostrar. Los corsés ganaban hacia abajo lo que se acortaban por arriba. Era de mal gusto mostrar una cadera ancha y una redondez prominente. La idealidad del espíritu moderno se declaraba enemiga de esas groseras manifestaciones de la materia, y su paganismo se refugiaba en desnudeces más delicadas y más artísticas. Los hombres empujaban a las mujeres con su sensualismo siempre creciente, y éstas se dejaban arrastrar, encantadas de la libertad que se les confería. Y no resultaba mal aquel conjunto risueño y policromo de locuras y de apetitos, ya no disimulados, vistos desde un balcón a la hora melancólica de la tarde expirante. Su contemplación tenía el poder de sugerirme nuevas ideas todos los días y acababa de madurar mi alma.

Un día, de paseo en el Prado, me dijo Graciela, fijándose de cerca en mis cabellos:

—Chica, ¿es posible? ¡Ya tienes canas!

Me sonreí con dulzura, y repuse sin ningún pesar oculto:

—¿Y qué? Ya somos casi viejas. Yo he cumplido ya los treinta años...

Pasó un momento después el auto donde iban mi suegra y sus hijas, en compañía de dos petimetres. Los abanicos se agitaron en el aire, como alas de blancas palomas, mientras se alzaban gravemente los dos sombreros de los hombres. Graciela sonrió, a su vez, exclamando:

—Ahí tienes canas que no son indicio de vejez... La única pena de la buena señora y de las «niñas» consiste en que ese diablo de viejo chocho, que tienen en su casa, no acaba de morirse.

V

Cuando acababa Adriana de cumplir diez años, sucedió algo inesperado, anacrónico y tonto, que me llenó de vergüenza y de ira contra mí misma: estaba otra vez encinta. Hubo bromas entre la familia y los amigos, y hasta la propia castísima Julia se permitió alguna, suave y velada, que podía pasar por casi honesta. Me disgustaba, sobre todo, el tener que mostrarme ante mi hija con la pesadez y la deformidad, imposibles de ocultar, que sobrevendrían en los últimos meses, como si fuese una afrenta de la cual tendría que avergonzarme ante ella. Como nada se me notaba todavía, quise disimularlo algún tiempo; pero se supo por Joaquín, que estaba loco de alegría y se lo dijo a mamá, a Alicia, a Graciela, a todo el mundo... Yo estaba indignada. ¡Aquello, en una vieja con canas ya, era indecente! Mamá, muy gravemente, me exhortaba a la conformidad y júbilo, asegurándome que un solo hijo hacía sufrir demasiado a sus padres y que entre dos el cariño de éstos se equilibraba mucho más fácilmente.

Me vengué de las burlas de mi cuñado, riéndome a solas de otra de sus aventuras, que había sabido también por Graciela. Una joven costurera, que había estado al servicio de mi hermana y que se marchó sin que supiera Alicia por qué causa, había sido esta vez la protagonista. La muchacha procedía de acuerdo con un estudiante a quien amaba y que, no teniendo recursos con que alojar a su querida, la indujo a aceptar de mi cuñado el arreglo de una casita bien amueblada y algún dinero. José Ignacio, que se enteró no sé cómo, se puso furioso y pasó una semana con un humor de mil diablos, optando después, ante el temor a un escándalo, por dejarle al otro la mujer y los muebles. Yo pensaba que el dignísimo Trebijo debía ser muy conocido entre los mueblistas de La Habana, quienes probablemente le concedían descuentos especiales, por ser su mejor cliente; y esta idea me retozaba maliciosamente por la cabeza arrancándome sonrisas, hasta el punto de que tenía que contenerme delante de él, cuando lo veía, estirado, digno e imponente, envuelto en su bata y calzadas las zapatillas, leyendo los periódicos o fumando en su despacho.

¿Qué cara pondría mamá si se enterase de estas pequeñas picardías de su yerno? Me hacía gracia esta idea; pero por nada del mundo mis labios se hubieran despegado para hacer, delante de ella o de mi hermana, una indiscreta alusión a esas travesuras. Me contentaba comentándolas con Graciela, en voz baja y con el mayor misterio.

Justamente en los días en que se divulgó la noticia de mi embarazo y en que Graciela me refirió la última aventura de mi cuñado, un hecho grave había ocurrido, que llegó a preocupar seriamente a Alicia. La hermana de José Ignacio, establecida en La Habana desde algún tiempo antes, sin que éste lo supiese, empezó a dar señales de vida. Como sus demandas al hermano no habían sido contestadas, parece que había considerado mejor camino el dirigirse a Alicia para que le sirviera de intermediaria, y en la última semana habían llegado tres cartas, cada vez más apremiantes. Teresa tenía dos hijos, que carecían de nombre, y quería ocuparse en su educación, lo cual, al parecer, le era imposible por su escasez de recursos en aquella época. Uno de los párrafos de su primera carta era expresivo; decía: «Yo bien sé que el móvil principal de la severidad de mi hermano ha sido el retener en su poder los bienes que me pertenecen, me considera muerta, y a los muertos se les hereda. Pero Dios es testigo de que, al abandonar mi casa, renuncié a todo y que nada pido para mí. Puede asegurárselo así en mi nombre, y añadirle que estoy dispuesta a suscribir una cesión formal de mis derechos. Lo que pido, en cambio, es que se eduque a mis hijos, los cuales no deben verme más, a pesar de que he fijado mi residencia en La Habana». Alicia no se atrevió a decir una palabra de esa carta a su marido, y las dos ulteriores vinieron a colmar su inquietud. Teresa, en términos comedidos, pero enérgicos, reclamaba una contestación, anunciando, en caso contrario, la visita de su abogado. Mi hermana había sentido siempre secreta compasión por aquella infortunada mujer, y le tenía además, como todas, un gran apego a los bienes materiales. Para ella fue aquél el problema de más difícil solución que se le había presentado en su vida. Y lo peor era que el respeto que le inspiraba José Ignacio le impedía escribir siquiera a Teresa, pidiéndole una tregua, temerosa de que este paso pudiera atraerle una reprimenda. Pasó varios días de verdadera tortura, y al fin se decidió a confiármelo todo, y a suplicarme que viera en su nombre a su cuñada y tratase de calmarla.

—Joaquín no es como Pepe, y de seguro que eso no te proporcionará ningún disgusto —explicó, al concluir, para darme a entender mejor la razón de aquella súplica.

Le prometí que lo pensaría.

Ciertamente que mi marido no era como José Ignacio y que no me costaría mucho trabajo obtener su consentimiento, pues de ningún modo haría nada sin que él lo supiera; pero ¿debía, a pesar de eso, intervenir en tan delicado asunto? Teresa me inspiraba ahora la misma suma de interés que le había profesado de aversión y de desprecio en mi primera juventud. Veía claro, al presente, el motivo de la exagerada intransigencia de mi cuñado, y me llenaba secretamente de asco. ¡Ah! ¡Los púdicos, los puritanos qué bien sabían aprovecharse de las leyes del honor! Este nuevo convencimiento hacía que se redoblase mi simpatía hacia la altiva rebelde, a quien deseaba ardientemente conocer. No podía mancharme ya el contacto de la impura, y me atraía hacia ella no sé qué indefinible sentimiento de admiración, al que se unía, en parte, el desprecio que sentía por su hermano. Por la noche le hablé a Joaquín de este delicado asunto. Frunció el ceño, desde mis primeras palabras.

—¿Y por qué no va ella misma a verla, si no quiere escribir? En ese caso, como no sale sola, tú podrías acompañarla, pero eso sería distinto...

Me pareció razonable la observación; no obstante, repuse:

—¡ Oh! ¡Tú sabes cómo es ella con el marido! Le teme a todo. Hace tres o cuatro noches que no duerme, pensando en Teresa, y me ha suplicado que la ayudase a calmarla.

Joaquín seguía moviendo la cabeza, en señal de disgusto. Al cabo de un momento, expuso más razones:

—Esa mujer es muy libre y la conoce mucha gente. Si te ven con ella, si alguien te encuentra al entrar en su casa..., ¿no crees tú que es muy desagradable que la juzguen a una mal, sin tener culpa...? Además, se trata de un asunto delicado de familia, que podría traernos rozamientos con tu cuñado, a quien conoces y sabes cómo piensa.

Esto era precisamente lo que me había dicho yo misma, y lo que me hacía vacilar, sabiendo bien hasta dónde llegaba la grosería de José Ignacio cuando alguien se mezclaba en sus negocios. Mi marido concluyó, como hacía siempre, por abandonar a mi discreción el arreglo definitivo de este conflicto, después de meditar un buen rato.

—Bueno; haz lo que creas conveniente. Yo no me opongo: te llamo la atención sobre lo que se me ocurre... Lo más breve y lo mejor sería que Alicia le enseñase las cartas a su esposo, y que ella se apartara de esa enojosa cuestión. Pero te autorizo para que la resuelvas como te parezca más oportuno, luego que lo hayas pensado bien.

No se habló más de Teresa; aunque mi pensamiento daba vueltas sin cesar alrededor de mi deseo de verla. Al día siguiente la curiosidad pudo más que la prudencia. Le dije a mi hermana que aceptaba su encargo, y, llamando al teléfono de la casa donde se hospedaba Teresa, le pedí a ésta una entrevista en nombre de Alicia. Oí el grito de júbilo que se le escapó a la pobre mujer, al escucharme. Y ella misma salió al encuentro de mis escrúpulos haciéndome saber que en aquella morada suya nadie la conocía, pues se había instalado allí, hacía dos semanas, con el único propósito de recibir a mi hermana; que era una severa casa de huéspedes, donde sólo vivían empleados, ausentes casi todos durante el día, y que estaba allí con sus hijos. Tenía una voz grave y armoniosa de contralto, parecida a la de Enriqueta, que me impresionó favorablemente. Eran las doce. A la una y media estaba vestida y lista ya, con un sencillo traje y un sombrero modesto, y envié a buscar un carruaje de alquiler. El corazón me latía aceleradamente, como si fuera a una cita de amor. Las mujeres un poco sentimentales (y casi todas lo somos), difícilmente podemos sustraernos al influjo de una aventura o de una situación novelesca. Por eso, sin duda, coloqué, antes de salir, un velo tupido debajo del sombrero, precaución que jamás tuve en la época de mis locuras.

Una casa antigua de la calle de Villegas, un patio embaldosado donde crecían algunas plantas en barriles pintados de verde, una vieja escalera de piedra, de peldaños gastados, y, en lo alto, un recibidor cuadrado y una percha para sombreros, he ahí lo que fue ofreciéndose a mi vista cuando abandoné el coche, después de pagar apresuradamente al cochero. En el zaguán, ante una mesilla cubierta de herramientas, había entrevisto, además, a un viejo zapatero golpeando afanosamente un pedazo de suela. El primer piso, donde me había detenido, estaba desierto y silencioso y tenía aspecto de claustro. A un lado y otro del recibidor abríanse, en ángulo recto, dos anchas galerías, y a lo largo de éstas se alineaban las puertas cerradas de las habitaciones. En la percha no había sombreros. Miré a todas partes, y descubrí, al fin, el botón de un timbre, colocado a la derecha de la escalera. El ruido repercutió en toda la casa, produciéndome, a mí misma, un leve sobresalto. Me pareció que aquella vivienda sin habitantes tenía tristezas de monasterio y sonoridades de tumba.

Una criada apareció apresuradamente al extremo de una de las galerías; pero antes de que llegara a mí, se abrió una puerta más cercana y salió una mujer joven, seguida de dos niños. La mujer hizo una seña y la criada se retiró por donde había salido.

Examiné ávidamente a aquélla, mientras se dirigía a mi encuentro, sin cuidarme mucho de disimular mi curiosidad, y sentí un nuevo impulso de simpatía hacia ella. Era alta, morena y esbelta, con los ojos y los cabellos muy oscuros, destacándose sobre el fondo pálido de la tez, y un aire de aplomo y de firmeza en toda su persona que llamaba la atención desde el primer momento. La linda voz que me había hablado por teléfono resonó de nuevo, en tanto que su dueña se inclinaba gravemente, sin alargarme la mano.

—Estaba al tanto, señora, para evitarle la molestia de preguntar a la criada. ¿Quiere usted que, para mayor comodidad, entremos en mi habitación?

476

Hice un ademán afirmativo, sin dejar de contemplarla, ahora de reojo. No representaba los treinta años que, de seguro, había cumplido ya, y vestía un traje de casa, sencillo y modesto, donde no podía descubrirse el gusto llamativo de las impuras. Ni la tez ni los ojos delataban la depresión y el cansancio de largas noches de orgía; por el contrario, su belleza, completamente desenvuelta ya, mostrábase con el atractivo y la frescura de las frutas sazonadas, como en una especie de triunfal apogeo de la fuerza las pestañas, muy largas, se abatían a menudo, como una cortina, sobre el párpado inferior, con un encantador movimiento que atenuaba el brillo, un poco duro, de las pupilas negras. ¿Qué clase de mujer era, pues, aquélla? Los dos niños, que representarían siete y ocho años respectivamente, vestían también con mucha sencillez trajes de piqué blanco, ceñidos a la cintura con fajas de la misma tela, y lucían las pantorrillas, desnudas y muy limpias, sobre sus borceguíes de lona. La mujer y los dos niños se miraban con expresiones tan tiernas, aun delante de mí, que adiviné una vida de adoración apasionada entre aquellos tres seres arrojados juntos a las peores borrascas de la existencia.

Sin volver de mi asombro, precedí a Teresa y a sus hijos hasta la habitación de paredes desnudas y blanqueadas con cal, donde había un gran lecho adornado con dosel y cortinas, un velador con la palmatoria de metal y dos o tres libros, un armario de luna, dos mecedoras y algunas sillas. En una pequeña estancia contigua, cuya puerta estaba abierta de par en par, se veían las dos camitas de los niños, colocadas una al lado de la otra, y una mesilla entre ambas.

—Hágame el favor de sentarse, señora, y, ante todo, permítame que le dé las gracias por la amabilidad de su visita... ¿Ve usted lo que le dije? La casa es vieja y fea; pero a esta hora no hay un alma en el recibidor y los pasillos.

Se volvió hacia los niños que, en pie, muy cerca de ella, me contemplaban con discreta curiosidad, y les dijo, después de darles a los dos un apasionado beso en las mejillas:

—Tesoros: vayan un momento a jugar a la galería. Yo los llamaré cuando acabe de hablar con esta señora.

Cuando los vio alejarse, obedientes y silenciosos, se dirigió a mí, con el semblante transfigurado por súbita emoción.

—Bien sabe Dios que sólo por ellos doy este paso; pero tengo un vivo anhelo de que usted lo crea también así.

Ahora que podía examinarla con más calma, me fijé en que no llevaba joyas y en que su traje, muy usado, mostraba las huellas de una pobreza cuidadosamente disimulada. Por debajo de la soberbia corona de sus cabellos negros, alzados sobre la nuca y sujetos con un sencillo prendedor de pasta, asomaban graciosamente los lóbulos de sus orejas que sólo exhibían el agujerito hecho para engarzar los pendientes. Su emoción, al pronunciar las últimas frases, acabó de enternecerme; y le hubiera manifestado enseguida mi simpatía, si ella, conteniéndose con un visible esfuerzo, no hubiese llevado nuevamente la conversación al tono ceremonioso y seco que exigían las circunstancias.

—Voy a cansarla poco, porque de otra manera abusaría de su bondad. Su señora hermana le habrá dicho que, siempre que le he escrito, he tenido el cuidado de afirmarle que nada quería para mí, ni lo admitiría nunca. Si quería que alguien allegado a mi hermano viniese a verme, era sólo para mostrarle el cuadro de mis hijos... Usted comprenderá fácilmente que ellos no pueden vivir a mi lado, aunque, por fortuna, son varones y no hembras. Cuando eran más pequeños, no me inquietaba este problema. Después fueron al colegio, de donde no salían más que una vez a la semana... pero mi situación ha cambiado mucho, y ahora no puedo pagarles el pupilaje.

Se detuvo para mirarme un instante a los ojos, y comprendiendo, sin duda, la verdadera inclinación de mis sentimientos hacia ella, dulcificó un poco la orgullosa expresión de su rostro y fue más explícita.

—El abogado me habla de la ley, que me favorece, y yo no he tenido nunca más ley que mi conciencia. A ella sola le consulté cuando fue preciso que me separara de mi hermano, y ella únicamente me ha guiado después. La familia, el nombre y la fortuna son cosas a las cuales he renunciado voluntariamente. No sé si usted sabe que me llamo ahora Teresa Valdés, para todo el mundo; y es natural que, muerta Teresa Trebijo hace muchos años, mi hermano haya heredado sus bienes, sin restricciones de ninguna clase. Nadie podrá reclamarme por haber adoptado el apellido de la inclusa, que llevan todos los seres que no tienen familia... Por eso le he dicho al abogado que, si llegamos a una reclamación judicial, limitaremos después sus efectos estrictamente a lo que pido ahora... no en forma de exigencia, sino de súplica.

Debió de costarle un gran esfuerzo el pronunciar las palabras de esta humilde declaración final, porque vaciló y se puso un poco más pálida al proferirlas. Me acerqué a ella, conmovida, y le dije, con el tono más dulce que pude adoptar:

—¿Podría usted repetirme en concreto cuál es su deseo, para trasmitírselo a mi hermana?

—Con mucho gusto —replicó, dejando caer la cortina de sus párpados sobre la reciente humedad de sus magníficos ojos—. Pido dos cosas; una promesa material y una garantía moral. Quiero que mi hermano se encargue de pagar la pensión de sus sobrinos en el colegio, mientras no puedan valerse por sí mismos; y que su esposa me ofrezca hacer que los cuiden si se enferman. Conseguido esto, no los veré más, porque es menester que también me considere muerta para ellos, en lo sucesivo...

A pesar de la entereza de su carácter, que la mantenía siempre erguida y segura de sí misma, su voz se debilitó al acabar de decir lo que antecede; enseguida, se mordió fuertemente los labios, para contener su emoción, y a despecho de esta violenta lucha interior, dos gruesas lágrimas brotaron de sus ojos y corrieron lentamente por sus mejillas.

Sin poder contenerme por más tiempo, tomé una de sus manos, que la joven retiró con dulce firmeza, y me incliné hacia ella, como si se tratara del dolor de una antigua amiga. Con un ademán lleno de dignidad se secó las lágrimas, y dijo:

—Perdóneme, señora. No la he molestado haciéndola venir para que presencie sensiblerías de mujer, sino para tratarle de un asunto que es de interés vital para mis hijos y para mí. No he querido dirigirme más a mi hermano, porque es inútil. Nadie como yo conoce su terquedad, y si mi abogado fuese a visitarle, sería capaz de entregarse a las peores violencias... prefiero tratar con calma este negocio, y por eso, en nombre de mis hijos, imploré la mediación de su señora hermana... Ahora, también en nombre de esos inocentes, que usted ha visto, imploro la suya...

Seguía pensando, mientras la oía, en la extraña pobreza de aquella hermosísima criatura, que desorientaba muchas de mis ideas acerca del vicio. ¿No cubrían los hombres de diamantes a estas bellas sacerdotisas del placer? Aquella indigencia y la súplica apasionada con que la madre imploraba una limosna para sus hijos, dispuesta ella, tal vez, a dejarse morir de hambre, me hicieron compadecerla tan sinceramente, que Teresa notó mi turbación y me la recompensó con una dulce mirada y una sonrisa. Probablemente su alma se componía de dos mitades: una desconfiada y altiva, y la otra sentimental, ardiente y tierna. ¿Qué noble escrúpulo le impedía exhalar una queja o hacer la más ligera alusión a su vida, a sus amantes, al padre de aquellos niños, testimonios vivos de un pasado borrascoso? El misterio que la circundaba la hacía más interesante a mis ojos. Ella aguardaba mi respuesta, fijando en mí sus pupilas temblorosas por la ansiedad. Le tendí la mano, que ahora no se atrevió a rehusar y que estrechó levemente con la suya, nerviosa y fina. Era un pacto, y me apresuré a ratificarlo, de palabra.

—Daré por usted la batalla, señora —ni siquiera me fijé en la ligera vacilación con que pronuncié el vocablo «señora», que quise deslizar inadvertido y que acaso resultara irónico—. No sé lo que hará mi cuñado, cuyo carácter me es también conocido; pero su mujer y yo intentaremos un esfuerzo para conseguir lo que usted pide, y que demuestra un desinterés poco frecuente en la vida.

—¡Dios la ayude! —exclamó con leve suspiro— Prefiero cien veces un arreglo voluntario a la lucha; pero tratándose de esos dos pedazos de mi corazón, estoy dispuesta a todo.

Sus ojos movibles, que la pasión llenaba de súbitos cambiantes, brillaron un instante con fulgor sombrío, para dulcificarse inmediatamente, al fijarlos de nuevo en mí, húmedos por el agradecimiento. Y añadió a manera de excusa, entornando otra vez los párpados:

—¡Si supiera usted cómo me adoran esos ángeles!

—¿Por qué no los llama? —le dije, a fin de calmar las torturas de su llama— Quisiera besarlos antes de irme.

Los llamó por sus nombres, Rodolfo y Armando. Mientras se acercaban, le pregunté recordando fechas y sin poder contener mi curiosidad:

—Éstos no son los únicos que usted ha tenido, ¿verdad?

Su frente estrecha y linda de joven voluntariosa se nubló de repente con una gran sombra de tristeza.

—Tuve otro, mayor, que murió a los dos años —repuso.

Casi me arrepentí de haber despertado imprudentemente aquel recuerdo, y estuve a punto de pedirle excusas.

Los dos niños entraron dócilmente y fueron a colocarse uno al lado de cada rodilla de la madre, sin dar muestras de encogimiento al encontrarse frente a frente con una persona extraña.

—Hijos míos, esta señora quiere que ustedes la saluden.

Me tendieron silenciosamente las manos, los dos al mismo tiempo; pero yo, atrayéndolos con sincera efusión, los obligué a acercarse a mí y estampé sonoros besos en sus frescas mejillas.

—Mira, Rodolfo —le dijo la madre trémula por la ternura y la emoción—; esta señora ha venido a hacerles a ustedes un favor. Tú, que eres el mayor de los dos, dile: «Señora, es usted muy buena, y mi hermano y yo le damos las gracias».

El niño vaciló.

—¡Vamos! ¡Dilo! —ordenó ella.

Entonces el muchacho, con su vocecita muy baja y un poco insegura, como si repitiera de memoria una lección, empezó a recitar su cumplido, que interrumpí con otro beso.

Me puse en pie, sintiendo que mis ojos se llenaban de lágrimas, y tendí la mano a Teresa.

—Adiós, señora —le dije—. Cuente con mi promesa.

Como a pesar suyo, ella retuvo mi mano y preguntó muy quedamente, con una mirada llena ahora de angustiosa interrogación:

—¿Y usted cree que se conseguirá?

Su bello rostro suplicante era tan expresivo en su humildad, donde no había ya la menor sombra de orgullo, que tuve uno de esos arranques bruscos, propios de mi carácter a veces un poco arrebatado, y le dije con toda solemnidad:

—¡De todos modos! Si José Ignacio rehusa, mi marido y yo satisfaremos su deseo, sin contar con nadie. ¿Se queda usted tranquila?

Por toda respuesta, la infeliz, perdido el dominio de sí misma, me saltó al cuello, estrechándome fuertemente entre sus brazos.

—¡Oh, gracias! ¡Gracias! —murmuró entre sollozos, sin ocultarse ya de los niños— Usted y yo no nos veremos más; pero yo no olvidaré nunca su generosidad.

Tuve que desprenderme de su abrazo, sin que Teresa tuviera fuerzas para seguirme hasta la escalera, hacia donde escapé, dejándolos a los tres en el cuarto. Y cuando, al poner el pie en el primer peldaño, me volví, impulsada por irresistible deseo de ver, las lunas del armario me devolvieron, al través de la puerta, que dejé abierta, la imagen de la madre, todavía estrechamente abrazada a los niños y llorando desoladamente sobre sus rubias cabecitas.

Aquella entrevista, a la que había ido ardiendo en una curiosidad tal vez un poco culpable, determinó una de las más hondas crisis de mi vida, y tal vez la última que habría de experimentar mi alma, cada día más escéptica. Mientras regresaba a mi casa, en el mismo coche de alquiler que me había llevado, no podía dejar de pensar un instante en Teresa. Su imagen se alzaba delante de mí, en la postura en que la había entrevisto la última vez, abrazada a sus hijos, para despertar en mi mente recuerdos que creía muertos y en mi corazón el dolor de heridas que consideraba completamente cicatrizadas. Toda mi existencia y la de las personas a quienes conociera a fondo comparecían ante mis ojos, compendiadas en un cruel resumen. Era como si aquel dolor de mujer y de madre sacudiese, a golpes rudos, la pereza en que mi espíritu había vivido muchos años, para poner de relieve lo que había de ruin y de falso, de mezquino y de hipócrita en mi propia conducta y en la de los demás. Y la lucidez extraordinaria que en aquellos instantes poseía mi inteligencia, presta a juzgar y a discernir responsabilidades, provenía, indudablemente, de que, al ver gemir a los hijos de otra, me parecía que una garra implacable se alargaba hacia los míos y amenazaba con arrastrarlos también al torbellino de amargura, de egoísmo y de mentiras en que se revuelca el mundo.

Cuando llegué a mi casa, subí de prisa la escalera, y no quise ver a Alicia, temerosa de que mi exaltación dejase escapar delante de ella alguna frase irreparable. Por fortuna mamá y Julia estaban al fondo, en el comedor, que era el lugar preferido de ellas durante el día, y no pudieron ver el profundo trastorno de mi semblante. Me dejé caer en una poltrona del recibidor, donde solía acomodarme para leer cuando estaba sola, y me sumergí en una meditación dolorosa. Mi hija, a mi lado, daba vueltas, examinándome con inquietud. Dos veces se acercó a mí para preguntarme:

—Mamá, ¿estás mala?

—No, hijita. Un poco de jaqueca. Es el dolor que me da otras veces y que el fresco de la tarde me quitará de seguro.

El tiempo transcurría sin que me diese cuenta de su paso.

Adrianita se acercó otra vez.

—Ya no hay mucho sol, mamá.

Me recordaba tímidamente que era la hora en que se reunía con sus amiguitas en el Prado, en tanto que yo, desde el balcón, no perdía de vista ninguno de sus movimientos. Sonreí con dulzura, levantándome maquinalmente, y ella, sin esperar más, bajó la escalera como una loca, seguida de la criada, que la acompañaba siempre. Me llevé al balcón la imagen de Teresa y el recuerdo de mis propios dolores. Allí estaba colocada ya la pequeña mecedora en que me sentaba todas las tardes, cuando mis piernas se fatigaban de sostenerme en pie contra la baranda de pasamanos de mármol.

¡Qué lejos ya de mí la época en que torcía los labios de indignación, al oír hablar de aquella misma mujer que ahora me conmovía tan hondamente y de las demás que se le asemejaban! En la actualidad era ya la protectora de Teresa y de sus hijos, y un diablo irónico se levantaba dentro de mí para preguntarme si era yo verdaderamente mejor que ella y si el destino había distribuido bien los papeles entre las dos.

Abarqué el Prado con una mirada melancólica, y busqué después a mi hija en los grupos de niñas que se reunían en el centro del paseo, entre dos cuadros de césped. La avenida, casi desierta aquel día, no mostraba sino escaso número de paseantes a pie y unos cuantos coches y automóviles que rodaban aburridamente sobre el asfalto. Las niñas, con el cabello suelto sobre la espalda y apenas recogido en la nuca por un gran lazo de seda o por ancho broche de carey, vestían trajes descotados, mostraban los brazos desnudos, como las mujeres, y calzaban con mucho esmero finas botitas de gamuza blanca sobre las medias muy estiradas por los tirantes del corsé. Eran también mujeres en las actitudes y las sonrisas, despiertas precozmente a la vida del sexo por un instinto secreto de lucha y de desquite en que cada día iba influyendo menos el viejo corazón de nuestras abuelas. Las de doce años se apartaban con afectada dignidad de las más pequeñas, que jugaban a la suiza o daban vueltas cogidas de las manos, y paseaban gravemente, de dos en dos, disimulando sus risas, como en un salón. A su alrededor, grupos de mozalbetes, de americana ceñida, pantalón corto y sombrero de moda, rondaban y hacían payasadas, manteniéndose a cierta distancia por temor a los ojos de las mamás y de las criadas, que vigilaban en los balcones y desde los bancos del paseo. Algunos fumaban. Los más hablaban fuerte, gesticulando para que los viesen ellas. Otros paseaban con mucha compostura, simulando una formalidad que resultaba cómica. Eran éstos los más peligrosos, porque a veces, al pasar cerca de una niña, cambiaban furtivamente una frase, una seña o un papelito. Vi este cuadro que me era familiar, al través de la nube de tristeza que envolvía mi alma. En aquel mundo en miniatura se incubaban las crueldades y las traiciones de la humanidad de mañana. Aquellos hombrecitos de pantalón corto, que jugaban al amor, querrían hacer de aquellas niñas Lucrecias, cuando se tratara de sus esposas, y rameras, si se trataba de las mujeres de los demás. En cuanto al corazón, el instinto y las ilusiones de las infelices, ¿para qué había que pensar en eso? Si se casaban con ellas; si se comprometían a mantenerlas durante toda la vida, no era preciso cultivar el corazón legalmente adquirido, porque las leyes y la sociedad se encargaban de conquistarlo para ellos. En los demás casos les sería permitido jugar con sus sentimientos, destrozar su alma, poner de relieve ante sus ojos las mentiras del mundo para hacerlas caer en el lazo, y burlarse luego de sus dolores aconsejándoles hipócritamente que se refugiaran en un amor legal. Ellas, por su parte, aleccionadas por la cruel evidencia, violarían la fe jurada cuantas veces una violenta sacudida del instinto las arrojase en brazos del verdadero amor; fingirían sonrisas, harían alarde de una mentida inocencia, desplegarían la red de sus encantos con pérfida coquetería y aprenderían, casi desde la cuna, a hacer de su propia debilidad un arma peligrosísima. ¿Cómo podrían los sexos entenderse, con un noble y desinteresado acuerdo, si para unos la pasión es un mero episodio de la existencia, y para las otras el amor era la vida misma? Nunca sería posible en la pareja humana la sinceridad absoluta, la estimación recíproca completa, la digna y altiva confesión de los más secretos sentimientos, la compenetración total de los espíritus; jamás los corazones del hombre y la mujer se tocarían, mientras la horrible red de los intereses creados se interpusiesen implacablemente entre ellos; mientras fuesen aquellos hombrecitos y aquellas niñas, que jugaban en el Prado, los encargados de manejar el timón de la sociedad...

¡Ah! Pobre rebaño de las violadas al amparo de la ley, de las desencantadas, de las adúlteras, de las virtuosas heroicas, de las insensibles, de las místicas, de las histéricas, de las castradas, enemigas del amor, ¡cómo os compadeció en aquel instante mi corazón, herido también por las crueldades del mundo y lleno por completo del recuerdo de Teresa, la rebelde vencida! ¡Y cómo lloró también mi alma, sedienta como nunca de verdad y de justicia, ante el infortunio de los caídos en las trampas de las expertas cazadoras de hombres, víctimas ellos de la propia máquina infernal que sus manos habían construido; de los engañados por las hipócritas conocedoras de la vida, por las pérfidas sirenas empujadas por un egoísmo sin piedad a la conquista incondicional del placer, por la legión, en fin, audaz y tiránica de las vengadoras!

¡Honradas! ¡Qué extraño e incomprensible título, por cuya posesión tantas cabezas se habían inclinado bajo la corona del martirio! Lo era mamá, que acaso jamás conociera el verdadero amor, cuya simiente, sin embargo, había germinado tres veces en sus entrañas, y para quien el matrimonio era austeridad, abnegación, deber; lo era Alicia, la pobre ciega mutilada por la cirugía, que había concentrado en un solo haz todos sus sentimientos, para abatirlos más fácilmente a los pies del esposo, que tampoco llevó nunca al corazón de la esclava feliz los dones de una verdadera pasión; lo fue mi tía Antonia, conduciendo hasta la tumba la áspera diadema de su pureza, llena de un orgullo rencoroso que fluía de su alma como una lluvia de hiel; y lo era Julia Chávez, en la cual la flor de la virginidad se había convertido en suavísima guirnalda, que ella desgranaba pródigamente sobre el dolor de los otros, y cuya cabeza, menos teñida cada año, iba dejando crecer poco a poco el área de sus cabellos blancos, como una dura concesión arrancada por la realidad a su eterna amargura de ser vieja; lo era Enriqueta, incapaz de probar sin casarse el fruto apetecido y vertiendo en torrentes de inspiradísimas notas la congoja de su vida infecunda, como vierte el avecilla prisionera, en escalas de trinos, el ansia que la devora y el pesar que le aqueja; lo era Luisa Guzmán, comprando a un marido, como se adquiere un caballo o un automóvil y manteniéndolo después unido a su fealdad simpática de histérica, por no sé qué artes sugeridas por la lascivia; lo era también Adelina Silvestre, atrincherada en su feroz empeño de no dejarse burlar por los hombres y de que se conservasen puras las hermanas, aun a trueque de los más abominables crímenes; lo eran Graciela, que no fue virgen al matrimonio, y supo hacer feliz al marido, a pesar de su engaño, y Dolly, entretenida solamente en simulacros de infidelidad, sin que el buen gigante de su esposo tuviera que reprocharle una verdadera inconsecuencia; lo había sido mi suegra, aún amargando con sus continuas quejas la dicha del hombre excelente que tuvo a su lado y haciendo pública ostentación de su virtud como de algo raro, por lo cual los suyos debían estarle profundamente agradecidos; y lo era, finalmente... yo, puesto que honrada es la persona a quien se honra, y a mí me honraban. ¿Cuántas, en el mundo, no habrían hecho lo que yo hice, ofuscadas un instante y arrepentidas luego, para consagrarse después, sin interrupción, al amor de su familia? Mi experiencia de casi vieja ya y de observadora me había enseñado muchas cosas. De cien mujeres casadas tal vez noventa vivían fuera de las leyes del sexo, y de mil adúlteras, novecientas noventa lo eran ocasionalmente, volviendo después en silencio al hogar, y sólo diez llegaban al desenlace novelesco, es decir, a la fuga, la sorpresa, la confesión o el suicidio. Pero había tanta amargura oculta en todas aquellas vidas consagradas al engaño de los demás y de sí mismas, en aquellos instintos dislocados, en aquellos corazones formados para la servidumbre y en aquellos sentimientos de humildad, de sacrificio adquiridos a expensas de la necesidad de vivir en largos siglos de vasallaje, que me preguntaba

490

con desaliento cómo antes no me había estremecido de horror al pensar que mi Adriana sería también algún día mujer y que sobre su conciencia pesarían las mismas cadenas. ¿Qué importa que mamá y Alicia y todas las honradas del planeta que vivían conformes con su suerte no echasen de menos una libertad que no conocían, y que las llenaría de terror y de embarazo si les fuera otorgada repentinamente? Los peces nacidos sin ojos en los lagos de las cavernas tampoco debían considerarse infortunados por la ausencia de un sol, cuya existencia ni siquiera sospechaban.

En el centro de la alameda, un grupo de niñas, entre las cuales estaba mi hija, acababa de unir sus manos y empezó a cantar, con voz chillona, saltando todas en rueda:

> *Me casó mi madre,*
> *me casó mi madre,*
> *chiquita y bonita,*
> *ayayay,*
> *chiquita y bonita.*

Hice apenas un leve movimiento de sobresalto, y seguí abstraída en mis tristes ideas.

¿Qué mano borraría aquellas vergüenzas ocultas y aquellos inconfesados dolores del corazón enfermo de nuestra sociedad? Algunos días antes había leído, en no sé qué revista, un artículo, escrito con motivo de la gran guerra de las naciones, que me hizo una profunda impresión. Ahora volvían a asaltarme las ideas de aquel extraño escrito, atraídas por el hilo de mis meditaciones. Sostenía el articulista que aquélla no era una guerra como las otras, sino una revolución de la cual pocos

491

habían sabido desentrañar aún el profundo sentido. La humanidad, perdido el freno de sus ideas directoras, trataba de orientarse una vez más en el laberinto de la existencia, y se demolía a sí propia antes de hallar la salida. Una crisis semejante a la de hoy se había producido en el imperio romano, al iniciarse su decadencia; otras muy parecidas fueron registradas por la historia en diferentes épocas. El cristianismo fue un tanteo desesperado al que se lanzaron los pueblos, cansados de esperar la felicidad, que no acababan de traerle los dioses del viejo Olimpo. Eran demasiado impúdicos aquellos dioses para servir de ejemplo a la sociedad civil, fundada sobre el derecho del padre y sobre los inflexibles cánones de la ley romana, enemiga de la mujer. La libertad del instinto, que se proclamaba en los cielos, chocaba contra las restricciones impuestas en la tierra por el código civil. En vez de humanizar a Dios fue menester divinizar al hombre, asentando sobre la pureza de las hembras los cimientos de una colectividad de capitalistas y de un estado feudal. La austera doctrina de Cristo, sueño de esclavos un día y defensora del derecho señorial después, se encargó de perfeccionar la obra. Remachó el grillete que inmovilizaba a la mitad más débil del género humano, y ahogó en un mar de angustias y prejuicios las dulces expansiones del amor del hombre; pero prometió el reino de los cielos a los desposeídos, a los humildes y a los siervos, y abrió a los creyentes toda una escala de estímulos espirituales, capaces de recompensar los mayores sacrificios.

¿Cómo habían de prever los graves moralistas de antaño que llegaría un tiempo en que las naciones en armas darían más importancia al número de sus soldados que al de sus capitalistas? Para aherrojar a la mujer en durísima servidumbre se contó con la pasividad amorosa de todas las hembras de la creación, base y origen real de la mayor parte de nuestras pequeñas virtudes burguesas; mas ¿cómo habían de adivinar la ulterior organización mecanista del mundo, la industrialización cada vez más amplia de los servicios universales y el enorme desarrollo científico contemporáneo? Jamás fue casta la humanidad, a pesar de las duras leyes que pesaban sobre su conciencia. No marchaba, al perfeccionarse, a la abolición paulatina de sus instintos sexuales, como sucede entre las abejas, donde una sola reina y un zángano bastaban para la renovación total de la colmena. Lejos de eso, a la intensidad gloriosa de ese instinto debía acaso el género humano su subsistencia donde multitud de especies mejor armadas habían perecido. Gemía bajo el pesado fardo de sus pudores, y cada civilización, al llegar al punto culminante de su desarrollo, mostraba un recrudecimiento de la sensualidad y multiplicaba los medios de excitación amorosa. Todo el infortunio individual al través de las diferentes épocas, y la mayoría de los crímenes, se derivaban de la cruel compresión del deseo sexual, y cada cual podía comprobar este hecho analizando sus propias tristezas y las de las personas más próximas. De ahí la amarga queja que se ha exhalado en todo tiempo del corazón de las multitudes, por boca de filósofos y poetas. La mujer, esclavizada y casi insensible, tras largos siglos de moral restrictiva, pudo someterse, mientras se la mantuvo recluida en el harem, en el gineceo o en el hogar patriarcal de nuestros mayores, o mientras pesaba sobre ella la amenaza de una expiación eterna. Pero, en nuestros días, las religiones no dirigen la conciencia humana. Nadie cree en el diablo; lo que significa que, muy pronto, tampoco se creerá en Dios. La ciencia ha realizado esa transformación, y el libre examen, al penetrar en las brumas de la historia, descubrió la trama en que se sustentaban nuestras creencias. Y he ahí a la mujer, emancipada parcialmente, reclamando su parte en la obra del progreso y empezando a burlarse de sus antiguos terrores, como los niños, a quienes, ya crecidos, no se les puede inspirar miedo con groseros fantasmas. Un paso más, y se iniciaría el crepúsculo de un mundo y la aurora de otro, alumbrado este último por el sol de un dogma y de una moral nuevos.

¿Quién suministraría ese dogma y esa moral? ¿Sería el espíritu democrático que durante más de un siglo trastornó el cerebro del hombre, brindándole la panacea para todo los males, y que parecía haber muerto ya en la conciencia de casi todos los pensadores del mundo? ¿Sería el socialismo militante, su legítismo sucesor, cuyo ruidoso fracaso aún nos tenía confundidos? La democracia era un bello nombre hueco, en el que no puede pensarse seriamente; el socialismo, una quimera irrealizable. ¿Qué quedaba? Quedaba la realidad de la vida: la necesidad de permanecer agrupados en comunidades fuertes, capaces de competir en todos los órdenes de la existencia con las otras comunidades, y de aportar al individuo un poco más de dicha, en compensación a la libertad que se le restaba haciéndolo cada día más esclavo del Estado. Ahí reside el germen de la estupenda revolución. Pero no se cambian las ideas directoras sin lavar antes con sangre la conciencia humana. Ni el cristianismo, ni la reforma, ni la abolición del antiguo poder real pudieron triunfar sino cruzando sobre montañas de cadáveres. Y aquellas convulsiones fueron apenas tímidos cambios de postura en que la humanidad no se atrevió siquiera a mover una piedra de sus cimientos. ¿De qué naturaleza no tendría que ser la horrible sangría para que las multitudes se atreviesen a resistir de frente todo el brillo de la verdad? Decirle al hombre: «Es necesario que olvides todas las tonterías que has venido repitiendo en la plaza pública y en las cuales creíste cándidamente. Ni el feudalismo fue injusto, ni la monarquía absoluta fue arbitraria, ni la república es un instrumento de poder más suave que aquellas instituciones en que se encarnó el Estado. Éste es el único dueño omnipotente y soberano, la única realidad histórica. Por él existes; pero él tiene el indiscutible derecho de hacer de ti un átomo sin valor ni nombre, si así cuadra a sus augustos intereses». Decir a la mujer: «Has vivido alejada de las luchas sociales hasta hoy en que se necesita de tu cooperación. Eres libre. Tu cuerpo es tuyo. Lo que te hemos dicho que era malo no lo es ya. Es menester que lo creyeras así para cumplir un trámite de la evolución colectiva. Aspira, trabaja y procrea dentro de la nueva sociedad, porque, lo mismo que el hombre, tienes abiertos delante de ti todos los caminos de la actividad y como él tienes que ofrecer tu incondicional sumisión a la máquina del Estado». Decir esto, ¿no equivaldría a invertir por completo la tabla de los valores circulantes, que no se dejarían aniquilar sin resistencia? Por eso era preciso que fuese, no un acento humano, sino la voz del cataclismo la que resonara en el corazón del mundo consternado; era necesario que la sangre corriera a torrentes y que todos los pueblos participasen en la horrenda hecatombe, para que sobre los escombros y las lágrimas y por encima de la conciencia del hombre, anestesiada y vacilante, se elevara de un solo impulso el sol de la verdad.

¡Qué siniestro despertar el de nuestros pueblos—seguía pensando el articulista— al día siguiente de la brutal acometida germana! Mientras, esclavos de las tradiciones románticas, hablábamos de congresos de paz, de desarme universal y de inocentes quimeras democráticas, el águila bicéfala, que había entrevisto primero la tempestuosa nube en el horizonte de la historia, afilaba en silencio sus garras y se preparaba a la agresión y la conquista. Meses después de estallar la lucha, Austria redimía con una ley del imperio a la madre soltera, a quien no podrá negarse en lo sucesivo el título de «señora», y legitimaba a sus hijos. He ahí el problema planteado en su doble magnitud. El Estado omnipotente frente a la omnipotencia del Estado vecino, necesitando movilizar en un instante todas sus fuerzas, las de la mujer inclusive, y empezando a reconocer la utilidad de tener muchos hijos. Todo cedía ante el poder abrumador de los hechos. Era menester defenderse con las mismas armas y con idénticos principios. ¿Qué importa la familia, vieja y gastada unidad de la sociedad, si nada significa la vida individual frente al interés supremo de las naciones? Y no era posible conseguir la cooperación eficaz de la mujer en una gran obra política y social, sin emancipar antes su espíritu y su carne: el primero intervendrá en la medida de sus fuerzas en la obra universal del progreso; en la segunda se engendrarán trabajadores y soldados. Cada hombre sano y vigoroso que, pudiendo nacer, no naciera, sería un fraude evidente a los derechos del Estado. La antigua organización individualista y utilitaria pudo restringir la paternidad, muchas veces en nombre de las buenas costumbres; la humanidad sincera y sana de lo porvenir no lo haría nunca. La complejidad de la vida moderna exigía el concurso de la mujer, ya indispensable; pero reclamaba también mayor centralización en lo que respecta a la educación de los hijos. ¿Cómo abandonar este cuidado a la incompetencia pedagógica de las familias? Esto último encierra la razón del cambio y la solución final de todas las dificultades ulteriores. Si el Estado necesitaba que la fecundación no se interrumpiese, que la selección natural se realizara, que nueva y vigorosa sangre lo enriqueciera, viniera de donde viniese, tendría que llamar suyos a todos los hijos nacidos bajo sus dominios; y no pudiendo olvidar que las ciencias, las artes y la guerra exigían cada día mayor especialización por parte de los individuos, se vería obligado a sustraer de la iniciativa privada el cuidado importantísimo de formar a los trabajadores y los combatientes de lo porvenir.

Y el autor concluía entonando un himno a la aparición de los nuevos ideales: «omnipotencia del Estado» y «libertad del amor». ¿Qué quedará —se preguntaba— de la virtud de las almas, de la honestidad de las mujeres, de la poética organización de la familia, de cuanto ha creído y venerado el hombre durante millares de años? Y respondía con su calurosa entonación de profeta: «Quedarán la suprema sinceridad de las almas, el sano equilibrio de los sentidos y de la mente, la satisfacción de haber cumplido sin restricciones el primer deber de la vida, de no haber tenido que recurrir ni a engaños, ni a subterfugios, ni a hipocresías, ni a crímenes tal vez para ejecutar una función tan indispensable como el hambre, tan imperiosa como la sed y no menos noble que las dos juntas». ¿Quién se atrevería a llamar inmundo y abominable al instinto que nos dio la existencia, sin aplicarnos los mismos dicterios a nosotros mismos y a nuestros padres? ¿No estaría la pareja humana de mañana a una altura moral mucho mayor que la de hoy? Y, ¿qué importaba la esclavitud confesada del hombre bajo el despotismo del Estado, si su mente, libre por fin de insensatos prejuicios, no tendría ya que sufrir en lo sucesivo la esclavitud, cien veces más denigrante, de las ideas? ¡Ah! Entonces se moriría alegremente en las trincheras o entre los engranajes de las máquinas del trabajo, como caen, quizás con deleite, libélulas y zánganos, después del único sacrificio ante el altar del amor que la naturaleza les concede antes de morir; porque lo único que envenena nuestra alma y turba nuestra felicidad sobre la tierra es la necesidad de existir maldiciendo de un deseo que suponemos culpable, y que, a pesar de todo, es más fuerte que nosotros.

Al llegar a este punto de mis recuerdos me preguntaba si la profecía de aquel autor, cuyo nombre ni siquiera recordaba, sería la visión de un iluminado o de un loco. De todas maneras, a la luz de aquella concepción gigantesca del mundo futuro, ¡qué pequeño y qué despreciable me parecía el nuestro y qué pálidas las pobres figuras que se habían agitado a mi alrededor, mostrando sus gestos dolientes o sus histriónicas muecas de alegría!

El coro de las niñas repetía, monótono y agudo, bajo los álamos, cuyas sombras se alargaban desmesuradamente sobre el pavimento de la explanada:

Me casó mi madre,
me casó mi madre
chiquita y bonita,
ayayay,
chiquita y bonita,
con un muchachito,
con un muchachito,
que yo no quería,
ayayay,
que yo no quería.

¡Ah! Juro que no pensaba en mí, al querer arrancar de aquel modo su secreto a lo futuro. Mi vida, buena o mala, estaba ya hecha. Eran mi Adriana y aquel otro hijo que llevaba en mi seno quienes, alzándose en mi imaginación frente a los pobres hijos de Teresa, levantaban la tempestad en mi alma, tan agitada en otro tiempo por la fatalidad y el dolor. En el grupo en que había vivido no había una sola mujer cuya suerte deseara yo para mi hija. ¿Podría llegar a ser algún día la risueña esclava de otro José Ignacio, o el juguete de un nuevo Fernando? ¿Podría, por el contrario, caer en manos de un hombre noble y sano como Joaquín, cuya ingenua inexperiencia fuese incapaz de preservarla de una posible caída? Y si así fuera, ¿encontraría, en el instante de rodar al precipicio, la mano de una amiga leal que la sostuviera y la devolviese a la felicidad? Entre el refinado egoísmo de un marido conocedor de la vida y capaz de tejer a su alrededor las mallas de una dicha artificial, y la bondad despreocupada de un esposo que no podría guiar su barca entre escollos, ¿qué era preferible para aquel pedazo de mi corazón? Adriana sería rica, y no me hubiera atrevido a desear que comprase un marido, como Luisa. Y los ejemplos de tía Antonia y de Julia me obligaban a aborrecer el triste estado de la mujer condenada a vivir lejos del hombre. ¿La empujaría la fatalidad a reproducir la desdichada historia de Teresa? A este solo pensamiento sentí un brusco escalofrío que me sacudió de la cabeza a los pies. Desde hacía un momento, adivinaba, sin verlos, a Alicia y a mi cuñado, de codos en su balcón, muy sonrientes y apretados uno contra otro, como se ponían todas las tardes a contemplar el paseo. No me habían visto, seguramente, y procuré hacerme un ovillo en mi sillón, para seguir inadvertida.

La estrofa que en esos momentos cantaban las niñas me produjo un nuevo sobresalto, cual si todo conspirase aquella tarde para arrojarme en una vorágine de pensamientos devoradores:

> *A la media noche,*
> *a la media noche,*
> *el picarón se iba,*
> *ayayay,*
> *el picarón se iba.*

¡Dios mío! ¿Cuándo llegaría el día en que no se fuesen, a media noche o al mediodía, porque sólo el amor y no otro género de sentimientos los encadenarán a nuestro lado? No sería preciso para eso que un mundo entero se derrumbase al estruendo de millares de cañones, sepultándose entre el fuego y el odio. Bastaría sustituir los viejos conceptos de pureza, ho-

500

nestidad, posesión legítima, por estos otros menos vacíos y más humanos: justicia, lealtad y franqueza. La sangre me horrorizaba. ¿Para qué lavar con ella la conciencia humana, si bastaba con entenderse y dejar a un lado engaños e hipócritas ficciones? Nunca me pareció más amarga aquella coplilla, que yo misma, de niña, había cantado tantas veces, y que resultaba tristísima en labios de niñas que, desde la cuna, aceptaban su mísero papel en la vida. Y es que jamás había pensado tan seriamente como aquella tarde en mi tremenda responsabilidad de madre. Me concentré hasta entonces en educar a Adriana como mamá nos había educado a nosotras, aceptando como buenas las mentiras de un dogma moral en que ya no creía.

¡Pobres niñas aquellas que llamaban «picarón» al infiel que las traicionaba desde la primera noche de casadas! ¿No resumía su inocente juego todo un fondo de baja resignación, de innoble conformidad de esclavas, aun antes de que la edad las pusiese frente a frente a las verdaderas crueldades del mundo? Subía desde lo hondo de mi corazón a mi boca un fiero deseo de volverme y escupirle mi desprecio al rostro de José Ignacio y al de mi hermana, a quienes adivinaba siempre allí apretados en dulce intimidad y felices, recreándose con el canto de las niñas y el ir y venir de los paseantes. Y subía también, como una gran carcajada sardónica, el pensamiento, ahora desembozado y franco, de que, sin el adulterio y el infanticidio no hubiera conquistado tal vez la felicidad de mi hogar y afianzado para siempre la paz doméstica. ¿Qué clase de sociedad era la nuestra, donde de tan extraño modo podía llegarse al bien y a la dicha? ¡Cómo se hubiera reído Teresa, en medio de su tremenda angustia, si hubiese podido penetrar hasta lo más íntimo de mis ideas y descubierto el total desastre de mis principios de «honrada» en aquellos instantes!

Huía rápidamente la luz de la risueña alameda, más animada a medida que la noche se acercaba. Las niñas seguían cantando, y en la majestad dulce del crepúsculo, sus voces chillonas e incansables adquirían un tono extraordinariamente melancólico.

> *Le seguí los pasos,*
> *le seguí los pasos,*
> *por ver donde iba,*
> *ayayay,*
> *por ver donde iba,*
> *y lo vi entrar,*
> *y lo vi entrar,*
> *en casa de la amiga,*
> *ayayay,*
> *en casa de la amiga.*

Me incorporé. Sentía indignación y enojo contra lo que hasta ese instante me pareciera natural y aceptable. Empezaba a encontrarme fatigada de la intensa concentración de mis ideas, y maquinalmente aparté la vista de las chiquillas, fijándola a lo lejos hacia donde la avenida terminaba en la línea azul del mar.

El sol agonizaba pomposamente, entre las nubes incendiadas. Delante de él se elevaban montañas opacas, con los bordes teñidos de púrpura, de anaranjado y de color violeta. No se veía el astro, escondido tras el fastuoso cortinaje, pero se adivinaba su disco en la gran mancha luminosa que pugnaba por agujerear las nubes, al nivel del océano. Y en lo alto, ligeros copos blancos, como largos plumajes, flotaban, arrebolados también, semejantes a las aves dispersas de una bandada.

Otra vez, cual si estuviera en presencia, no de la agonía de una tarde, sino de la agonía de un mundo, surgieron ante mí las ideas del profeta que vaticinaba siglos de amor levantándose de mares de sangre. Aquel sol, que se despedía de nosotros, iba a alumbrar también a los pueblos y a las generaciones que vendrían detrás de los nuestros, perpetuados incesantemente por el amor maldito. Y me pareció que presenciaba la gran cópula universal, y que de la trepidación de los lechos, donde se revolcaban hipócritamente las parejas de hoy, surgía al fin la nueva conciencia humana, pura como esa luz que se renovaba todos los días, bella como ese sol e indiferente como esas nubes, hechas y deshechas al azar y tan alejadas de nosotros como lo está la impávida naturaleza de nuestros pobres prejuicios de reyes de la creación.

Por un momento, luché para arrancarle su secreto al sol agonizante. El canto de las niñas me traía a la realidad, al mundo mío, al destino de mis hijos. ¿Qué me importaban las promesas radiantes de lo porvenir, si lo que más amaba en el mundo había de vivir en lo presente? Por eso me obstinaba en preguntarle a ese cielo, que me sonreía de lejos, qué era lo que tenía que hacer una madre para encadenar la felicidad a la existencia de aquellos pedazos de sí misma...

503

¿Debía anudar aún más la venda de la ignorancia sobre sus tiernos ojos para que no vieran nunca las fealdades de la vida?

¿Debía, por el contrario, desarraigar con mis propias manos sus ilusiones y dejar seca y fría, como una ecuación matemática, el alma que aún no había comenzado a vivir?

¡Oh, Adriana mía! ¡Tú no sabrás, hasta que no seas a tu vez madre, hasta dónde llegó, en aquellos instantes decisivos para mi conciencia, la angustia de lo que había vivido y de lo que todavía me faltaba que vivir, encarnada en ese horrible dilema donde se debatía tu suerte! Tenía entre mis dedos la cera de tu alma, con la cual era preciso moldear una esclava, como Alicia o una vengadora, como Georgina. ¿Hacia qué lado iba a inclinar la balanza de mi deber?

Un gran silencio se estableció dentro de mí, en algo parecido a la solemnidad de la tarde que expiraba rápidamente, con esa brevedad de la luz en los crepúsculos del trópico, que se asemeja a un juego escénico dispuesto de antemano.

Sobre la línea azul grisácea del mar, se habían reunido las nubes en una inmensa mancha de color violeta, surcados por franjas oscuras que se abrían como los rayos de una rueda gigantesca, elevándose hacia el resto del cielo, de un tenue azul blanquecino. No se advertía ya el disco del sol; pero, a lo lejos, algunas nubecillas sueltas aparecían tocadas aún por leve arrebol purpurino. El cuadro cambiaba, según he dicho, con la celeridad de un atardecer de teatro, oscureciéndose visiblemente y por grados, como cuando en éste van apagándose, unas tras otra, las baterías, hasta dejar la escena sumida en la penumbra. En algunos minutos la gran mancha violeta, llena antes de luz, pasó por todos los tonos del morado, para convertirse en un vasto lago, sin brillo, donde las bandas plomizas nadaban, tiñéndose de negro. El tenue arrebol que orló un instante las remotas nubéculas se había borrado de pronto. Sólo un enorme penacho blanco, tendido por encima del lugar en que se había sepultado el sol, persistió en brillar largo rato, semejante a un dosel fantástico suspendido sobre la melancólica desolación del crepúsculo. Después se apagó también.

Todavía permanecí algún tiempo abstraída en mi dolorosa incertidumbre. Las niñas no cantaban ya; pero las mismas ideas seguían martillándome angustiosamente en el cerebro.

¿Esclava feliz, como Alicia?

¿Vengadora, sin corazón, como Georgina?

Me consideraba incapaz de decidir, entre los dos términos del tremendo dilema.

No había cambiado de postura en el sillón, y ni siquiera advertí que Adriana había entrado en la casa y que la sala, detrás de mí, estaba a oscuras. Me di cuenta de ambas cosas cuando sentí que una mano se apoyaba suavemente en mi brazo, mientras la voz de mi hija me decía, por tercera vez, ahora un poco alarmada en presencia de mi abatimiento:

—Mamá, ¿estás mala? ¿Qué tienes? ¿En qué piensas?

La besé con pasión, en ambas mejillas.

—Nada, hija mía. ¡Pensaba solamente en ti!

ÍNDICE